조선족 작가의 한국체험과 문학 서사

이 책은 중국 연변대학교 "박사과학연구시동기금프로젝트"의 자금 지원을 받아 출간하게 되었음을 특별히 밝힌다.

本书由延边大学《博士科研启动基金项目》资助出版。项目编号: 2020XBS10

조선족 작가의
한국체험과 문학 서사

김정영 金晶瑛

역락

　2019년 6월, 박사학위 논문을 완성하고 무난히 통과된 후, 몇 년간의 수정과 보완을 거쳐 책으로 내게 되었습니다. 이 순간, 만감이 교차되고 있음을 솔직히 고백합니다.

　저는 오직 꿈을 갖고 각고의 노력만 경주하면 조만간에 성공의 월계관을 쓸 수 있다고 믿어왔습니다. 하지만 인생의 길에 가시밭길도 있고 예상할 수 없는 좌절과 실패의 함정도 도사리고 있을 줄은 미처 몰랐습니다. 나 자신이 부족한 탓도 있지만, 한국에 유학해서 인복(人福)이 없었던 까닭에 큰 낭패를 보았고 4년 동안이나 불안과 슬픔 속에서 지냈습니다. 하지만 와신상담(臥薪嘗膽), 동산재기(東山再起)해 3년간 분투하여 학위논문을 마무리하고 책을 내는 오늘, 저의 인생의 길에도 찬란한 칠색 무지개가 비낀 것 같아 무등 기쁩니다.

　우선, 학문의 길에 다시 오를 수 있게 안아주신 리광일 교수님께 감사의 인사를 올립니다. 제가 한국에서 가장 어렵게 지낼 때도 사모님과 함께 저를 찾아주고 향후의 진로에 대해 자상히 가르쳐주셨습니다. 이 3년간 학문도 중요하지만 "인간성"이 더 중요함을 가르쳐주셨고 서로가 교류하고 힘이 될 수 있는 동문 모임이라는 울타리를 만들어주셨습니다. 특히 저의 뼈아픈 한국체험을 살릴 수 있는 테마를 긍정해주시고 논문 제강을 세밀하게 조정해 정연한 체계를 가질 수 있게 해주셨으며 논문 초고가 완성된 후에는 문자까지 일일이 다듬어주셨습니다.

　다음, 좋은 강의로 인간과 자연, 문학과 예술을 보는 심미안(審美眼)을 가질 수 있게 해주시고 저의 선제보고를 심의하고 소중한 가르침을 주신 김병민, 김관웅, 최웅권, 채미화, 허휘훈, 정일남, 김경훈, 우상렬, 권혁률, 리관복, 최일, 장영미 등 교수님들께 깊은 감사의 말씀을 올립니다. 특히 불의의 사고로 세상을 하직한 김경훈 교수님과 오랜 병환으로 고생을 하시다가 세상을 뜬 우상렬 교수님께서 하늘나라에서 편히 지내시기를 두 손 모아 기원합니다.

30대 중반에 20대 친구들과 같이, 더욱이 아이 둘이나 키우면서 공부를 했습니다. 저의 가족의 서포트가 없었더라면 엄두도 내지 못했을 것입니다. 인생을 후회없이 살라고 하면서 저의 공부를 적극 지지해주고 가정의 모든 짐을 혼자 짊어진 남편 김광수씨에게 감사한 마음을 전합니다. 또한, 꿈을 포기하지 않고 초지일관하게 노력하기만 하면 조만간에 길은 생긴다고 하시면서 비바람 사나운 벼랑 끝에 서 있는 이 딸자식에게 변함없는 믿음과 사랑을 주신 부모님께도 깊은 감사의 말씀을 올립니다. 특히, 한국에 나가서 모진 고생을 하면서도 이 불민한 며느리가 공부하는 모습을 대견스럽게 지켜보아 주시고 많은 관심과 사랑을 주신 시부모님께도 큰절을 올립니다. 이외에도 고마운 분들이 많지만 일일이 거명하지 못함을 심히 죄송스럽게 생각합니다.

새봄을 맞아 부풀어 오르는 꽃송이처럼 다시 가슴이 따뜻해지고 힘이 솟구칩니다. 김학철 선생님의 말씀 그대로 "밤소나기 퍼붓는 령마루에서 동녘에 떠오르는 태양을 본"듯한 느낌이 듭니다. 훌륭한 학자가 되기 위해 더 열심히 공부하겠습니다.

특히, 출판여건이 여의치 않음에도 이 책을 내주신 도서출판 역락과 이대현 사장님을 비롯한 관계자 여러분께 깊은 감사의 인사를 올립니다.

감사합니다!

2023년 1월 20일 연길에서

인간은 꿈의 높이만큼 자란다

리광일(연변대학 박사생 지도교수)

김정영씨는 2019년 6월 박사학위 논문 《조선족 작가의 한국체험과 문학서사 연구》로 문학박사 학위를 받았다. 학위를 받은 지 3년 만에 학위논문을 수정하고 보완하여 단행본으로 출판하게 된다고 하니 그의 지도교수인 나는 무척 기쁘게 생각한다.

처음 김정영씨를 만난 곳은 아마도 2010년 무더운 여름 한국 서울대학교 후문 부근에 있는 불고기집이라고 기억된다. 당시 나는 서울대학교 교환교수로 한국에 간 지 1년이 거의 다 되어가고 있었고 김정영씨의 부친인 연변대학 조문학부의 김호웅 교수도 서울에 와 있었다. 한 학부에서 몇 십 년간 함께 일해 온 동료이자 선배인 그를 만나니 기쁘기만 하였다. 하지만 김교수의 얼굴에는 수심이 어려 있었다. 무슨 영문인지 캐어물으니 별일이 아니라고 하다가 내가 하도 끈질기게 물으니 드디어 입을 열었다. 바로 딸 정영이의 일이었다.

김정영씨는 학부생과정에 영어를 전공하였고 석사생 과정을 한국의 어느 한 명문대학교 경영학과에서 공부하고 있었는데 지도교수는 당시 수업시간에 정영의 이름을 부르지 않고 번번이 "연변이"라고 했다는 것이다. 중국에서 왔다고 차별시하고 인격적인 모욕까지 하는 교수에 대해 김정영씨는 속으로 분하게 생각했지만 여러 학생들이 있는 자리라 번마다 얼굴을 들지 못했다고 한다.

얼마 후 김호웅 교수는 맏형님이 작고하셔서 귀국했다. 김교수님의 간곡한 부탁도 있고 나도 한번 만나보려고 작심하였기에 마침 볼일이 있어 서울에 온 나의 아내와 함께 정영씨를 만나기로 하였다. 초면인 자리에서 우리 부부가 묻는 말에 대답을 하다가 실성하듯 두 어깨를 들추며 흐느끼던 김정영씨의 모습을 지금도 눈앞에 보는 것만 같다. 나는 연길에 돌아오자 다짜고짜 김호웅 교수를 찾아가 사실대로 이야기하고 내 의견을 내놓았다. 서울에 그냥 두었다가는 큰일이 날 것 같으니 하루속히 연변에 데려오는 게 상책이라고 말했다. 김호웅 교수도 동의하는 눈치였다.

얼마 후 김정영씨는 연변에 돌아왔다. 들리는 말에 의하면 얼굴에서 수심이 사라졌고 해맑은 성격을 되찾았다는 것이다. 나는 매우 기뻤다. 뿐만 아니라 학부생 시절에 사귀던 남자친구와 결혼했고 아들애까지 낳았다고 했다. 그리고 연변대학 번역학 석사 공부를 시작했다.

어느 날 김호웅 교수로부터 전화가 걸려왔다. 딸애가 석사 공부를 곧 마치게 되는데 박사 공부를 하려고 한다고 하면서 박사생으로 받아줄 수 없겠는가 하는 내용이었고 어렵게 부탁한다는 말까지 부언하였다. 나는 쾌히 승낙하였고 박사연구생으로 받았다. 나보다 9년 선배인 김호웅 교수와는 같은 대학 같은 학부에서 지내는 막역한 사이이기 때문이기도 하겠지만, 나는 나름대로 믿음이 있었다. 김정영씨가 4년간 한국에서 뼈아픈 체험을 하였기에 일단 본인이 작심만 잘한다면 꼭 성공할 수 있다고 생각했기 때문이다. 나의 생각은 적중했다. 수업시간을 단 한 시간도 빼먹지 않고 열심히 강의를 들었고 여러 교수님들이 내준 과제도 알차게 완성했으며 마지막으로 학위논문도 제때에 완성하였다. 박사학위 논문답변을 무난히 통과했을 뿐만 아니라 2019년 연변대학 우수박사학위 논문으로 선정되어 표창을 받기도 했다.

주지하다시피 우리 조선족은 제2차 세계대전 이후의 냉전체제와 고국의 분단으로 말미암아 연변을 비롯한 중국의 동북지역에서 주로 농경 생활을 하면서 살았다. 조선족들은 똑같은 사회주의 체제하에 있는 조선에는 가볼 수 있었으나 자본주의 나라인 한국에는 가볼 수 없었다. 하지만 "88"서울 올림픽을 계기로 텔레비전 화면으로나마 "한강의 기적"을 일구어낸 한국을 알게 되었고 연변을 비롯한 중국 현지를 찾아온 한국인들과 만날 수 있었다. 1992년 8월, 중한수교 이후에는 본격적으로 코리안 드림에 부풀어 대거 한국에 진출하였다. 하지만 한국에 간 조선족들은 한국 국민과의 문화적 마찰과 갈등을 겪게 되었고 이방인의 비애를 경험하게 되었으며 이러한 갈등과 마찰을 넘어설 수 있는 대안을 모색하게 되었다. 결국, 조선족들은 단순한 동포의 논리나 민족 정체성에서 벗어나 중화인민공화국 공민으로서의 국민적 정체성을 되찾게 되었다.

김정영씨는 조선족 작가의 한국체험과 문학 서사에 초점을 맞추고 그들이 창작, 발표한 산문, 서정시, 중·단편소설을 연구대상으로 삼았다. 그는 대량의 작품 텍스트를 수집, 분류한 기초 위에서 코리안 드림과 조선족 문학, 코리안 드림의 허와 실, 코리안 드림과 조선족 사회의 위기, 코리안 드림을 통한 새로운 선택과 도전 등 장절로 나누어 해당 작품들을 깊이 있게 분석, 논의하고 나서 다음과 같이 결론을 내리고 있다.

코리안 드림은 조선족 사회 구성원들에게 커다란 상처를 주고 새로운 이산(离散)과 가정해체, 농촌 마을의 공동화(空洞化)와 조선족 기초교육의 위축 등 심각한 사회문제들을 초래했지만 다른 한편으로 고국과의 오랜 단절을 극복하고 보다 넓은 세계로 나가게 되고 시장경제의식, 기술과 경영방식의 일대 전환을 가져왔으며 중화인민공화국 공민으로서의 국민적 정체성을 더욱 확실하게 자각하는 결과를 가져왔다. 특히 문학의 경우, 소재와 제재의 범위를 대폭 확장할 수 있었고 한국문학을 비롯한 세계문학의 영향을 적극 수용해 새로운 인물 성격을 창조하고 민족적 정체성의 갈등과 조정과정을 형상적으로 보여주었으며 아이러니와 역설, 상호텍스트성과 패러디 등 수법과 기교를 받아들여 현대문명에 대한 비판을 진행하고 조선족 문학의 잠재적 창조성을 유감없이 보여주었다. 또한, 조선족 문학이 중국 주류문학 내지 한국문학을 비롯한 세계 여러 나라 문학과 소통, 대화할 수 있는 창구를 열어놓았다. 말하자면 코리안 드림을 다룬 조선족 문학은 비단 당대 조선족 문학의 다문화(跨文化) 제재 영역을 개척하는데 중요한 의의가 있을 뿐만 아니라 중국 당대 문학이 세계 조선어문화권 내지 세계문학과 교류할 수 있는 중요한 루트로 되었다. 이는 한국체험을 다룬 작품 텍스트에 대한 깊이 있는 분석과 종합에 근거한 창의성 있는 결론이라 하겠다.

마지막으로 김정영씨가 이 책의 출판을 계기로 세계에 널려있는 코리안 디아스포라에 대한 관심을 가지고 자기의 연구영역을 꾸준히 확장해 나가기 바란다. 말하자면 장난꾸러기 아들 형제에게 공부하는 어머니의 모습을 보여주면서 더 큰 꿈을 이루기 바란다.

2023년 1월 25일 서재에서

차례

제1장

서론

1.1. 문제의 제기 및 연구의 대상과 목적

코리안 드림(Korean Dream)이란 한국에서 열심히 일하면 많은 돈을 벌어 잘 살 수 있으리라는 생각, 말하자면 한국에 기대를 걸고 일자리를 찾아 한국에 들어간 외국인 노동자의 꿈을 지칭한다. 세계화 시대 노동력은 재화(財貨)처럼 국경을 넘어 이동하기 마련인데 대체로 저개발국가에서 선진국으로, 노동력이 풍부한 나라에서 노동력이 부족한 나라로 움직인다. 과거 중국이나 한국도 일자리를 찾아 해외로 나갔던 선례가 있었다. 하지만 1990년대 이후 한국의 경제적 위상이 커지면서 일자리를 찾아 한국으로 가는 외국인 노동자가 늘어났다. 이렇게 한국에 성공의 희망을 걸고 일자리를 찾아 입국하는 이들의 꿈을 코리안 드림이라 한다. 코리안 드림의 배경은 한국 국내 생산직 노동자의 임금이 꾸준히 상승하면서, 이를 감당할 수 없는 중소기업을 중심으로 국내 노동력을 외국인 노동자로 대체한 그러한 움직임이다. 여기에 중국의 조선족도 가세했다. 따라서 한국에서 돈을 벌고 출세할 수 있으리라는 꿈을 안고 "88서울올림픽" 이후 한국으로 진출한 그러한 움직임을 조선족의 코리안 드림이라 한다.

1988년 서울올림픽을 계기로 본격적인 조선족의 코리안 드림, 즉 한국진
출이 시작되었다. 30여 년간 조선족들은 친척방문, 노무송출, 유학, 취직,
혼인, 무역 등 다양한 형태로 한국에 체류하였다. 2016년에 중국에서 이루어
진 제6차 전국인구 보편조사에 따르면 전체 조선족의 인구는 216만 명[1]으로
집계되었다. 2015년 한국 법무부 통계에 따르면 한국에 체류하고 있는 조선
족은 69만[2]여 명, 2018년 현재는 70만 명이 훨씬 넘을 것으로 예상된다.
그렇다면 한국에 체류하고 있는 조선족은 전체 조선족 인구의 31%에 육박
하고 있다.

30여 년간 조선족은 코리안 드림을 통해 경제적 부를 창출하고 선진적인
경영방식을 배우기도 했으나 정치, 경제, 문화적인 이질성으로 말미암아 한
국 국민들과 적지 않은 마찰과 충돌을 빚어냈다. 1996년 8월 남태평양에서
조업 중이던 참치잡이 원양어선 페스카마호에서 일하던 조선족 선원들은
한국인 선주(船主)의 갖은 압박과 착취를 받던 나머지 선상 반란을 일으켜
한국인 선원 7명을 포함한 11명의 선원을 살해하는 끔찍한 사건을 빚어내기
도 하였다. 이러한 극심한 마찰과 충돌 속에서 조선족들은 자신을 새롭게
인식하고 자기의 정체성을 조정하게 되었다. 대다수 조선족의 경우에는 중
화민족의 일원으로서의 국민적 정체성(国家认同)을 더욱 소중하게 생각하게
되었다.

이 책은 조선족의 한국체험과 인식, 한국 이미지와 조선족의 정체성의
위기와 재구성과정을 다룬 조선족 작가들의 산문, 시와 소설을 주요한 연구
대상으로 한다. 1990년대 초부터 조선족 작가와 시인들은 코리안 드림에

---

1   국가통계국(国家统计局): www.stats.gov.

2   한국법무부: www.moj.go.kr.

문학적인 대응을 하기 시작하였다. 그들은 산문, 시와 소설을 통해 한국 이미지를 부각하고 조선족 정체성의 변화와 재구성과정을 형상해 왔다.

산문의 경우 "88서울올림픽"을 전후로 해서 선보이기 시작했는데 가장 영향력이 컸던 것은 김재국의 《한국은 없다》(1996)와 류연산의 《서울바람》(1997)이다. 이 두 작품은 중한 양국에서 모두 센세이션을 일으켰다. 시 작품도 중한수교 이후부터 산발적으로 보이기 시작했는데 가장 영향력이 컸던 것은 석화의 시집 《연변》(2006)이다. 소설의 경우에는 김남현의 단편 《한신하이츠》(1992)가 효시로 된다. 30여 년간 조선족의 한국체험과 한국 형상을 다룬 5부의 산문집과 장편 보고문학, 100여 수의 시작품, 그리고 50여 편의 중, 단편소설과 5부의 장편소설이 창작, 발표되었다. 그중 중요한 산문집으로는 김재국의 《한국은 없다》(1996), 류연산의 《서울바람》(1997), 김혁의 《천국의 꿈에는 색조가 없었다》(1997), 김학철의 《천당과 지옥사이》(2002), 리혜선의 《코리안 드림, 그 방황과 희망의 보고서》(2003), 채영춘, 허명철 등의 종합산문집 《가깝고도 먼 나라》(2013), 중요한 시집으로는 연변조선족문화발전추진회의 《중국조선족명시》(2004), 김학송의 《사람의 숲에서 사람이 그립다》(2006), 석화의 《연변》(2006), 김응룡의 《붉은 잠자리》(2014), 림금철의 《고독 그리고 그리움》(2014) 등이 있다. 장편소설로는 허련순의 《바람꽃》(1996), 장혜영의 《희망탑》(1998), 허련순의 《누가 나비의 집을 보았을가》(2003), 리동렬의 《락화류수》(2005) 등이 있다.

이 책은 조선족 산문, 시, 소설 텍스트에 대한 세밀한 분석을 통해 조선족의 코리안 드림은 동서 냉전체제가 무너지고 중한관계가 호전되면서 나타난 세계화와 다문화 시대의 필연적인 현상인 동시에 조선족과 한국국민 간의 특수한 역사, 문화적 관계에 의해 이루어진 필연적인 현상임을 논증한다. 이 기초하에서 정치, 경제, 문화적인 방면에서 나타난 코리안 드림의 허상과 실상에 대해 객관적으로 공정하게 평가하며 조선족 정체성의 복잡성, 재구성의 어려움(艱巨性)과 그 중요성에 대해 깊이 있게 해명하고자 한다.

1.2. 기존 연구사의 검토

조선족과 한국 정부 내지 국민의 문화적 마찰과 충돌, 조선족 작가들의 코리안 드림에 대한 인식과 문학적 형상화 작업은 국내외 학자들의 관심을 불러일으켰으며 이미 괄목할만한 연구성과를 떠올렸다.

정판룡, 조성일, 황유복, 김강일, 정신철, 허명철 등 조선족 학자들은 사회학, 외교 정치학, 민족학의 관점으로 조선족 문화의 성격, 코리안 드림의 제반 단계, 조선족 정체성의 위기와 재구성, 조선족 사회가 가지고 있는 변연문화(邊緣文化) 형태의 특징 등에 대해 지속적인 관심을 가지고 많은 칼럼, 논문과 논저를 발표했다. 그 중요한 연구성과들로 정판룡의 《정판룡문집》(1997), 김강일과 허명철의 《중국조선족사회의 문화우세와 발전전략》(2001), 조성일의 《조성일문화론》(2009), 황유복의 《중국조선족문화공동체》(2009), 정신철의 《중국조선족의 사회와 미래》(2010) 등을 들 수 있다.

상술한 칼럼, 논문과 논저들에서는 학술적 가치가 풍부한 관점들을 내놓았다. 이를테면 정판룡의 "며느리론"이나 김강일의 "변연문화론"이 그러하다. 하지만 이러한 칼럼, 논문이나 논저는 조선족 문화의 특성과 의의에 대해 분석, 논의하고 있으나 일부 관점은 진일보 검토, 논의해야 한다. 특히 그 대부분이 사회학적 논문이나 논저로서 문학 텍스트를 연구대상으로 끌어들이지 못했으며 그에 대한 상세한 분석과 해석을 가하지 못했다. 최삼룡, 장정일, 김관웅, 김호웅, 오상순, 윤윤진, 김경훈, 리광일, 우상렬, 장춘식 등 국내 학자들은 새로운 역사시기 조선족 작가들의 한국 인식과 문학 서사에 대하여 깊이 있는 연구를 진행했다. 그 대표적인 저서들로는 김관웅의 《세계문학의 거울에 비춰본 중국조선족문학》(1-4, 2014), 오상순의 《다원화시기 동북3성 조선족 산재지역문학연구》(2017)와 같은 저서를 들 수 있다. 김관웅의 《세계문학의 거울에 비춰본 중국조선족문학》은 개혁개방 후 작가의 왕성한 현장비평 작업을 집대성한 역작으로서 조선족 문학 100년사에 끼친 세계문학의 영향에 대해 분석, 논의했다. 그중에는 《중국조선족문학에서의 정체성 문제에 대한 통시적 고찰》, 《혼종성-중국조선족문예의 중요한 특징 중의 하나》, 《석화의 세계문학소양과 그의 시에서의 전고 인용》, 《귀추를 잃고 란무하는 나비들의 비극》, 《우광훈의 <메리의 죽음>에 비낀 "전체상징기법"》, 《남영전 "도템시" 소재론》, 《김학송서정시의 특징》 등 조선족 문학의 특성을 분석, 논의한 평론과 작가론들이 수록되어 있다. 오상순의 《다원화시기 동북3성 조선족 산재지역문학연구》는 산재 지구의 조선족 작가와 작품들을 다루었고 오상순, 최삼룡, 한춘, 장춘식, 우상렬, 김경훈 등 평론가들의 평론을 묶은 것이다. 김관웅의 상기 저서는 상호텍스트성의 원리로 조선족 문학에 끼친 세계문학의 영향을 소상히 밝혔다는 데 의미가 있다면, 오상순의 저서는 조선족 문학의 주변부로 인정되던 산재 지역의 문학을 집중적으로 다루었다는 데 의미가 있다. 그러나 둘 다 코리안 드림의 문학적 대응과 서사에는 초점을 맞추지 못했다.

코리안 드림의 문학적 서사를 다룬 대표적인 논문들로는 다음과 같다. 김관웅의 《미아들의 비극: 허련순의 장편소설 <누가 나비의 집을 보았을가>》(2008), 김호웅의 《조선족문학에 나타난 한국형상과 그 문화사적 의미》(2010), 최삼룡의 《조선족소설 속의 한국과 한국인》(2013) 등이다. 이들 논문에서는 코리안 드림 초기 조선족과 한국국민의 정치, 경제, 문화적인 상이성과 충돌을 다룬 산문과 소설들을 분석하면서 그 갈등의 해소방안을 나름대로 내놓고 있다. 뿐만 아니라 한국 형상과 조선족의 정체성에 대한 관심을 가지고 깊이 있는 분석과 논의를 진행하였다.

최근 한국의 학자들도 이 과제에 대해 비상한 관심을 보여주고 있다. 이미 김종회의 《한민족문화권의 문학》(2003), 《중국조선족디아스포라문학》(2016), 최병우의 《조선족소설의 틀과 결》(2012), 《조선족 소설 연구》(2019)와 같은 저서들이 나왔다. 최병우는 그의 논문과 논저들에서 코리안 드림 이후 조선족 문학에 "악마형 한국인 형상"이 나타나게 된 정치, 경제, 문화적 원인을 분석하였다. 하지만 민족적 정체성을 강화할 데 관해서만 논술하고 조선족의 국가적 정체성의 복잡성과 민족적 정체성의 재구성 등 관건적인 문제에 대해서는 회피함으로써 분명히 민족주의적 입장을 드러냈다. 이러한 새로운 동향에 대해 우리는 반드시 명석한 태도를 가져야 하며 사회학적이며 문화학적인 비판을 가해야 할 것이다.

상술한 연구성과들은 일정한 이론적 가치와 현실적 가치를 갖고 있지만 의연히 다음과 같은 한계를 드러내고 있다.

1) 계통성을 강화해야 한다. 대부분 연구는 아직도 개별연구에 머무르고 있으며 통시적인 관점으로 한국체험과 문학적 서사의 과정과 그 특징에 대해 전면적이고도 계통적으로 다루지 못했다.

2) 과학성을 강화해야 한다. 연구시각과 연구방법이 비교적 단일하다. 보다 폭넓은 문화적 시야를 가지고 텍스트에 나타난 "타자"의 이미지와 "자아"의 이미지를 깊이 있게 분석, 구명하고 조선족 정체성의 재구성과정 등에 대해서도 깊이 있게 해명해야 한다.

3) 학술적인 전연성(前沿性)이 부족하다. 과경민족 문학 교류의 법칙과 특징, 이를테면 수용미학과 상호텍스트성의 시각과 방법으로 한국 인식과 문학적 서사에 나타난 중한 현, 당대 문학의 영향, 조선족 작가가 지닌 중한 복합사유방식과 언어 풍격, 서사 책략과 서사 기교 등에 대해 보다 깊이 있는 분석과 논의를 진행해 조선족 문학의 가능성과 잠재적 창조성을 구명해야 한다.

1.3. 연구의 방법과 범위

다민족국가의 과경민족은 흔히 국경밖에 모국 또는 동일민족의 거주지역을 갖고 있으며 서로 빈번하게 내왕, 교류하게 된다. 과경민족은 자기 민족의 역사와 문화전통에 대해 긍지를 가질 뿐만 아니라 거주국의 정치, 경제, 문화에 적응하려고 한다. 따라서 과경민족은 아주 자연스럽게 이중정체성을 갖게 된다.

조선족은 1949년에 중국의 국적을 취득하였다. 그들은 중화인민공화국 공민으로서의 권리를 향수하고 그 의무를 충실히 이행하면서도 조선반도를 중심으로 하는 세계 여러 나라에 있는 조선민족들과의 혈연적 공통성과 문화적 동질성을 갖고 있다. 이러한 이중정체성과 이중문화 동일시 의식은 반드시 존중받아야 하며 그들이 갈등과 방황, 자주적인 비교와 선택을 통해 중화민족의 문화와 융합하여 중화민족의 공동체 의식을 키우고 하나의 아름다운 정신적인 고향을 건설하도록 해야 한다.

이 책은 역사적 유물론과 변증법적 유물론의 입장, 관점을 기본 기준으로 넓은 문화적 시야를 가지고 한국을 인식하고 형상화한 문학작품 텍스트의 내함(內函)과 외연에 대해 깊이 분석함으로써 텍스트와 문화 신분의 내적 관계를 구명하고 텍스트에 내재한 사회적 가치와 미학적 가치를 깊이 발굴한다. 이와 동시에 이러한 작품에 내재한 문학창작의 특수한 법칙과 특징에 대해서도 깊이 있게 분석한다. 거시적 연구와 미시적 연구를 결합하며 텍스트 연구와 문화연구, 기초연구와 응용연구를 결합한다. 이러한 연구를 통해 민족 문학을 발전시키고 중한 문학 교류를 활성화시키고자 한다.

요컨대 역사적이며 미학적인 방법론을 중심으로 현대시학, 문학 서사학, 비교문학 형상학, 문화인류학, 문화 교류학, 상호텍스트성의 원리 등 여러 가지 연구방법을 복합적으로 사용함으로써 연구시각의 다양화와 연구방법의 다원화를 실현하고자 한다.

이 책의 총체적인 구조는 다음과 같다.

1) 경계와 정체성: 조선족은 중국 과경민족의 하나로서 중국과 조선반도의 경계 지대에 위치하고 있으며 이중정체성을 갖고 있다. 코리안 드림으로 조선족은 중국과 한국 사이에서 갈팡질팡했지만 세계화, 다문화시대에 와서 점차 자신의 국가 정체성을 재확인하고 경계지대에 대한 변증법적 이해와 경계지대의 삶과 이중정체성에 대한 확인을 통해 새로운 창조의 가능성을 보여줄 수 있다는 그러한 전제와 가설을 가지고 문학 텍스트에 대한 분석과 논의를 진행한다.

2) 기록과 증언: 수기와 수필을 통해 코리안 드림의 제반 단계와 특징에 대해 파악하고 조선족과 한국국민은 어떠한 마찰과 충돌을 겪었는지, 한국 형상의 허와 실, 조선족 군체의 자아 이미지의 변화, 정체성의 재구성 등에 대해 알아본다. 여기서는 김재국, 류연산, 김혁, 예동근 등의 산문을 중점적으로 고찰한다.

3) 상상과 현실: 시작품을 통해 경계지대에서 살고 있는 조선족의 감정과 정서 및 정체성의 재구성과정을 주제별로 다루고자 한다. 조선족의 이중적 정체성에 대한 인식, 고국에 대한 환상과 환멸, 코리안 드림의 여파로 말미암은 조선족 공동체의 피폐상, 특히 자기의 역사와 전통문화에 대한 애착과 긍지, 국경 밖에 있는 고국이나 한국인과의 민족적 동질성을 노래하면서도 중화인민공화국 국민으로서의 국민적 귀속감과 책임감을 노래한 작품들과 함께 연변이라는 경계지대의 풍토와 인정세태를 묘사한 작품들을 다룬다. 여기서는 김철, 리상각, 김동진, 김응룡, 석화, 김학송, 림금철 등 시인들의 작품을 중점적으로 고찰한다.

4) 타자와 자아: 조선족 소설에 나타난 한국과 한국인 이미지 및 조선족 문화 신분의 재구성에 대해 분석한다. 여기서 조선족과 한국 내지 한국인과

빚어낸 갈등의 구체적 양상 및 그 정치, 경제, 문화적 원인을 구명함과 아울러 한국에 대한 조선족의 집단적 상상은 환상의 공간에서 현실적인 공간으로, 현실적인 공간에서 초월적인 공간으로 변화했음을 보여주며 조선족은 마침내 한국 내지 한국인이라는 타자를 통해 자신을 비추어보고 반성하였으며 중화민족의 다원일체문화에 대한 동일시는 역사와 시대에 대한 그들의 유일 정확한 선택임을 구명한다. 여기서는 주로 김남현, 최국철, 우광훈, 리혜선, 강재희, 강호원, 리동렬, 박옥남, 김금희, 구호준, 류정남의 중, 단편소설들을 중점적으로 다룬다.

5) 교류와 생성: 경계지대의 조선족 문학과 한국문학과의 교류에 대해 검토한다. 조선족 문학과 한국문학의 상호관계에 대한 연구를 통해 조선족 작가들에게 준 한국문학을 비롯한 세계문학의 영향에 대해 구명한다. 특히 조선족 작가들이 서사 공간, 서사 책략, 언어 풍격 등 여러 방면에서 한국문학을 어떻게 수용하고 그 기초 상에서 어떻게 새로운 것을 창조했는가를 구명한다. 또한, 이러한 조선족 문학의 한국에의 전파와 영향에 대한 연구를 통해 조선족 작가들의 한국 인식과 문학적 서사는 비단 당대 조선족 문학의 다문화 제재 영역을 개척하는데 중요한 의의가 있을 뿐만 아니라 중국의 당대문학이 세계 조선어문화권 내지 세계문학과 교류할 수 있는 중요한 루트로 된다는 사실을 보여주고자 한다.

코리안 드림과
조선족 문학

2.1. 코리안 드림의 제반 단계와 특징

2.1.1. 코리안 드림의 개시

구소련과 동유럽 사회주의 체제가 일시에 붕괴되고 세계 양대세력 간의 냉전 구조가 완화된 새로운 세계정세 속에서 중국은 사회주의 이념과 체재를 보존하면서도 낙후한 경제상태를 탈피하기 위한 경제체제 개혁과 대외개방정책을 추진하여 연평균 10%에 달하는 높은 성장률을 지속적으로 기록하여 괄목할 만한 경제적 성과를 이룩하였다. 특히 적극적인 문호개방을 단행하고 경제특구와 연해개방도시를 설치, 지정하며 외자, 기술, 설비의 도입 및 직접 투자의 유치, 수출입무역의 확대를 통해 자본주의국가와의 경제교류를 확대하였다. 이러한 상황에서 1970년대 중반까지만 해도 냉전체제 하의 교전(交戰)당사국으로 서로 적대시하던 중국과 한국은 서로 접촉하기 시작하였다. 중국은 "1978년에는 조선족의 방한(访韩)을 허용하는 등 한국에 대한 태도 변화를 보였다."[1]

이에 앞서 1974년 한국 정부가 북한과 월맹(越盟)을 제외한 모든 사회주의 국가와의 서신교환 허용조치를 발표한 뒤, 대한적십자사와 KBS를 통한 가족 찾기 편지거래를 시작하였다. KBS는 1974년 3월 7일부터 "공산권동포에게"라는 프로와 "망향의 편지"라는 프로를 통해 한국의 이산가족이 중국의 조선족들에게 보내는 편지와 그들이 한국의 친족들에게 보내온 편지를 방송하였다. 또 대한적십자사는 확인된 조선족 동포들에게 한국 내 이산가족의 초청장과 항공권 및 여행경비를 보내주었다.

이러한 상황에서 홍콩을 통한 상호 내왕의 막이 서서히 열리게 되었고 급증하는 인적 내왕에 대비하여 북경, 천진, 상해로부터 서울에 이르는 정기항선은 물론 1990년 9월 15일 위해-인천의 취항을 시작으로 천진-인천, 대련-인천 사이의 항선도 선후로 개통되었다. 길게는 지난 100년간, 짧게는 50년간 침묵과 암흑의 바다였던 서해는 바야흐로 왕래와 교류의 바다로 되었고 장장 반세기나 망향의 서러움을 달래던 조선족들은 오매에도 그리던 고국 땅을 밟을 수 있었으며 친족 간의 상봉을 할 수 있었다.

중국에 살다가 한국에 간 조선족 동포의 제1호는 1965년, 당시의 한국 농림부 장관 차균희(车均禧)의 부모들이라고 한다.[2] 그 후 13년간 아무런 교류가 없다가 1978년 중국 정부가 한국 정부의 입국동의서를 근거로 다시 조선족의 방문을 허용하자 그해 12월 일가족 4명이 영주 귀국한 것을 시작으로 1983년 이전까지 88명, 1984년에 206명, 1985년에 378명, 1986년에 663명, 1987년에 708명이 영주귀국 또는 일시 귀국해 가족, 친지들과 상봉하였다. 그러다가 "88서울올림픽"을 계기로 급증하는 추세를 보이기 시작하는데 1991년에 36,147명, 1992년에 31,500명, 1993년에 12,277명이 입국하였다. 1993년부터 조선족의 입국에 대한 한국 정부의 규제가 본격화되면서 입국자

1   장공자, 《금후 한중관계의 과제》, 제1차 한중포럼학술발표회 논문집: 21세기 동북아와 한중관계, 1995년 7월.

2   《중국 한국인의 모국방문》, 서울: 중앙일보, 1984년 2월 24일.

수가 줄어들었음에도 불구하고 1995년 7월 말의 통계에 따르면 불법체류자만 해도 2만여 명으로 추산되었다.[3]

2.1.2. 코리안 드림의 제반 단계

조선족의 코리안 드림을 대체로 네 단계로 나누어 볼 수 있다.

첫 번째 단계(1988년 이전)는 친척방문이 위주로 되었다. 장장 반세기나 그리던 혈육들을 하루속히 만나보려는 진지한 동경으로 넘치던 시기요, 눈물겨운 상봉의 장이 펼쳐지던 시기다. 쌍방의 반가움과 상봉의 기쁨은 고조에 달했으니 김포공항은 날마다 울음바다를 이루었고 "중국교포"들은 이르는 곳마다 모국 친족들의 분에 넘치는 환대를 받았다. 모국의 친족들은 조선족 동포들을 십시일반으로 도와주었으니 왕복항공권은 더 말할 것 없고 귀한 가전제품에 옷가지, 돈뭉치, 금반지까지도 주었다. 그때 연길 기차역이나 공항에서 멋진 양복에 금반지까지 끼고 돌아오는 이들을 한국에 가지 못하는 이들은 부러운 눈길로 바라보았다.

두 번째 단계는 유명한 "약장사"시기이다. 모국 친족들의 반가움과 혈육의 정은 반나마 식었고 '가난 구제는 나라도 못한다'고 모국의 친족들은 끝없이 욕심을 부리는 조선족들을 슬그머니 부담스럽게 생각하기 시작하였다. 한편 중국에 새롭게 불어치기 시작한 시장경제의 열풍에 휘말려 "나도 한번 돈을 벌어 잘살아 보겠다"고 벼르던 조선족들은 첫 번째 단계의 한국방문을 통해 모국 사람들이 녹용, 인삼, 웅담과 같은 약재와 동인당의 청심환 같은 중약을 선호하고 고가로 사서 먹는다는 것을 알고 한국 나들이를 돈을 벌 수 있는 천재일우의 기회로 생각하고 갖은 수단으로 한국에 들어가려 하였다. 자연 친척과의 상봉은 뒷자리로 밀려나고 외화벌이가 모든 것을

---

3   《중국동포 입국자 10여년 만에 수십배 늘어》, 서울: 한겨레신문, 1995년 9월 4일.

압도하는 촌극이 연출되었다. 연변에서 웅담이 하도 많이 밀수입되니 "연변에는 돼지보다 곰이 더 많지 않느냐?"는 말이 돌게 되었고 속칭 "만남의 광장"으로 일컬어진 서울역 구내와 덕수궁의 돌담길은 여기저기 약 보따리를 풀어놓고 오가는 길손의 옷자락을 잡고 매달리는 얌치없는 연변 아줌마들로 부산스러워졌다. 그녀들은 느닷없이 경찰이 들이닥치는 바람에 닭 풍기듯 하면서도 법도 체면도 모르고 돈을 벌려고 바락바락 애를 썼다. 그중에는 가짜 약을 팔고 모국 사람들의 등을 쳐 먹던 나머지 약을 팔기 위해 몸까지 파는 족속들도 더러 있었다. 나도 한번 잘살아 보겠다는 욕심이 낳은 부끄러운 몰골이었다.[4]

물론 애초에 한국 사람들은 한약을 파는 조선족들에게 동정 어린 눈길을 보냈다. 서울 중구의 송원(松原) 일식집 주인 김병호는 차가운 길거리에 난전을 펼쳐놓고 고생하는 조선족들을 보고 젊은 시절에 일본에서 식당 종업원으로 일하던 시절이 떠올라 날마다 도시락 150개씩 무료로 날라다 주었으며 동대문시장의 포목상 정영은 한겨울 추위에 떨면서 약장사를 하는 조선족들을 보고 젊은 시절 노점을 하며 고학하던 시절을 잊지 못해 겨울용 모직 원단 850벌을 나누어주기도 하였다. 또한, 귀국할 노비(路費)가 없는 조선족들의 애로 상황을 감안해 한국 정부에서는 시가 17억 원어치의 한약을 사주기도 하였다. 하지만 조선족들의 약장사는 더욱 극성을 부렸고 가짜 약에 마약까지 밀수입해 들이니 자연 한국 사람들은 조선족들을 동정하던 데로부터 눈꼴사납게 보기 시작하였다. 또 그만큼 조선족들의 설움은 커만 갔고 "모국 인심 만주의 추위보다 더 쌀쌀하다"고 푸념하게 되었다.

세 번째 단계에서는 한국 정부의 강경한 금지령에 의해 약장사는 한 풀 꺾기고 조선족들은 건설현장에서, 식당에서 비지땀을 흘리며 성실하게 일해

---

4   《중국산 한약 대부분은 가짜》, 서울: 조선일보, 1990년 10월 18일.

돈을 벌었다. 또 친척방문자 대신에 노무 수출 일군이 큰 비중을 차지하였다. 짧은 몇 년 사이에 5천여 명의 노무 수출 일군이 한국에 가서 일했다. 노무 수출을 위주로 하는 한국진출이 시작된 것이다. 이는 중국 정부에서 중국 공민의 해외 진출을 격려하는 시책을 편 것과 직접 관련된다. 하지만 한국은 인력난에 시달리고 있음에도 조선족 동포의 체류 기간을 야박하게 제한했으며 노무 수출 일군들에게 정당한 노동보수를 주지 않았다. 하여 조선족 동포들은 고용계약을 무시하고 탈출하여 잠복하게 되었다. 그들은 불법체류자란 불명예스러운 감투를 쓰고 있는 것만큼 돌연 나포되어 추방될까 봐 밤이나 낮이나 숨어 살면서 불안에 떨었다. 또 불법체류자인 것만큼 임금체불, 산재 심지어 사기를 당해도 속수무책이고 아무런 법적인 보호와 도움도 받을 수 없었다. 이러한 조선족 동포들의 막부득이한 상황은 앞에서 언급한 바 있지만 1996년 8월 남태평양에서 조업 중이던 온두라스 국적의 참치잡이 원양어선 페스카마호에서 조선족 동포에 의한 선상 반란이 일어나 한국인 선원 7명을 포함한 11명의 선원이 살해되는 사건을 빚어내기도 하였다.

네 번째 단계, 2003년 9월 외국인고용허가제 시행으로 조선족들이 합법적으로 취업 활동을 할 수 있는 제도가 마련되고 2005년과 2006년에는 조선족 동포들이 불법체류자에서 합법적인 노동자로 전환되는 시기를 거치기도 하였다.[5] 특히 2007년 방문취업제 시행 이후, 한국 거주 조선족 수는 급속하게 증가하였다. 한국법무부 출입국 외국인정책본부에 따르면 2014년 말 조선족 동포 체류자는 40만 4천여 명을 기록하였다. 한국 국내 취업자격을 가진 외국인 체류자 56만여 명 중에 51%에 달하는 28만 6천여 명이 조선족인 셈이다.[6] 특히 2011년 문화방송의 《스타 오디션 위대한 탄생》에서 연변 출신

---

5   www.eps.go.kr: 외국인 고용 관리시스템.

6   www.immigration.go.kr: 법무부 출입국 외국인정책본부.

의 젊은이 백청강이 우승함으로써 조선족의 이미지를 크게 개선했다. 따라서 한국국민들도 "인생역전의 스토리에 대한 열망과 더불어 조선족을 향한 선입견에 대한 미안함, 조선족 청년의 꿈을 지지해주어야 한다는 정의감"을 가지게 되었다.[7]

2.1.3. 코리안 드림의 득과 실

코리안 드림을 통해 조선족들은 여러 가지 실혜(實惠)를 보았다.

첫째, 적지 않은 조선족들을 유족하게 살 수 있게 되었다. 조선족들은 한국 체류 초기에 한국 친척들의 부조, 약장사, 품팔이, 노무 수출 등을 통해 외화를 벌어 왔다. 한사람이 적게 쳐서 3천 달러를 벌어왔다고 쳐도 2억 4천만 달러의 외화를 벌어온 셈이 된다. 1995년 연길시의 외화저금액은 6천여 만 달러로서 조선족 인구로 따지면 1인당 3백 달러에 달해 길림성에서 첫 자리를 차지하였다. 그 무렵 연변이 길림성 내에서는 물론 전국의 기타 소수민족 지구에 비해 월등하게 부유하게 된 데는 코리안 드림의 덕을 크게 입었다고 할 수 있다.

둘째, 코리안 드림은 조선족 동포들의 시야를 넓혀주고 선진적인 기술과 경영방법을 배우게 하였다. 한국 나들이는 심리적인 고뇌와 육체적인 고역으로 점철된 험난한 길이였지만 어쨌든 선진적인 문화와 생산방식과의 접촉이었다. 조선족들은 외화를 벌었을 뿐만 아니라 거개가 돈벌이하는 재간을 배워가지고 돌아왔다. 지금 연변에 설렁탕, 삼계탕과 같은 한식집이 많은데 그런 가게의 사장들은 거개가 한국 나들이를 해서 목돈을 벌고 재간을 배웠다. 그리고 연변에는 사영 기업소가 1994년에는 1,055개 소 있었는데 그중

---

7   허명철, 《'폐호'에서 '위탄'으로》, 채영춘, 허명철 등 저, 《가깝고도 먼 나라》, 연길: 연변인 민출판사, 2013.

70%는 조선족들이 경영하였다. 코리안 드림이 없었던들 조선족 동포들이 현대적인 경영의식을 어떻게 가질 수 있었겠는가? 또 무슨 자금으로 번듯한 가게를 차리고 회사를 앉힐 수 있었겠는가?

셋째, 코리안 드림은 이러저러한 몰이해와 갈등을 빚어내기도 하였지만 조선족들이 자민족의 역사, 문화 전통을 보존하고 민족적 동질성을 회복하는데 유조했다. 일례로 연변의 일부 연예인들은 한국에 가서 판소리를 배워 가지고 돌아와 이 소중한 문화유산을 살리고 널리 보급하였다. 특히 한국의 적잖은 민간단체와 지명인사들은 조선족 사회에 대한 깊은 관심과 사랑을 가지고 귀중한 도서를 보내주고 문화시설을 앉혀 주었으며 민족문화의 연구와 보급 활동에 자금을 지원하고 가난한 조선족 자제들을 위해 한국 유학을 알선하고 장학금을 주선해주기도 하였다. 일례로 전국 대학들 가운데서 가장 멋지고 웅장하게, 또 민족적 풍격이 짙게 단청을 입힌 연변대학 정문은 함경남도 북청 출신의 한국인들이 보내준 성금으로 세운 것이다. 역시 모국 지성인들의 지원으로 일어선 연변작가협회 청사는 시장경제의 폭풍취우 속에서도 조선족 작가들의 활동무대로, 민족문화의 요람으로 튼튼히 자리 잡고 있다.

그러나 코리안 드림은 부정적인 면도 적잖게 노출시켰다. 이를 제3장에서 주로 조선족 작가들이 펴낸 산문과 시, 소설 작품들을 통해 보게 될 것이다.

2.2. 과경민족과 이중정체성 및 경계의 지대

2.2.1. 과경민족과 국적문제

조선족은 조선반도에서 중국에 이주한 과경민족으로서 중국 56개 민족 가운데서 비교적 늦게 중화민족의 대가정에 들어온 소수민족의 하나이다.

조선족 선인들이 중국의 동북 경내로 이주하기 시작한 것은 17세기 초반이지만 대량으로 천입한 것은 19세기 후반이다.[8] 그들의 이주는 농민이민, 정치이민, 개척이민의 단계를 거쳐 1945년 항일전쟁이 결속될 때까지 이어졌다.

1945년 8월 항일전쟁이 승리한 후 중국 경내 조선인사회는 급속한 정치, 경제, 문화적 변화를 겪게 되는데 1949년 10월을 계기로 조선인들은 중국공산당이 이끄는 중국 사회에 국민 자격으로 편입한다. 연변을 중심으로 하는 조선족 사회는 1952년 9월 3일 연변조선족자치주를 성립함으로써 민족자치를 하게 되고 조선족은 명실공히 중국의 국민으로 탈바꿈한다. 김춘선은 《재만한인의 국적문제 연구》[9]라는 글에서 중일한의 문헌 자료를 충분히 동원해 재만조선인의 국적문제를 역사적인 맥락에서 소상하게 구명한 바 있다.

1881년 청정부는 러시아의 남하정책과 국경 도발을 제지하기 위하여 북간도 일대를 개방하고 "이민실변(移民实边)"정책을 실시하였다.[10] 이를 계기로 조선 북부지역의 변민들이 북간도를 비롯한 중국의 동북지역에 대량 이주하였다. 이 시기 청정부는 조선인 월간민들이 "청령(清领)"을 경작하기에 청국민으로 간주한다는 방침하에 그들에게 민족 동화를 상징하는 "치발역복(薙发易服)"을 강요하였다. 그러나 조선인 이주민들은 청정부의 민족 동화 정책에 지혜롭게 대처하면서 동북지역에 새로운 생활의 터전을 가꾸었다. 청정부의 "치발역복"정책은 1900년의 러시아의 간도 침입, 1901년 조선정부 진위대진(镇卫队镇) 및 변계경무서의 설치, 1902년 북간도 관리사의 파견 등 사건을 겪으면서 사실상 유명무실해졌다.

1907년 일제는 이른바 조선인들의 생명과 안전을 보호한다는 구실을 대고 용정촌에 통감부 파출소를 설치하고 공개적으로 조선인들에 대한 관할권

---

8   장춘식, 《해방전 조선족이민소설연구》, 북경: 민족출판사, 2004, 17쪽.

9   이해영 편, 《귀환과 전쟁, 그리고 근대 동아시아인의 삶》, 서울: 경지, 2011, 14-48쪽.

10   조성일, 권철 외, 《중국조선족문학통사》, 서울: 이회문화사, 1997, 24쪽.

을 요구하였다. 청정부는 외교부를 통해 강력히 항의하는 한편 귀화한 조선인들은 이미 "치발역복"을 하였기에 청국의 국민이라고 주장하였다. 이에 일제는 그들이 청국의 국민이라는 증거를 내놓으라고 하였고 청정부는 1890년 총리아문에서 귀화한 조선인들에게 발급한 토지집조가 바로 그 증거라고 주장하였다.

1909년 청정부는 《대청국적조례》를 발표하였다. 이는 동남로도(东南路道)에서 근대적인 국적법에 근거하여 조선인들의 입적문제를 원만하게 해결할 수 있는 하나의 획기적인 계기로 되었다. 이를 토대로 동남로도에서는 조선인들의 입적조건에 알맞은 《입적세칙》을 제정하여 그들의 입적을 적극 추진함과 아울러 《제한세칙(制限细则)》과 《취체세칙(取缔细则)》을 만들어가지고 조선인들을 이용하는 일제의 토지약탈에 대해 미연에 방지하고자 하였다.

중화민국시기 조선인 이주민들의 국적 문제는 1915년 《만몽조약》의 체결을 계기로 "상조권분쟁"에 휘말려 들면서 중일 양국 간의 첨예한 외교 문제로 비화되었다. 중국 당국은 조선인들의 귀화 입적을 보다 적극적으로 권장하는 한편 그들의 토지소유권과 소작권에 대한 관리를 강화하였다. 그 결과 조선인의 귀화입적자 수는 대폭 증가하였다. 그러나 1922년 새로 수정된 《중화민국국적법》이 공포되고 1925년에는 《삼시협정(三矢协定)》이 체결되었다. 이를 계기로 동변도(东边道)지역에서 실시하던 조선인에 대한 구축정책은 동북 여러 지역으로 급속히 확산되고 그들에 대한 압박이 강화되었다. 이리하여 많은 조선인들이 조선으로 귀환하는 사태가 빚어졌다.

위만주국시기 "5족협화"를 표방하였으나 조선인들은 그들 자신의 요구나 의지와는 관계없이 일본 천왕의 "신민(臣民)"으로 살 수밖에 없었다. 위만주국에서는 조선인을 "만주국의 국민"으로 육성하려 했고 조선총독부에서는 "내선일체"를 주장하면서 조선인을 "일본제국의 신민"으로 육성하려 하였다. 그 결과 재만조선인들은 위만주국과 조선총독부의 이중적 지배와 탄압을 받게 되었다.

광복 직후 200여 만 명의 재만조선인 중 약 100여 만 명이 조선반도로 귀환하였다. 그 후 국공내전이 전개되면서 동북지역은 국민당의 수복구(收复区)와 공산당의 해방구로 나누어졌다. 국민당은 동북지역을 비롯한 중국 여러 지역에 거주하는 조선인들을 "한교(韩侨)"로 취급하여 일본인과 크게 구별하지 않고 적국민(敌国民) 내지 포로에 준하여 처리하였다. 1946년《한교처리방법대강》을 제정하여 조선인들에 대한 구체적인 관리방침을 규정하였으나 그 중심내용은 지역별 집중수용과 조선 국내로의 송환이었다. 1946년 2월부터 7월까지 천진을 통해 18,723명의 조선인들이 귀환하였다. 동북행정원에서도 1946년 12월부터 두 차례에 걸쳐 2만 5천 명의 조선인들을 한반도로 송환하기로 계획하였으나 여러 가지 원인으로 겨우 2,484명을 호로도(葫芦岛)를 통해 인천으로 송환하는 데 그쳤다. 이러한 상황에서 동북행정은 조선인들에 대한 "잠준거류(暂准居留)"를 "준예거류(准豫居留)"로 수정하고 3만 4천여 명에게 체류증을 발급하였다.

중국공산당은 1928년부터 동북지역 한인들을 중국 경내 소수민족으로 인정하였다. 광복 후 중국공산당은 해방구에서 상술한 민족정책을 공유지분배, 토지개혁 등을 통하여 실질적으로 구현하였다. 1945년 9월 중공중앙동북국은 "동북지역의 조선민족을 중국 경내 소수민족으로 인정하며 한족(汉族)과 동등한 권리와 의무를 향유하도록 한다"고 선포하였으며, 1946년《신년축사》에서 "중국 국적을 원하는 한국인은 입적하여 중화민국의 국민으로 되라"고 호소하였다. 한편 중공연변주위에서는 현 주민 중 귀환을 요구하는 자들에 대해서는 조선측과 협의하여 귀환 조치를 취했고 타지방에서 귀환하기 위해 두만강 일대로 몰려온 유민들에 대해서는 소산(疏散)과 집단이민 등 방법으로 그들의 생활 안정을 도모하였다.

1946년 5월 4일, 중공중앙의 "5.4지시"가 전달되자 동북해방구의 토지개혁은 본격적으로 진행되었다. 토지개혁을 앞두고 중공연변지위는 조선인들을 두 개의 조국을 가진 이중국적자로 인정하고 토지개혁에 참여시켰다. 그리고 자원으로 토지개혁에 참여한 한인들에게 호적을 등록해주는 방법으로 중국 경내 소수민족, 즉 조선족으로 인정하고 그들의 법적 지위를 인정하였다. 결과 근 100만에 달하는 조선인들이 조선족으로 동북지역 해방구에 정착하게 되었고 1952년에는 연변지역에 조선족자치주를 설립하여 민족자치를 실현하게 되었다.

요컨대 조선족은 이주 초기부터 1945년까지 본질적으로는 "무국적자"로서 청정부와 일제의 이중삼중으로 되는 압박과 착취를 받았고 여러 세력의 틈바구니에서 희생양으로 충당되었다. 하지만 조선인들은 끈질긴 생명력을 가지고 이 땅에 정착하였으며 동북에서 수전을 개발하고 항일투쟁과 국민당과의 투쟁에서 그 어느 민족보다도 용감하게 싸움으로써 중국의 국적을 가질 수 있는 조건과 자격을 가지게 되었다.

1949년 10월 1일에 중화인민공화국이 창건된 후 중국공산당은 민족압박제도를 철저히 폐지하고 민족 평등 정책을 실시하였다. 이때로부터 조선족은 중화인민공화국 대가정의 일원으로서 중국공산당의 민족정책의 빛발 아래 여러 민족과 함께 정치, 경제, 문화 등 면에서 평등한 권리를 누리게 되었다. 1949년 9월 21일, 주덕해는 조선족을 대표하여 북경에서 열린 전국인민정치협상회의 제1차 회의에 참석하여 공동강령을 제정하는 데 참여하고 모택동을 중앙인민정부 주석으로 선거하는데 한 표를 행사하였다. 그때로부터 조선족은 국적도, 아무런 권리도 없던 자기들의 역사에 종지부를 찍고 나라의 주인으로 되였으며 국가 대사와 지방 사무관리에 참여하게 되었다. 말하자면 "조선족은 제1차 전국인민정치협상회의로부터 진정한 의미에서 중화인민공화국의 공민으로 되였다."[1]

이 무렵,《인민일보》는 논평을 발표하여 조선인대표들이 제1차 중국인민정치협상회의에 참석한 일을 높이 평가하였다. "자기의 피와 땀으로 바꾸어 온 과실(果实)은 그들 자신이 충분한 권리를 가지고 맛볼 수 있다. 120만의 동북에 거주하는 조선인민들은 중국공산당의 령도아래, 인민정부의 민족정책이 정확하게 집행됨으로 하여 '개척민', '교민'이라는 객적(客籍)의 지위에서 주인의 일분자(一分子)로 되었다. 그들과 이 대가정 속의 기타 민족 인민들은 평등하게 해방후의 정치, 경제, 문화 등 여러 방면의 건설사업에 참가하게 되었다. 해방전쟁이 진전됨에 따라 조선인민들이 집거하고 있는 여러 지역에 그들의 지방정권이 세워졌다. 조선인민들과 한족들이 섞여 살고 있는 지역에서도 조선인민은 인구의 비례에 따라 지방정권사업에 참가하고 있다. 1949년 9월 중국인민정치협상회의가 개막됨으로 하여 동북경내의 조선인민들은 중국 경내의 소수민족의 자격으로 여러 민족과 만나게 되었다."[12]

민족구역자치는 민족문제를 해결하는 중화인민공화국의 기본정책이다. 1952년 8월 9일에 반포된 《중화인민공화국 민족구역자치요강》에 따라 1952년 9월 3일 연변조선족자치구가 성립되고 1955년 연변조선족자치구를 연변조선족자치주로 개칭하였다. 1958년 9월 15일 길림성 장백조선족자치현이 성립되고 길림성, 흑룡강성, 료녕성, 내몽골 등 지역에도 선후로 42개 조선족자치향이 성립되었다. 민족구역자치를 실시한 후로부터 조선족은 나라의 주인이 되어 본 민족 지역 내부의 사무를 스스로 관리하게 되고 자치기관 간부의 민족화를 실현하게 되었다. 자치권리를 누리게 되자 조선족들은 사회주의 건설에서 커다란 적극성을 보여주었다.

중화인민공화국이 창립된 후 역사상 전례없던 국가의 통일과 민족의 대단결이 이루어지고 여러 민족들이 단결, 우애, 평등, 호조(互助)하는 사회주의

---

11   孫春日, 《中国朝鮮族史稿》, 香港: 香港亚洲出版社, 2011, 339頁.

12   《中国东北境内的朝鮮民族》, 北京: 人民日报, 1950年 12月 6日.

적 민족 관계가 이루어져서 국가의 통일을 수호할 수 있게 되었다. 중국공산당과 정부는 1952년 7월 팽택민(彭澤民, 1877-1956)을 단장으로 하는 중앙방문단을 연변지역에 파견하여 공산당의 민족정책을 선양하고 관철하였다.[13] 한편 1950년 9월, 연변지역에서는 림민호(林民鎬, 1904-1970, 당시 연변대학 부교장)를 단장으로 하는 100여 명의 조선족국경관례단을 북경에 파견하여 중화인민공화국 국경절 첫돌 경축모임에 참가하게 하였다.[14]

중국 국민에의 편입과정에 박차를 가하면서 조선족은 중국의 정치, 경제, 문화의 제반 영역에서 주인공의 자태로 특출한 활약상을 보였다. 일례로 "6.25"전쟁이 터지자 조선족은 "항미원조, 보가위국(抗美援朝, 保家为国)" 운동에 적극 참여했다. 2만여 명의 조선족 장병들이 중국인민지원군에 편입되어 조선반도의 여러 전선에서 싸웠는데 그들 가운데서 김길송, 차린호, 리영태와 같은 전투 영웅들이 나왔다.

2.2.2. 조선족의 이중정체성에 대한 역사적 이해

항일전쟁 승리 후 조선족은 감정과 정서, 지어는 민족관과 국가관에서도 일부 애매모호한 인식과 혼란상을 보여주었다. 이는 조선족 지도자들도 마찬가지였다. 중화인민공화국 건국 직전에 있었던 일들을 보면 다음과 같다.

1948년 12월 길림시에서 민족사업좌담회가 열렸다. 이 좌담회는 동북항일련군 제2군 군장으로 활약했던 길림성 성장 주보중(周保中, 1902-1964)이 중공중앙의 위탁을 받고 주로 연변과 기타 지역에 살고 있는 조선 동포의 문제를 해결하기 위해 소집한 것인데 림춘추(林春秋, 1912-1988, 당시 연변전원 공서 전원), 림민호와 주덕해가 참가하였다. 이 좌담회에서 조선민족의 제반

13　《중국조선족 백년백인－연변인민의 마음속 영원한 주장 주덕해》, 인민넷, 2013.6.7.

14　《중국조선족 걸출한 교육가－림민호》, 길림신문, 2013.6.25.

문제를 두고 오랫동안 토론을 벌렸으나 각기 다른 의견이 제기되어 좁혀들 줄 몰랐다. 림춘추는 연변을 조선에 귀속시켜야 조선민족의 문제를 근본적으로 해결할 수 있다고 하였다. 한편 림민호는 소련의 방식에 좇아 연변을 장차 자치공화국으로 만들어야 한다고 하였다. 주덕해는 이 두 가지 의견에 다 동의하지 않았다. 연변을 조선에 귀속시키자는 것이나 소련식의 자치공화국을 세우자는 것은 모두 연변에 사는 동포들의 역사와 현실에 입각하지 못한 추상적인 생각이며 중국의 실정에서 실현할 수 없는 탁상공론에 불과하기 때문이다. 조선에 귀속시키는가의 여부는 국가 간의 문제로서 이 자리에서 토론할 문제가 아니며 자치공화국을 세우자는 발상 역시 중국의 국정에 맞지 않을 뿐만 아니라 조선족 자체의 발전에도 불리하다고 본 것이다. 주덕해는 구역자치를 실시해야 한다는 의견을 내놓았다. 구역자치안은 주보중 성장의 지지를 이끌어냈을 뿐만 아니라 중공중앙에서도 높은 관심을 보였다.[15]

연변을 조선에 귀속시키자는 발상은 중국과 조선은 우방이요, 조선 전쟁 직전에 조선의 요구에 의해 중국 경내에서 항일투쟁을 하고 국내 해방전쟁에 참가했던 조선인부대를 흔쾌히 보내준 그러한 연장선에서 나온 것이겠지만, 이는 전혀 불가능한 일이다. 소련식의 자치공화국을 만들자는 발상 역시 유력한 중앙집권을 무시한, 근대국가통합의 필연성을 인식하지 못한 천진한 발상이라 하겠다.

이처럼 장기적으로 형성된 조선족의 민족문제와 조국 문제는 쉽게 해결되지 않았다. 이러한 문제를 해결해야 할 사명은 주덕해의 어깨에 떨어졌다. 주덕해는 연변에 온 후 지위(地委)의 명의로 80여 명의 여러 민족, 여러 계통의 대표가 참석한 좌담회를 소집하고 민족과 조국에 대한 맑스와 레닌의

15   강창록 외, 《주덕해평전》, 서울: 실천문학사, 1992, 160쪽.

사상을 학습하고 조국관의 문제, 민족풍속을 존중하고 민족교육을 발전시킬데 관한 문제를 가지고 토론을 벌렸다. 이때 교육계의 한 인사가 "무산계급의 조국은 소련이고 민족의 조국은 조선이며 현실의 조국은 중국이다"라는다국적론을 제기하고 맑스와 레닌의 저작에서 이런 관점을 입증할 수 있는구절까지 찾아내서 삽시간에 많은 사람들의 호감을 샀다. 이에 대해 주덕해는 "계급, 조국, 민족 등 단어를 마구 한데 버무려낸 이런 혼란한 개념은논리적으로 보아도 성립될 수 없고 이론적으로 보아도 그릇된 것이며 실천면에서 보아도 해로운 것이다"고 비판하였다. 즉 조국이란 역사성과 정치성이 결합된 개념으로서 교통 도구가 발전하고 문화교류가 활발하게 진행되는현재에 와서 한 나라에 문화와 풍속이 다른 여러 민족이 공존하여 생활할수 있다는 도리를 차근차근 이야기하면서 조국과 국적은 직접 연관되어있는것으로서 한 사람에게는 오직 하나의 조국밖에 있을 수 없으며 한 사람이동시에 부동한 국적을 가질 수 없다고 하였다. 이어서 그는 100여 년 동안조선족은 기타 민족과 함께 피와 땀으로 이 땅을 개척하고 이 땅을 지켜냈으며 현재 중국의 정치, 경제, 문화 권리를 충분히 향수하고 중국 공민의 의무를 충실하게 이행하고 있다고 하였다. 아울러 그는 중국의 조선족은 조선반도의 사람들과 비록 같은 민족에 속하지만 부동한 공민권을 향수하고 있는만큼 어디까지나 중국의 공민이라고 하였다.

주덕해는 조선족은 중화인민공화국의 공민이라는 점을 강조했지만 그렇다고 해서 중국의 주류민족에의 동화는 절대 바람직하지 않다고 보았다. 그는 조선족은 자기의 특성을 살려야 하고 자기의 말과 글로 정치, 경제, 문화, 교육의 권리를 누릴 수 있어야 한다고 생각하였다. 그래서 그는 조선문신문과 잡지를 발행하고 언어연구기구를 설립해가지고 언어의 규범화를 밀고 나갔다. 또한, 조선족의 생활과 풍속습관을 존중하고 그들의 음식문화, 복식문화, 생산문화 등을 제도적으로 보장하여 주도록 하였다. 이외에도 그는 조선족 대부분이 조선에 친인척이 있는 상황을 고려하여 그들이 상급정부의 허락을 받고 현지 공안파출소에서 발급하는 변경통행증을 가지고 자유롭게 출입국 할 수 있게 하였다. 이리하여 조선족은 고국과 자유롭게 교류할수 있어 자기의 민족적 정체성을 보존할 수 있게 되었다.

하지만 민족적 정체성을 지키고자 했던 이러한 노력은 56개 민족의 통합을 실현해야 하는 국가전략과 일부 마찰을 빚어내게 되었다. 급기야 중국 전토에서 좌경 사조가 득세하고 정치 운동이 부절히 일어남에 따라 조선족 사회의 정체성은 풍전등화같이 흔들리게 되었다. 건국 직전부터 시작된 필화사건과 정치 운동들, 이를테면 (1) 설인의 서정시 《밭두덕》에 대한 비판, (2) 1957년의 "백화제방, 백가쟁명" 방침의 제기와 "반우파투쟁", (3) 1958-1959년의 "대약진"과 신민가 운동, (4) 1959년의 "지방민족주의"를 반대하는 정풍운동과 "언어의 순결화"에 대한 비판, (5) 1966년-1976년의 "민족문화혈통론"에 대한 비판 등이 이를 보여준다.

개혁개방 후 조선족 사회에는 자기의 문화적 성격에 대한 두 가지 부동한 견해가 존재하였다. 하나는 1950년대 말부터 시작된 민족 정풍과 "문화대혁명"의 영향으로 말미암아 민족문화를 주장하면 분열주의자로 지목될 수 있었기에 조선족 문화와 조선반도문화의 동질성을 부정하고 이질성만을 강조하는 경향이었다. 다른 하나는 개혁개방이 심입되고 한국을 비롯한 일본, 미국, 러시아 등 세계 여러 나라에 있는 조선민족과의 인적 교류가 확대되면서 그들과의 동질성을 느끼고 조선족 문화는 세계조선민족문화의 일부분이라고 주장하는 견해였다. 이러한 상황에서 정판룡은 《중국조선족문화의 성격문제》라는 논문을 발표했고 처음으로 "중국에 시집간 딸"이라는 메타포를 동원해 조선족의 정체성과 그 문화적 성격을 형상적으로 설명하였다. 정판룡은 조선족의 100여 년에 달하는 이민사, 정착사, 투쟁사, 건설사를 고찰한 기초 위에서 다음과 같은 결론을 내렸다.

첫째, 조선족 문화를 역사적으로 볼 때 그것은 조선문화의 특성만 가진 문화도 아니요, 중국문화의 특성만 가진 문화도 아니다. 조선족 역사를 보면 천입민족(迁入民族)인 조선족은 점차 중국의 소수민족으로 과도하는 과정으로 나타난다. 그러므로 조선족 문화는 역사적으로 줄곧 두 가지 특성을 아우르고 있었다. 즉 이중적 성격을 지니는 것이다. 조선족의 전설을 놓고 보더라도 세 가지 종류가 있는데 하나는 조선반도에서 가지고 온 것이다. 이따금 지명, 인명이 바뀌지만 기본상 그대로인 것, 다음은 순전히 우리가 창작한 것, 이를테면 백두산, 거북산 전설이다. 이런 전설에는 망향의식, 정착의식, 투쟁의식이 반영되어 있다. 셋째는 중국 전설 가운데 있는 고구려, 발해 때의 전설이 조선족의 전설로 된 것이다.

문학, 무용 등에도 두 가지 특성이 공존하는 현상을 쉽게 발견할 수 있다. 이를테면 조화미와 중화미, 함축미와 온화미는 여전히 조선족 무용의 기본 특징으로 되고 있다. 하지만 삶을 개척하는 길에서 자연과 사회의 모든 악세력과 맞서는 삶의 의식과 불요불굴의 투쟁 정신은 조선족 무용에 독특한 개성을 부여하고 있다. 이러한 개성은 민족무용에서도 볼 수 있다.

둘째, 이중성격이라 하여 두 가지 특성이 언제나 동등한 위치에 놓여 있는 것은 아니다. 초기에는 조선적인 특성이 중요했다면 날이 갈수록 중국적인 특성이 점차 중요한 자리를 차지하였다. 마치 중국이란 나라에 시집을 간 딸처럼 처음에는 친정집 습관에서 벗어나지 못하다가 점차 습관되어 결국에는 시집의 사람으로 되는 것과 마찬가지이다. 그러므로 오늘의 조선족 문화는 재중조선인문화도 아니요, 이민문화도 아니다. 말 그대로 중국 조선족문화일 뿐이다. 조선족 문화의 내용만 놓고 보더라도 주로 중국의 정치, 경제, 사회생활을 반영하고 있다.

셋째, 각 부문의 역사를 쓸 때 조선족 문화의 이중성이라는 특성을 고려하여 실사구시적으로 써야지 그 어느 한쪽으로 기울어져서는 안 된다. 이를테

면 반드시 조선족의 것만이 우리 문화로 된다고 하여 중국적인 것을 빼게
된다면 쉽게 편견에 빠지게 된다. 기실 국적 문제가 비교적 명확히 된 것은
조선이 독립된 나라로 되고 중국에도 중화인민공화국이 성립된 후의 일이
다. 지금은 조선족과 중국에 사는 조선, 한국 교민의 계선이 명확하게 되었지
만 그 이전에는 사실 명확하지 않았다.[16]

조선족의 이중정체성, 조선족 문화의 이중적 성격에 관한 정판룡의 견해
는 보편적인 공감대를 이끌어냈다. 역사학계에서도 정판룡의 발상에서 계시
를 받고 "이중사명론(双重使命论)"을 제기하였다.

이를테면 박창욱은 조선족이 동북 경내에서 전개한 반제반봉건투쟁의 역
사에 대해 독창적인 견해를 내놓았다. 그는 일부 학자들이 조선인의 조선독
립운동과 조선민족해방운동을 조선 역사의 일부분으로, 바꾸어 말하면 중국
역사와는 아무런 관계도 없는 것으로 보는 관점과 조선족은 중국의 동북에
자리를 잡으면서부터 중화민족의 일원으로 되였기에 그들의 역사는 중국
역사의 일부분으로 되며 절대 조선 역사와 뒤섞어놓아서는 안 된다는 주장
에 대해 이의(异议)를 제기하면서 조선인의 "이중사명론"을 내놓았다.

"우리나라 조선족인민들은 1930년부터 중국공산당의 령도아래 '중화민
족의 해방을 위해 싸우자'라는 구호를 외치면서 우리나라 여러 민족들과
함께 중국혁명에 직접 참가했을 뿐만 아니라 조선민족의 독립과 해방을 위
한 운동을 견지함으로써 역사가 그들에게 부여한 이른바 '한 몸에 두 임무를
짊어지는(一身兼两任)' 력사적 사명을 충실하게 리행하였다."[17]

김강일은 《중국조선족사회지위론》,[18] 《중국조선족사회의 문화자원과 발

---

16 정판룡, 《정판룡문집》(2), 연길: 연변인민출판사, 1997, 13-15쪽.

17 박창욱, 《중국조선족의 력사 특점》, 중국조선족력사연구, 연길: 연변대학출판사, 1995, 86
     쪽.

18 김강일, 《중국조선족사회지위론》, 아시아태평양지역연구, 2000년 제1기, 1-26쪽.

전의 문화전략》,《중국조선족사회의 변연문화특성과 민족공동체 재건》[19] 등
논문에서 상술한 선학들의 견해를 비판적으로 계승하고 조선족 사회를 초국
가성과 변계(邊界) 효용론의 시각에서 바라보아야 한다고 하면서 조선족 문
화가 갖고 있는 변연문화의 특성과 그 창조적 기능에 대해 다음과 같이 논술
하고 있다.

"조선족문화의 성격을 초국가성의 시각에서 바라보아야 한다. 버토벡
(Vertovec)은 초국경 이주민들의 초국가성은 모국과 거주국의 문화를 혼합하
여 새로운 문화적 양식과 문화적 공간을 만들어낸다는 점에서 잘 나타난다
고 주장했다. 조선족의 문화적 성격도 이러한 시각에서 바라볼 수 있다. 중국
조선족이 강한 국민 정체성을 갖고 있으면서도 민족적 정체성을 유대로 한
반도와 밀접한 연계를 유지하는 점은 주지의 사실이다. 중요한 것은 이러한
'위치설정과 민족 감정'은 결코 대치되는 것이 아니라는 것이다. 오히려 조
선족 문화는 한반도와 중국 사이의 두 개 문화의 기계적 융합이 아닌 융합문
화의 성격을 띠게 된다. 즉 원문화(元文化)계통에 없는 언어중개(仲介)와 문화
중개의 작용은 물론, 두 개 문화계통을 연결하는 문화전환시스템(文化转换系
统)의 기능까지 할 수 있다는 것이다. 다시 말해서, 조선족 사회의 문화구조
는 한반도문화와 중국대륙문화의 균형적 융합구조의 특성을 갖고 있으며,
또한 이러한 문화구조가 형성되어야만 조선족 사회는 자신들의 위치를 한반
도와 중국이라는 중간지대에 설정하고 발전을 도모할 수 있다는 것이다.
개혁개방 이후 조선족 사회는 중국 내지와의 상관관계가 밀접해지면서 전통
사회에 비해 중국문화를 많이 수용한 동시에, 또한 한국과의 활발한 교류를
통해 근대적인 선진문화도 상당히 수용하였다고 볼 수 있다. 이러한 한반도

---

19 김강일,《중국조선족사회의 변연문화특성과 민족공동체 재건》, 인하대학교 한국학연구소,
《연변조선족의 역사와 현실》, 서울: 소명출판, 2013.

문화와 중국문화 간의 실질적인 융합은 향후 조선족 사회의 발전에 있어서 소중한 문화적 자원이 될 수 있다. 그러나 여기서 중요한 것은 이러한 문화적 자원의 우세를 끊임없이 축적하고 활용하는데 적합한 외부적 환경이 조성되어야 한다는 것이다. 특히 한반도의 통합 내지는 북한의 개혁, 개방이라는 구조적 환경이 마련될 경우 조선족 사회는 동북아지역에서 특유한 문화적 가치를 발산하게 될 것이다."

"다시 변계효용론의 시각으로 돌아가서 설명하면, 개방도가 낮은 동북지역을 우리는 일반적으로 '죽음의 변계(死边界)'라고 일컫는다. 비록 개방된 두 시스템 간의 교차점에서 양자 간의 역동 관계가 형성되면서 변계-중심으로 이어가는 창발(emergence)효과를 발생시킬 수 있지만, 이에 반해 다른 시스템과 아무런 연계를 형성하지 못하고 있는 변계점의 경우는 상기 효과를 발생시키지 못하기 때문에 일반적으로 '죽음의 변계'라고 일컫는 것이다. 다시 말해서, 개방도의 부족으로 형성된 죽음의 변계는 또다시 변계지역의 지역적 가치의 하락, 즉 지역적 흡인력의 저하라는 치명적인 문제점을 발생시키게 되며, 이는 궁극적으로 중심-변계의 역동 관계를 형성할 수 없는 근본적 원인이 되는 것이다. 이에 반해, 지역의 개방도가 제고되어 흡인력이 형성될 경우 인구이동은 물론, 역내 경제의 활성화가 현실적으로 이루어지면서 중심-변계의 역동 관계가 자연스럽게 형성된다. 같은 의미에서 중국 동북삼성의 개방도가 향상될 경우 중국과 한반도를 잇는 북한과 중국의 변계에서 경제적, 문화적 교류가 활성화될 수 있으며 이에 따라 조선족 사회는 그 시너지효과를 톡톡히 볼 수 있다는 것이다. 따라서 조선족들이 집거하고 있는 동북변계지역의 중요성과 동 지역의 문화를 열어줄 수 있는 한반도의 지경학적 의미가 부각되는 것은 당연한 일이라 하겠다. 말하자면 만약 한반도가 안정적 국면을 유지하고 또 중국과의 교류에서 충분한 개방도를 형성한다면 조선족 사회는 그 발전을 위한 막강한 동력을 획득할 수 있을 것이며 경제적 발전 또한 조선족들에게 상대적으로 여유로운 생활을 보장할 수 있으므로 민족사회해체의 우려도 해소될 것이다. 결국, 조선족 사회의 운명이란 한반도의 상황과 직결되는 문제인 것이다."[20]

2.2.3. 이중정체성과 경계지대에 대한 인식의 전환

김강일이 초국가성의 시각과 변계효용론의 관점으로 조선족 문화의 특성과 그 발전적 가능성을 논의했다면 김호웅은 디아스포라의 관점으로 조선족 문화에 접근함과 아울러 경계지대의 디아스포라문학이 갖는 창조성에 대해 분석, 논의하고 있다.

조선족의 정체성을 두고 근 20년 간 여러 차례의 논쟁이 일어났다. 이를테면 김문학의 《중국조선족대개조론》에 대한 논쟁과 비판,[21] 남영전의 "도템시"에 대한 논쟁,[22] 그리고 조성일과 황유복의 논쟁을 들 수 있을 것이다.

주지하다시피 1990년대 초반 정판룡이 "중국에 시집간 딸", 즉 조선족 문화의 이중적 성격에 대해 논지를 편 후, 조성일(趙成日, 1936-)이 좀 더 구체적으로 논의를 전개했고 이러한 관점은 김강일, 김관웅, 김호웅 등에 의해 보다 더 구체적으로 논의되어 왔다. 하지만 황유복(黃有福, 1943-)은 상술한 학자들의 견해를 전면적으로 부정하고 나섰다. 이에 대해 조성일은 강하게 반론을 제기했고 황유복이 다시 매몰차게 받아쳤다. 조성일과 황유

---

20   김강일, 《중국조선족사회의 변연문화특성과 민족공동체 재건》, 인하대학교 한국학연구소, 《연변조선족의 역사와 현실》, 서울: 소명출판, 2013.

21   김문학, 《조선족대개조론》, 장백산, 2001년 제1-6기; 김관웅, 《'식민주의사관'과 김문학현상》, 문학과 예술, 2001년 제2기; 김학철, 《집중폭격은 금물》, 장백산, 2001년 제1기; 조성일, 《김문학현상과 김관웅교수》, 내가 본 조선족문단 유사, 연변대학출판사, 2014.

22   남영전, 《도템문화가 현대인류에게 주는 계시》, 문학과 예술, 2004년 제2기; 임윤덕, 《도템과 남영전의 시》, 문학과 예술, 2004년 제2기; 조성일, 《'도템시'론쟁 대한 자문자답》, 내가 본 조선족문단 유사, 연변대학출판사, 2014.

복의 논쟁을 두고 김호웅은 두 사람은 다 조선족 사회의 대표적인 지성인이고 이들의 논쟁은 조선족의 역사와 민족적 정체성 및 향후 생존과 발전전략에 관한 원론적인 문제를 다루고 있음으로 이를 강 건너 불구경 식으로 대할 수 없다고 판단하였다. 김호웅은 2010년 2월 18일 "한국 재외동포포럼"에서 《중국조선족과 디아스포라》[23]라는 논문을 발표하였다. 김호웅은 "조-황 논쟁"의 문제점을 살펴본 후, 탈식민주의 문화이론의 시각으로 조선족의 디아스포라적 성격, 이중정체성, "제3의 영역" 및 "접목의 원리" 등에 관한 견해를 내놓음으로써 학계의 보다 깊은 논의를 이끌어 내려고 하였다. 이 논문의 요지를 간추리면 다음과 같다.

우선, 황유복이 세계적인 석학들인 에드워드 사이드(Edward Said, 1935-2003), 가야트리 스피박(Gayatri Chakravorty Spivak, 1942-), 호미 바바(Homi K. Bhabha, 1949-)와 같은 이들의 관점은 물론이요, 중국의 족군(族群)관계를 이론적으로 분석하고 종합하면서 중화민족은 "다원일체의 구조(多元一体格局)"를 갖고 있다[24]는 결론을 내린 비효통(费孝通, 1910-2005)과 같은 중국 최고 석학의 견해는 전혀 참고하지 않는 데 대해 유감을 표시했다.

중국의 민족학 학자 왕아남(王亚南, 1901-1969)도 다음과 같이 말한다. "통일된 현대의 중화민족국가 내부에서 사람들은 이중정체성과 민족의식을 갖게 되는데 이는 역사가 남겨놓은 벗어날 수 없는 현실이다."[25] 또한, 중국의 탈식민주의 문화이론의 권위적인 학자인 왕녕(王宁)도 "정체성과 그에 대한 동일시는 천성적이고 변화되지 않는 것이 아니다. 정체성에는 천성적인 요소와 후천적인 요소가 있다. 오늘의 글로벌 시대에서 한 사람의 민족과 정체

---

23 김호웅, 《중국조선족과 디아스포라》, 한중인문학연구, 2010(29), 1-20쪽.

24 费孝通 等著, 《中华民族多元一体格局》, 北京: 中央民族大学出版社, 1999.

25 王亚南, 《概说中国是多民族国家还是统一民族国家》, 《民族发展与社会变迁》, 北京: 民族出版社, 2001.

성은 얼마든지 이중적이거나 지어는 다중적일 수 있다"[26]고 하였다.

중국의 학계에서는 3천만도 넘는 화인, 화교들을 당연히 디아스포라로 인정한다. 여러 가지 논저들에서도 디아스포라에 대해 공개적으로 거론하고 이와 관련된 중요한 학술회의도 여러 번 하였다. 이를테면 중국 고등학교 통용교과서로 많이 이용되고 있는 양내교(杨乃乔)의 《비교문학이론교정》에서는 "신분연구"라는 장을 설정하여 세계 여러 나라에 산재해 있는 디아스포라 문학에 대해 소개하고 있으며 3천만 화교의 이중정체성이 문학창작에 어떻게 반영되는가에 대해 논술하였다.[27]

디아스포라(Diaspora)라는 용어는 이산(离散), 산재(散在)를 뜻하는 그리스어로서 주요하게는 헬레니즘시대 이후 팔레스타인 이외의 지역이나 나라에 사는 유대인 및 그 공동체를 지칭한다. 오늘에 와서는 유대인뿐만 아니라 팔레스타인인, 아르메니아인이나 세계 여러 나라에 널려 사는 중국의 화교 등 다양한 "이산의 백성"들까지 아우르는 소문자 디아스포라(diaspora)를 사용하는 경우가 많아졌다. 특히 1970년대에 탈식민주의 문화이론이 나오면서 소문자 디아스포라는 정체성이나 소수민족을 논의하는 중요한 용어, 지어는 하나의 이론적 범주로 부상하였다. "문화연구의 아버지"로 불리는 영국의 학자 스튜어트 홀(Stuart Hall, 1932-)은 《문화신분과 디아스포라》라는 저서에서 소문자 디아스포라를 처음으로 탈식민주의 문화비평의 중요한 용어로 사용하였다.

"내가 여기서 사용하는 이 용어는 직접적인 뜻을 취한 게 아니라 은유적인 뜻을 취했다. 디아스포라는 우리와 같은 흩어진 민족공동체, 모든 대가를 지불하면서라도, 지어는 타민족을 바다에 처넣으면서라도 그 어떤 신성한

---

26   王宁, 《'后理论时代'的文学与文化研究》, 北京: 北京大学出版社, 2009, 133页.

27   杨乃乔, 《比较文学理论教程》, 北京: 北京大学出版社, 2008.

제2장 코리안 드림과 조선족 문학 47

고향에 되돌아가야만 비로소 정체성을 획득할 수 있는 그러한 특정한 민족 공동체만을 가리키는 게 아니다. 그것은 진부하고 제국주의적이며 패권주의적인 '종족'형식이다. 이러한 낙후된 디아스포라 관념에 의해 팔레스타인 사람들이 당하고 있는 액운, 그리고 서방이 이러한 관념을 악용하고 있음을 우리는 벌써 보았다. 내가 여기서 말하는 디아스포라 경험은 그 본성이나 순결도에 비추어 정의를 내린 게 아니다. 필요한 다양성과 이질성에 대한 인정으로부터 정의를 내렸다. 차이를 인정하고 차이에 대한 이용을 전제로 한다. 차이를 고려하지 않고 생존을 꾀하는 그러한 정체성의 관념은 아니다. 말하자면 혼합성에 비추어 정의를 내린 것이다. 디아스포라의 정체성은 개조를 거쳐, 그 차이성으로 말미암아 끊임없이 생산되고 재생산되어 그 자신의 정체성을 갱신하게 된다. 독특한 성격을 가진 카리브인들은 곧 그 피부색, 천연색과 얼굴 모습의 혼합이며, 그들의 음식은 여러 가지 맛의 혼합이다. 디크 헤프디그의 재치 있는 비유를 따르자면 그것은 '뛰어넘기'요, '썰어서 뒤섞어놓기"의 미학이다. 이는 또한 흑인 음악의 영혼이기도 하다."[28]

보다시피 소문자 디아스포라는 대문자 디아스포라에서 파생되었지만 "문화의 혼합성", "신분의 생산성과 재생산성" 같은 새로운 뜻이 추가되어 보다 넓은 개념과 함의를 가진 새로운 용어로 되었다. 하기에 외래어를 자기의 언어기호로 전환시켜 사용하기를 즐기는, 문화적 주체성이 아주 강한 중국에서는 소문자 디아스포라를 숫제 "족예산거(族裔散居)"나 "이민사군(移民社群)"으로 번역해 사용하고 있다.

이 글에서 김호웅은 근대의 노예무역, 식민지배, 지역이나 나라 간의 분쟁과 전쟁, 시장경제의 세계화 등 여러 가지 외부적인 이유에 의해 대부분 강제적으로 자기의 공동체로부터 이산을 강요당한 사람들과 그들의 후손들

28 　王先霈, 王又平, 《文学理论批评术汇释》, 北京: 高等教育出版社, 2006, 748页.

을 가리키는 용어로 디아스포라를 사용함과 아울러 스튜어트 홀이 내린 이상의 정의에서 "문화의 혼합성", "신분의 생산성과 재생산성" 같은 내용이 첨가된 소문자로서의 디아스포라의 개념을 받아들이고 있다. 또한, 디아스포라 연구에서 가장 관심이 가는 것은 정체성 또는 문화 신분의 문제라고 하면서 조선족은 과경민족의 후예들인만큼 근대적 디아스포라라고 하였다. 19세기 중반 이후 봉건 학정과 자연재해, 그리고 일제의 침탈로 말미암아 농민을 비롯한 조선의 의병장, 독립운동가, 교육자, 문학 예술인들이 두만강과 압록강을 건너와 연변을 비롯한 중국의 동북지역에 와서 정착하였다. 이들은 애초부터 "집"을 잃고 "집"을 찾아 헤매는 미아(迷儿)들, 말하자면 무국적자들이었다. 이들은 토지를 소유하기 위해서는 치발역복, 귀화입적의 치욕을 감내해야 하였고 일본의 황민화 정책으로 말미암아 창씨개명을 강요당했다. 1909년의 간도협약, 1930년대 초반의 민생단사건과 만보산사건에서 볼 수 있다시피 이들은 중국과 일본의 틈바구니에서 양자택일의 고뇌와 아픔에 시달려야 했고 궁극적으로 희생양으로 되기도 했다. 다행스러운 것은, 중국 동북에 온 조선인들은 논농사를 해서 이 지역의 개발에 획기적인 기여를 했고 제국주의와 봉건주의를 반대하는 중국혁명에 커다란 기여를 함으로써 중국의 국민으로 될 수 있는 자격을 부여받았다. 이들은 중국을 자기의 조국으로 생각하고 정치, 경제, 문화생활에 적극 참여하였다. 하지만 이들은 고국과 고향에 대한 깊은 향수를 떨쳐버릴 수 없었으며 자기의 물질, 제도, 행위, 정신적 문화 일반에 커다란 애착과 긍지를 갖고 있었다. 특히 장구한 세월 우리의 말과 글을 지키고 민족교육과 문학예술을 발전시킴으로써 "조선족으로 살아남기"에 성공하였다. 이러한 의미에서 조선족은 당당한 중국 국민이로되 여전히 이중문화 배경과 정체성을 갖고 있는 코리안 디아스포라의 한 갈래라 하겠다.

디아스포라의 이중정체성을 두고 에드워드 사이드는 그 자신의 체험을 염두에 두면서 다음과 같이 말한 바 있다.

"많은 사람들과 마찬가지로 나는 하나의 세계에만 속하지 않는다. 나는 팔레스타인 출신의 아랍인인 동시에 미국인이기도 하다. 이는 나에게 기괴하면서도 실지에 있어서는 괴이하다고 할 수 없는 이중배역을 부여하였다. 이밖에 나는 학자이기도 하다. 이러한 여러 가지 신분은 모두 분명하지 않다. 매 하나의 신분은 나로 하여금 색다른 영향과 작용을 하게 한다."[29]

사이드와 같은 탈식민주의 문화이론의 전문가들은 이중 내지 다중 문화배경과 정체성을 갖고 구미 여러 나라에서 제3세계의 대리인 역할을 함과 아울러 구미 여러 나라의 사상과 이론을 제3세계에 전파해 지식인들을 문화적으로 계몽시켰다. 《여용사(The Woman Warrior)》(1976)라는 작품으로 미국의 문학계와 화예문학계(华裔文学界)에서 모두 이름을 날린 양정정(杨亭亭, 1940-)의 경우도 마찬가지이다.

그는 미국의 화인 거주구역에서 자란 화인 후예 여성작가이다. 그는 기본상 미국식 교육을 받았다. 그러나 그의 기억과 마음속에는 노일대 화인들이 들려준 각양각색의 신물이 나면서도 전기적인 이야기가 자리 잡고 있었다. 비범한 예술적 상상력으로 쓴 그의 이야기는 전통적인 소설이 아니라 자전(自傳)적인 색채를 지니고 있다. 적잖은 화예작가와 비평가들은 그의 작품을 두고 전통적인 "소설"의 영지(領地)에 대한 경계넘기(越界)이며 뒤엎기(顚覆)라고 말한다. 하지만 그의 경력을 잘 알고 있는 사람들은 그러한 자전적인 성분들에 많은 "허구적인 것"들이 끼어있다고 말한다. 다중적인 문체를 뒤섞는 이러한 "혼잡식" 서사 책략을 구사했기 때문에 양정정의 "비소설(非小說)"은 미국 비평계의 주목을 받게 되었고 영어권 도서시장에서 베스트셀러가 될

29 Said, Edward W, *Reflections on Exile and Other Essays*, London: Granta Books, 2000, p.397.

수 있었다. 양정정을 비롯한 동시대 화예작가들의 성공은 "다문화주의" 특징을 가진 미국 문학에 활기를 불어넣고 화인 문학의 영향도 넓혀주었다.[30]

에드워드 사이드나 양정정과 마찬가지로 중국의 조선족들, 특히 조선족 지성인들은 "조선문화"와 "중국문화"라는 이중정체성을 갖고 해방 전에는 조선혁명과 중국혁명이라는 이중역사 사명을 완수하기 위해 싸웠고 해방 후, 특히 개혁개방 후에는 중한 경제, 정치, 문화교류의 가교역할과 남북통일의 교두보 역할을 유감없이 수행했다. 조선족은 "조선문화"의 요소를 갖고 있기에 중국의 한족은 물론이요, 기타 소수민족과도 구별되거니와 또 "중국문화"의 요소를 갖고 있기에 조선이나 한국 또는 세계 여러 나라에 흩어져 살고 있는 재외동포와도 구별된다. 조선족 문학의 대부였던 김학철은 중일한 3국을 무대로 싸웠고 피타는 고투로 중국에서의 입지를 탄탄히 굳혔지만 임종을 앞두고 그 자신의 뼈를 자기의 고향인 조선 강원도 원산(元山)에 보내주기를 바랐다. 이 사례에서 알 수 있다시피 중국의 주류사회에 적극 참여해 자기의 확고한 위치를 찾으면서도 자기의 역사와 문화를 지키는 것, 이것이 바로 조선족의 문화적 실체이요, 이중정체성이다.

이처럼 디아스포라는 이중정체성을 갖고 있기에 모국과 거주국 사이에서 우왕좌왕할 때가 많다. 하지만 주체적인 선택을 통해 문화변용을 일으키게 된다. 다년간 화인 디아스포라에 대한 연구를 해온 왕경무(王庚武)는 모국과 거주국 문화 둘 중에 어느 쪽에 치우치는가에 따라 "해외에 흩어져 살고 있는 화인들 중에서 다섯 가지 정체성이 나타날 수 있는데, 그것들로는 잠깐 여행하거나 거주하는 자(旅居者)의 심리, 동화된 자(同化者), 조정하는 자(调节者), 민족적 자부심을 가지는 자, 이미 생활방식이 완전히 개변된 자"[31]라고

---

30 王宁, 《'后理论时代'的文学与文化研究》, 北京大学出版社, 2009, 133頁.

31 L. C. Wang, *Roots and Changing Identity of the Chinese in the United States*, in Daedalu, Spring 1991, p.184.

하였다.

　여기서 베리(Berry)의 이론을 참조할 수 있는데, 그는 문화변용을 세 단계로 나누었다. 첫 단계는 접촉하는 단계로서 서로 다른 두 개의 문화가 서로 만난다. 둘째 단계는 갈등을 빚어내는 단계로써 주류사회가 이민자들에게 변화를 요구하고 압력을 가한다. 이때 이민자들은 기원사회(Origin Society)와 정착사회(Host Society)의 문화적 정체성 사이에서 양자택일의 혼란과 고뇌를 경험한다. 셋째 단계는 해결하는 단계로서 문화변용의 특정한 전략을 구사해서 정체성의 혼란을 극복한다. 또한, 베리는 이민자들이 다른 인종과 민족 집단과의 관계를 얼마나 중요하게 여기는가, 자신들의 문화적 특성이나 관습을 어느 정도 유지하는가에 따라 문화변용을 통합, 동화, 고립, 주변화라는 네 가지 유형으로 나누었다. 통합(Integration)은 이민자들이 거주국의 주류사회에 활발하게 참여하면서도 자신들의 고유한 문화 전통을 유지하는 경우이고, 동화(Assimilation)는 이민자들이 주류사회에 활발하게 참여하는 과정에 그들 자신의 고유한 문화 정체성을 상실하고 주류사회에 흡수되는 경우이다. 그렇다면 고립(Isolation)은 이민자들이 주류사회에 활발하게 참여하지 않고 그들 자신의 문화 정체성만을 유지하려고 하는 경우인데, 그들은 보통 차이나타운과 같은 소수의 이문화 집단의 거주지에 격리되어 살고 있다. 주변화(Marginality)는 주류사회에 참여하지도 않고 자신들의 문화도 상실하는 경우이다. 그들은 사회의 최하층으로 전락하여 기성질서에 반항하는 가치관과 행동 양식을 갖게 된다.

　이러한 이론에 기초해 김호웅은 디아스포라의 관점으로 적잖은 문학평론과 논문을 발표했는데 그의 견해는 《디아스포라의 시학》[32]이라는 짧은 글에 극명하게 나타난다. 여기서 김호웅은 당나라에 가있었던 최치원(崔致远,

---

32　김호웅, 《디아스포라의 시학》, 연길: 연변인민출판사, 2014.

857-?)을 최초의 코리안 디아스포라 시인으로 규정하고 있으며 1990년대 이후 토니 모리슨(Toni Morrison), 주제 사라마구(Jose Saramago), 고행건(高行健), 오르한 파묵(Orhan Pamuk) 등의 경우와 같이 노벨문학상을 수상한 대부분 작가들이 디아스포라였다고 말한다. 조선족은 조선반도에 살다가 두만강과 압록강을 건너와 중국의 동북지역에 정착한 과경민족의 후예들로서, 그들은 오늘도 디아스포라의 특성을 갖고 있다. 조선족 공동체에 내재한 디아스포라의 성격을 인정하고 그 잠재적 창조성을 발굴, 발휘할 때만이 조선족 문학은 새로운 지평을 열 수 있다. 이 글에서 김호웅은 디아스포라 문학의 특성과 가능성을 아래와 같은 몇 가지로 나누어 언급하였다.

첫째는 잃어버린 고토와 고향에 대한 끝없는 향수(乡愁)이다. 그것은 에드워드 사이드가 말한 바와 같이 망명이란 "개인과 고토, 자아와 그의 진정한 고향 사이에 생긴 아물 줄 모르는 상처로서 그 커다란 애상(哀傷)은 영원히 극복할 수 없기 때문이다." 향수는 디아스포라의 영구한 감정이며 그것은 또 잃어버린 에덴동산에 대한 인류의 원초적인 향수와 이어져 제국의 식민 지배와 근대문명에 대한 비판적 기능을 수행한다.

둘째는 디아스포라는 모국과 거주국의 중간위치에 살고 있기에 "집이 없다"고 말한다. 그들은 모국과 거주국 모두에게 백안시당하는 경우가 많으며 따라서 이중적 정체성의 갈등을 경험하게 된다. 이러한 이중적 정체성의 갈등을 극복하기 위한 다양한 시도들, 이를테면 민족적 정체성을 잃은 자의 고뇌와 슬픔, 모체 문화로의 회귀와 그 환멸, 사랑과 참회를 통한 화해, 근대와 전근대의 모순과 충돌, 그리고 이질적인 문화형태들의 숙명적인 결합 등 감동적인 이야기로 펼쳐질 수 있다. 이중적 정체성의 갈등은 현대문학의 최고의 주제, 즉 인간의 소외(疎外)와 그 극복과 맞닿아있으며 그것은 인류의 보편적인 공감대를 획득할 수 있다.

셋째로 디아스포라는 모국과 거주국 사이에서 이중적 정체성의 갈등을 경험하기도 하지만 어쨌든 그들은 아주 미묘한 "중간상태(median state)"에 처해 있고 "경계의 공간(limen)"을 차지하고 있어 보다 넓은 영역을 넘나들 수 있다. 따라서 디아스포라의 체험과 경력은 풍부한 소재를 약속해 준다. 이국(异国)의 인정과 세태, 기상천외한 자연을 보여주고 타자(The other)라는 거울을 통해 자기 민족과 문화를 비추어볼 수 있다. 여기서 두 가지 형상을 창조할 수 있는데, 하나는 이국의 근대적 발전상을 확인하고 유토피아적 형상을 창조하는 경우이고 다른 하나는 이국의 식민지 현실을 확인하고 모국의 식민지 현실을 재확인하는 이데올로기적 형상을 창조하는 경우이다. 둘 다 거대한 인식적, 미학적 가치를 가진다.

넷째로 디아스포라는 "중간상태"에 처해 있고 아주 미묘한 "경계의 공간"을 차지하고 있다. 바꾸어 말하면 디아스포라 문화계통은 쌍개방적 성격을 지니며 그것은 디아스포라의 다중문화구조를 규정한다. 이러한 다중문화구조를 가진 "제3의 문화계통"은 단일문화구조를 가진 문화계통, 즉 모국과 거주국의 문화계통에 비해 더욱 강한 문화적 기능과 예술적 창조력을 갖게된다. 특히 예술적 형식에 있어서도 고금중외의 우수한 문학과 예술기법을 폭넓게 수용해 변형, 환몽, 패러디, 아이러니와 역설 등을 활용할 수 있을 것이다.

해방 후 조선족은 중국의 국적을 가졌고 공민의 권리와 의무를 충실히 이행하였으니 해방 전과 사정이 많이 다르다고 하겠으나 디아스포라의 뼈아픈 기억은 여전히 집단 무의식으로 남게 되었다. 그리고 연변을 중심으로 하는 동북지역의 조선족 집거구는 여전히 조선반도문화와 중국의 주류문화 사이에 있는 경계적인 지역이요, 여기서 살고 있는 작가들은 어차피 디아스 포라의 특성을 다분히 갖게 된다고 해야 하겠다. 황차 개혁개방 이후 조선족의 한국, 일본, 러시아, 미국 등 나라로의 이동과 산해관 이남의 대도시로의 이주는 새로운 디아스포라를 양산하고 있다. 조선족 작가들은 조선과 한국을 자유롭게 나들고 있다. 지어는 류순호처럼 미국에, 리동렬과 장혜영처럼 한국에, 김문학처럼 일본에 살고 있는 경우도 있다. 또한, 리원길, 황유복, 오상순, 서영빈, 장춘식, 남복실처럼 조선족 집거구를 떠나 중국의 수도인 북경에 "걸출한 변두리"를 만들어가지고 활발하게 문학 활동을 하고 있다. 이들 모두의 움직임을 통틀어 새로운 디아스포라의 글쓰기라 해도 무리가 없을 것이다.

물론 조선족 작가들은 이주 초기부터 디아스포라의 아픔과 고뇌를 경험했지만 그것을 마음 놓고 예술적으로 재현할 수 있는 자유가 없었다. 한때 모국의 역사와 전통에 대한 애착, 모국과 거주국 문화 사이에서의 이중적 정체성의 갈등과 고뇌는 의혹과 불신을 초래하기도 했다. 하지만 개혁개방 후 자유로운 문학과 예술의 시대를 맞아, 다원공존의 세계사적 물결을 타고 디아스포라의 삶과 이중적 정체성의 갈등과 고뇌를 형상화하고 그러한 갈등과 고뇌를 극복하고 승화시켜 보편적인 인간해방의 시각으로 인간과 자연을 바라보는 우수한 작품들이 쏟아져 나오고 있다.

2.3. 사회문화콘텍스트와 한국문학과의 교류

2.3.1. 다문화환경과 조선족문학

1990년대 이후에 조성된 다문화 환경을 이해하는 것은 조선족 문학을 이해할 수 있는 또 다른 중요한 전제라고 할 수 있다. 조선족 문학은 중국의 문화환경과 해외의 문화환경이라는 복합적인 다문화 환경 속에서 생산되고 소비되어 왔다. 조선족 문학은 주변의 여러 계통과 끊임없이 정보를 교환하면서 발전해 왔는데, 주로는 중국 주류문학과 한국을 비롯한 세계문학 계통과의 역동적인 상호 교류 속에서 변화하고 발전하여 왔다.

주지하다시피 이 시기 중국의 문화는 "공명(共名)"에서 "무명(无名)"의 형태, 즉 일원문화 독존의 형태에서 다원문화 공존의 형태로 바뀌기 시작했다. "무명"의 상황에서 지식인들의 목소리는 다양하게 나타났고 개인적인 특징을 갖게 되었다. 개인적 담론이 허용됨에 따라 계몽적 담론과 탈계몽적 담론과 같은 여러 가지 목소리들이 터져나와 이 시대의 다원적이고 풍부한 문화정신의 전일체를 이루었다.

이러한 상황에 걸맞게 1980년대 단선(单线)으로 지속되던 중국의 문학에도 무주조(无主潮), 무정향(无定向), 무공명(无共名)의 현상이 나타남과 아울러 여러 가지 문학 경향이 병존하는 다원가치 취향의 모습을 보여주었다. 이를테면 나라의 경제지원이나 문학상에 의존해 그 가치를 확인하던 이른바 주선율을 선양하던 작품들, 대중적인 문화시장의 환영 여부를 성공의 잣대로 삼는 소비형 작품들, 소형 그룹의 전문가들이나 동일한 취미를 가진 사람들의 환영 여부로 성공을 가늠하던 순수문학 작품 등이 그러했다. 하여 국가권력의 의식형태, 지식인의 현실비판 정신의 전통, 그리고 민간문화형태 등이 세 부분으로 나누어졌다. "무명"의 문화상태는 여러 가지 시대적 주제를 내포하기 때문에 상대적으로 다양하고 복합적인 문화구조를 이룰 수 있었다. 이리하여 작가들은 여러 가지 취향을 자유롭게 드러낼 수 있는 국면을 누릴 수 있게 되었다.

또한, 한국의 문화는 이 시기 조선족 문학의 중요한 배경으로 되었다. 개혁개방 이전에는 조선문학이 중요한 참조계통으로 되였다면 개혁개방 이후에는 한국문학이 점차 그 자리를 차지하게 되었다. 1992년 8월 중한수교 이후 한국과의 문화교류가 활성화됨에 따라 한국의 문학과 예술은 조선족 문학의 중요한 참조계통으로 부상하였다. 조선족 문학에 대한 한국의 문학과 예술의 영향은 주로는 언어, 형식과 기교에서 많이 나타났다. 문학은 언어예술인 것만큼 어떤 언어를 사용하는가 하는 것은 아주 중요한 문제이다. 이 시기 조선족 작가들은 문학어를 사용하는 면에서 조선에의 일변도(一边倒) 경향에서 벗어났다.

문학적 교류는 주로 인적 교류와 서적, 텔레비전, 방송과 같은 매체를 통해 이루어지기 마련이다. 조선족 문학에 대한 한국문학의 영향, 이를테면 언어, 문체, 구성, 기교 등 면에서의 영향은 주로는 이런 루트를 통해 이루어졌다. 또한, 적잖은 조선족 작가들은 한국에 가서 몇 년씩 체류, 유학, 일했던 경력을 갖고 있다. 적잖은 한국의 작가들도 연변을 비롯한 조선족 거주지역에 와서 여행, 체류, 연구, 강의를 했고 창작을 위한 현지답사를 했다. 특히 금서로 취급되던 많은 한국 문학작품들이 해금되고 다양한 루트를 통해 중국에 들어왔다. 하여 조선족 작가들은 손쉽게 한국의 문학작품을 구해서 읽을 수 있었다. 이런 문학 작품들을 통해 조선족 작가들은 한국문학과 함께 구미를 중심으로 세계문학의 새로운 사조에 접할 수 있었다. 이를테면 최룡관의 경우에는 한국의 문학작품을 통해 서구의 모더니즘 시문학을 알게 되었다. 구미의 모더니즘의 문학사조를 받아들인다고 할 때 중국어나 외국어 능력이 별로 신통치 못한 조선족 작가들에게는 한국 문학작품의 수용이 거의 유일한 루트로 되었기 때문이다.

1990년대에 들어서면서 시장경제가 심화, 발전됨에 따라 문학은 자연히 사회생활의 중심에서 변두리로 밀려나고 많은 난관과 어려움에 봉착하게 되었다. 아주 협소한 문화시장을 갖고 있는 조선족 문학의 경우는 더욱 그러했다. 이 시기 거세게 불어친 출국 바람은 인구의 격감과 함께 독자층의 격감도 초래해 조선족 문학은 더더욱 어려움을 겪게 되었다. 1980년대만해도 나라의 재정지원으로 무난하게 운영되던 《아리랑》, 《북두성》, 《갈매기》와 같은 문학지는 폐간되고 《은하수》, 《송화강》과 같은 문학지는 살아남기 위해 종합지로 변신했다. 순수문학지로 《연변문학》, 《장백산》, 《도라지》만이 남았는데 그것마저 경제난으로 어려움을 겪게 되었다. 출판업 위기설은 중요한 화제로 떠올랐고 일부 작가들은 조선족 문학의 전도에 대하여 비관적으로 보던 나머지 호구지책을 마련하기 위해 아예 붓을 꺾고 "상해(商海)"에 뛰어들기도 했다.

1990년대 중반에 와서 곤혹과 침체의 늪에서 허우적거리던 작가들은 점차 성숙된 모습을 보여주고 조선족 문단도 상대적으로 안정된 국면을 되찾기 시작했다. 조선족의 문학 생산도 시장경제의 현실에 점차 적응하기 시작한 것이다. 이 시기에 오히려 많은 작가, 시인, 평론가들이 작품집을 출간해 개인 작품집 출간의 성황을 이루었다. 특히 세계화에 편승해 자기의 작품을 한국에서 출판하는 문인들도 속출했다. 김학철의 《격정시대》(1988), 《누구와 더불어 지난날의 꿈을 이야기하랴》(1994), 《최후의 분대장》(1995), 《20세기의 신화》(1996)나 정판룡의 《내가 살아온 중화인민공화국》(1994), 그리고 김학송의 시집들은 바로 이 시기에 한국에서 출판되었다.

2.3.2. 조선족문학의 주제경향

이 시기 조선족 문학의 흐름을 거시적으로 살펴보면 다음과 같은 여러 가지 주제 경향들이 병존하는 다원적인 양상을 보여준다.

첫째, 계몽적인 주제 또는 "민족적 사실주의"[33]경향을 지닌 작품들이다. 작가들은 민족의 현실을 정시하고 민족적 위기를 극복하기 위한 다양한 민족구성원들의 몸짓을 구체적으로 형상화하였다. 김학철의 수필과 잡문이 가장 대표적이다. 소설에서는 최홍일의 <흑색의 태양>, 김훈의 <또 하나의 '나'>, 최국철의 <제5의 계절>, 리원길의 <직녀야, 니나 내려다구>, 박옥남의 <둥지>, 량춘식의 <달도>, 정형섭의 <기러기문신>, 손룡호의 <울부짖는 성>, 강재희의 <탈곡>과 같은 작품을 들 수 있고, 시에서는 석화의 조시

---

33   김관웅, 《민족적사실주의 길로 나가는 김응룡시인》, 연길: 연변문학, 2007년 제8기.

《연변》같은 작품들을 들 수 있다. 이 계열의 작품들은 빈부격차와 지역 격차, 조선족의 실존상황에 초점을 맞추어 소외계층의 울분을 대변하고 조선족 공동체의 위기에 대해 여실하게 재현함과 아울러 그들의 끈질긴 생명력을 노래함으로써 수많은 독자들의 공감을 불러일으켰다.[34]

이 시기 조선족 문학은 무명이라는 자유로운 문학 환경에 편승하여 다양한 작품들을 산출하고 독창적인 탐구를 할 수 있었다. 김학철 같은 작가는 현실성, 전투성, 비판성을 지닌 노신(魯迅) 이래의 계몽문학 전통을 계승하여 조선족의 삶의 현장에 튼튼히 발을 붙이고 정신적인 방황상태에 있는 조선족 사회를 향해 "계몽, 그리고 호소"하였고, 정세봉의 <볼쉐비크의 이미지>, 박선석의 《쓴웃음》, 《재해》와 같은 작품은 1980년대 반성문학의 연장선에서 정치 운동과 계급투쟁으로 말미암은 인권에 대한 유린과 문화에 대한 파괴 등 극좌 노선이 몰고 온 사회적인 대재난을 깊이 있게 폭로, 비판하였다. 리원길 같은 작가들은 1980년대 개혁문학의 계보를 이어서 《땅의 자식들》과 같은 장편소설을 통해 개혁개방이라는 격동기에 처한 조선족 농민들의 삶과 희로애락을 예술적으로 재현하였다. 허련순의 《바람꽃》과 같은 장편소설은 서울 바람에 풍전등화같이 흔들리는 조선족 사회의 현실을 보여주면서 민족적 정체성에 대해 깊이 있게 탐구하였다. 또한, 김재국의 《한국은 없다》, 류연산의 《서울바람》, 김혁의 《천국의 꿈에는 색조가 없었다》와 같은 실화문학 작품들은 코리안 드림에서 겪은 조선족의 아픔과 고뇌를 세상에 알림으로써 강한 현실성, 참여 정신을 보여주었다. 이와는 달리 최룡관이나 김파와 같은 시인들은 개혁개방이라는 열린 사회환경에 편승하여 구미의 모더니즘과 포스트모더니즘을 무분별하게 받아들이면서 조선족의 삶의 현실은 오

---

34 김호웅, 《전환기 조선족문학의 주제학적 고찰》, 《중국조선족우수단편소설집》, 연변인민출판사, 2010, 711-732쪽.

불관언(吾不关焉)이라는 이른바 "순문학"의 기치를 들고 주로 시적 형식과 기교에 대한 실험을 하였는데 이들은 탈정치, 탈이데올로기, 탈계몽적인 경향을 보여주었다. 그리고 리혜선의 장편소설 《빨간 그림자》의 경우와 같이 현실문제나 집단의식과는 별로 연관성이 없는 개인의 무의식을 파헤친 작품도 나왔고, 허련순의 중편소설 《우주의 자궁》과 같이 인류의 항구한 모성애를 예찬한 작품도 나왔으며, 남영전의 "토템시"의 경우와 같이 민족문화의 뿌리를 추적한 작품도 나왔고 우광훈의 중편소설 《가람 건느지 마소》의 경우와 같이 인간실존의 허무함을 보여준 작품도 나왔으며, 최룡관과 김학송의 경우와 같이 인간과 자연의 관계에 착안한 생태시도 나왔다. 이러한 조선족 문학의 다원적인 전개양상은 그야말로 "백화제방"의 백화원 같은 문학풍경을 창출했다.

둘째로, 이 시기 주류문단의 많은 작가들이 공동의 사회 이상을 접고 개인적인 서사 입장을 취함으로써 개인적인 담론, 개인적인 표현을 지향하는 작품들이 쏟아져 나왔다. 말하자면 중국의 작가들은 가급적이면 서로 부동한 방식으로 자기가 체험한 시대정신을 재현 또는 표현하려고 노력했다. 이러한 경향은 조선족 작가들의 작품에서도 나타났다. 이를테면 최홍일의 장편소설 《눈물젖은 두만강》(1993)은 김학철과 리근전과 같은 원로작가들이 장편소설 《해란강아 말하라》(1953), 《고난의 년대》(1983)에서 이미 다룬 바 있는 조선족의 이민사, 투쟁사를 다루었지만 이러한 역사의 기억을 자기 나름대로 새롭게 구성하여 보여줌으로써 비교적 선명한 개인적 서사 입장을 보여주었다고 하겠다.

시대적인 공명이 사라지고 적나라한 자아에 직면하게 된 작가들은 그들 자신의 심리공간을 개척하는 글쓰기 작업에 자연스럽게 돌입하게 되었다. 주류문단의 이러한 심리주의 창작 경향은 조선족 작가들에게도 많은 계시를 주었다. 이를테면 리혜선의 《빨간 그림자》는 무의식의 세계를 파헤치려고 노력한 장편소설로서 조선족 문학에서 심리주의 소설을 개척한 작품이라고 할 수 있다. 김혁의 장편소설 《마마꽃 응달에서 피다》는 "문혁"을 배경으로 10여명 청년들의 부동한 운명을 그려냈다. 이 작품에는 작가의 특이한 성장 과정과 개성적인 심리 여정이 다분히 투영되어 있다. 역시 개인의 심리공간 을 개척하기 위한 노력이 엿보이는 작품이라고 하겠다.

셋째로, 탈정치, 탈이념적인 경향이다. 바꾸어 말하면 이미지의 조합, 문체 와 형식미에 탐닉하는 순수문학 또는 탐미주의의 경향이다. 일부 시인들은 기존의 이데올로기나 통념에서 벗어나 생명 본체의 욕구나 세속적인 삶에 특별한 의미를 부여한다. 그들은 스스로 십자가를 짊어진 하느님도, 민중을 이끄는 정신적인 스승이 아니라 오곡잡량을 먹고 섹스하면서 살아가는 세속 적인 인간이라고 생각한다. 이러한 주제 경향을 드러낸 작품으로 정세봉의 《빨간 '크레용 태양'》, 《태양은 동토대의 먼 하늘에》, 《엄마는 교회에 가요》 등을 들 수 있다. 이러한 작품들은 신의 부재, 가치관의 혼란, 신앙과 희망을 상실한 현대 인간의 비애와 고뇌를 다루었다.[35] 이러한 경향을 가장 잘 보여 준 사례로 최룡관, 김파, 김성종과 같은 시인들이 창작한 실험시들을 들 수 있다.

넷째로, 개인이나 민족의 정체성을 다룬 디아스포라 문학적 경향이다. 김 재국의 장편 수기 《한국은 없다》는 작자의 진실한 체험과 아픔을 민족적 정체성의 문제로 승화시켜 한중 언론에 최초로 부각시킨 작품이라면, 허련 순의 장편소설 《바람꽃》과 《누가 나비의 집을 보았을가》, 조성희의 단편소 설 《동년》, 석화의 조시 《연변》, 김호웅의 평론 《중국조선족과 디아스포라》 등은 민족적 정체성의 문제를 다룬 대표적인 작품들이다.

---

35   김호웅, 《정세봉과 그의 문학세계》, 《인생과 문학의 진실을 찾아서》, 심양: 료녕민족출판사, 2003, 357-373쪽.

다섯째, 인간적인 자각과 자존, 자강, 자애의 여성상을 창조함으로 부권제와 남성중심주의를 해체시킨 페미니즘의 경향이다. 허련순의 단편 《하수구에 돌을 던져라》, 《우주의 자궁》, 리혜선의 중편 《터지는 꽃보라》, 김영자의 단편 《섭리》 등이 그 대표적인 작품이라고 할 수 있다.

여섯째, 현실 속에서가 아니라 역사 속에서 민족문화의 뿌리나 전통을 확인하려고 하는 역사문화적 경향이다. 그 대표적인 작가와 작품으로는 남영전의 "토템시", 최홍일이나 최국철의 이민사를 다룬 작품들을 들 수 있을 것이다.

일곱째, 인간과 자연과의 공존공생의 관계에 초점을 맞춘 생태주의 문학이다. 세계적인 문학 교류가 활성화됨에 따라 생태주의 문학사조도 1990년대 말부터 조선족 문단에 받아들여져 생태주의 문학을 태동시켰다. 생태주의 문학의 대표작으로는 김학송의 《20세기의 마지막 밤》, 리문호의 《자라곰탕》, 최룡관의 《청동사슬이 튀는 소리》 등을 들 수 있다.

2.3.3. 창작방법과 예술형식

이 시기 조선족 문학에서 사실주의창작방법은 여전히 주도적인 지위를 차지하는데 이를 네 가지 방면으로 나누어 볼 수 있다.

첫째, 계몽의 주제를 담은 현실적이며 비판적이며 전투적인 사실주의로서 그것은 로신 이래의 계몽적이며 비판적인 사실주의의 전통을 계승한 것이다. 김학철은 생애의 마지막까지 이러한 사실주의를 주장했고 실천했다. 이런 사실주의의 창작방법을 이용한 작가들로는 김학철 외에 리상각, 조룡남, 리원길, 박선석, 정세봉, 허련순, 최홍일, 최국철, 김혁 등을 들 수 있다.

둘째, 탈정치적이며 탈이데올로기적인 신사실주의이다. 1980년대에 들어선 후 작가들은 "사회주의적 사실주의"나 "혁명적 낭만주의와 혁명적 사실주의를 결합한 창작방법"의 틀에서 완전히 벗어났다. 또한, 당시의 특수한 시대적 상황에서 "5.4"이래 노신식의 현실 참여적이며 전투적인 비판적 사실주의를 거부하면서 신사실 소설(新寫實小說)이 나타났다. 이 시기 탈정치권력, 탈이데올로기적 경향이 짙은 신사실 소설, 신역사 소설이 조선족 문학에 큰 영향을 주었다. 조선족 문단의 대부분 소설가들이 다다소소 신사실 소설의 영향을 받았는데 그 가운데서 우광훈, 리혜선, 김혁이 가장 대표적이다.

셋째, 모더니즘적 요소를 적극 수용했다. 모더니즘의 수용은 이 시기의 창작방법, 예술형식의 변화를 가져왔다. 말하자면 다의적 이미지의 창조, 주제의 다의성, 구성의 다층차성, 서술시점의 다원성, 표현수법의 다양화 등으로 모더니즘적 요소는 동시다발, 다원공존의 양상을 드러냈다. 여기서 가장 대표적인 작가나 시인으로 한춘, 최룡관, 김파, 리혜선, 우광훈, 김혁, 김성종, 조광명을 들 수 있다.

넷째, 창작방법의 측면에서 본다면 혼성성(混成性)의 양상을 보여주고 있다. 즉 거시적인 각도에서 본다면 사실주의와 모더니즘은 상호 침투, 상호작용의 양상을 보여준다. 미시적으로 본다면 적잖은 작가나 시인들의 경우에도 사실주의와 모더니즘은 상호 침투하고 작용하는 그러한 혼성성의 양상을 보인다. 이를테면 사실주의 창작방법에 일부 모더니즘적 요소를 가미하군 하는데, 1990년 이후의 사실주의는 사회, 문화, 가족, 개인, 여성, 심리 등으로 그 시야가 전례없이 넓어졌다. 따라서 그 종류도 생존 사실주의, 체험 사실주의, 심리 사실주의로 다양화되었다.

요컨대 이러한 사회문화적 콘텍스트와 중한 양국의 문학을 비롯한 세계문학의 영향 하에 놓인 조선족 문학의 거시적인 움직임 속에서 조선족의 코리안 드림을 형상화한 조선족 작가들의 산문, 시와 소설을 분석하고 논의할 때만이 그 의미를 확실하게 찾을 수 있다. 아래에 코리안 드림을 형상화한 문학이라는 범주와 범위를 가지고 구체적인 작가와 작품을 분석하고 논의하기로 한다.

제3장   코리안 드림의 허와 실

3.1. 서울바람과 고국에 대한 환멸

코리안 드림은 "88서울올림픽"을 계기로 친척방문, 약장사를 거쳐 노무송출의 형식으로 진행되었다. 철의 장벽에 갇혀있던 조선족 형제들은 "86서울아시안게임"과 "88서울올림픽"을 통해 텔레비전 화면으로나마 고국의 빛나는 발전상을 보고 고국에 대한 기대와 환상에 부풀게 되었다. 그들은 한국 KBS 사회교육방송과의 서신 거래를 통해 친인척을 찾고 그들의 요청을 받고 멀리 홍콩을 에돌아 한국에 입국했는데 여기에 농민, 노동자, 사영업자들 외에도 교사와 문인들도 가세했다. 그들이 한국 김포공항에 도착했을 때 고국의 친인척들은 조선족 형제들을 얼싸안고 목 놓아 울었다. 그야말로 김포공항은 눈물의 바다로 되었다. 하지만 '생선과 손님은 사흘이면 맛이 간다'는 일본속담과 같이 조선족은 금세 부담스러운 존재로 변했고 이방인으로 취급되어 냉대와 괄시를 받기 시작했다. 하지만 조선족들은 고국의 금수강산을 돌아보고 고국의 근대적 발전상을 확인하고 민족적 동질성을 찾기도 했다. 이를 우선 산문을 통해 보기로 한다.

3.1.1. 환상적 공간과 현실적 공간

한국 정부나 국민에 대한 회의와 불쾌감은 김포공항을 빠져나올 때부터 시작되고 그들의 환상에 금이 실리기 시작한다. 통관절차를 밟을 때 조선족은 반드시 외국인과 함께 줄을 서야 하고 까다로운 조사를 받아야 했으며 지어는 수모와 멸시까지 감내해야 했기 때문이다. 이는 한국을 찾은 대부분 조선족 형제자매들이 겪은 바이다. 이러한 이야기와 주제를 보여준 수기로 임국현의 《고국, 너는 무엇이기에?》와 김수영의 《중국에서 온 거지》, 산천의 《가깝고도 먼 서울》 등이 있다.

흑룡강조선문신문사 기자인 임국현은 1992년 2월 고국 방문의 꿈을 성취하게 되었다. 그는 《고국, 너는 무엇이기에?》라는 수기에서 첫 고국 방문의 체험을 생생하게 전달한다. 그에게 한국은 조상들이 태를 묻고 뼈를 묻은 고국 땅이요, 오매에도 그리던 고국 땅이었다. 밟아보지도 못했고 눈으로 구경하지도 못했던 땅이지만 혈관 속에서 흐르던 붉은 피만은 속일 수 없고 그 고국 땅을 상상하며 꿈에도 불러보던 땅이었다. 더더구나 고국이 아시아의 작은 용으로 하늘에 날아올라 그 위풍을 세계에 과시한다니 그보다 기쁜 일이 어디 있으랴. 그래서 중국에 사는 백의 겨레의 일원인 그는 한 어깨 으쓱 올라가고 자부심과 긍지감을 가지기도 했다. 하지만 하얼빈을 떠나 홍콩을 거쳐 옹근 사흘 만에 김포공항에 도착했지만 그동안 한껏 부풀었던 가슴은 세관을 통과할 때 싸늘하게 식고 말았다. 대만, 홍콩, 미국, 필리핀 등 나라에서 온 외국 손님들은 통관에 이상이 없이 순순히 넘어갔지만 유독 조선족 동포들만 한곳에 모아놓고 하나하나 검사했다. 물론 세관법이 그러하니 검사는 받아야 했다. 그러나 몇 십 년, 머리에 털 나서 밟아보지 못했던 2세, 3세들이 찾아간 그 땅에서 차별을 받는다는 것은 참을 수 없었다. "36년 동안 일제의 기시와 천대를 받았던 민족, 고국을 떠나 먼 타향 타민족 속에서 민족의 얼을 살리며 억세게 살아온 동포들이 고국의 첫 대문이자 얼굴인

공항 세관에서 동족의 차별을 받는다고 생각하니 서러움과 함께 등골이 싸 늘해졌다." 여기서 그는 45년 만에 친동생을 찾아보러 왔다는 흑룡강성 림구 현의 할머니, 심양의 아주머니, 연변의 시골 할아버지가 당하는 참경을 보여 준다.

45년 만에 친동생을 찾아보러 왔다는 흑룡강성 림구현의 한 할머니는 세관 일군들앞에서 애걸복걸했다.

"동생 보러 가는데 빈손으로 어찌 가갔슈. 좀 사정 봐주시유."

"그 가방 열어젖혀요, 어서!"

가방을 열어젖히고 이건 뭐요, 저건 뭐요 하며 하나 둘 집어내니 가방이 김빠 진 공처럼 홀쭉해졌다. 하도나 기가 막힌 할머니가 물건들을 가방에 되쑤셔넣으 려고 하자 젊디나 젊은 세무일군이 할머니를 죄인 다루듯 한다.

심양에서 외삼촌 보러 왔다는 예쁘장한 아주머니는 세관일군을 데리고 어디 론가 가서 반시간가량 걸려서야 돌아왔다. 그는 너무도 분개해서 눈물을 흘렸다. 한 녀세관일군이 속옷까지 홀딱 벗기더라는것이다. 그리고 만져볼데 만져보지 않을데를 마구 만지고 주물러 보더란다. 너무도 억이 막혀서 눈물을 흘리며 입을 열지 못하던 그는 마침내 내 나이 마흔 살을 먹도록 살아왔어도 이런 인격 무시 는 서울에서 처음이라며 치를 떨었다.

연변에서 왔다는 60대의 시골할아버지는 혈압이 올라가 그 자리에서 넘어져 기절했다.[1]

동족에 대한 이러한 몰이해 내지 인격적 멸시가 한국의 2세, 3세로 내려오 면서 더 심각하다는 점을 산천과 조성희는 자기의 견문을 통해 증언한다.

---

1   채영춘, 허명철 외, 《가깝고도 먼 나라》, 연길: 연변인민출판사, 2013, 178-179쪽.

장장 40여 년 갈라져 있었을망정 같은 조상이나 부모의 슬하에서 자랐고 소년소녀시절의 똑같은 기억을 가지고 있었던 1세 이산가족들은 여전히 혈연의 정을 소중히 간직하고 서로 껴안아주었지만 그러한 체험과 감정이 없는 2세, 3세들은 못사는 나라 중국에서 온 친척들이 별로 탐탁하게 보지 않았다.

산천의 《가깝고도 먼 서울》을 보자. 산천은 1980년 8월 서울국제시인대회에 참가하기 위해 한국에 간다. 한국 체류 80일간 삼성전자, OB맥주 본공장, 울산의 현대자동차와 조선소, 포항제철소 등 유명기업을 견학하면서 배달겨레의 긍지감을 느끼기도 하지만 보고 싶고 그립고 가고팠던 서울이 정작 체류하면서 보니 마음 깊숙한 곳에 어딘가 생소하고 멀어 보이고 차갑게 느껴졌다고 한다. 사연은 이러하다.

어둠이 정원에 깔릴 적에 질녀네 아빠트단지에 들어서게 되였다. 몇몇 국민학교(소학교) 1,2학년쯤 되여보이는 애들이 뜨락에서 놀다가 우리 일행이 들어서는것을 보고 놀음을 그만두고 슬금슬금 눈치를 보며 발치까지 왔다.

"중국계(개)라며."

"몇마리야?"

"둘이야."

귀청을 따갑게 때리는 동성(童声)이였다. 그리고 의아한 눈길에 살짝 번쩍이는 멸시의 은비늘. 그날 저녁 나는 싸구려 화학주 진로를 두병이나 마셨지만 말은 두마디 이상 하지 않았다.

애들 탓할것이 못된다는것을 잘 알고있다. 그리고 걔들이 중국계(中国系)를 중국개(狗)로 잘못 알고있는것도 잘 알고있다. 그래서 "마리"라는 수량사가 나오는것도 잘 알고있다. 그래서 사람을 개로 보는 그 눈길 이상의 변색도 알고있다.[2]

이런 기막힌 사례를 들고 나서 작자는 "중국계"를 "중국개"라고 한 해음 (諧音)의 조롱이 없었더라면, 조선족을 얌치없는 약장수로 이미지화는 매스컴이 없었더라면, 한국 정부가 조선족을 거저 집을 훌 떠났다가 돌아온 서자처럼 맞아주지 않았더라면 어린애들의 "실수"는 없었을 것이라고 에둘러 비판한다.

산천이 어린애들이 조선족을 "중국개"로 취급하는 장면을 통해 한국의 각박한 인심과 이질성이 굳어지고 있는 현실을 두고 개탄했다면 조성희의 수기 《정을 찾으며》에서는 조선족들에 대한 한국 2세, 3세들의 냉담한 태도에 놀란다. 조성희의 아버지는 조선족의 저명한 안무가이며 교육가인 조득현이다. 그가 고국을 떠나 중국에 정착한 지 50년 세월이 흘러갔다. 그는 한국을 다녀온 후 혈육의 정이 그 자신의 세대에 와서 끊어질까봐 몹시 근심했다. 그래서 자식들을 보고 한 번만이라도 한국을 다녀오라고 하면서 한국의 친척들과 정을 키워야 한다고 했다. 그래서 언니, 오빠들이 차례로 한국을 다녀온 뒤인 1990년에 막내딸인 조성희가 한국을 찾는다.

한국에는 조성희의 사촌들이 많았지만 벌써 중국에서 온 사촌들을 상대하기에는 김이 빠져 있었다. 한번 만나 식사나 하면 그뿐이고 서로 서먹서먹해서 별로 할 이야기도 없었다. 그러나 작은 어머니만은 달랐다. 그는 먼 여행에 지친 자식을 대하듯이 음식을 차려주면서 "중국서 여기까지 닷새가 걸렸다면서? 엎어지면 코 닿을 덴데, 그렇게 걸려?" 하며 홍콩을 에돌아 오는 조성희네들의 처지를 두고 혀를 찼다. 작은 어머님은 자식 넷을 두었는데 다 시집, 장가를 보내고 출가 전인 맏딸과 함께 지내고 있었는데 별로 잘 사는 것 같지 않았다. 하지만 조성희가 바깥에서 대접을 받고 와도 "객지에 나오면 그렇지 않아." 하고 기어코 음식을 차려주었다. 밤에도 작은 어머니

는 조성희와 나란히 누웠고 조성희는 작은 어머니의 인생담을 듣는 게 즐거웠다. 현대화 아파트에 누웠지만 마치 먼 옛날 농가집 툇마루에서 쑥 타는 냄새를 맡고 하늘의 별을 바라보면서 어머니의 옛말을 듣던 그런 기분이 들었다.

하지만 작은 어머니의 맏딸은 말수가 적고 냉정한 서른여섯의 노처녀였다. 양장점을 꾸려 돈도 잘 벌었다. 그녀는 자가용을 타고 다니며 옷가게와 옷 공장도 경영했고 얼마 전에는 패션쇼도 열었다고 한다. 하지만 그녀는 단 한 번도 조성희에게 먼저 말을 걸지 않았다. 그래서 조성희는 그녀가 워낙 무뚝뚝한 노처녀인 줄로 알았다. 그런데 어느 날 한밤중에 그녀가 친구와 전화를 주고받는 모습을 보니 제 친구와는 다정다감했고 제법 수다를 떨었다. 여기서 조성희는 다음과 같이 말한다.

> 보통 동세대와는 가까워지고 인차 친숙해진다. 나와 작은 어머님은 동세대에 속하지 않지만 우리는 서로 정이 통할수 있었다.
> 나와 그녀는 동세대에 속한다. 하지만 우리들 사이는 오히려 몇 대를 사이둔 것처럼 벌어졌다는것을 나는 실감했다. 어쩐지 작은 어머님과 더 가까와진것 같았다. 인정의 차이가 이렇게 멀어지리라곤 생각도 못했다.
> 작은 어머님 세대에 속하는 이들이 아무리 건강하다 해도 자연의 리치를 떠나지 못하는 법, 그 세대가 없으면 우리는 어떻게 정을 나눌수 있을가 우려가 든다. 내가 정을 찾으려고 온게 너무나 허황했다는 실망이 든다.[3]

이처럼 조성희는 이산가족 1세와는 달리 다음 세대들이 점점 혈육의 정이 담박해지고 서로 남남으로 살게 되는 점을 우려하고 있다. 이러한 조성의의

---

3   앞의 책, 198쪽.

한국체험은 그의 단편소설 《조개》의 소재로 되기도 한다.

　한 걸음 더 나아가 이 시기 수기들은 일부 한국인들의 사기행각과 허장성세에 대한 비판으로 번진다. 일부 한국인들의 저질적인 모습을 소설적인 장면화를 통해 생생하게 기록한 것은 오태호의 수기 《거만한 사람, 어리석은 사람》이다. 오태호는 연변일보 사장을 지낸 조선족의 저명한 문필가이며 기자였다. 그는 1994년 8월 대전 엑스포와 함께 열리는 수석대전에 참가하기 위해 한국을 다녀왔다. 그는 연길에서 북경으로 달리는 256차 열차에서 한국인들을 만난다. 또한, 당고－인천행 윤선(輪船)에서 한중경제협회 회장을 만난다. 그들은 하나같이 안하무인격으로 허세를 부리고 경박하고 믿음성이 없다. 자본주의 사회에서 볼 수 있는 전형적인 졸부들의 모습이다. 특히 256차 열차에서 벌어진 일은 그야말로 울지도 웃지도 못할 희극이었다.

　이 장면은 이러하다. 침대 좌석을 찾고 보니 세 명의 한국 사람과 자리를 같이 하게 되었다. 강소성에 들어와서 기업을 경영한다는 사장이라는 사람과 그 조수 격이 되는 사람, 연변과학기술대학에 와서 교수로 있다는 사람이다. 모두 40대 전후의 중년 사내들이다. 이들 세 사람은 옆에 노인이 앉아있는지 없는지 그런 것은 전혀 개의치 않고 자리에 올라와 앉아 고스톱판을 벌렸다. 좌석과 좌석 사이에 트렁크를 막아 놓고 노는데 안쪽에 앉은 오태호 사장은 화장실에 가는 일이 심히 걱정되었다. 이윽고 세 사람은 고스톱을 치는 한편 바나나를 꺼내 먹는데 빈말로라도 권하는 게 사람의 도리련만 옆에 앉은 오태호 사장에게는 일절 권하지 않는다. 중국의 밤 열차에 탑승했을 경우에는 21시 30분이면 모두 제자리에 가서 자야 하건만 세 사람은 그냥 고스톱을 친다. 오태호 사장은 발길에 앉은 사람더러 자리를 내라고 할까 생각했지만 말하기 싫어서 그냥 꼬부리고 누워서 새우잠을 잤다. 시간이 얼마나 지났는지 왁자지껄 떠드는 소리에 잠을 깨고 손목시계를 보니 새벽 1시 45분이다. 세 사람은 어느새 고스톱을 거두고 술판을 벌려놓았다. 잠을 설친 오사장은 소피를 보고 제자리로 돌아왔다.

　　"령감님 죄송합니다."

　　바로 내가 자리에 돌아오는데 사장이라는 사람이 나의 손을 으스러지게 잡으면서 재삼 말한다. 화끈한 사나이라는 느낌이 안겨왔다.

　　"바나나는 그 모양으로 먹더니 술에서는 그래도 어른을 알아보는구나."

　　그럴듯 해서 눈꼴사납던 그 응어리라도 금새 풀리는것 같았다.

　　"아니 별 말씀, 어서들 드십시오."

　　"아이 참 죄송합니다. 령감님, 다 먹어 버렸습니다. 죄송합니다."

　　술이 꽤나 거나한 모양인지 같은 말을 되풀이한다. 나는 더이상 대꾸하고 싶지 않아 그쯤하고 다시 자리에 누웠다. 세사람은 계속 떠들어댔다.

　　렬차의 아침이 휘영청 밝았다. 아침 볼일을 두루 보고 얼굴단장이 끝난 뒤 아침식사를 하려고 차판 우에 놓아둔 비닐주머니를 헤쳤다. 이게 웬 일인가? 차에서 먹으라고 마누라가 싸주던 쇠고기포가 한점도 없다. 나는 그제야 크게 깨달은바 있었다. 간밤에 사장이라는 사람이 죄송하다, 다 먹어 버렸다던것은 저희들끼리만 술을 다 먹어 버려서 죄송하다는 말이 아니라 원래는 내가 자는 사이에 나의 쇠고기포를 다 먹어 버려서 죄송하다는 말이었다.

　　"제기랄놈들!"

　　나는 쇠고기포를 못 먹게 되여서가 아니라 그들의 행실이 너무 고약하고 괘씸해서 내심 분노를 느꼈다.[4]

　　일부 몰염치한 한국인들의 추태를 극적인 장치를 통해 장면화하고 있다고 하겠다.

4　　김성호 외,《서울에서 못다한 이야기》, 말과창조사, 1997, 30-41쪽.

3.1.2. 한국에 대한 신랄한 비판

김재국의 장편 수기 《한국은 없다》는 1994년 《우리는 할 말이 있다》는 제목으로 한국 중앙일보 시사월간 《WIN》에 연재되었다가 1996년에 한국에서 정식으로 출판되었다.

우선 김재국은 경제적 격차에서 오는 모순을 지적한다. 그는 조선족의 마음속에 미의 화신으로 자리잡은 연변가무단 배우를 두고 그녀들이 화장이나 복장이 촌스럽다고 "폭소대작전"을 벌려 조선족들의 자존심을 꺾는 한국인들에게 반발과 분노를 표출한다. 작가는 좀 잘살게 되었다고 개구리 올챙이적 생각은 못하고 조선족의 가난함과 촌스러움을 비아냥거리고 쩍하면 "더러운 놈", "거지 같은 놈"하고 욕지거리를 하고 호화관광, 섹스관광에 밑구녕 빠지는 줄은 모르고 주책머리 없이 현지처를 물색하고 "주문"하는 일부 한국인들의 저열한 추태를 꼬집는다.

다음으로 김재국은 한국문화의 폐단, 국민의 열근성, 특히 동포도 껴안지 못하는 한국인의 좁은 소견 등을 비판한다. 우물 안의 개구리처럼 바깥세상을 모르면서도 큰소리만 탕탕 치는 한국인의 자고자대와 협애한 민족주의, 편애와 아집, 동포마저 껴안을 줄 모르는 피해의식과 배타 심리, 지나친 조상숭배와 가부장적 수직 사회의 논리와 남존여비의 폐습, 한자에 대한 숭배와 외래어의 과다한 수용에서 드러나는 사대주의 문화의 폐습, 고질화된 "빨리빨리병"과 약속을 지킬 줄 모르는 건망증과 허풍치기 작태, 이외에도 정치판의 비정과 비리, 만연되고 있는 향락주의 문화, 위기감과 스트레스에 쌓인 한국사회의 얼굴을 하나하나 까밝히고 신랄하게 비판한다.

마지막으로 김재국은 조선반도의 분단과 극복이라는 차원에서 모국 국민과 조선족 간의 경제, 문화적 갈등을 다루면서 이러한 갈등을 동포애로 해소하지 않는 한 남과 북의 통일은 바랄 수 없다고 지적한다. 조선족의 한국방문과 쌍방의 마찰과 갈등은 귀중한 통일실험인데 조선족 동포에 대한 한국국민의 몰이해와 언론의 오도(誤導) 및 한국 정부의 해외동포 정책의 부재(不在)로 말미암아 이 귀중한 실험은 "실패에 실패를 거듭"하고 있다고 했다. 서울의 구석진 식당에서의 조선족 유학생 우씨의 광란적인 몸짓과 아우성, "만약 이제 다시 전쟁이 일어난다면 난 총을 들고 선참으로 한국으로 가서 한국놈들을 쏴 죽이겠다"는 조선족 불법체류자들의 피맺힌 부르짖음, 그야말로 한국 사회에 던지는 폭탄이 아닐 수 없다.

이 작품은 코리안 드림 초기 한국국민과 조선족 간의 마찰과 갈등의 양상을 진실한 체험을 통해 형상적으로 재현하고 조선족의 피맺힌 설움과 한을 대변하였으며 한국인의 열근성과 한국사회의 폐단을 고발함과 아울러 여유 있는 쪽에서 따듯한 동포애로 민족의 동질성 회복을 위한 작업을 해줄 것을 호소한다. 말하자면 한국국민의 반성과 재외동포정책에 대한 근본적인 검토와 개선을 촉구한 작품으로써 크나큰 역사적, 현실적 의의를 가진다. 따라서 모든 오해와 억측, 비난과 공격을 무릅쓰고 "한국은 없다"를 선언한 김재국의 작가적 양심과 용기는 마땅히 긍정을 받아야 할 것이다.

《한국은 없다》는 작가의 한국체험에 바탕을 둔 문학성이 짙은 장편 수기 또는 수필이라고 할 수 있다. 작품의 중심에는 김재국이라는 조선족 작가가 서있고 그의 눈에 비친 각양각색의 한국인이 등장한다. 하지만 주체가 대상화될 뿐만 아니라 객체도 주체화되는 법이니 김재국의 눈—심미적인 수용 주체는 작품에 그려진 한국인의 이미지의 많은 부분을 규정한다. 똑같은 한국인이라 해도 한국인 자신이 보기와 서양인, 일본인, 중국인 또는 조선족의 눈으로 보기가 서로 다르다는 이야기다. 그렇다면 반드시 "조선족이란 어떠한 군체이며 김재국씨란 누구인가?"라는 질문을 제기해야 한다.

김재국은 1959년 중국 길림성 화룡현에서 출생했다. 그는 중앙민족대학을 졸업한 후 《북두성》잡지 편집으로 일하다가 1991년에 한국에 가서 1993년까지 한국 중앙연수원 한국학 대학원에서 공부했다. 하지만 한국 학생과 교수들과의 문화적 마찰과 충돌을 겪고 고민하던 나머지 그 과정과 느낌을 장편 수기 《한국은 없다》에 담아냈다.

김재국은 무엇보다도 먼저 중국 땅에서 나서 자랐고 중국 국적을 가지고 중국 공민의 권리와 의무를 향수하고 이행해온 조선족의 젊은 지식인이다. 그의 눈에는 그림에서나 보는 금수강산 삼천리보다 고향 화룡의 수수한 산봉우리와 야산, 푸르른 논벌, 그리고 거멓게 싹은 한족들의 새 지붕과 누렇게 볏짚으로 이영을 이은 조선족들의 둥그런 지붕이 어깨를 나란히 하고 자리 잡은 중국의 고향 땅이 더욱 익숙하다. 그에게는 소싯적에 사귄 총명하고 쾌활한 동갑 또래 조선족 친구들이 있는가 하면 순후한 성품에 의리를 목숨처럼 여기는 한족 친구들도 있다. 그는 아침 식사로 쌀밥에 된장국, 김치도 좋아하지만 "만투(饅头)"에 죽 한 사발, 짠지 한 접시를 먹어도 좋다. 그는 조선어로 기초교육을 받았지만 본질적으로는 중국의 역사와 문화, 정치제도와 교육제도의 훈육(训育)을 받았다. 중국 정치, 문화의 중심 — 북경에 있는 중앙민족대학에 입학함으로써 중화민족의 문화를 깊이 접할 수 있었다. 그후 길림, 장춘과 같은 도회지에 살면서 한족의 생활과 문화에 더욱 심취될 수 있었다. 한 마디로 그가 시인하든 말든 그는 분명 중국이라는 풍토에서 자라난 한 그루의 버드나무였다. 오히려 중국의 풍토가 더욱 자연스럽고 친절하게 느껴지는 것이었다.

다른 한편 그는 조선왕조의 외척(外戚)으로 세상을 쥐락펴락하던 유명한 안동 김씨의 후손이요, 일제의 침탈에 못 이겨 두만강을 건너온 조선족 3세이다. 그는 모국 국민과의 혈연적인 관계를 털어버릴 수 없었으니 살아도 조선사람으로 살고 싶었고 죽어도 조선사람으로 죽고 싶었다. 또한, 모국의 역사와 전통문화에 대한 민족적 자부심은 하나의 집단무의식으로 그의 젊은 가슴속 깊이 잠재해 있었다. 하기에 "88서울올림픽" 개최에 열띤 환성을 보낼 수 있었고 "한강의 기적"을 이룩한 모국의 현실을 사무치게 동경했다.

이처럼 조선족으로서의 민족적 정체성과 중국 국민으로서의 국민적 정체성을 아울러 가진 게 바로 김재국이다. 말하자면 이중문화 신분의 소유자가 바로 김재국이다.

한국문화(또는 조선문화)와 중국문화의 사이에 놓인 조선족의 심리는 복잡하게 표현된다. 그들은 중국과 한국 간에 벌어진 축구경기나 탁구경기를 두고도 양자택일의 갈등을 겪어야 했고 늙은 세대와 젊은 세대는 마찰을 겪어야 했다. 중국의 정치, 경제, 문화생활에 주인공의 자격으로 동참하면서도 모국의 통일과 발전을 기원하고 중국의 의, 식, 주 문화에 젖어있으면서도 모국의 전통적인 가락과 춤사위를 잊을 수 없다. 특히 "88서울올림픽"을 계기로 한국의 발전상을 텔레비전 화면으로나마 보게 된 조선족들은 커다란 마음의 위안을 받게 되고 어깨들을 으쓱거렸으며 모국을 동경하기에 이르렀다.

그런데 세계 냉전체제의 붕괴로 조선족과 모국 국민과의 만남은 가능했으나 서로가 너무나 몰라보게 변해 있었다. 작가의 말 그대로 한국 땅에 조선족이 설 자리가 없음을 알았을 때, 모국의 역사와 현실과 미래를 두고 기뻐할 자유도, 근심하고 걱정할 자유도 없고 완전히 밖으로부터 굴러들어온 이방인으로 백안시당할 때 조선족이 받은 상처는 너무도 컸다. 이런 충격과 상처는 날카로운 감성과 지성의 소유자인 작가에게는 더욱 무섭게 다가왔다.

이중정체성 또는 다중정체성으로 말미암은 주인공의 고민과 갈등은 문학의 중요한 주제의 하나이다. 미국의 흑인문학이 그러했고 일본의 재일동포 문학이 그러했다. 김사량의 단편 《빛속에서》와 리회성의 중편 《쪽발이》 그리고 리양지의 장편 《유희》를 통해 이중적 정체성으로 말미암은 해외동포의 고민과 갈등을 체험할 수 있지만 조선족 문학에서는 김재국의 《한국은 없다》가 처음이 아닌가 생각한다. 물론 김남현 등의 《한신 하이츠》 계열의 소설과 류연산의 《서울바람》 등 장편 수기들이 두루 발표되기도 했지만 조선족의 이중정체성과 코리안 드림으로 말미암은 고민과 갈등을 한 정직한 지식인의 생생한 체험을 통해 집대성하고 예술적으로 일반화한 작품으로 《한국은 없다》를 첫손가락에 꼽아야 할 것이다. 하기에 김호웅은 "이 작품은 모든 해외동포문학의 가장 원형적이며 동시에 가장 심각한 주제와 직결되는 작품"이라고 하면서 김재국이 내놓은 조선족의 이중정체성의 갈등과 극복 —이 주제영역은 "앞으로 우리가 원하든 말든, 사회가 허용하든 말든 필연코 우리 작가들을 괴롭힐 것이며 이러한 고민과 갈등을 예술적으로 승화시키는 작업으로 우리 문학의 세계화가 가능해지리라 생각한다"고 말한 바 있다.[5]

또한, 이 작품을 보면 각양각색의 "한국병"에 대한 진단도 무리가 없거니와 한국과 한국인에 대한 비판도 작가의 말 그대로 모국에 대한 사랑에 바탕을 두고 있음은 의심할 바 없다. 작가는 체험의 진실성, 비판의 공정성에 굉장히 신경을 썼고 지식인의 이성과 품위, 특히 모국에 대한 사랑을 잃지 않고 시종 가벼운 문화비교와 유머의 힘으로 어리석고 경박한 일부 한국인들에게 "사랑의 매"를 안겼고 한국사회의 폐습과 폐단을 꼬집었다. 그리고 비판을 통해 다시 한국 사회에 기대를 걸고 있으며 다시금 숙명적인 한국 사랑에 빠져버리는 작품 구도와 흐름을 보여준다.

하지만 한국문화와 중국문화 사이에서 정처없이 떠돌고 있는 작가를 보게 되고 이중정체성의 고민과 갈등 속에 모대기는 작가를 보게 된다. 말하자면 원초적으로 작가 역시 두 가닥의 끈에 매달린 한 장의 연(鳶)이었다. 다른 한 가닥의 끈은 애초에 바랄 수 없을 때, 또는 두 가닥 끈의 역학적 힘이 비슷할 때 이 연은 땅에 떨어지지도, 한쪽으로 끌려가지도 않는다. 하지만 매달렸던 한쪽 끈이 끊어졌을 때 이 연은 거침없이 한쪽에 끌려가고 마는 것이다. 같은 도리로 모국을 몰랐고 모국에 가지 않았을 때 모국은 면사포에 가려진 아름다운 여인이요, 희망의 돛배였다. 하지만 직접 찾아갔을 때는

---

5   김호웅, 《김재국의 장편수기 —〈한국은 없다〉를 론함》, 장춘: 장백산, 1997년 제6기.

무서운 환멸과 배신감을 경험하게 된 것이다. 바꾸어 말하면 오매에도 그리 던 모국으로 찾아갔으나 도리어 이방인으로 취급당할 때 작가가 등을 댈 곳을 중국밖에 없었다. 작가는 자아도취에 빠져있고 허풍을 떨고 미개한 종족에게 시민교육이나 시키듯이 떠들어대고 훈계하는 한국인들에게 내놓 을 왕패(王牌)는 중국밖에 없었다. 그래서 김재국 역시 시도 때도 없이 중국 문화의 우수성을 들먹인다. "한국병"에 중국인의 "우수한 국민성"을 대치시 킨다.

작가는 금시 온종일 찻잔이나 기울이며 소일하는 "만만디" 중국인이 되어 밤낮 무엇이 급한지 스포츠선수처럼 서울판이 좁다 하고 뛰어다니는 한국인 들을 비웃는다. 또 "멍청이철학(难得糊涂)"의 대가 장개석각하가 되어 잘난 체하고 직통배기인 한국인들을 힐난한다. 하기에 작품은 외견상 한국국민과 조선족 간의 마찰과 갈등의 양상으로 보이지만 본질상 한국인의 국민성과 중국인의 국민성, 반도문화와 대륙문화의 마찰과 갈등의 대립 구도로 이루 어지고 있다. 따라서 그의 "한국병"에 대한 비판은 한국인의 국민성, 한국문 화의 단점에 중국인의 국민성, 중국문화의 장점을 대치시키는 방식을 취하 고 있다. 모국행에서 상처를 입은 후 이중적 정체성의 균형을 잃고 한쪽으로 일변도(一边倒)한 결과 한 민족의 국민성은 동전의 양면처럼 단점과 장점을 공유하고 있다는 사실을 보지 못했고 따라서 문화비교에서의 객관성과 전면 성을 기할 수 없었다. 세계의 선진국에 들어서려는 한국국민의 분발력과 쉬임없는 고투―"빨리빨리병"의 장점이 없었던들 한강의 기적을 이룩할 수 있었겠는가? 그와 반대로 모든 고통과 굴욕을 감내하고 높은 담장을 두르고 명철보신하는 중국인들의 "만만디주의"와 "멍청이철학"을 두고 노신이나 호적과 같은 선각자들이 얼마나 통렬히 비판했던가?

이 작품의 다른 한 내적 갈등구조는 근대적인 의식과 전근대적인 의식, 도시문화와 농경문화와의 반목과 대결의 양상을 띠고 있다. 말하자면《추악한 일본인》의 저자인 다카하시 오사므가 남아메리카에서의 생생한 체험을 바탕으로 구미 현대문명으로 일본문화의 폐쇄성과 일본 국민성의 약점을 꼬집어 비판했다면 김재국은 전근대적인 도덕, 윤리로 한국의 현대문명을 비판하고 있다. 김재국은 중국의 수도 북경에서 대학을 다녔고 대도시에서 문학지의 편집, 대학교 교원으로 살아온 사람이지만 농경문화에 바탕을 둔 전근대적인 의식에서 탈피하지 못했다. 그는 조선족 사회의 작가요, 지식인 이지만 서울판에 발을 들여놓는 순간부터 지지리 촌티가 나는, 돈도 권세도 없는 유학생이 되고 만다. 그는 결백한 지성인의 양심과 안빈낙도의 지조를 지키려고 하지만 돈과 권세, 자본주의 문화에 대한 무서운 콤플렉스를 떨쳐 버리지 못한다. 그에게는 흥청망청 돈을 쓰는 기업인들, 정치인들이 눈꼴사 납기만 하다. 그는 나이트클럽이나 단란주점에 가도 꿰온 보릿자루처럼 부자연스럽기만 하다. 그는 딱딱한 법과 계약 관념에 묶인 각박한 한국인들을 눈꼴사납게 보지만 가난하나 인정미 넘치는 한국인들은 긍정한다. 하지만 그 자신도 조선족 사회가 한국을 비판하면서도 한국을 닮아가고 있다는 사실을 보아냈듯이 자본주의 사회의 생존방식과 그 인간들의 생리와 삶의 철학을 존중해야 할 것이다. 따라서 낙후한 상태가 보다 인간성에 가깝고 보다 선진적이라는 논리는 지양되어야 하고 자본주의 경쟁구조 속에서 치열한 삶을 살아가고 있는 그들 나름의 스트레스 해소방식에 아량 있는 미소를 보내야 할 것이다. 훌륭한 유학생이라면 중국에 두고 온 전근대적인 생활방식과 삶의 철학에 미련을 두고 한국사회의 경쟁 논리와 법치, 계약 지상의 풍조를 힐난할 것이 아니라 한국의 주류사회에 뛰어들어 본토 한국인들과의 경쟁에서 이겨야 할 것이다. 바꾸어 말하면 한국인들이 조선족을 이해하고 동포애로 도와주어야 한다면 조선족도 한국인들의 새로운 사고방식과 행위 규범을 이해하려는 노력을 게을리하지 말아야 한다. 한국인들 쪽에만 우리 가 내놓은 신발에 발을 깎아 맞추라고 강요할 수 없기 때문이다.

국민성 연구는 풍부한 체험과 해박한 지식을 바탕으로 그러한 국민성이 형성될 수 있는 문화 인류학적인 원인과 역사적인 원인을 구명하는데 충분한 배려를 돌려야 한다. 두 민족의 국민성 비교는 가능하되 그러한 국민성의 장, 단점을 전면적으로 파악해야 한다. 이러한 전제가 주어져야만 여러 민족 내지 국민들 간의 평등하고 자유로운 교류가 진행될 수 있다.

마지막으로 김재국의 "한국병비판"은 사실 조선족 자신에 대한 비판일 수도 있다. 중국인을 비롯한 기타 민족에 비겨볼 때 분명 조선족들도 다다소소 한국인들과 같은 병을 앓고 있다. 당분간 이면에 숨어 있어 보이지 않지만 이제 조선족 사회의 발전과 더불어 표면에 드러나게 될 것인즉 작가의 "한국 병비판"을 예방약으로 알고 미리 복용해야 한다. 금전만능, 과소비풍조와 향락주의문화는 이미 걷잡을 수 없이 조선족 사회에 만연되고 있기 때문이다.

3.2. 민족적정체성의 갈등과 남북통일의 열망

정체성은 복수의 타자, 즉 일반적으로 이주민공동체가 거주국과 모국의 관계 속에서 규정되어야 하는 주체의 귀속과 관련되는 문제이다. 조선족은 고국인 조선반도와 거주국인 중국과의 관계 속에서 정체성을 갈등을 겪기 마련인데 이러한 정체성의 갈등은 "88서울올림픽" 이후의 코리안 드림을 계기로 새롭게 불거져 나왔다. 이와 더불어 다원공존, 다원공생의 시대에 들어서고 탈식민주의 문화이론이 전파되고 디아스포라에 대한 논의가 활성화되면서 민족적 정체성을 찾고자 하는 시인들의 노력이 가시화되기 시작하였다.

3.2.1. 이민의 아픔과 사무치는 향수

리삼월(李三月, 1933-2009)의 서정시 《접목》(1994)은 본격적으로 이중적 정체성의 갈등을 다룬 조선족 시문학의 효시(嚆矢)로 된다고 하겠다.

리삼월은 1933년 5월 15일 길림성 장춘시에서 출생하였다. 1951년에서 1954년까지 군복무를 했고 그 후 하얼빈을 비롯한 흑룡강지역에 거주하면서 《송화강》 잡지 편집, 주필을 맡고 중추적 역할을 해왔다. 시집으로 《황금가을》(1981), 《두 사람의 풍경》(1993), 《봄날의 증명》, 《리삼월작품선집》(2012)이 있다. 선후로 연변작가협회문학상, 한국해외동포문학상 등 여러 가지 상을 받았다. 그의 시 《접목》(1994)을 보면 다음과 같다.

접목의 아픔을 참고
먼 이웃
남의
뿌리에서 모지름을 쓰면서 자랐다

이곳 토질에 맞게
이곳 비에 맞춤하게
이곳 바람에 어울리게

잎을 돋히고
꽃을 피우고

이제는 접목한 자리에
든든한 테를 둘렀거니

큰바람도 두렵지 않고

한마당 나무들과도 정이 들고

열매도 한 아름 안고…

그러나 허리를 잘리여

옮겨오던 그날의 칼소리

가끔 메아리로 되돌아오면

기억은 아직도 아프다[6]

여기서 시인은 조선족을 산 설고 물 설은 타향의 나무에 접목된 접순에 비유한다. 이 여린 나뭇가지는 타향의 풍토에 적응해 튼실하게 자라났고 다른 나무들과 어울려 숲을 이루고 열매를 맺었다. 그러나 허리를 잘려 옮겨오던 그 날의 칼소리만은 잊을 수 없다고 한다. 조선족의 이민사와 정착사 그리고 조선족의 정체성의 갈등과 조정의 과정을 독창적인 은유와 상징의 기법으로 함축성있게 표현한 수작이라 하겠다.

조선족 이민사와 민족적 정체성의 갈등을 보여주기 위해 리삼월이 칼에 잘린 나뭇가지라는 메타포로 동원했다면 김동진은 "고향의 상실"과 "고향찾기"를 노래하기 위해 온성다리를 메타포로 동원한다. 리삼월의 나무가지나 김동진의 다리나 둘 다 잘리고 끊어졌다는데 동일성이 있다.

김동진(金東振, 1944-)은 흑룡강성 동경성진에서 출생했다. 1983년 연변대학 통신학부 조문학과를 졸업했다. 중학교 교원, 문화관 관장, 문화국 창작실

---

6   연변작가협회 시가창작위원회 편, 《중국조선족시화선집》, 연길: 연변인민출판사, 2012, 90
      쪽.

창작원으로 전전하면서 꾸준히 시를 창작했다. 시집으로 《가야금소리》(1990), 《안개의 강》(1999), 《백두산에 가서는》(2001), 《두만강새벽안개》(2007) 등이 있고 시조선집으로 《청자의 꿈》(1999), 《백자의 향》(2006)이 있다. 그의 시는 사라져가는 조선족의 미풍양속에 대한 향수가 녹아있고 민족적 색조가 짙어 독자들의 폭넓은 공감대를 획득하고 있다. 그의 창작에서 보이는 선명한 민족적 색조는 이미 1980년대에 창작된 가사 《눈이 내리네》와 같은 시들에서도 볼 수 있지만 새 세기에 와서 한결 더 선명해지는데 이는 그의 시《온성 다리》(2003)를 통해 볼 수 있다.

> 온성다리는 끊어진 다리
> 성한 다리로는 찾아볼수 없는
> 슬프도록 끊어진 풍경이 좋다
>
> 족보에 살아있는 피줄들이
> 보고 싶은 얼굴 볼수 없어 좋고
> 듣고 싶은 목소리 들을수 없어 좋고
> 사람이 사람을 그리워하는
> 애틋한 정감이 사무쳐서 좋고
> 사무치다 지쳐버린 그리움이
> 자고나면 불어나는 앙금이 되여 좋다
>
> 그리고 끊어진 다리도
> 다리라고 부를수 있어서 좋다
>
> 온성다리는 끊어진 다리

끊어진 다리 아래로

끊어지지 않는 두만강이 흐르고있다[7]

이 시는 거주국인 중국과 모국인 조선반도사이에서 자기의 정체성의 좌표
를 정해야만 하는 조선족의 특수성, 즉 조선족 문화의 뿌리가 된 모국문화에
대한 뼈에 사무치는 향수(乡愁)를 역설적인 수법으로 표현하고 있다. 조선족
의 시문학에서 가장 큰 주제적 원형은 "고향상실"과 "고향찾기"이다. 이런
원형을 표현한 시들에서 두만강이라는 객관적 상관물은 아주 주요한 기능을
수행한다. 이 시의 경우도 예외는 아니다. 온성다리처럼 비록 끊어지기는
했지만 "끊어진 다리 아래로/ 끊어지지 않는 두만강"이 흘러가듯 온성다리
는 조상의 뼈가 묻혀있는 고국산천을 찾아가는 시적 화자의 마음의 다리이
고 감정의 유대로 된다.

리성비(1955-) 역시 1980년대부터 민족적 정체성에 대한 시적 형상화작업
을 꾸준히 해왔는데 1987년 장백산을 소재로 10여 수의 시를 발표했다. 그중
《장백산》이 가장 잘된 작품이다. 시적 화자는 장백산을 "흩어진 마음들이
모여서 살아가"는 "이천칠백사십메터 높이의 집"이라고 하면서 장백산을
백의민족의 구심점으로 노래한다. 이어서 화자는 장백산에는 우리 단군 할
아버지가 살아계시고 세상에서 제일 관(冠)이 빛나는 사슴이 살고 있으며
세상에서 가장 귀한 동지삼이 있다고 자랑한다. 이처럼 이 시는 신화적 상상
력을 토대로 하여 장백산을 민족의 뿌리, 민족의 구심점, 민족의 성산으로
노래하고 있다.

리성비의 《손금》(2000)은 여러 가지로 해석될 수 있지만 역시 민족의 역사
와 전통에의 회귀를 노래한 시로 보아도 무방할 것이다.

---

7   김응준 주필, 《수작으로 읽는 우리 시 백년》, 연길: 연변인민출판사, 184쪽.

명금의 시작은 굵고
끝은 가늘다

한 마리 련어
비늘 떨어진 상처투성이 몸으로
강을 거슬러 지느러미 젖는다

아스라한 폭포수
거슬러 뛰여넘으며
물살을 얼치기도 했다

자갈돌이 가득 누워
발목을 적시는 개울

그곳이 련어가
부활하는 천국임을
그대 손바닥 펼치면 환히 보인다[8]

　가로세로 강줄기들이 엇갈린 것 같은 손금들, 시인은 특이한 상상력을
발휘해 그 강줄기들을 거슬러 연어들이 떼를 지어 올라온다고 하였다. 근사
한 비유요, 상징이다. 이 시기 조선족들이 죽음도 불사하고 모국인 한국으로
몰려가는 현상은 암시했다고 볼 수도 있겠지만 궁극적으로는 연어의 모천
회귀성을 통해 고국산천에 대한 향수를 암시한다고 보아도 대과는 없을 것

8　연변조선족문화발전추진회 편찬, 《중국조선족명시》, 북경: 민족출판사, 2004, 168쪽.

이다. 고국에 대한 향수, 이는 디아스포라의 숙명이요, 근원적인 감정이기 때문이다.

"고향"이란 인간 자신이 나서 자란 곳에 대한 애정에서 비롯된다. 하지만 "고향"이 하나의 관념으로 자리하게 되는 것은 그 자신이 나서 자란 곳을 떠나 생활함으로써 "고향"이 타자화되기 때문이다. 시골에서 나서 자란 사람이 근대적인 도시에 나와 생활하면서 고향에 대한 그리움을 갖게 되거나 디아스포라로 된 사람들이 떠나온 고향에 대한 깊은 그리움을 드러냄으로써 자신의 정체성을 찾으려는 것 등이 그 좋은 예가 된다. 김철은 이렇게 말한다.

> 멀리 떠날수록 그리워지고 세월이 흐를수록 마음에 파고드는 것이 고향임을 내 이전엔 미처 몰랐다. 동심에 어린 아롱진 것도 고향이요, 인생의 험한 길에 주마등처럼 스치어 그 추억의 하나하나가 두고두고 잊혀지지 않는 것도 역시 고향이다. 내가 항상 부르고 익힌 우리의 민요처럼 다정한 고향, 엄동의 칼바람처럼 나를 채찍질하며 생활의 언덕에로 힘껏 떠밀어주는 고향, 나는 그 마음의 고향을 위해 불비 쏟아지는 아슬아슬한 사선도 웃으며 뛰어넘고 시련의 고비마다 충성의 발자국 깊이 찍었다.[9]

그동안 김철은 디아스포라의 파란 많은 인생길에서 영광을 누리기도 했고 치욕을 맛보기도 했다. 출세의 가도를 달리다가 천길 나락에 굴러떨어지기도 했다. 그래서인지 어머니의 품과 같은 고향은 김철에게 그처럼 포근하고 사랑스럽고 사무치게 그리운 대상으로 되었다. 고향은 김철 시인에게 언제나 생명의 보금자리이며 영감의 원천으로 되었다. 하기에 시인은 1997년 무렵 고향을 노래한 시편에서 다음과 같이 읊조린다.

9　김철, 《산 위에 구름 위에》, 서울: 한국학술정보, 2006, 194쪽.

손에 가시가 들어
다치면 아프다

고향, 넌 내
가시 든 살점

—《고향 1》[10]

고향이 원쑤인줄
그젠 미처 몰랐네

타관땅 험한 길에
망향의 노래

소쩍새 우는 밤도
피 토하다 꾸는 꿈

—《고향이 원수인줄》 일부[11]

마당 한 구석
늙은 감나무엔
빠알간 홍시 하나

외양간

---

10   김철, 《나 진짜 바보이고 싶다》, 북경: 민족출판사, 2000, 3쪽.
11   김철, 《뻐꾸기는 철없이 운다》, 북경: 민족출판사, 1992, 261쪽.

고독을 새김질하는 암소뿔엔

가을을 날라 온

고추잠자리

저만큼 어떤 할멈 한분 달려오며

내 어릴적 이름 부르기에

누구냐고 물었더니

풀각시 놀던 시절

내 각시였다나?…

—《고향소묘》[12]

놋대접 막걸리 안에

달이 둥둥 떠있다

술도 달도

함께 마시고 나면

사정없이 내리치는 박달나무 북채

아서라 멍든 내 가슴이 터질라

—《고향 3》[13]

시인 김철에게 고향은 "가시 든 살점"이며 인격화된 어머니이다. 그래서

---

12 김철, 《청노새 우는 언덕》, 서울: 지식을 만드는 지식, 2012, 103쪽.

13 김철, 《나 진짜 바보이고 싶다》, 북경: 민족출판사, 2000, 4쪽.

그는 "살점"을 아끼고 그 "살점"에 박힌 "가시"를 뽑으려고 안간힘을 쓴다. 하지만 "고향은 원쑤"라는 역설적인 표현처럼 고향은 아무리 잊으려 해도 자꾸만 꿈에 나타난다. 하기에 그의 시에 "고향의 모습", "고향의 숨결", "고향의 입김", "고향의 웃음", "고향의 속삭임"과 같은 시어들이 어렵지 않게 나온다. 지어는 저쪽에서 걸어오는 할멈도 내 이름 불러주는데 그는 다름 아닌 어릴적에 풀각시 놀던 내 각시란다. 이처럼 고향은 시인의 내밀한 체험과 관련된다. 하지만 술 한잔 들면 가슴에 넘치는 향수를 달랠 길 없어 사정없이 북을 내리치기도 한다. 보다시피 시인의 기억 속에 차곡차곡 쌓인 구체적인 경험들, 즉 "고향"은 나이가 들어 자신이 나서 자란 곳을 떠나 다른 곳에 살 때 그 자신의 정체성을 확보해주는 곳이 되는 것이다.

3.2.2. 고국의 역사와 전통, 소외된 자의 서러움

개혁개방 이후, 특히 코리안 드림 이후 고국의 조선반도 또는 세계 여러 지역이나 나라의 백의 겨레와의 민족적 동질성과 그리움을 노래하거나 고국의 역사와 문화, 인간과 자연을 노래하는 작품이 많이 나왔다. 리성비의 서정시 《고국전화 – 92 중, 한 수교를 축하하여》는 코리안 드림 이후 고국의 인간과 자연을 시적으로 형상화한 시문학의 태동을 의미하는 작품이라 하겠다.

"여보세요, 여긴 한국 서울이예요."
"반갑습니다, 여긴 중국 연길입니다."

서로 목메여 뒤말을 잇지 못하는
무형의 전화선 사이로
흐르는것은
뜨거운 피와 피

고국의 피가
나의 귀를 통해
나의 가슴에 와닿아
나를 뜨겁게 울리고

나의 피가
고국의 귀를 통해
고국의 가슴에 닿아
하나의 세포로 살리고.

끊어졌던 피줄이 다시 이어져
서로 꿈결마냥 오갈수 있는
천구백구십이년 팔월
감격의 아침[14]

   1992년 8월 24일 중국과 한국은 대사급 외교 관계를 건립함으로써 장기간 두 나라가 서로 승인하지 않고 서로 단절되었던 역사에 종지부를 찍었다. 중한 간에 전면적인 합작 파트너 관계를 맺었는데 이는 동북아지역의 냉전 구조를 해소하고 이 지역의 평화, 안정과 번영에 이로울 뿐만 아니라 조선족 사회에도 한국과 교류할 수 있는 물고를 틔워놓았다. 시인은 이 역사적 사변을 노래하되 고국과 전화로 통화할 수 있다는 그러한 가장 상징적인 사실을 시적으로 노래하고 있다. 서로 생사도 모르고 지냈던 40여 년 세월, 편지 한 장 주고받을 수 없는 세월을 접고 이젠 서울과 연길 사이에 서로 전화를

---

14   리성비, 《이슬 꿰는 빛》, 연길: 연변인민출판사, 1997, 52쪽.

주고받을 수 있다니, 시인은 무형의 전화선으로 흐르는 것은 "뜨거운 피와 피"라고 했고 "천구백구십이년 팔월"은 끊어졌던 핏줄이 다시 이어진 "감격의 아침"이라고 했다. 그동안 KBS사회교육방송을 통한 친척 찾기를 거쳐 이젠 직접 고국의 친지들과 전화통화를 할 수 있는 감격을 노래하였으되 전화선은 핏줄이라는 시적인 비약과 은유를 통해 생생하게 보여준 수작이라 하겠다.

중한수교 이후 친척방문 또는 한국 문학단체의 초청으로 김철, 조룡남, 김동진, 정철, 김학송 등 시인들이 한국을 방문한다. 하지만 그 무렵 한국을 방문한 조선족 시인 작가들이 대체로 한두 가지 울지도 웃지도 못했던 일화를 남기기도 했다. 김학송의 경우에도 구상(具常, 1919-2004)과 같은 유명한 시인을 만나기도 하지만 대체로 관청에 온 촌닭처럼 촌스러움을 드러낸다. 그의 시 《서울 녀자들》(1993)을 보자.

어느 한번
지하렬차에서.
이런 일에 맞띠웠습니다

맞은 켠에 앉은
20대의 아가씨가
굉장히 이쁘게 생겼대요
바라보는 나의 눈이
막 즐거워지던데요

그런데 아주 못 사는 모양으로
청바지 입었는데

무릎이 터져 맨살이

삐죽이 내여보이고…

어찌 못살면

저 예쁜 처녀가…

참 눈물이 납니다

불쌍한 생각이 자꾸만 솟구칩니다

어쩌면 시장에 데리고 가

바지라도 하나 사 입히고 싶습니다

해여진 바지를 입고 다니는

그 이쁜 처녀가 가긍해 보이여

무척 마음이 아팠는데…

그런게 아니라고

일등짜리멋쟁이들은 일부러 찢어 입고 다닌다고…

공연한 근심

역시 촌사람!

참, 서울녀자들은

멋도 아주 째지게 따는줄 내가 어찌 알았겠수?[15]

   청바지 입은 아가씨를 보고 그녀가 가난해서 옷 한 벌 반반하게 입지 못했다고 가엾게 생각했다니 그 무렵의 촌로들이나 그렇게 느꼈을 수 있겠다.

---

15   김학송, 《사람의 숲에서 사람이 그립다》, 연길: 연변인민출판사, 2006, 219쪽.

현대문명을 자랑하는 서울이 아닌가. 서울의 시체 멋을 보여주려고 했지만 일부러 꾸민 흔적이 있어 뒷맛이 개운하지 못하다.

그렇다면 "우파분자" 또는 "조선특무"로 두들겨맞은 조룡남과 김철은 한국에 가서 무엇을 보았을까? 조룡남의 시 《님밀레종》(1993)과 김철의 시 《춘향의 옛집에서》를 보기로 하자. 동일한 제목으로 리상각과 김동진도 에밀레종을 노래했다.[16] 리상각의 《에밀레종》(1989)은 죽은 계집애라는 시적 화자의 어조로 에밀레종소리를 듣고자 조약돌을 들었다가 불쌍한 어머님 생각에 놓아버린다고 했다. 한평생 무서운 가난을 벗어나고자 자식을 업고 만리길을 걸어온 어머님에 대한 이해라 할까, 수많은 아들딸들이 두만강과 압록강을 건너 타국에 가지 않으면 안되었던 그간의 사정을 보여주면서 고국에 대한 사랑을 노래한 시라 하겠다. 김동진의 《에밀레종》(2003)의 경우는 애달픈 설화를 그대로 보여주면서 "서라벌 동서남북에 목메이던 그 소리"는 청동의 빛무늬에 "모진 숨결"로 새겨져 있다고 영탄조의 가락으로 노래했다. 에밀레종의 기원설화에 작가의 상상을 부여해 형상화했을 뿐 원작의 뜻에서 한 걸음도 나아가지 못했다. 하지만 조룡남의 《님밀레종》은 패러디를 통해 에밀레종에 새로운 의미를 부여한다. 물론 이 작품의 소재 역시 에밀레종설화에서 가져왔다. 이 설화는 권력의 비정함과 어머니의 실수로 말미암은 어린아이의 불행을 담고 있다면 조룡남의 《님밀레종》은 어떠한가.

> 님아 님아 그대도
> 옛날 신라의 어느 녀인처럼
> 갈바엔 차라리 나를

---

16 리상각, 《에밀레종》, 리광일 주편, 《중국조선족문학대계》, 연길: 연변인민출판사, 2013, 368쪽; 김동진, 《에밀레종》, 《백자의 향》, 연길: 연변인민출판사, 2011, 88쪽.

쇠물가마에나 밀어넣고 갈 거지

그러면 나도 펄펄 끓어서
사랑의 쇠북으로 주조될것을
피울음 우는 님밀레종이 되여
구슬픈 전설속에 살게 될것을

날마다 이물도록 된매 맞고
청동의 성대로
님밀레종 부르며
무궁한 세월을 울음으로 살게 될것을

님아 님아 그대는 정말 모르실 거지
소리 내지 못하고 우는 울음이
얼마나 더 괴로운지를[17]

여기서 우선 제목을 고침으로써 원작의 어머니가 님으로 바뀐다. 여기서 님은 한용운의 《님의 침묵》의 경우와 같이 여러 가지 해석이 가능하다. 우리 말과 글을 지키고 뛰어난 총명과 시적 재능을 보여주던 시인이 "반우파투쟁" 때 "우파"로 몰려 장장 20여 년간 비인간적인 대접을 받았으니 여기서 "님" 은 적어도 "고국"이라고 해석해도 대과는 없을 것이다. 시인은 반어적인 수 법으로 "님아, 님아"를 부르면서 왜 나를 신라의 여인처럼 아예 쇳물 가마에 밀어 넣지 않았느냐, 그랬더라면 쇠북으로 주조되어 실컷 울 수 있고 전설

---

17   조룡남, 《그리며 사는 마음》, 연길: 연변인민출판사, 1995, 32쪽.

속에 남을 수 있을 것이라고 말한다. 하지만 이는 괴로워도 울지 못하는 신세, 즉 천애고아와 같은 디아스포라의 아픔을 노래한 것이다. 사실 시인은 일제의 횡포때문에, 고국이 약한 까닭에 두만강, 압록강을 건너온 수많은 백의 겨레의 일원으로 되었고 해방 후에도 정치 운동의 광란 속에서 부대꼈고 세상을 꾸짖으면서 통곡할 수 있는 자유마저도 빼앗긴 몸이 되었던 것이다.

조룡남이 막연한 전설로 전해지던 에밀레종의 이야기를 패러디해서 자신의 구슬픈 심회를 노래했다면 김철은 춘향의 옛집이 있는 남원을 찾는다. 그의 시 《춘향의 옛집에서》(1996)를 보자.

춘향아 내가 왔다
큰소리로 불렀더니
춘향은 대답 없고
까치만 깍깍 울어댑데다

향단아 어디 있나
큰소리로 찾아도
향단은 응답 없고
솔바람에 풍경만 달랑댑데다

내가 늙은 도련님이라고
그래서 혹시나 대답이 없나
한―얀 보선발로 쪼르르
달려나와 마중을 할법도 한데

섬섬옥수 뜯던 가야금 소리도

지금은 가뭇없이 사라져버리고
침묵속에 새겨가는 머언 이야기

서운한 마음이 찾은 근처 주막집
못생긴 아줌마가 뽑아내는 사랑노래가
춘향의 송죽같은 절개만 전합데다
석쉼한 목소리만 그대로 남았습데다[18]

이 시는 중국 당나라의 시인 하지장(贺知章)의 유명한 한시《고향으로 돌아와서(回乡偶书)》[19]와 그 시상이 맞닿아있다. 하지장은 어려서 집을 떠나 늙어서야 돌아오니 사투리는 변함없지만 살쩍이 다 빠졌다고 하면서 아이는 나를 알아보지 못하고 "손은 어디서 오셨나요?" 하고 물었다고 노래한다. 김철도 하지장과 같은 구리런 심회를 노래했다. 오매에도 그리던 춘향의 고향 남원을 찾은 시인은 마치 이도령으로 환생하기나 한 듯이 춘향을 부르고 향단을 찾는다. 하지만 솔바람에 풍경만 달랑댄다. 춘향도, 향단도 그림자조차 얼른거리지 않는다. 섬섬옥수로 뜯던 가야금 소리도 들리지 않는다. 서운한 마음으로 근처의 주막집을 찾았더니 못생긴 아줌마가 춘향의 송죽 같은 절개만 노래로 들려주더라고 했다. 낭만주의 시인의 호연지기가 그대로 묻어나지만 고국을 떠나 타향에서 살았던 기나긴 세월의 간극을 반전의 기법을 통해 보여준다. 해학과 익살이 넘치지만 세월의 흐름을 이길 수 없는 시인의 서운한 마음은 달랠 길 없다.

고국과의 만남에서 느끼는 이방인의 느낌은 현실에서도 그대로 주어진다.

---

18   김철,《나 진짜 바보이고 싶다》, 북경: 민족출판사, 2000, 239-240쪽.

19   少小离家老大回，乡音无改鬓毛衰。儿童相见不相识，笑问客从何处来。

조선족 시인들은 오매에도 그리던 고국 땅을 밟았지만 어쩐지 낯설고 설자리를 찾을 수 없으며 이름할 수 없는 소외감을 느낀다. 리문호의《명동의 거리에서》(2002)가 그러하다. 리문호(1947-)는 길림성 집안시 출신이나 심양에 살고 있다. 그는 심양시 조선족문학회 부회장으로 활약하면서《달밤의 기타소리》,《징검다리》(2003)와 같은 시집을 펴냈고《자라곰탕》(2000)이란 생태시로 일약 문명을 떨쳤다.

> 빌딩들 현애절벽처럼 깍아지른
> 으리으리한 명동의 거리
> 좁고 깊은 협곡에서 21세기
> 초라한 리삿갓이 걸어간다
>
> 대한민국에서 제일 비싼 땅
> 황금의 찬란한 거리를
> 슬픔 많은 만주벌에서
> 부모님들의 눈물로 이겨진 흙묻은
> 헌 구두발로 터벅터벅 걸어간다
>
> 여기는 내가 비비고있을
> 한치의 틈도 없건만
> 정은 있어도 낯설고
> 흐뭇해도 버림받은듯한 소외감으로
> 나는 걸어간다
>
> 희희락락 걸어가는 사람들

어디선가 만난것처럼 낯익지만

못본체 지나가고

형제자매 같은 사람들 얼싸 안고 반갑다고

뚝배기 한그릇 사줄것 같지만

아는체 하는 사람 없다

눈감으면

코 베여간다는 서울에서

인정없는 눈들은 반들반들

방울처럼 뜨고 다니지만

나는 눈물 저린

부모님들의 작은 눈을 이어받아

초점을 맞추어 꿰뚫어보며 간다

하지만

하나의 크나큰 자존을 위해

이 거리는 그런대로

사랑하고 싶어진다[20]

   비교적 긴 시지만 역시 하지상의 시나, 김철의 시와 같은 구조와 맥락을 갖고 있다. 조상의 나라에 왔지만 이방인의 취급을 받는 그러한 씁쓸한 소회를 읊조리기 때문이다. 말하자면 시인은 화려한 명동거리에 섰지만 오히려 위화감을 느끼고 스스로 정처없이 떠돌았던 방랑시인 김삿갓을 닮은 리삿갓

---

20   리문호, 《징검다리》, 심양: 료녕민족출판사, 2003, 213-214쪽.

이라고 생각한다. 대한민국의 노른자위요, 황금처럼 번쩍거리는 거리를 헌 구둣발로 터벅터벅 걸어가는 자신이 가뜩이나 초라하기 짝이 없는데 아는 체 하는 사람은 한 사람도 없다. 하지만 "하나의 크나큰 자존" 위해 이 거리를 그런대로 사랑하고 싶다고 했다. "크나큰 자존"이란 무엇인지 시인은 교대하지 않는다. 그것은 무엇보다 먼저 인간적인 자존이기도 하겠지만 알게 모르게 조상들이 살던 땅이요, 우리 조선족도 해외에서 공밥을 먹은 것은 아니라는 그러한 자존인지도 모른다.

3.2.3. 분단의 아픔과 통일의 열망

이런 디아스포라의 고뇌는 고향 또는 고국에 대한 끝없는 향수로 표현될 뿐만 아니라 자연히 분단의 아픔과 고국의 통일에 대한 지향으로 표현된다. 조선족은 조선반도에 살고 있는 조선민족(또는 한민족)과 같은 피를 나눈 동족이니만큼 "6.25"전쟁과 남북분단의 현실을 두고 중국의 다른 민족에 비해 훨씬 더 큰 아픔을 안고 있기 때문이다.

김철의 시집《북한기행》(1997)과《휴전선은 말이 없다》(2006)에 수록된 많은 시들은 비극적인 분단의 현실 속에서 벌어지는 안타까운 사정을 시적 이미지로 노래한다.《녹쓴 철조망》을 보자.

>   새와 짐승만이 누리는
>   무한자유의 낙원
>   철조망엔
>   7천만 겨레의
>   숱한 그리움이 걸려
>
>   울다 지친 휴전선

새처럼 바다처럼

지뢰밭을 누비며 날고픈

주체할수 없는 갈망!

가슴에 걸려있는 가시철망을 거두며

용광로에 처넣어 쟁기를 만들고

가벼운 저 구름 하얀 넋이 되여

남과 북 훨훨 거침없이 날아봤으면—

아, 이 절망의 지뢰밭—

당장 갈아엎어야 할

지구촌의 마지막 저주받은 쑥대밭!²¹

　판문점을 찾은 시인은 휴전선에 가로놓인 철조망을 시적 소재로 포착한다. 철조망에는 7천만의 그리움이 걸려있다고 했다. 남북과 해외에 널려있는 조선민족이 7천만이니 철조망에는 시인의 소망, 200만 조선족의 소망도 걸려있다. 하지만 현실은 어떠한가? 하나의 강산이 철책과 지뢰밭에 의해 두 동강이 났고 남과 북의 군인들이 서로 총부리를 겨누고 있다. 시인의 가슴은 원한과 분노로 차 넘친다. 하기에 시인은 "동강난 지도앞에서/ 청산은 예와 다름없건만/ 동강난 지도 앞에 찢어지는 내 가슴/ 비노니, 창천아/ 그 옛날 룡천검 다시 줄 순 없느냐/ 무참히 잘리운 널 보느니/ 차라리 내 허리를 잘라버리렴!"²² 하고 목이 메어 외친다. 시인은 가시철망을 몽땅 거두어 용광로에

21　김철, 《나 진짜 바보이고 싶다》, 북경: 민족출판사, 2000, 162쪽.
22　위의 책, 12쪽.

녹여 쟁기를 만들어 3천리 금수강산을 갈아엎고 희망의 씨앗을 심을 수 있을 그날을 갈망한다.

김철의 《휴전선은 말이 없다》는 《연변문학》 2009년 윤동주문학상을 수상한 작품인데 역시 통일에 대한 절절한 염원을 노래하고 있다. 이 작품을 시인은 서정서사시라고 했으나 김호웅의 심사평에서 지적한 바와 같이 "서사적인 요소가 부족하고 편폭이 짧아 서정 서사시로 보기에는 무리가 따르지만 조선반도의 통일, 동북아시아의 평화를 지향한 작품으로는 근년에 보기 드문 수작이다."[23] 이 작품은 시인이 "6.25"전쟁에 참전한 경력을 토대로 "휴전선은 말이 없다"는 역설적인 구조 속에 감정이입, 정경융합의 수법으로 다양한 이미지를 창조함으로써 시인의 감정을 육화하는 데 성공하고 있다. 이를테면 "멀리 바라보면/ 푸른 장삼을 걸친 분수령들이/ 더위 먹은 로승처럼 늘어져있고/ 초록의 강물들은 지친 혈맥인양/ 설백한 강토에서 맥없이 꿈틀거릴제…"와 같은 시구들은 감정이입을 통한 의인화와 비유법으로 장장 반세기나 지속된 분단의 무겁고 침울한 현실을 생생하게 증언하고 있다.

이러한 원로시인들의 안타까움은 젊은 세대의 상상력에 의해 해소되기도 한다. 리임원(1958-)은 연변사범학교를 졸업하고 오랫동안 연변일보사 기자로 일했다. 그는 《동해바다》(1997)라는 시에서 다음과 같이 노래한다.

> 대한민국 강원도 속초에 가면
> 유난히 크고 밝은 아침해가 떠오르는 동해가 있고
> 비취색 바다는 깨끗하다 못해
> 바다속에 있는 광어, 고래치, 문어…가

---

23 김호웅, 《력사와 현실에 대한 깊은 성찰과 진지한 예술적 탐구》, 연변문학편집부 편, 《연변문학문학상 수상작품집》, 연길: 연변인민출판사, 2015, 126쪽.

손에 잡힐 듯 보이고

조선민주주의인민공화국

함경북도 라진시 웅산군 앞바다에 가면

유난히 크고 밝은 아침해가 뜨는 동해가 있고

비취색 바다는 하늘보다 맑고 청정해

수십길 바다도 거울같이 들여다보이는데

지난해 속초 앞바다에 있던

광어, 고래, 문어 …가 이 곳에 와서 즐기면서

하나의 바다

하나의 식솔

하나의 보금자리라고들 한다[24]

　한국과 조선을 다 가볼 수 있는 중국 공민, 조선족 시인만이 펼칠 수 있는 상상력이라 하겠다. "유난히 크고 밝은 아침해"가 남쪽의 속초와 북쪽의 나진시 웅산군에 동시에 떠오르는가 하면 남쪽 바다에 있는 고기들도 자유롭게 북쪽 바다에 가서 즐기면서 "하나의 바다/ 하나의 식솔/ 하나의 보금자리"라고 한다. 분단의 처참한 현실에 대한 섣부른 고발과 비판보다도 동물의 세계에 대한 의인화를 통해 통일의 앞날을 지향하고 있어 한결 친근감을 준다.

　남북의 통일에 대한 민족적 열망과 시적 상상력은 윤청남(1959-)의 시 《천지에서》(1994)에서 유감없이 펼쳐지고 있다.

24　연변조선족문화발전추진회, 《중국조선족명시》, 북경: 민족출판사, 2004, 176쪽.

세월의 풍상고초에
멍이 든 가슴

7천만의 아침밥을
안쳐야 할 가마

기다림에 지닌 꿈이
하얗게 머리발 푸는데

아아, 언제 오려나 벽을 넘어
감격의 피리소리[25]

천지를 담고 있는 백두산은 민족의 성산이요, 역사의 견증자이다. 하지만 동족상잔과 민족분단으로 말미암아 가슴에 멍이 들었다고 했다. 천지를 두고 "7천만의 아침밥을/ 안쳐야 할 가마"라고 했으니 그 상상력이 놀랍고 그 흉금이 대단하다. 이어서 "기다림에 지닌 꿈"이라는 추상적인 개념을 "하얗게 머리발을 푸는데"라는 색채적 이미지로 전환시키고 기승전결의 시적 구도와 반전의 기법을 십분 살려 희망의 메시지를 전한다. 특히 "아아, 언제 오려나 벽을 넘어/ 감격의 피리소리"라고 끝을 맺었는데 이는 나라의 모든 근심과 걱정이 해결된다는 신라의 《만파식적(万波息笛)》이라는 전설을 연상케 하면서 긴 여운을 남긴다. 말하자면 이 시는 오매불망 모국의 통일을 바라는 조선족 형제들의 세기적인 소망을 대담한 상상과 정제된 시적 구성으로 노래한 수작이라 하겠다.

---

25 위의 책, 188쪽.

3.3. 정치, 경제, 문화적 갈등과 충돌

조선족과 한국국민이 갓 만났을 때 조선족의 정신적 상황은 어수선했다. 사회주의 법과 질서, 만민평등의 사상을 내세우면서도 금시 돈맛을 알고 약장사에 불법체류까지 마다하지 않은 조선족들, 하지만 점차 자본주의 한국을 냉철하게 인식하고 단순한 동포 논리를 빙자한 어리광을 집어던지고 현실을 정시하게 되었다. 따라서 한국은 조선족들에게 부자가 되고픈 상상의 공간, 서로의 몰이해에 의한 문화적 갈등과 반목의 현실적 공간을 거쳐, 한국인의 인간적인 면을 발견하고 한국인을 이해하는 초월적 공간으로 되었다. 이러한 과정을 보여준 소설들을 보기로 하자.

3.3.1. 부자가 되고픈 상상의 공간

최병우는 《조선족소설 속에 나타난 한국이미지 연구》[26]라는 글에서 조선족 소설을 통해 한국에 대한 조선족 형제들의 환상과 그 파멸 과정을 볼 수 있다고 했다. 조선족 1세들에게 한국은 그들 자신이 떠나온 곳이자 조상들의 뼈가 묻혀있는 곳으로 오매에도 그리는 고장이다. 일제의 침탈과 봉건학정으로 말미암아 고국을 떠나 중국에 이주해 살아온 조선족 1세들에게 조선반도는 죽어서라도 돌아가야 할 곳으로 인식되었다. 조선족 1세들에게 한국은 고향으로서 그곳의 모든 것이 아름다운 추억으로 남아있다. 하기에 그들은 고향의 일초일목을 사랑하고 자그마한 옛일을 두고도 마음이 흥그러워지고 눈물을 짓는다.

윤림호의 단편 《아리랑고개》에는 40여 년 만에 한국에 있는 고향으로 가게 될 기회를 잡은 오영감이 나온다. 그는 출국을 앞두고 마을 노인들과

---

26 최병우, <조선족소설 속에 나타난 한국이미지 연구>, 《한중인문학연구》 제30집, 2010.

함께 술잔을 나누고 고향에 대한 이야기를 나누는데, 그것 역시 늘 이야기를 나누던 그런 기억 속의 공간일 뿐이다.

"음음. 우리 고향 느티나무골 앞내 말이네, 괴기가 많았다네. 기슭을 걷다가 절로 솟아나온 마른 괴기를 주을 때도 있었네. 충치, 이면수… 하루는 음음, 진령 감님이 저녁켠으루 해서 내물에 몸을 쭐럭쭐럭 씻는데 글쎄 괴기 한놈이 어쩌느라 아래 속옷 속에 쑥 들어갔단 말이네."

<중략>

"다들 내 말 들으소. 내 살던 고장엔 달구경터라는 잔디언덕이 있었다네. 보름 달이 둥실 솟을 때면 온 마을이 언덕에 오른다네. 아낙네들은 달떡같은 아들을 보게 해달라구 기도하구 처녀들은 달님같은 랑군을 점지해달라구… 그때두 지금 두 달은 하나겠지만 여적까지 고향달 만큼 크구 환한 달은 못 보았다니. 그 달터가 지금두 있는지? 내가 바로 어머님이 그 달터에서 기도하구 본 아들이라네."

말하는 노인의 긴 여운조가 즐겁던 좌석에 서운한 기분을 드리워주었다. 분위기가 바뀌었다. 고향의 유채밭, 피마주, 미나리, 까치밥… 별의별 동심시절의 이야기들이 다 추억의 감회에 꿰여져 나왔다. 끝머리에 이르러선 약속이나 한듯 누구라 없이 허연 머리를 설레설레 저으며 비감한 회포를 탄식에 싣군 했다.

"왜들 어린애같이 코만 훌쩍거리나? 술상이 다 식네. 술잔들을 돌리자구. 자!"[27]

참으로 평범한 사물이요, 전경이라 하겠지만 그들의 기억 속에는 커다란 그리움으로 남아 있다. 40년 만에 고국에 갈 수 있는 기회를 잡은 오령감은 동네 노인들에게 부러움의 대상으로 된다. 그들은 오령감의 고향 방문을

---

27   윤림호, 《아리랑고개》, 《고요한 라고하》, 하얼빈: 흑룡강조선민족출판사, 1992, 88-89쪽.

축하하는 자리에서 저마다 어릴 적 기억들을 떠올리면서 더없이 즐거워한다. 그러나 고향에 대한 기억들을 떠올리는 일은 결국에는 이름할 수 없는 회한과 슬픔으로 이어진다. 어린 시절에 떠난 고향은 이제 다시는 돌아갈 수 없는 공간이기 때문이다. 설사 돌아가 보아야 그들 자신이 기억하는 고향의 모습이 아닐 것이 분명하기 때문이다. 지금 그 고향에 돌아가 보아도 그곳은 옛 기억을 떠올리게 할 뿐 그 시절의 모든 것을 되살려주지는 않을 것이 분명했다. 이를 알고 있는 노인들은 결국 비감한 생각에 잠긴다. 그렇지만 고향은 언젠가는 반드시 가 보아야 할 공간이요, 죽어서라도 돌아가야 할 공간으로 그들의 마음속에 자리하고 있다.

한국에 있는 고향을 떠나서 중국의 동북에 자리잡은 조선족 1세들과 달리 중국에서 나서 자란 조선족 2세들에게 한국은 완판 다른 이미지로 다가온다. 그들이 떠도는 소문으로 알고 있는 한국은 경제적으로 잘 사는 나라이다. 그들 자신이 태어난 곳도 아니요, 본적도 없는 곳이지만 분명 아버지와 할아버지가 살던 고향이고 똑같은 말을 하는 동포들이 사는 나라이다. 더더구나 한국에 갔던 사람들이 큰돈을 벌어왔다는 말을 듣자 조선족 2세들은 한국을 경제적 기반을 잡을 수 있는 기회의 땅으로 인식한다. 큰돈을 벌자면 한국으로 가야 하고 한국으로 가는 가장 확실한 방법은 부모님 세대들의 친척방문에 동행하는 것이다. 하기에 한국의 친척들이 보내오는 부모님에 대한 초청장이 가족 사이의 새로운 갈등의 요인으로 된다.

얼마 후 우리는 처남 내외가 급히 장모님을 모셔간 내막을 알고 깜짝 놀랐다. 서울에 있는 처외삼촌은 중국에서 누이가 자기를 찾고있다는 소식을 듣고 맏처남 앞으로 (맏처남이 그래도 이 집의 맏이기에 나는 그의 직장을 통신주소로 적었었다) 그쪽의 형편을 알리고 누이에 대한 상세한 정황을 물어 편지를 보내왔던것이다. 뒤이어 맏처남의 회답편지를 받은 외삼촌은 혈육의 정에 목메어 누님을 부르며 정을 토했었다. 그리고는 금년 내에 누님을 집으로 모시고 싶으니 맏처남 내외더러 그때 어머니를 모시고 서울로 오라고 하였던것이다.

　나는 맏처남 내외가 그런 꿍꿍이를 하고있을 줄 몰랐다. 하긴 그래서 우리가 외삼촌을 찾았다고 할 때도 우거지상을 지었던 그들이었다. 그들은 언녕 우리 몰래 외삼촌과 련계가 있었을 뿐 아니라 또 장모를 자기들이 모시고있는것처럼 편지를 띄우고 부랴부랴 행동을 시작한것이었다.

　나는 돼지고기 비게덩이를 먹었을 때처럼 속이 뒤집어졌다.[28]

　"나"는 장모를 모시고 산다. "나"는 한국에 사는 동생의 소식을 알고 싶어 하는 장모를 한국에 보내기 위해 천방백계로 노력한다. "나"는 연락처는 집안의 맏이인 맏처남의 주소로 적었다. 그런데 정작 외삼촌에게서 연락이 오자 맏처남은 슬그머니 연락을 해서 어머님을 모시고 한국으로 오라는 초청을 받아낸다. 여동생 몰래, 가난한 남동생도 모르게 어머니와 함께 서울로 가서 돈을 벌고자 한다. 이 사실을 알게 된 "나"는 맏처남 내외의 "꿍꿍이"에 분노한다. "나"의 아내는 오빠를 보고 어머님을 나에게 맡길 때는 언제고 한국에 갈 수 있는 기회가 생기니 혼자 챙기느냐 하고 화를 낸다. 하지만 남동생은 내가 경제적으로 더 어려우니 오빠에게 좀 양보하라고 한다. 이러한 모순과 갈등은 한국행은 부를 거머쥘 수 있는 기회로 인식한 결과이다.

　어머니의 한국행에 누가 동행할 것인가, 이는 형제자매들의 의를 상하게 하고 자식들이 서로 모시려 하기에 어머니의 마음을 더욱 아프게 한다. 나중에 사업이 어려워진 한국의 외삼촌이 어머니의 초청을 포기하자 맏처남은 어머니를 다시 여동생네 집으로 돌려보낸다. 한국행은 물거품이 되고 형제자매간은 마음의 상처만 남게 된다. 이 같은 갈등의 요인은 상상의 공간인

28　허련순, 《밤나무》, 《사내 많은 여인》, 서울: 동아출판사, 1991, 161쪽.

한국의 존재에서 비롯되었다. 개혁개방 후 조선족들은 돈을 벌기 위해 아악스러워졌다. 더욱이 경제적으로 잘사는 한국의 존재는 그들에게 새로운 기회가 온 것으로 인식되었다. 그들은 정당한 절차를 밟고 한국으로 가는 사람들을 선망의 눈길로 바라보았으며 한국으로 가기 위해 법을 어기는 일도 마다하지 않았다. 중한수교가 되고 한국행이 비교적 자유로워지자 소문과 상상 속의 공간인 한국은 잘살아 보려는 욕망을 이룰 수 있는 공간으로 변모한 것이다.

3.3.2. 몰이해에 의한 문화적 갈등과 반목

조선족과 한국국민은 피를 나눈 동족이며 말과 글, 풍속을 비롯한 전통문화를 공유하고 있는 동일한 민족이다. 근 반세기 동안 중국과 한국 사이를 가로지른 장벽을 허물고 서로 만났을 때 쌍방은 재회의 희열과 함께 혈육의 정과 동질성을 확인할 수 있었다. 하지만 동시에 많은 이질감을 느끼게 되었으며 상호 불신과 반목, 원망과 갈등의 갭은 날로 깊어졌다. 하기에 코리안 드림을 다룬 소설들은 아름답지 못한 한국인의 모습을 그림과 아울러 한국을 조선족의 아내를 앗아가고 조선족 가정을 파탄으로 몰아간 장본인으로 매도한다.

강호원의 중편소설 《인천부두》(2000)는 코리안 드림으로 인해 평화롭고 행복한 가정이 어떻게 균열되고 붕괴되는가를 리얼하게 보여준다. 이 작품의 서두는 다음과 같다.

> "만약 당신이 하늘을 안을 수 있는 '고단수' 남아라면 서울로 가라. 그곳은 모든것을 녹여버릴 수 있는 '초고온용광로'이기 때문. 만약 당신이 대지를 안을 수 있는 '녀강자'라면 서울로 가라. 그곳은 '고단수' 남아들이 운집한 곳이기 때문."[29]

남주인공 성철은 키가 180미터나 되는 억대우 같은 사나이다. 그는 건축 현장에서 벽돌을 나르고 타일을 붙이는 일을 한다. 일이 고된 것은 참을 수 있으나 "타일오야지"요, "미장오야지"요 하는 자들이 연변에서 온 아줌마를 마음대로 희롱하는 데는 도무지 참을 수 없다. 성철은 퇴근하는 연변 아줌마를 억지로 끌고 가는 "미장오야지"를 한주먹에 때려눕힌다. 하지만 일자리를 잃고 거리를 헤매게 된다. 어느 날 성철은 양복을 입은 훤칠한 사내의 팔을 끼고 걸어가는 아내 옥자를 발견한다. 그처럼 가정을 사랑하고 내조를 잘하던 옥자가 외간남자와 놀아나다니! 성철은 깊은 고통에 모대기다가 억지로 옥자를 데리고 중국으로 돌아가려 한다. 그런데 성철이 공항 수용대 위에 급급히 짐을 올려놓고 세관 검문을 받으려는 순간, 옥자는 큰일이나 난 듯이 손에 들었던 핸드백을 성철에게 넘겨주며 "남은 돈 50만원을 딸라로 바꾼다는것이 그만 깜빡 잊었네요." 하고 세관 밖으로 달려간다. 하지만 한식경이나 지나도 옥자는 돌아오지 않는다. 공항 확성기에서는 빨리 탑승하라고 재촉한다. 성철이 불길한 예감이 들어 핸드백을 열어보니 쪽지 한 장이 눈에 띈다. "정말 면목이 없어요. 돈과 물건은 돌아가서 당신이 알아서 처리하세요. 절 용서하세요. 앞으로 다시 만날 수 있기를 빌어요, 옥자 올림." 옥자는 한국에 계속 남기 위해 남편을 배신한 것이다. 이처럼 이 소설은 한국을 인간의 선량한 마음을 좀먹고 사랑하는 아내를 빼앗아가는 고장으로 인정한다.

정형섭의 《가마우지 와이프》(2008)는 위장결혼으로 한국에 간 지순의 이야기를 통해 조선족 여성들의 등을 쳐서 먹고 사는 한국 남정들의 치사스러운 모습을 그리고 있다. 지순은 브로커에게 7만 5천 원이란 거금을 주고 위장 결혼이란 방법으로 한국에 갔지만 자유로운 몸이 되지 못한다. 한국에

---

29   강호원, 《인천부두》, 연길: 연변문학, 2000년 제10호.

서 부부관계가 유지돼야만 무시로 들이닥치는 출입국관리국 요원들의 검문을 무사히 통과하고 합법 체류가 보장된다. 그래서 지순은 한국 "남편"에게 부탁해야 할 일이 늘 있었다. 울며 겨자 먹기로 한국 "남편"의 "와이프" 흉내를 내야 했다. 말하자면 시름을 놓고 한국에 체류하고 장차 영주권까지 따지면 한국 "남편"과의 관계를 끊을 수 없었던 것이다. 특히 해마다 외국인 등록증 연장수속을 밟아야 했으므로 남편과 함께 법무부 출입국관리소를 다녀와야 하였다. 이러한 지순의 약점을 손에 쥔 "남편"은 이런 구실 저런 구실 대면서 쉽게 나서주지 않는다. "남편"은 시도 때도 없이 찾아와 3,4십만 원씩 돈을 갈취해갔다.

이 소설은 지순이 "남편"과 함께 출입국관리소를 다녀오는 하루의 일을 다루고 있다. 남편은 괜히 호기를 부려 웬 여자의 자가용을 내서 셋이서 출입국관리소로 찾아간다. 그런데 23만 원의 기름값과 외국인등록증 관리비와 연장 수속비를 합쳐 16만 4천 원을 모두 지순이 내지 않으면 안 된다. 어디 그뿐이랴. "남편"은 근사한 식당에 들어가 마치 자기가 한턱 내기라도 하듯이 귀한 요리를 청해 자기의 여자친구를 대접하는데 요리값 21만 3천원은 모두 지순이 내게 한다. 실컷 먹고 난 "남편"은 지순을 식당에 내버린 채 여자친구와 함께 차를 타고 달아난다. 그야말로 지순은 어부에게 고기를 잡아 바치는 가마우지란 새와 다름이 없다. 핸드폰으로 "여보세요! 여보세요! 와이?" 하고 부르던 지순이 남녀가 사라진 쪽을 쏘아보다가 악에 받쳐 "아 개새끼야!" 하고 소리를 치는데 여기서 한국인의 이미지는 산산조각이 난다.[30]

박옥남의 《내 이름은 개똥네》(2008)를 보자. 이 작품은 중국에서의 청소년 시절과의 대비를 통해 한국에 있는 조선족 불법체류자들의 슬픔과 고뇌를

---

30   정형섭, 《가마우지 와이프》, 연변일보, 2008년 12월 4일.

다루고 있다. "내 이름은 개똥네"라는 제목은 이 작품이 역설적인 구조를 가졌음을 암시한다. 스스로 자기 이름을 "개똥네"라고 했으니 지극히 모순되는 진술같지만 곰곰이 생각해보면 오히려 진실을 이야기하고 있기 때문이다. 이 작품은 작자가 한국에 "재외동포문학상"을 수상하러 갔다가 불법체류 중인 남편과 동창생들을 만났던 일을 소재로 다루고 있다. 말하자면 며칠간 비행기를 타고 한국에 갔다가 비행기를 타고 다시 중국으로 돌아오기까지의 일들을 쓰고 있는데 시간 변조와 같은 현대소설의 서사 기법을 활용해 현재의 사건이 진행되는 도중에 과거의 사건들을 끌어들이기도 하고 현재의 사건을 진행시키는 중에 뒤이어 일어나는 사건을 앞질러 제시하기도 한다. 전반 이야기의 관찰자, 서술자는 "나"인데 처음 외국 나들이를 하는지라 절에 온 색시처럼 촌스럽기만 하다. 하지만 그녀는 야무지고 사려 깊은 여성이다. 그녀는 여객기 안에서 만난 통배추 모양의 헤어스타일을 한 한국 사내와의 문화적 마찰을 경험하기도 하고 인천공항에서 통관 수속을 밟을 때 외국인들과 한 줄에 서야 하는 서글픔과 소외감을 느끼기도 한다. 말하자면 자기 자신은 한국에서 "환영을 받지 못하는 불청객"이라는 사실을 절감하게 된다.

특히 그녀는 3년 만에 만난 남편의 초췌한 얼굴과 전전긍긍하는 모습을 보고 놀란다. 불법체류자로 숨어 사는 남편은 거리에서 우연히 만난 경찰을 보고 초풍하듯 놀라 벌벌 떤다. 그리고 소꿉시절의 친구들인 철수, 연순, 을숙, 금자, 병달, 갑부, 동녀, 광식, 춘화, 진아와 만나는데 그네들은 조상의 나라 한국에 왔지만 하나같이 고된 일에 부대끼고 인간다운 대접을 받지 못한다. 이를테면 동녀는 한국에 온지 10년째인데 한족(汉族)들의 입국비자가 잘 나온다는 소문을 듣고 호구를 한족으로 고쳐가지고 온 까닭에 조선족에게는 자진신고에 의한 재입국제도가 도입되지만 그 혜택을 받을 수 없는 몸이라 중국에 돌아갈 수 없다. 영순이는 치매에 걸린 노인을 보살피는 보모 노릇을 하면서 갖은 괄시와 수모를 다 받는다. 불고기집에서 불판을 닦고

숯불을 관리하는 일을 하는 병달이는 "싸가지 없는 놈들, 너희들 중국에선 이것도 못 봤지? 저것도 첨 보지? 그러면서 시까스르는데, 생각같으면 불구덕을 들어 그놈의 대갈통에 확 들씌워놓고 싶을 때가 하루에도 열두 번 생긴다"고 한다.[31] 이들은 그야말로 중국에서도 살길이 없고 한국에서도 설 자리가 없는 이방인이다. 여기서 "개똥네"는 계동녀의 별명만을 지칭하지 않는다. "개똥네", 그것은 의지까지 없는 조선족 동포의 별명이며 소외된 이방인의 별칭에 다름 아니다. 이처럼 이 작품은 "개똥네"라는 메타포를 동원해 "나 또는 우리는 누구인가?"라는 중요한 물음을 제기하고 조선족들의 민족적 정체성의 문제를 심도 있게 다루었다.

3.3.3. 인간성의 발견과 한국인에 대한 이해

김남현의 《한신 하이츠》(1992)와 강호원의 《쪽빛》(2007)은 조선족 노무자와 한국 최하층 노동자들의 인간성, 동포애와 함께 그들과의 연대성(連帶性)까지 다루고 있어 주목된다. 그리고 리동렬의 단편소설 《백정 미스터 리》는 한국 보통 서민의 가슴에 숨어 있는 따뜻한 인간성을 발견하고 형상화하고 있다.

《한신 하이츠》는 황석영의 중편소설 《객지》를 연상케 한다. 조선족 출신의 남정 둘과 한국인 남정 셋은 덕홍이라는 오야지 밑에서 일한다. 이들은 건축현장에서 15층까지 시멘트와 벽돌을 올린다. 온종일 시멘트 가루를 먹어도 고작 목캔디 한 알로 껄껄한 목구멍을 달랠 수밖에 없다. 더욱이 고층에서 벽돌이 떨어지면 목숨을 잃을 수도 있다. 이들 다섯 명의 인부는 25평 되나마나한 덕홍네 집에서 먹고 자는데 화장실이 하나 뿐인지라 아침저녁으로 고생이 막심하다. 날마다 참으로 먹는 것은 라면 한 그릇에 막걸리 한

---

31 박옥남, 《내 이름은 개똥네》, 연길: 연변문학, 2009년 제3호.

잔뿐인데, 그야말로 노가다는 막걸리 기운으로 일하는 것 같다. 저녁 식사가 끝나면 오야지와 오야붕은 고스톱을 놀아 통닭내기를 하자고 인부들을 못살게 군다. 결국, 굴러먹을 대로 굴러먹은 오야지와 오야붕은 인부들의 돈을 따고 인부들은 하루 품삯을 고스란히 바치는 격이 된다. 그래서 "나"는 "낮에는 뼈 빠지게 일을 시켜먹고 밤에는 투전판에서 긁어가고… 젠장 2중 착취로군, 쥐 같은 놈!" 하고 저주한다. 더욱 한심한 것은 일이 거의 끝나가지만 노임을 주지 않고 차일피일 미룬다. 그러자 한국인 인부들은 적어도 중국에서 온 동포의 노임만은 제 때에 주어야 귀국할 것 아니냐고 하면서 덕홍에게 대든다.

> "뭐라능교? 이 자식이 중국사람 고생하는 거 눈으로 못 보았능기라? 도와주지는 못하고! 내 돈 띠묵어? 니눔 죽여버린다. 로동청에 가자. 내 돈 띠묵고는 몬 배길기다. 중국사람은 어때, 이눔아! 그 사람들 지 나라 놔두고 좋아서 중국 갔냐? 우리 동포다 우리 동포! 아능기라? 무식한놈! 일본놈 때문에 만주땅에 갔능기라!"[32]

강호원의 단편소설 《쪽빛》도 한국의 어느 한 외딴 섬에 있는 공장에서 벌어진 조선족 동포 정호와 한국인 우반장(禹班長)의 갈등과 화해의 과정을 다룬 작품이다. 인간 평등주의 사회에서 지내온 조선족과 가부장적인 수직 논리에 젖은 한국인 사이에는 자연 갈등과 충돌이 생긴다. 정호는 육중한 철판들이 부딪치고 쇠를 갈아내는 소음으로 진동하는 산업현장, 고된 노동과 변덕스러운 기후 때문에 육신은 무너질 것 같은데, 설상가상으로 우반장의 시도 때도 없이 퍼붓는 훈계와 욕설을 받아야만 한다. 우반장은 입만

---

32 김남현, 《한신 하이츠》, 연길: 천지, 1994년 제11호.

열면 "씨팔, 씨팔" 하고 10살 손우인 정호에게 거리낌 없이 반말을 쓴다. 하지만 우반장에게서 "병신"이란 말을 듣는 순간 정호는 천둥같이 노해서 쇠파이프를 들고 길길이 뛴다. 결국, 정호는 사장에게 들통이 나서 해고를 당하게 된다. 그제야 우반장이 공장을 떠나는 정호를 붙잡고 "나는 집에 노모도 없구 툭 털면 먼지라카지만두 형님은 연변에 마누라에 자식들까지 두고 온 몸이 아닌겨?"[33] 하고 한사코 붙잡는다. 이처럼 이 작품은 적절한 배경을 통해 분위기를 잡고 치열한 갈등과 충돌을 통해 극적인 긴장감을 고조시키고 나서 자연스럽게 화해를 이끌어냈다. 이러한 화해를 가능케 한 것은 물론 두 밑바닥 인생의 가슴속에 고여 있는 따뜻한 인간애와 민족적 동질성이다. 이 작품의 제목은 "쪽빛"인데 그것은 바다나 하늘의 색깔인 동시에 핏줄의 색깔이며 격렬한 파란(波瀾)과 충격 뒤에 오는 평온과 순수의 빛이 아닐 수 없다. 이러한 의미에서 이 작품은 치밀하게 계산한 상징을 내적 장치로 깔았다고 하겠다.

김남현의 《한신 하이츠》의 배경은 경상남도 창원이라면 리동렬의 《백정 미스터 리》(1994)의 배경은 경상북도의 고령읍이다. 중국에서 온 "나"는 고급중학교 교사 출신인데 열흘 동안 건축현장에서 막일을 했더니 옆구리가 켕기고 힘이 들어 죽을 지경이다. 한국인들은 일을 무섭게들 한다. 6시 반에 나가 12시까지, 오후는 1시부터 6시까지 설쳐야 했다. 휴식이란 오전, 오후 각각 반시간씩 참 먹는 시간밖에 없다. 15년 동안 분필을 쥐고 강의나 하던 "내"가 건축현장에서 뛰자니 그야말로 곱게 자란 도련님이 곡괭이 자루 드는 격이다. 일터 하나 바꾸자고 했더니 축협의 돼지고기 나르는 일이 생겼다. 거기서 "나"는 삼십 대 중반의 한국 사내와 면목을 익히게 된다. 품 너른 자주색 바지에다 흰 셔츠를 입은 그는 몸이 꽤 우람지고 배가 불룩하게 나왔

33　강호원, 《쪽빛》, 연변일보, 2007년 11월 23일.

다. 우둘우둘 다가와 손을 내미는데 목소리가 조금 쌕쌕했으나 건들건들한 멋이 있었다.

> "성씨를 어떻게 쓰능교? 난 미스터 리요."
>
> 미스터 리? 듣지 않던 영어여서 "나"는 씩 웃었다. 유식한척 하는가?
>
> "미스터 리가 뭐노, 백정이 … 이씨면 이씨라 해라 고만."
>
> 주인이 퉁을 주자 미스터 리는 뒤통수를 쓱쓱 긁으며 고아대듯 떠들어댔다.
>
> "아따 홍님, 고등학교선생님한테 유식한 말 한번 써보면 못 쓰우? 그렇찮능교? 흐흥흥."
>
> 그래서 셋은 낄낄낄 웃었다.[34]

"미스터 리"가 처음 등장하는 장면인데 무식한 주제에 유식한 체하는 그의 성격을 눈앞에 보듯이 생동하게 그렸다. 아무튼 "나"는 "미스터 리"를 따라 일을 하게 된다. 그는 "1년 약속 딱 하구 해야지 도중에 스톱하면 나만 낭패라"고 못 박는다. 올해 서른여섯인 그는 장가도 가지 못했다. 그는 집도 있고 차도 있는데 이제 돈을 모아가지고 유식하고 몸매 고운 처녀를 색시로 맞아들이는 게 꿈이란다. 그는 중국에 좋은 색시감이 있으면 소개하란다. 일만 성사되면 후한 보상을 주겠다고 했다. 일단 일이 시작되자 "미스터 리"는 꽥꽥 소리를 지르기도 하고 커피를 갖고 온 다방 아가씨와 실없이 농담을 주고받기도 하면서 번개같이 일한다. 하지만 "나"는 무릎까지 오는 장화를 신고 꾸어온 보릿자루처럼 서있기만 한다. 피비린내, 똥 냄새가 진동하는 가운데 "미스터 리"는 "자, 이씨, 뭘 우물거리고 있능교? 우리도 시작합시다 의." 하고 두꺼운 널을 가져다 놓고 도끼로 눈 깜빡할 새에 내장을

---

34 리동렬, 《백정 미스터 리》, 연길: 천지, 1994년 제11호.

들어낸 돼지를 반쪽으로 갈라서 기둥에 걸려있는 갈고리에 척척 가져다 걸었다. 그의 손에서 칼은 마치 요술을 부리듯 각을 뜨고 척주를 끊어내고 하더니 잠깐 사이에 돼지 반쪽을 몇 동아리로 분해해서 그릇에다 담았다. 이때 수퇘지 한 놈이 암퇘지 등에 올라타겠다고 버둥질하고 있어 "나"는 구역질이 올라왔다. "저 놈, 저 놈 봐라… 섹스라도 기껏 해서 소원 풀고 죽자는 겐교 응? 꿀꿀꿀." "미스터 리"가 걸쭉하게 입담을 늘어놓자 좌우에서 가벼운 웃음들이 튕겼다. 하지만 "나"는 웃음은커녕 몸을 돌려 구토를 하고 말았다. 그 돼지들도 뒷다리를 푸들푸들 떨면서 같은 꼴을 당하고 말았다. 문득 솥에다 돼지를 다루던 "미스터 리"는 함께 일하던 웬 남정과 말다툼을 하기 시작했다. 돼지 각을 뜨던 "미스터 리"는 "젠장!" 하더니 눈을 딱 부릅뜨고 칼을 든 채 흔들거리며 그쪽으로 간다.

"김씨, 정신있능교 없능교? 사람 몇이 안 되는데 손발 맞춰 같이 데꺽 해치워
야지. 그래 혹심 부려 살이 찌능교 어쩌능교 응?"
"아니 자넨 뭔데 버릇없이 굴어 응?"[35]

그 사내는 사십이 좀 넘었을까? 강기 있고 날파람이 있어 보였다. 칼 든 채 손짓을 휘휘 해대는데 칼날이 "미스터 리"의 눈앞에 섬뜩섬뜩 비껴갔다. 그러자 곁에서 양복을 입은 오십 대의 사내가 막아서면서 자기 잘못이라고 양해를 구했다. 들어보니 큰일도 아니었다. 내일 제사에 쓸 돼지발쪽과 대가리를 가져와 깨끗이 다듬질해 달라고 양복 입은 사내가 청탁을 했는가보다. 피차 아는 사이고 해서 잠깐 일손을 젖혀놓고 그것부터 손질한 것이다. 한 10여 분쯤이면 손질할 수 있는데 문제는 손질해준 값으로 3천원쯤 받기로

35   앞의 책.

돼 있었다. 그 금액이 문제였다.

"야 이 눔아, 버릇은 개떡 같은 버릇이여, 너 같은 놈들 있기에 대한민국이 안 되는거다. 아니 그래 피 맛 좀 보겠능교, 어쩔라능교 응?"

하며 미스터 리가 갑자기 칼을 푹 찔러나갔다. 그 사내는 와뜰 놀라 뒤로 주춤 물러선다. 칼과 칼이 쟁그랑 부딪쳤다. 깜짝 놀란 사람들이 둘의 허리를 끌어안고 끌어낸다.

"야— 이 눔아, 썩 꺼져. 그따위로 욕심 채우자구 도살장에 끼어들어? 백정이라두 양심 하나는 밝아야지. 염치없는 눔 같으니라구, 썩 꺼져! 손사장님두 그렇지, 남 일하는데 중간에 끼어들어 불만 질러 놓구, 이라면 이따위 일 뉘 해먹겠능교? 어디 잘 생각해 보소."[36]

하지만 정작 다시 일을 시작하자 두 사내는 금세 싱겁게 화해를 하고 만다. 마침내 도살장에서 나와 자동차에 앉은 "나"는 마치 살벌한 지옥을 빠져나온 것 같은 기분이다. 아무리 돈이 좋다 한들 이런 일만은 못해낼 것 같다. 그러나 "미스터 리"는 금방 무슨 연극이 있었냐는 듯이 차를 자전거처럼 익숙하게 몰아대면서 음악 볼륨을 쿵작쿵작 잔뜩 높여놓고 어깨를 으쓱으쓱한다. 그날 밤 "나"는 가위에 눌려 몇 번이나 깨어났는지 모른다. 필경 분필이나 끊어먹던 샌님이라 격하고 어수선한 분위기에 그만 혼비백산한 것이다. 하지만 1년 약속을 해놓았으니 이 일을 어찌 한담? "나"는 주인을 찾아 "미스터 리"에게 일을 그만두겠다는 말을 전해달라는 부탁을 하고 대구 시내로 나가 하루를 놀았다. 저녁에 와보니 "미스터 리"가 "나" 대신 삼촌을 붙잡아갔다고 한다. 새 일군을 얻기 전에는 삼촌이라도 일해야 한다는 것이

---

36 위의 책.

다. 이럭저럭 한 달이 지나갔다. "내"가 삼촌네 집 안방에 누워 책을 보고 있는데 갑자기 "미스터 리"가 찾아왔다. 내가 어쩔 줄 몰라 어정쩡해 있는데 눈치 빠른 숙모가 나가서 "미스터 리"를 맞았다. 실은 나와 삼촌이 하루씩 나가 일한 품삯을 가지고 왔던 것이다. 나는 금시 얼굴이 화끈해짐을 느끼지 않을 수 없었다. 이처럼 이 소설은 한국 서민사회의 세태를 생동하게 재현하고 있을 뿐만 아니라 조선족 출신 지식인의 시점으로 거칠지만 따뜻한 마음을 갖고 있는 백정 "미스터 리"의 형상을 성공적으로 부각함으로써 읽는 이들에게 진한 감동을 주고 있다.

조성희의 《조개료리》(2004)와 허련순의 《그 남자의 동굴》(2007)과 같은 경우에는 한국인에 대한 선입견은 보이지 않고 인간 대 인간의 관계에서 한국인의 내면적 아픔을 이해하고자 한다. 여기서 《조개료리》만 보기로 하자. 이 작품은 앞에서 언급한 조성희의 수기 《정을 찾으며》의 기초 위에서 새롭게 상상과 허구를 가미해 창작한 소설인데 현진건의 《B사감과 러브레터》를 연상케 한다. 조성희의 《조개료리》의 주인공도 B사감과 같은 타입의 여성이다. 이야기는 이러하다. 연변에서 온 여자가 패션디자이너로 일하는 중년 여성의 식모로 들어간다. 그런데 이 패션디자이너는 밤낮 선글라스를 끼고 있어 좋아하는지 나빠하는지 그녀의 심중을 알 길 없다. 아닌 게 아니라 이 패션디자이너는 괴짜였다. 그녀는 성질머리가 나빠서 동생도, 친정어머니도 다니지 않는다. 그녀는 사람을 싫어하는 독신녀. 평상복으로 갈아입은 패션디자이너의 가슴은 조금 불룩한데 가슴이 있는 것 같기도 하고 없는 것 같기도 하다. 그녀의 옷장을 열어보면 긴 것과 짧은 것, 야한 것과 정숙한 것, 검은 것과 흰 것 전부 고급스럽고 세련된 옷뿐인데 유독 치마만은 한 견지도 없다. 어느 날 밤, 식모가 꿈인지 환청인지 어떤 여자의 혀 꼬부라진 소리에 놀라 깬다.

"나 이제 막 들어왔거든… 아니야, 자기 더 마시고 놀다 가. …나 지금 옷이랑 다 벗었단 말이야. 안 돼… 이제 나가면 안 된단 말이야. 나중에 보자. 마담 좀 바꿔봐. …여보세요? 난데, 잘 좀 부탁해. 내 이름으로 뭘 좀 더 드리고… 내일 내가 알아봐 줄테니… 그래야죠. 네-에 부탁합니다."[37]

그녀의 목소리일까? 의심이 들 정도로 맑고 부드럽고 아양기가 섞인 목소리다. 밖에서는 여자인 모양이다. 어느 날, 패션디자이너는 식모를 불러내다가 자장면을 사주기도 하더니 밤중에 식모의 이불 속으로 기어들어온다. 식모가 화닥닥 놀라 "사장님, 사장님 방으로 가서 주무세요." 하고 말하자 패션디자이너는 잠꼬대인지 돌아누우면서 식모를 껴안는다. 식모는 깜짝 놀라 몸을 꼬부린다. 여자들끼리도 안고 잘 수 있다는 말을 들어보지 못했기 때문이다. 식모는 몸을 빼내려고 애써 보지만 그녀의 팔은 쇠사슬처럼 단단하다. 얼마나 외로우면 이럴까 하고 생각하면서 식모는 몸을 내버려 둔다. 이튿날 술이 깬 패션디자이너는 자기의 정체를 드러낸다.

"나 어떻게 이만큼 됐는지 알아? 남자들과 겨루어야 된단 말이야. 너처럼 약하면 죽어. 경쟁에서 이겨야 돼. 그래서 난 남자처럼 강하게 된 거야. 그러니까 돈두 생기더라. 식구들 먹여 살릴 수 있더라. 헌데 그 대신 사람들은 나를 멀리했어. 괴물처럼 피하더라… 식구들이 한술 더 뜨는 거 있지?"[38]

실은 이 패션디자이너는 경쟁 사회에서 남성화된 여성에 지나지 않았다. 결국, 두 여자는 한바탕 파란을 겪고서야 여성적인 동일성을 느낀다. 패션디

---

37 조성희, 《조개료리》, 길림: 도라지, 2007년 제3호.

38 앞의 책.

자이너가 식모 앞에서 옷을 벗는 장면은 읽는 이들에게 잔잔한 감동까지
준다.

처음에는 와이셔츠를 벗고 부래지어를 벗는다. 그러자 꽉 조였던 가슴이 활
열리며 젖무덤이 꽃송이처럼 피여난다. 마치도 텔레비전 화면에서 꽃봉오리가
막 개화하는 장면을 보는듯하다. 싱싱한 녀자의 가슴이다. 아직 손때가 묻지
않은 듯한 생생한 가슴 앞에 녀자는 무의식적으로 제 가슴을 가린다. 긴 목으로
부터 좁은 어깨를 지나 가슴께까지 굴곡이 섬세하여 흰 조각상처럼 아름답다.
그녀는 바지 지퍼를 내리고 바지를 벗는다. 아슬아슬하게 작은 삼각팬티가 겨우
국부만 가리고 조금 도톰한 아래배가 드러난다. 배에 가느다란 칼자국이 나있다.
지금 의학이 발달해서 그렇게 굵은 자국이 나타나지 않아 얼핏 보면 주름 같아
보이지만 녀자는 그게 칼자리인 줄을 금방 안다. 녀자는 자신의 몸에 칼자리가
생긴 듯이 몸을 부르르 떤다. 그 칼자국사이로 금방이라도 붉은 피가 흘러나올것
같다. 그 피는 샘처럼 끊임없이 흐를것 같다. 어느 때 어떻게 생긴 건지 그 자리에
피가 나고 새살이 돋고 이렇게 아물 때까지 얼마나 아팠을가 녀자는 처참히
생각한다. 녀자는 그 칼자국이 마치도 자기 뱃가죽에 난것 같은 동통을 느낀다.[39]

이 작품은 조개요리를 소도구로 사용하면서 조개에 대해 다음과 같이 묘
사한다. "녀자는 조개를 그릇에 담아놓았다. 생신한 놈만 골라 샀는데 오는
길에 잘못되였는지 한놈은 벌써 입을 쩍 벌리고 있다. 마치도 창녀와 같다고
녀자는 생각했다. 벌린 입 사이로 희고 노랗고 매끌매끌한 속살이 유혹하고
있었다." 보다시피 입을 쩍 벌린 조개는 여성의 음부를 상징하는데 그것은
여성의 성적 욕망을 대변하는 메타포에 다름 아니다. 말하자면 패션디자이

---

39 위의 책.

너로 일하는 40대의 한국인 중년 여성을 암시한다고 하겠다. 이처럼 이 소설은 한국인의 베일을 벗기고 그 인간적인 본질을 리얼하게 보여주고 있다. 하지만 조성희의 《조개요리》는 현진건의 《B사감과 러브레터》와는 달리 속과 겉이 다른 인간에 대한 야유와 풍자가 아니라 경쟁 사회에서 남성화된 여성에 대한 깊은 연민과 동정을 보여주었다. 바꾸어 말하면 한국인의 악마적 이미지 뒤에 숨어있는 인간적인 면을 발굴하고 이해와 화해를 이끌어냈다.

제4장	코리안 드림과
	조선족 공동체의 위기

4.1. "민족혼"찾기와 한국초청 사기 사건에 대한 증언

친척방문, 약장사 이후 코리안 드림은 급물살을 타기 시작했다. 노무 송출, 산업연수, 무역, 유학, 국제결혼 등 방식으로 한국에 가는 조선족이 급증했고 그들은 수단과 방법을 가리지 않고 한국에 가서 돈을 벌려고 했다. 조선족의 이러한 약점을 겨냥한 브로커들의 사기행각도 극성을 부렸다. 또한, 한국의 노동현장은 험악했다. 인격 무시, 노임체불, 산재보험의 부재 등으로 말미암아 한국국민과 조선족 사이에 비일비재로 마찰과 충돌이 일어났다. 그중 가장 대표적인 사례가 한국초청 사기 사건과 페스카마호 사건이라 하겠다.

한국 방문자들 속에 또는 한국초청 사기 사건에 대한 조사에 나선 사람들 속에 30대 후반의 젊은 작가와 30대 초반의 기자가 있었으니 그들이 바로 류연산과 김혁이다. 이들은 발로 뛰는 조사를 통해 《서울바람》(1993)과 《천국의 하늘에는 색조가 없었다》(1997)를 펴냈다. 이 두 작품은 조선족 사회와 한국 사회에서 모두 센세이션을 일으켰다.

4.1.1. 서울바람을 통한 "민족혼" 찾기

류연산은 1957년 8월 중국 길림성 화룡시 서성진 북대촌에서 출생했다. 1982년 7월 연변대학 조문학부를 졸업하고 1988년 중산대학에 가서 1년간 연수를 받았다. 1982년 8월부터 연변인민출판사 문예편집부 편집, 주임, 종합편집부 부장, 총편 조리 등 직을 역임했고 2007년 연변대학에 교수로 전근해 와서 글짓기기초, 문학개론, 문예창작심리학, 소설창작론 등 학과목을 가르쳤다. 다년간의 과로로 말미암아 2011년 1월 55세의 아까운 나이로 세상을 하직했다. 그는 소설을 쓰다가 실화와 전기창작으로 방향을 틀어 대성한 작가로서 수십 년간 발로 뛰는 조사와 연구, 불면불휴의 집필을 통해 《서울바람》, 《혈연의 강들》, 《심여추평전》, 《류자명평전》, 《최채평전》, 《연변대학산책》 등을 펴냈다.

《서울바람》은 1993년 《청년생활》에 5기부터 12기까지 연재되었다가 작가의 수정, 보완을 거쳐 1997년 한국학술정보를 통해 단행본으로 출간되었다. 한국방문기 《서울바람》에 대해 논의, 평가한 선행연구로는 박기병의 《오해와 갈등을 용해시키는 촉매제-<서울바람>》[1]과 백문의 《민족의 자아성찰과 '홍익인간'정신의 고양》[2]이 있다. 하지만 분석과 논의가 충분히 주어지지 못했다.

류연산은 "88서울올림픽"을 전후해서 중국 현지에서 벌써 한국인들과 적잖은 접촉을 가졌고 여러 번 한국으로 갈 수 있는 기회를 잡으려 했다. 그러나 번마다 실패의 고배를 마셨고 류 아무개라는 사진작가에게는 배신을 당하기도 했다. 하지만 류연산이 처음으로 오매에도 그리던 조상의 나라 한국을 찾은 것은 1990년 4월 27일, 그는 7월 27일까지 석 달간 한국에 체류했다.

---

1   류광엽 편, 《류연산, 혈연의 강으로 가다》, 연길: 연변인민출판사, 2011, 161-170쪽.
2   위의 책, 179-184쪽.

그때로부터 2년 2개월 만인 1992년 9월 7일 다시 한국을 찾았다. 첫 번째는 멀리 홍콩을 거쳐 갔지만 두 번째는 천진에서 천인호(天仁號) 여객선을 타고 갔다.

이 작품 역시 조선족과 한국 친지들의 눈물겨운 상봉, 이방인으로 취급당하는 조선족의 불안과 고뇌, 특히 "갑작스러운 경제성장에 머리가 뜨거워져 잔뜩 바람을 채운 콘돔처럼 희떠워진 한국의 졸부들", 그리고 일부 한국인들의 사기행각에 대해 고발하고 비판하였다. 천인호에서 만난 한국인들을 보자.

시름에 겨운 조선족들의 표정과는 달리 중국 관광을 마치고 귀로에 오른 한국인들의 얼굴에는 느슨한 미소가 어렸고 목소리들은 자부심에 잔뜩 들떠 있었다.

> "백두산엘 갔댔습니까?"
>
> "그럼요, 중국관광이야 백두산을 내놓고 뭐가 있겠어요. 호텔에 아가씨가 있나, 음식이 입에 맞기나 하나."
>
> 장국에 김치반찬을 해서 저녁 한 끼 푸짐히들 먹고 커피 자동판매기 앞에 한국인 몇 사람이 시름놓고 담소하고있었다. 그중 키가 모자라고 갱핏하게 생긴 중년사나이의 목소리가 유난히 갈리고 높았다.
>
> "김치가 없데요. 연변에 가니 그래도 상에 김치가 오릅데다만 그게 어디 사람이 먹으라는 건가요. 우리 한국의 고추장과 김치는 세상에 제일미가 아닙니까. 어쩌면 반찬을 만드는 솜씨들이 그따윈지 참…"[3]

이렇게 떠드는 소리를 듣고 작가는 사나이를 흘끔 쏘아보았다. 천진 온천호텔에 함께 들었던 한국인이었다. 그는 호텔이 떠나갈 듯 김치가 맛이 없다

---

3   류연산, 《서울바람》, 서울: 한국학술정보, 2007, 15-17쪽.

고 불평을 쏟아부었던 것이다. 그래서 작가는 그 한국인을 보고 "유럽에 다녀오셨습니까?" 하고 슬쩍 묻는다. 그 한국인이 "못 갔어요. 시간이 나야지…" 하고 대답한다. 그러자 작가는 "긂은 양반이 이새를 쑤신다고 시간에 쫓겨서 산다는 사람이 돈 몇 잎 아끼노라 비행기를 피해 배에 몸을 실었단다." 하고 슬그머니 야유와 조소를 퍼붓는다.

작가는 허풍을 떠는 보통 한국인들에게 야유와 조소를 보낼 뿐만 아니라 목사요, 학자요 하는 한국사회의 이른바 엘리트들까지 조선족 동포를 농간하고 사기를 쳐서 먹는 작태에 대해 하나하나 꼬집어 비판한다. 여기서 두 가지 사례만 보자.

사례1

친척 하나 없는 한국에 온 한 조선족아줌마는 약도 팔리지 않는지라 울며 겨자 먹기로 식당의 고된 일을 하게 되었다. 어느 날 이목구비가 수려한 웬 목사가 식당에 들어섰다. 만록총중일점홍이라더니 남자 중에서도 남자인지라 녀자라면 한번 안기고 싶었다. 목사는 주인아줌마를 통해 그 조선족아줌마의 이야기를 듣고는 덮어놓고 교회에 나오라고 했다. 물에 빠지면 짚오래기라도 잡게 된다고 했던가, 막다른 골목에 이른 조선족아줌마는 교회에 나갔다. 목사가 례배를 하면서 조선족아줌마와 고통과 슬픔을 함께 하자고 설교했더니 성도들이 약을 사주고 일자리도 바꾸어주었다. 그녀는 감격했다. 목사는 그야말로 하나님의 현신이나 다름이 없었다. 마침내 그녀는 목사의 품에 안겨 "성체"와 "화합"하는 "은총"을 누렸다. 그녀는 중국으로 돌아올 때 목사와 함께 했다. 목사가 귀국하자 그녀는 남편과 자식들과 생활하는 게 지긋지긋했다. 그녀는 자나 깨나 목사를 그렸다. 석 달 후 목사는 초청장을 가지고 연길로 왔고 그녀는 어느 날 남편을 속이고 목사를 배웅하고 오마하고 심양으로 떠났다. 한주일이면 족할 터인데 한달이 가고 두 달이 지나도 소식이 없었다. 분명 서로 눈이 맞아 도망을 간것 같았다.

아니나 다를가 반년 후 타이에서 편지가 날아왔다. 그녀가 보낸 편지는 눈물로 얼룩졌다. 목사가 자기를 데리고 타이관광을 갔다가 기생집에 팔아넘겼으니 구해 달라는 편지였다. 몸값은 자그만치 15만 원이란다…[4]

사례2

항일투쟁사를 연구하다는 한국 XX연구원의 원장이라는 "사학자"는 중국에 와서 량세봉장군[5]의 항일투쟁사자료를 갖고있는 박영걸로인을 사기쳤다. 박로인은 젊은시절에 량세봉장군의 휘하에서 손에 총을 잡고 일제와 싸웠다. 후에 량세봉장군이 희생되고 부대가 거의 해산되자 하는수없이 집에 돌아와 호미를 잡고 농사를 지었다. "문화대혁명"때 "귀순"했다는 죄명을 들쓰고 갖은 고초를 다 겪었다. 하지만 박로인은 량세봉장군의 휘하에서 싸웠던 경력을 또박또박 적었다. 로인은 아이들 공책에 깨알같이 박아 쓴 항일투쟁회상기를 원장에게 내놓으면서 독립기념관에 전해달라고 했다. 원장은 "로인님과 만난것은 저의 일생에서 일대 사변"이라고 하면서 로인님의 부탁을 명심하겠다고 했고 이제 이 자료를 가지고 책을 펴낼 터이니 그때 로인님을 한국에 모시겠다고 했다. 원장은 박로인네 집에 걸린 사진틀에서 항일시기에 찍은 사진들을 뽑아 넣고 박로인네 내외간을 터밭에 세우고 사진을 찍기도 했다. 그해 한국 XX신문에 이 원장이 중국방문 차 우연히 박로인을 만났고 그 로인의 회상기를 책으로 펴낼것이며 출판기념행사에 박로인을 서울에 모시려고 한다는 인터뷰 기사가 실렸다. 그후 《다리》라는 잡지에 박로인의 회상기 일부분이 2기에 걸쳐 실렸다. 이듬해 원장은 박로인 앞으로 책 한 권과 미화 100딸라를 보내왔다. 그후로는

---

4 앞의 책, 154-156쪽.
5 량세봉(梁世奉, 1986-1934), 조선 평안북도 철산 태생, 국민부 소속 조선혁명군 사령관을 지내면서 조중 연합작전을 이끌었다. 중국 요녕성 신빈현에 항일명장 량세봉 기념관이 설립되어 있다.

꿩 구워먹은 자리였다. 책은커녕 잡지에 실린 원고의 원고료마저 박로인에게 보내지 않았고 초청장은 말도 없었다. 박로인은 병석에 누워서 바깥에서 까치소리가 나기만 하면 귀를 도사리다가 한 많은 세상을 떠났다고 한다.[6]

물신주의가 판을 치는 바람에 서로 속고 속이는 악순환은 계속되었다. 인간은 천층만층 구만층이라고 조선족들 가운데도 돈에 혈안이 되어 얼렁뚱땅 사기를 치는 자가 있었다. 그야말로 눈 감으면 코 베여가는 세상이었다. 적잖은 조선족들은 한국의 국법을 어기고 가짜 약과 마약을 팔았고 심지어는 약과 몸을 함께 파는 등 비루한 짓거리를 했고 기회만 있으면 한국인들의 등을 쳐먹거나 한국인들에게 바가지를 씌우면서 사기행각까지 거리낌 없이 자행했다. 여기서 한 가지 사례만 보기로 하자.

사례1

웬 중소기업의 사장이 자기의 몸 무게보다 곱절 무거운 짐짝들을 힘겹게 밀고 천진 당고해관(塘沽海关)을 나왔다. 한국에서 잘 팔리지 않는, 한물 간 복장들이 연변에서는 불티나게 팔리는지라 보따리장사를 하게 된것이다. 개찰구를 빠져나오자 택시업자들이 사장님의 짐을 서로 당기면서 저들끼리 아웅다웅 실랑이질이다. 무더운 여름이라 거무칙칙한 사내들이 눈을 부라리면서 짐을 빼앗다싶이 하는지라 고맙기는 고사하고 더럭 겁이 나더란다. 그러지 않아도 하얼빈에서 기업을 꾸리던 한국인이 중국인에게 살해된 소식이 대문짝만하게 한국의 신문들에 실린 걸 보고 잔뜩 중국에 대해 공포를 느끼던 사장은 말도 통하지 않는 생소한 곳에서 강탈을 당할것만 같았다. 바로 그때 웬 조선족 젊은이가 급시우 송강처럼로 나타났다. 한국에서 친척이 온다고 해서 마중을 나왔는데 헛걸음을

6   류연산, 《서울바람》, 한국학술정보, 2007, 125-127쪽.

했다는것이다. 그만 사장님은 엄동설한에 숯불을 마주하게 된 그러한 심정이였다. 더더구나 연길사람이라고 한다. 이보다 더 다행스럽고 고마운 일이 어디 있으랴. 이튿날 그들은 연길행 렬차에 몸을 실었다. 물론 사장님이 젊은이의 기차표며 식사비를 다 댔다. 두 사람은 술잔을 나누며 이야기꽃을 피웠다. 장장 20여 시간 지루하게 침대차간에 갇힌 몸이지만 사장님은 피로를 느끼지 못했다. 즐겁기만 했다. 렬차가 교하역을 지나 연변경내에 들어서자 연변노래와 조선노래에 섞여 한국노래도 들려왔다. 사장님은 마치 집으로 돌아온것 같은 기분마저 들었다. 마침내 그는 며칠 밤을 빚져온 잠에 곯아떨어졌다. 시간이 얼마나 흘렀을가, 복무원이 다음 역이 연길이라고 하면서 사장님을 조용히 흔들어 깨웠다. 그는 기지개를 켜면서 맞은 쪽 자리를 보았다. 젊은이가 없다. 둘의 힘으로도 벅차서 다른 사람의 도움을 받아가며 선반에 얹었던 짐도 사라졌다. 아뿔싸! 인민폐로 20만 원 이상 가는 양복이 든 짐이 온데간데 없이 사라졌던것이다.[7]

이처럼 이 작품은 객관적이고 공정한 시각으로 코리안 드림에서 드러난 한국인과 조선족의 도덕적 타락과 배금주의로 말미암은 사기행각을 고발, 비판함과 아울러 그 치유방법을 모색한다. 박기병이 《오해와 갈등을 용해시키는 촉매제-<서울바람>》에서 지적한 바와 같이 "작자는 이 작품에서 '피는 물보다 연하다'가 아니라 그래도 '피는 물보다 진하며 사랑은 피보다 더 진하다'는 철리가 다분한 부등식을 도출해냈다. 부등식: 물<피<사랑, 이는 수필집 <서울바람>에 시종 관통되어 있는 주선이며 또 작품집의 주제사상이다."[8]

이 작품에는 조선족 형제자매들을 친혈육처럼 관심하고 물심양면으로 도

---

7   위의 책, 152-154쪽.
8   앞의 책, 167쪽.

와주고 있는, 항일독립군의 후손이며 대통령상까지 받은 적 있는 "한국의 어머니" 오금손 여사, 세상을 다 속여도 피만은 못 속인다고 하면서 한국 총각과 조선족 처녀 사이에 중매군으로 나서서 동분서주하는 한국 광복회 강원도 지부장 류연익, 조선족 맹인들을 위해 헌신적으로 일하는 연변하상 시력장애인강복센터 주임 홍영희 등 긍정적인 인물들을 보여주었고 이러한 인물들을 통해 비록 한국국민과 조선족들 사이에 이러저러한 오해와 갈등이 있기는 하지만 그래도 피는 물보다 진하며 동포애는 그 어떤 이념의 장벽으로도 막을 수 없다고 하였다.

특히 이 작품은 한국국민과 조선족 사이의 불신과 반목을 극복하고 서로의 상처를 치유할 수 있는 영단묘약(靈丹妙藥)은 단군의 홍익인간의 이념이라고 말한다. 하기에 작가는 가톨릭, 기독교, 불교와 같은 외래종교는 날로 번성하는데 반해, 그 옛날 한국침략의 총본산지인 일제총독부청사가 박물관으로 쓰이고 서울시청과 경기도청과 같은 청사가 여전히 버젓하게 자랑을 떨치며 무사태평 닐리리를 부르는 마당에 서울 사각공원의 3백 미터의 터전에 겨우 60평방미터 되나마나한 작디작은 성전 속에 단군왕검이 모셔진 것을 보고 분노한다. "모셔져 있다기보다는 갇혀있다는 표현이 더 적합할것"이라고 하면서 "우리 7천만 조선민족은 시조를 버려둔 민족, 그렇다고 할만한 정신적 기둥이 없이 방황하는 민족이 아닐가 하는 의심까지 번쩍 들었다"[9]고 쓰고 있다.

그래서 작가는 단군의 혼을 찾아 마니산, 태백산에 오르며 드디어 민족의 혼을 찾았다고 말한다. 바로 단제(檀帝)의 사상, 즉 홍익인간의 이념이 우리 민족의 고유한 정신임을 깨달은 것이다. 그리고 단묘를 모시고 일생을 살아온 조병호 선생은 물론, 역사의 그늘 속에 사라져버린 소도(蘇塗)[10]문화를

---

9   앞의 책, 41쪽.

되살리려고 평생을 바쳐가는 김정윤 회장이나 금융위기를 맞아 어려운 삶을 살면서도 나라를 위해 집에 있는 금붙이를 나라에 헌납하는 한국 국민들, 특히 민족을 위해 중국조선족문화예술인후원회를 창설한 이상규 등 평범한 사람들 속에서 생동하는 민족혼을 느낀다.

하지만 작가의 국가관은 분명하다. 그는 "우선 필자는 조선족동포들이 자중하고 자기가 법적으로 누구냐를 자각해야 할 줄 안다. 중국조선족은 중국공민이라는것을 잊지 말아야 한다. 중국에 적을 둔 공민의 신분으로 보면 한국은 외국일 수밖에 없다. 외국에 왔으면 그 나라의 법을 지켜야 하는 것이고 그 나라의 질서와 공중도덕을 존중하고 자기의 모든 언행을 주의해야 하는 것이다. 그렇지 않을 경우 한국법률의 처벌을 받는 것은 마땅한 것이고 공중여론의 질책을 받는 것 역시 무방한 것이 아니겠는가? 그런데도 '철없는 형제들이 우리를 괄시(멸시라는 뜻)하고 있습니다'든지 '오나가나 버림받는 우리의 설움 누구의 잘못입니까. 왜 한국에서는 뉘우치지 못합니까. 집으로 갈 때는 침도 한국에 뱉지 않고 중국에 가서는 남쪽으로 머리도 돌리지 않겠습니다.'라는 등등으로 부질없이 원망하는 것은 바람직한 행동이 못된다."[11]

요컨대 류연산은 코리안 드림 초기에 한국을 찾은 젊은 지성으로서 코리안 드림의 문제점을 제일 먼저 포착하고 깊이 있게 파헤친 작가이다. 그의 장편 수기 《서울바람》은 보다 균형적인 시각으로 일부 한국인들의 안하무인적인 태도와 사기행각과 함께 돈에 미친 조선족들의 어처구니없는 작태를 꼬집어 비판함과 아울러 조선민족의 원류를 찾아, 말하자면 단군성조의 홍익인간의 이념으로 이러한 병폐를 극복하고 민족적 동질성을 찾고 새로운

10 　삼한시대의 제의 장소.

11 　류연산, 《서울바람》, 한국학술정보, 2007, 206쪽.

화해를 이끌어내고자 했다.

4.1.2. 한국초청 사기 사건에 대한 기록과 증언

김혁(金革, 1965-)은 기구한 운명을 타고 난 작가이다. 그는 고급중학교도 제대로 졸업하지 못했지만 불면불휴의 독서와 집필을 통해 불우한 운명을 초극하고 기사, 수기, 수필, 칼럼, 시, 소설 등 여러 장르에 걸쳐 수많은 작품을 펴낸 다산작가로, 대표적인 소설가로 자리매김을 했다.[12] 특히 그는 20대 초반의 나이에 연변일보 기자로 활약했고 1990년대 중반 한국초청 사기 사건으로 조선족 사회가 크게 몸살을 앓고 있을 때 젊은 지성의 용기와 책임감을 안고 불철주야 취재를 하고 붓을 달려 장편 수기 《천국의 꿈에는 색조가 없었다》를 펴냈다. 이 작품을 창작하게 된 동기를 두고 그는 다음과 같이 말한다. 어느 날 문학 선배인 류연산과 함께 다방에 들어갔다가 초라한 행색을 한 한국초청 사기 사건의 피해자들과 만나서 그들의 이야기를 듣고 흥분하게 되었다. 더구나 류연산이 한번 써보라고 적극 권하는 바람에 취재에 나서고 이 작품을 집필하게 되었다고 한다.

코리안 드림의 꿈이 무참히 으깨져 그 꿈의 파편에 찔려 신음을 흘리고있는 신변의 상당수의 사람들, 그로 하여 무양하던 질서를 잃고 흔들리고있는 우리 군체… 더우기 서울바닥에서 5년째 년로한 몸으로 3D업종에 몸을 내친 어머니와 섭외혼인으로 인천에서 그닥 탐탁치 못한 나날을 지우고있는 녀동생의 신변사가 나에게 그들과 시리디 시린 전률의 공감대를 이루어 주었다. 하여 조선족사회 최대의 열점으로 지목되는 이 문제의 덩이에 대한 해찰에 겁없이 나선것이다. 여직껏 무협, SF, 추리물(物) 창작에도 상당한 열성을 보이며 렵기적이고 에로티

12   리광일, 《김혁 소설세계의 통시적연구》, 연길: 연변문학, 2018년 9호.

즘적인 잔글 쓰는 재미에 빠지기도 했던 나에게 있어서 우리 민족의 아픔을 대변하는 독보적인 출두는 작가적 명분과 의의를 새로이 실감케 하는 너무나 경이롭고 벅찬 작업이였다.[13]

김혁은 우선 한국초청 사기행각에 대해 깊이 있는 추적 보도를 하였다. 한국에 살고 있는 친지들의 초청에 의한 한국방문이 한물 가게 되자 한국 브로커들의 한국초청 사기 사건이 판을 쳤다. 사실 발전도상에 있는 나라의 국민들이 돈을 벌기 위해 발달한 나라에 가는 것은 보편적인 현상으로 되고 있다. 하지만 1990년대 초반 조선족들이 한국에 가기 위해 법까지 무시하고 밀입국, 위장 결혼, 불법체류까지 하였고 또 이 기회에 일부 한국과 중국의 사기꾼들이 한국인이나 조선족을 상대로 사기를 쳐서 막중한 피해를 주었다. 조선족의 경우, 직접 사기를 당한 사람이 1만 7천여 명이나 되고 사기를 친 금액이 인민폐로 3억 내지 5억원 이상에 달하며 그 피해로 죽은 사람이 거의 100명에 달했다. 김혁은 작품에서 이를 일일이 추적하고 기록, 증언한다. 하나하나가 피눈물 나는 고소장을 방불케 한다.

이를테면 용정과수원에 있던 김명산은 노무 송출로 한국에 가려다가 협잡군에게 1만 9천 원을 사기당하고 너무 기가 막혀 절명하고 말았고, 정예령 어린이네 가정은 한국인 김옥순에게 2만 원을 사기당했다. 그래서 정예령 어린이는 치료를 받지 못한 데다가 영양실조로 시력이 엉망이 되고 골괴사에 걸려 바로 걷지도 못했다. 또한, 한때 단란했던 김승근네 가정은 한국 협잡군에게 15만 원의 거금을 사기당하는 바람에 쑥대밭이 되고 말았다.

연길시 신흥가에 살고있는 62세의 김동국 노인은 형님의 죽음이 자신의 잘못으로 비롯된 것이라고 생각한 나머지 날마다 한숨 속에서 지냈다. 1994

---

13   김혁, 《천국의 하늘에는 색조가 없었다》<후기>, 연길: 연변인민출판사, 1998, 313-314쪽.

년 8월 연길시복길무역회사는 한국인 이 아무개의 위탁을 받고 한국초청방문자를 모집했다. 김노인에게는 자식 셋이 있었는데 모두 셋방살이를 하고 있었다. 이게 다 아비를 잘못 만난 탓이라고 생각한 김노인은 한국에 가서 2, 3년 열심히 벌어 자식들의 살림집이나 마련하고 뒷바라지를 해주려고 하였다. 김노인의 꿈은 형님 김동원까지 움직이게 하였다. 하여 형님은 2만 원을 내놓았다. 허나 초청장은 꿩 구워 먹은 소식이다. 무역회사를 찾아갔더니 다만 한국인 이모(李某)에게 바쳤다고 대답할 뿐이다. 사실 복길무역회사도 이모의 농간에 걸려든 것이었다. 김노인처럼 당한 피해자가 무려 170여 명이나 되었다. 김노인의 형님은 고정수입이라고는 한 푼도 없었다. 대신 갚아주려 해도 전 재산을 날린 김노인은 그야말로 속수무책이었다. 달마다 나오는 500원의 퇴직금마저 빚군들이 대신 타갔기 때문이다. 형님은 그만 심장병이 도지고 말았다. 형님은 "한국에 건너간 돈 못 받았느냐?"라고 한마디 묻고는 눈도 감지 못하고 세상을 하직했다. 김노인은 가끔 형님이 묻힌 곳을 찾는데 그때마다 형님이 마지막에 남긴 그 한마디가 가슴을 친다고 했다.

그렇다면 한국초청 사기꾼들은 대체로 어떤 인간들인가? 이들은 목사의 허울을 쓴 협잡군이 아니면 고정된 직업도 없는 백수건달이었다. 한국의 모 정당의 간부라고 하는 김봉기, 부부사기군 이종만과 백숙열, 모자사기군 김순금과 김성훈, 밀항사기군 김득수, 목사의 허울을 쓴 사기군 최국일, 대형 초청사기사건의 주모자 민병철, 변호사로 꾸민 사기군 임경운, 한국유학을 미끼로 사기를 친 김종만, 그리고 이정식, 박인서가 바로 그러했다. 이정식의 경우만 보기로 하자.

1994년 말, 자칭 한국연예협회 가수, 연주국장이라고 하는 이정식이 연변에 나타났다. 그는 뜻밖에 흉막염이 도져 생명이 경각에 달하게 되었다. 이때 이를 우연히 알게 된 한영수, 김채순 부부가 이정식에게 구원의 손길을 내밀었다. 10살 때 한국 경기도 양평군에서 중국으로 건너온 한노인은 객지에서 병든 청년을 측은하게 생각했던 것이다. 한노인네 내외는 여러 달 동안 이 청년을 데리고 연변병원, 연변홍과병원, 화룡림업병원 등 여섯 곳을 다니며 치료해 주었다. 그동안 이정식에게 치료비로 3만 원이나 선대해 주었다. 건강을 되찾고 귀국할 때 이정식은 쿨쩍쿨쩍 울면서 은인들의 이름과 주소를 일기책에 적었고 기타를 치면서 노래를 불렀다. 두어 달 후 다시 중국에 나타난 그는 은인들의 은혜를 갚기 위해 한노인네 가족을 한국으로 초청하겠다고 했다. 한편 작곡계에서 기량을 보이던 한노인의 딸더러 연예인 몇을 소개해주면 그들도 모두 한국에 초청해 취업시켜 주겠다고 했다. 이에 그들 일가친척과 연예인 17명은 24만 원을 이정식에게 주었다. 초청장을 가지고 올 테니 좋은 꿈만 꾸면서 기다리라고 하던 이정식은 어느 날 슬그머니 잠적해버렸다. 그 뒤 한노인네 가정은 풍비박산이 났다. 한노인은 심한 정신적 타격을 받고 뇌출혈을 하였고 그의 세 자식은 경제난으로 부부간의 불화를 일으켜 이혼을 당했다. 그의 딸은 8만 원짜리 아파트까지 빚으로 날려 보냈다. 생명을 구해준 은인들에게 큰절을 올려야 할 대신 그들을 발로 차서 천길나락에 떨어뜨린 것이다. 그런데 이 사기 사건에 대한 보도를 담당한 MBC의 기자들이 이정석을 찾았을 때 그는 벌써 부인과 처제를 폭행한 까닭에 서울 강동경찰서에 수감되어 있었다. 기자가 한노인네 일가의 비참한 처경을 이야기하고 나서 사람이 어찌 이렇게 배은망덕할 수 있느냐고 꾸짖자 죄수복 차림의 이정식은 "이는 나와는 별개의 문제, 아무런 상관도 없는 일이라고 수염을 뻑 씻었다."[14]

한국 금천주식회사 대표라고 하는 박인서 역시 똑같이 철면피한 인간이었다. 그는 김수근, 리동춘 등을 사기쳐서 불구덩이에 밀어넣은 장본인이다.

14　앞의 책, 21-22쪽.

그는 한국의 검찰에 검거되어 감옥에 들어가자 김수근, 리동춘 등에게 고소를 취소해 달라는 편지를 10여 통이나 보냈다. 하지만 편지들마다 피해자들을 얼리고 닥치는 능글맞은 태도와 더러운 심보를 그대로 드러냈다. 말하자면 이번 일은 피해자협회나 한국 정부에서 해결해줄 리 만무하다, 내가 감옥에서 나가야 해결해줄 수 있다, 그러니 고소를 취소해달라, 고소취소장이 도착하면 우선 달마다 생활비라도 보내드리겠다, 하지만 고소취소장을 보내주지 않는다면 더는 상대하지 않겠다고 했다. 하지만 이러한 사기꾼들을 믿었을 때는 재차 낭패를 보기 십상이었다.

> 경기도 의정부시 가능동의 김민웅은 일찍 하얼빈에서 친척초청과 로무송출 명목으로 55명을 상대로 18만 원을 사취하고 잠적해버렸다. 이로 인해 피해자중 1명은 화병으로 사망하고 10명이 행방불명이 되였다. 가정들이 파탄되고 3년되는 오늘까지도 그들은 김민웅의 사기피해에서 헤여나오지 못하고있다. 1993년 김민웅은 사기혐의로 한국에서 구속되여 1년간 옥살이를 하게 되였다. 그런데 구속기간 피해자들에게 편지를 보내여 출옥하면 한국입국을 다시 해주겠다고 하면서 고소취소장을 요구했는데 출옥한 후 도주해 버렸다.[15]

이 작품은 사기를 당한 사람들의 요행 심리와 그들이 베푼 자비심은 꽁꽁 얼었던 뱀들이 다시 되살아나는 온상으로 된다는 사실을 분명히 지적함과 아울러 "리따제(李大姐)"-리영숙과 같이 한국초청 사기 사건에 맞서서 피해자들을 위해 헌신적으로 싸우는 인물들의 눈물겨운 모습도 생생히 그리고 있다. 사기를 당해 온 가족이 풍비박산이 났지만 대부분 피해자들은 어디에 가서 사기꾼들을 고발하고 보상을 받아야 하는지 전혀 몰랐다. 그저 눈물과

---

15   위의 책, 97-98쪽.

탄식으로 날을 보낼 뿐이었다. 그들의 구슬픈 모습을 지켜보던 60대의 여인이 조용히 나타났으니 그가 바로 후일 한국초청사기피해자협회 회장을 맡은 리영숙이다.

리영숙은 20여 년간 교편을 잡은 교사였는데 길림성로동모범 1차, 전국우수교사 2차나 당선된 화려한 경력을 가지고 있었다. 그는 전신당뇨합병증이라는 무서운 질병을 기공으로 이겨낸 후 한국초청 사기사건 피해자들의 가슴 아픈 사연을 듣고 1996년 10월 11일 한국초청 사기 피해자협회를 발족시켰다. 그는 "뭉치면 살고 흩어지면 죽는다"는 신념을 갖고 회원들을 휘동해 가지고 연이어 한국 사기꾼 규탄대회를 열고 협회장정을 작성하였으며 한국정부에 보내는 고소문을 만들고 피해보상을 위한 10만 명 서명운동을 벌렸다. 뿐만 아니라 추운 겨울에 북경에 가서 한국대사관 총영사와 면담을 했다. 가장 감동적인 장면은 피해보상을 받기 위해 서울을 찾은 리영숙과 최미화의 움직임이었다. 그들은 MBC와 SBS와 같은 매스컴, 경제정의실천불교시민연합 그리고 여러 시민단체들을 찾아 간담회를 열고 도움을 달라고 호소했다. 하지만 피해자에 대한 보상과 입국 제안은 아무런 진전도 없었다. 그래서 리영숙과 최미화는 을지로 삼각동에 위치한 우리민족서로돕기운동본부에 가서 농성을 시작했다. 농성장에서 그들은 《중국조선족 사기피해자들의 문제해결을 위한 호소문》을 발표했다. 그 결과 김수환 추기경의 방문을 비롯해 30개 민간단체의 방문을 이끌어냈고 많은 신문, 잡지, 방송사의 취재를 받게 되었다. 그래도 별로 큰 진전이 없자 리영숙과 최미화는 단식으로 들어갔다.

단식을 시작한 첫 사흘이 가장 넘기 바쁜 고비라고 했다. 무양하던 일상의 질서가 깨여지는데서 오는 정신적인 당혹감, 그로 해서 더 큰 무게로 덮쳐오는 기아감, 뇌리에는 온통 갖가지 음식물만이 란무하며 떠오를 뿐이였다. 지어 평소에는 입에 대지도 않던 음식들마저 그렇게 맛나는 유혹의 실체로 눈앞에 다가오는것이었다. 그리고 시간이 너무나도 늦게 흐르는것 같았다. 아예 정지돼버린듯 싶었다. 하루, 한시간, 일초가 이전보다 곱배로 늘어난것만 같았다. 허나 두 사람은 강경하게 일일이 여삼추같은 하루하루를 견디였다.[16]

리영숙과 최미화가 단식을 한다는 소식이 연변에 전해지자 수많은 피해자들이 "한국정부는 피해자들을 우선 입국, 취업시켜야 한다", "피해자 대표 리영숙, 최미화를 죽이지 말라!"와 같은 플래카드를 들고 거리로 뛰쳐나갔고 단식 포기를 권고하는 팩스를 서울 을지로 단식장으로 보냈다. 피해자협회에서 보낸 편지에서는 피해자들을 위해 목숨을 걸고 단식하는 두 분을 우리는 그저 눈물로 동무해 줄 따름이라고 하면서 회장님은 우리 피해자들의 코치이기에 생명을 귀중하게 생각하시라, 리회장님과 최미화 대표의 목숨에 우리 피해자들의 생명이 뭉치면 무슨 일인들 못하겠는가, 두려울 것이 없다, 하지만 이 시각부터 즉시 단식을 중지하시라, 이는 "협회의 권고이며 만칠천 전체 피해자들의 최대의 갈망"이라고 했다.

하지만 리영숙과 최미화는 김밥 한 덩이 먹지 않고 열하루 단식을 견지했다. 단식 열하루 되던 날 한국 국무총리실에서 제1행정조절관 최규학과 외교안전변리관 이형규를 파견해 "한국초청 사기 피해자들에게 별도로 500명의 한국송출지표를 주겠다"는 고건 국무총리의 답복을 전했다. 눈도 뜨지 못하고 입에 거품을 물고 있던 리영숙은 "미화, 우린 이겼소. 우린 이겼단 말이요!" 하면서 벌떡 일어났다.

이 작품은 "련옥에 빠진 사람들", "리따제와 그의 환난지우들", "십시일반", "사기피해와 우리의 자세" 등 4개의 장으로 구성되었는데 제4장에서는

---

16   앞의 책, 128-129쪽.

한국초청 사기 피해 사건에 대한 반성과 성찰을 하고 있다. 그 무렵 연길에 대우호텔과 같은 5성급 호텔이 일어섰는데 연변사람들의 수준은 결코 5성급에 이르지 못했다는 게 작가의 지론이다. 대우호텔 주변의 지저분한 풍경들, 이를테면 잔디밭을 인행도로처럼 지르밟고 다니는 사람들, 호텔담장 주변에 고추를 썰어 말리고 땔나무를 무져놓는 사람들, 아무 데나 소변을 보는 몰지각한 사람들을 두고 "이로부터 사기 피해자들의 설분에 찬 눈길을 그들 자신에게 돌려볼 필요가 있다"고 지적하면서 우리 자신들의 "자세에 대해 급별을 매겨볼 반성과 사색"이 절실히 요청된다고 설파했다.

여기서 작가는 "한옥희사건"을 떠올린다. 겨우 중학교를 졸업한 무식하고 욕심이 사나운 여인에게 2만 3천 명이나 고액의 이자에 눈독을 들이고 3억 6천만 원이나 맡겼다가 게도 구럭도 다 잃은 신세가 되고 말았다. 작가의 말 그대로 알 힘 들이지 않고 앉은 자리에서 이잣돈을 곱다나 받아 챙길 수 있다는 놀부적인 잔꾀와 돈에 대한 지나친 집착이 그러한 대가를 자초한 근원으로 되었다. 그런데 "한옥희사건"이라는 지긋지긋한 악몽에서 깨여나기 바쁘게 많은 사람들이 그 전철을 밟고 그와 똑같은 성격의 한국초청 사기 사건에 휘말려든 것이다. 왜 이런 비극을 자초하게 되는가? 작가는 무엇보다 먼저 조선족 자체의 몽매함에서 그 원인을 찾고 있다. 이러한 몽매함은 우리의 수준과 자질의 부족, 계약과 법에 대한 무지, 금전과 향락에 대한 탐욕에서 집중적으로 드러난다. 하기에 사기꾼들은 "바로 이러한 부에 대한 다급하고 변태적인 집착"이라는 조선족 사회의 허점을 파고들었던 것이다.

금방 보았지만 리영숙과 최미화의 단식투쟁은 읽는 이들에게 손에 땀을 쥐게 한다. 사실 이 작품은 한국초청 사기 사건의 기록과 증언으로서 고소장과 같이 사리 분명하고 준엄하게 단죄를 하는 강건한 문체에 극성을 동반한 긴장감 넘치는 장면을 보여주었으며 적절한 비유와 은유를 적재적소에 구사해 형상적인 감화력을 높이고 있다. 이를테면 고통과 설움에 젖어 그저 눈물만 흘리면서 속수무책으로 앉아있는 피해자들을 두고 "그야말로 캄캄칠야, 풍랑속에 좌초(坐礁)하여 우왕좌왕하고 있는 난파선과 꼭 같은 모습"이라고 비유하고 있으며, 브로커들의 사기협잡극을 두고 "각종 미명으로 분칠하고 인끔 높게 도금한 가면으로 자신들의 그닥 광채롭지 못한 얼굴바닥을 가리고 짜장 중세기때 한동안 풍미했던 가면무도회를 도처에서 다시 열고 그 주역을 열싸게 놀았다"라고 비유, 풍자하고 있다. 또한 "희망의 집" 벽체를 타고 높게, 집요하게 뻗어 오른 담쟁이 풀은 "흡사 피해자들의 원상회복을 위한 끈끈한 추구를 말해주는 상 싶었다"고 했는데 이 역시 절묘한 비유라 하겠다.

정판룡은 《아직도 깨지 못한 천국의 꿈》이라는 서평에서 다음과 같이 평가한다. "김혁은 많은 사람들이 한국초청 사기 사건의 진상과 피해자들의 참상, 그들이 겪고 있는 고통에 대해 잘 모르고 또 그에 대한 관방의 태도도 그리 명확하지 못할 때 대담하게 일어나 맨 먼저 사기를 당한 피해자들을 동정, 지지하고 나선 언론인 중의 한 사람이다. 그는 사건의 진상과 피해자들의 참상을 재빨리 사회에 알리는 것은 언론인의 회피할 수 없는 의무라고 생각했다. 그리하여 그는 근 일년간 수백 명에 달하는 불우한 피해자들과 접촉하면서 그들과 함께 숙식하고 그들과 함께 울고 웃으며 그들의 뼈아픈 사연들을 수첩에 적고 색바랜 생활현장을 카메라에 담았다. 그리고 그는 이를 소재로 한국인의 사기협잡에 대해 전방위적으로 추적하고 그 피눈물나는 진상을 밝히고 그 불우한 운명을 씻기 위해 땀동이를 쏟고 있는 한국인들, 세계 각지의 량지가 있는 동포들의 노력과 성원을 보여주고 코리안 드림에 흔들리고 있는 우리 사회를 진맥했다."[17] 참으로 적중한 평가라 하겠다.

---

17   앞의 책, 4쪽.

4.2. 농촌공동체의 피폐상과 재한조선족의 고달픈 삶

　조선족은 조선반도에서 쪽박을 차고 두만강, 압록강을 건너온 이민집단으로서 처음부터 농업이민의 성격을 다분히 갖고 있었다. 오랫동안 조선족 공동체의 기반은 시골에 있었고 농민은 조선족 사회의 주체였다. 시골에 조선족의 삶의 터전이 있었고 그들은 순후한 인심과 민속, 교육과 문학예술을 가지고 있었다. 농촌과 농민은 조선족의 고향이요, 뿌리였다. 그러나 개혁개방 후 산업화, 도시화가 급속하게 확산되면서 조선족 사회는 날로 농업사회로부터 산업사회로 변신해가고 날로 도시화되어 갔으며 많은 사람들이 한국을 비롯한 외국으로 돈을 벌려고 나갔다. 이러한 이농향도(离农向都)의 코리안 드림 속에서 1990년대 중반에 벌써 20만 명에 달하는 조선족 농민들이 연해지역의 도시들에 이동해갔고 22만 명에 달하는 사람들이 코리안 드림의 물결을 타고 한국으로 돈 벌러 나갔다. 조선족 농민들은 이전에 비해 돈은 벌어 어느 정도 부유해졌으나 그 대가로 가정의 행복은 잃어가고 있었다. 그야말로 산돼지 잡으러 갔다가 집돼지를 잃은 형국이다. 조선족 농촌의 해체는 농민가정의 해체로 나타난다. 농촌에서 총각들은 장가들지 못하고 기존 가정은 중국의 내지 진출과 해외 진출로 인해 "외기러기 아빠", "외기러기 엄마"들을 속출하고 어린 자식들이 부모들과 헤어져서 살아야만 하였다. 도처에 폐가들이 흉한 모습을 드러내고 있다. 말하자면 조선족 문화의 고향이자 뿌리인 농촌과 농민들은 날로 영락해가고 있다.

　한편 코리안 드림의 물결을 타고 한국에 나간 조선족 형제자매들 역시 3D업종에서 일하면서 인간적인 멸시와 수모를 당하고 이방인의 고된 삶을 살았다. 그들은 노가다판, 산업현장에서 혹사를 당하지만 산재보험마저 누리지 못하고 있다.

　이러한 상황을 시적으로 노래한 대표적인 시인은 김응룡과 림금철이라 하겠다.

4.2.1. 붕괴되는 농촌공동체에 대한 그리움과 탄식

중국 시문학의 역사적 흐름을 돌이켜보면 사실주의 전통이 시종일관 관통되어 있다. 시창작의 각도에서 볼 때 사실주의 전통은 《시경》을 그 원류로 한다. 이러한 사실주의 전통은 당나라의 두보나 백거이에 와서는 도도한 흐름을 이룬다. "시는 세상을 원망하는 마음을 나타낸다(诗可以怨)"는 공자의 현실참여, 현실비판의 의식으로부터 "불공평한 일에 분개한다(不平则鸣)"는 한유의 주장에 이르기까지 모두 사실주의적인 관점이라 하겠다. 특히 백거이는 "글은 시대에 부합되게 지어야 하고 시는 현실에 부합되게 지어야 한다(文章合为时而著, 歌诗合为事而作)"고 분명하게 지적한 바 있다. 시란 무엇인가? 공자나 한유, 백거이의 주장을 종합하여 말한다면 그 시대를 살고 있는 불우한 사람들을 대신하여 울어주는 것이다. 말하자면 그 시대에 울고 싶은 사람들의 아픔을 대변하는 것이다. 중국과 조선의 유명한 시인들은 대부분 그 시대와 현실을 두고 구슬프게 울어주었다. 이러한 의미에서 김관웅은 《민족적사실주의 길로 나가는 김응룡 시인》이란 글에서 이 시대를 대신하여, 조선족을 대신하여 울어주는 문학경향을 "민족적사실주의"라고 명명하면서 오늘의 조선족 문학은 "민족적사실주의를 견지해야 한다"고 주장하였다.[18]

김응룡(金应龙, 1946-)은 최근에 조선족, 특히는 농촌, 농민, 농업 이 삼농 문제에 눈길을 돌리고 농촌, 농민이 직면한 절실한 문제들을 시적 소재로 다루면서 농민과 농촌을 대신하여 구슬프게 울어준 시인이다. 특히 코리안 드림으로 말미암아 붕괴되고 있는 조선족 농촌공동체를 두고 구슬프게 울어주었다.

---

18   《연변문학》, 2007년 제3호.

김응룡은 1946년 7월 화룡현 덕화향에서 출생했다. 1967년 화룡고급중학교를 졸업하고 소학교와 중학교 교사로 일했다. 연변대학 조선언어문학학부 (통신학부)를 졸업하고 1978년부터 연변인민방송국 문학부, 《연변문학》 편집부의 기자, 편집으로 일했다. 1969년 처녀작을 발표한 후 《잔디풀의 작은 사랑》, 《빨간 고추잠자리》 등 시집을 펴냈다.

2014년에 펴낸 시집 《빨간 고추잠자리》에 수록된 작품들은 도시화 바람과 서울 바람에 무너지는 조선족 농촌공동체의 피폐상을 여실히 보여주고 있다. 《옛 과수원》에서는 가을이면 시집을 간다고 좋아서 가지 휘게 그네를 뛰던 가시내들은 어느 난바다를 헤쳐가는지 보이지 않고 원두막이 훈훈하게 꿈을 피워놓고 기쁨으로 일렁이던 할아버지의 눈동자도 보이지 않아 옛 과수원은 그리움에 목메어 헐벗은 몸을 떤다고 했다. 또 《빈집》에서는 빈집을 세 바퀴 돌아보니 쥐들이 장난치는 소리만 들리고 개들은 양무리를 지키려 초원에 갔으며 밭을 갈던 소들은 육포에 잡혀갔는데 빈집에는 거미가 그물만 친다고 했다. 그리고 《등 굽은 버드나무》에서는 개구쟁이들을 목마 태우고 허널널 춤을 추던 희망의 시절도 있었고 뭇새들의 나래를 굳혀 꿈을 날리던 자랑에 가슴이 부풀던 시절도 있었지만 지금은 등 굽은 버드나무가 지팡이 없이 용케도 동구밖에 서있다고 했다. 여기서 "등 굽은 버드나무"는 젊은이들이 다 빠져나가고 시허연 노인네들만 남은 마을의 쓸쓸한 모습에 다름 아니다. 여기서 김응룡의 《기다림》 등 3수의 시만 구체적으로 보기로 하자.

정오 무렵
사람 그림자 하나 없는
시골마을에
개가 짖는다
컹컹

마을길에 느닷없이

나타난 녀인 보고

이 집 개 저 집 개

짖어댄다 목 메여 짖어댄다

산비탈 메밀밭에서

다락논에서

김을 잡던 외기러기 사내들

약속이나 한 듯

일손 놓고 일어선다

행여

행여…

저마다 부서지는

마음을 추슬러본다[19]

《기다림》이라는 시다. 이 작품은 2006년 여름에 김응룡이 연변시인협회에서 조직한 농촌 현지창작활동에 참가했을 때 지은 시라고 한다. 이 작품은 세련미와 함축미를 갖고 있고 진한 감동과 더불어 긴 사색의 여운을 남긴다. 정오 무렵에 한적한 마을길에 느닷없이 나타난 여인을 보고 동네의 개들이 짖고 산비탈과 다락논에서 김을 잡던 외기러기 사내들이 혹시나 도시로, 한국으로 나갔던 나의 아내나 마을의 처녀가 돌아오는 게 아닌가 해서 화들짝 놀란다. 시골의 모든 시선이 집중되는 이 눈물겨운 장면을 통하여 도시화

---

19   김응룡, 《기다림》, 《붉은 잠자리》, 연변인민출판사, 2014, 20쪽.

바람과 코리안 드림으로 말미암은 부부 이산의 아픔, 노총각들의 결혼난 그리고 가정의 해체와 공동체의 붕괴상황을 여실하게 보여주었다. 농민들의 고통스러운 실존상황을 아주 짧지만 특색있는 장면을 통해 집약적으로 보여준 데 이 시의 묘미가 있다고 하겠다. 이 시기 조선족 시단에는 이른바 순수시의 상아탑 속에 깊이 파묻혀서 언어유희나 때 지난 언어 장난, 기교 장난에만 골몰하는 시인들이 적지 않았다. 그러나 김응룡 시인은 조선족 농촌공동체의 위기가 위험수위에 이르렀음을 경고함으로써 깊은 우환의식을 보여주었다. 그의 시 《까치둥지》는 다음과 같다.

지는 잎들이 받들어 올린
까만 그리움 하나
백양나무 가지에 동그랗게 걸려
쳐다보는 나의 눈 이슬 젖는다

언어도 음악도
삶의 온기마저 잃은
비인 둥지
주인은 어데 갔나

동구밖 나선 할배 할매 눈이 허는데
반가운 기별은 전하지 않고
늙은 총각들 술병 안고 쓰러졌는데
오작교는 놓지 않고

생기가 떠나간 자리

까만 그리움 하나

행복했던 나날들이 락엽되여 딩구는 시골

백양나무가지에 높이높이 걸렸구나[20]

앞에서 본 《기다림》에서 화자의 시선은 하향(下向)적으로 마을 길에 나타난 여인에 집중된다면 이 시에서 화자의 시선은 상향(上向)적으로 높은 백양나무 가지에 걸린 "비인 둥지"에 초점을 맞춘다. 말하자면 농민들의 가정이 해체되는 현실을 백양나무 가지에 동그랗게 달려있는 빈 까치둥지라는 객관적 상관물을 통해 표현했다. 까치는 조선민족의 상징체계에서는 좋은 소식을 알려주는 길조이다. 그러나 지금의 조선족 농촌에서는 그런 길상스러운 까치들이 어디론가 날아가 버리고 "언어도 음악도/ 삶의 온기마저 잃은/ 비인 둥지" 밖에 남지 않았다. 하기에 시인은 애오라지 "까만 그리움만 하나"가 "백양나무우에 높이높이 걸렸구나"라고 노래한다. 여기서 표현된 정서가 다소 회색(灰色)적이기는 하지만 이는 시인의 민족적인 우환의식에서 우러나온 진실한 정서라고 해야 할 것이다. 이 시는 조선족 시단의 현실외면, 현실 도피의 바람직하지 못한 창작 경향과는 달리 민족적인 실존상황에서 비롯된 진실한 정서를 비교적 생동한 시적 형상화를 통해 표현했다. 이러한 점이 높이 평가되어 이 작품은 한국 《문예시대》의 2006년 해외동포문학상을 수상했다.

그러나 김응룡은 농촌공동체에 대한 새로운 희망은 노래하지 못하고 있다. 《공동묘지》라는 시에서는 상실의 아픔과 실의에 젖은 영탄만이 주조를 이룬다.

---

20 앞의 책, 10쪽.

이 동네는 소나무 가지가지사이로
된장 맛 김치맛이 나돌고
다람쥐가 이 집 저 집
정을 나르는 동네

옹기종기 모여앉은 이 동네에
내 어머님의 집도 있어
청명이면 벽 바르러 오고
한가위면 또 지붕의 풀 베러 오고

갖고 온 음식으로 주안상 차려놓고
어머님의 이웃들 불러 술잔 나누노라면
세월 저쪽에 간 이야기에
풀잎들이 젖소

황혼빛이 저무는
저 들길우로 까마귀가 울며 지나가오
이제 이 집이 또 헐망해지면
누가 와서 손질하겠어요, 어머님

봉분마다 하얀 민들레씨앗
바람 따라 흩어지는데
나도 가야 하는 나그네
옮기는 발자욱마다 이슬 고이오[21]

보다시피 마을사람들 사이에 뜨거운 정이 오가고 어머니가 계시던 집이 있어 청명과 추석에는 반드시 찾아오던 고향이지만 이젠 주인 없는 봉분을 버리고 민들레 씨앗도 바람 따라 흩어지고 "나도 가야 하는 나그네"라 떠나는 발자국마다에 눈물만 고인다고 했다. 황폐해지는 농촌공동체에 대한 비탄과 어찌할 방책이 없는 막무가내한 심정을 회색적으로 읊조리고 있어 한계를 드러냈다고 하겠다.

4.2.2. 재한조선족의 고달픈 삶과 현실 초극의지

조선족들은 친척방문으로, 산업연수생으로 한국에 갔는데 이제는 고용허가제로 체류자격을 받고 한국으로 나가 땀을 흘리면서 돈을 벌고 있다. 리동렬이 《한국에서의 조선족사회》라는 글에서 말한 바와 같이 "고향에는 마땅한 일자리가 없을 뿐더러 일자리가 있어도 월급이 얼마 되지 않으니까, 환율이 하루 건너 곤두박질쳐도 좋다고 한다. 3D업종에서 '노가다'를 하며 지지리 고된 인생을 살아도 아직은 한국에서 버는 것이 낫기에, 또 익숙하고 편리하게 점철이 된 한국생활 패턴들에 미련을 버리지 못하고 있다."[22] 2018년 현재 한국에 90일 이상 지속적으로 체류하고 있는 조선족 인구도 70만 명을 넘어섰으며 한국의 수도권 지역에는 조선족이 집거해있는 대림, 구로동, 영등포구, 가리봉동과 같은 "차이나 타운"이 들어섰고 상권(商圈)을 형성하였다. 재한조선족은 이제 달러만 벌어 중국으로 돌아가는 "무리"가 아니라 한국에서 벌어 한국에서 소비하는 소비문화의 주인으로 거듭나고 있다. 뿐만 아니라 이러한 재한동포사회를 기반으로 《동북아신문》, 《중국동포타운신문》, 《중국동포소식지》와 같은 신문과 잡지들이 나오고 있고 《동북아신

---

21   앞의 책, 11-12쪽.
22   채영춘, 허명철 외, 《가깝고도 먼 나라》, 연길: 연변인민출판사, 2012, 15쪽.

문》,《한민족신문》과 같은 인터넷신문도 활기를 띠고 있다. 특히 2012년 8월 재한동포문인협회(회장 리동렬)가 발족되어 동인지《동포문학》을 벌써 6기나 펴냈다. 여기서는 재한동포문인협회 소속 회원들의 작품을 중심으로 조선족 시문학의 새로운 주제 경향과 예술적 특성을 살펴보고자 한다.

림금철의 필명은 김택(金澤, 1963-)인데 중국 길림성 도문시 출신이다. 선후로 중국 연변에서 가정신문사, 농가 잡지사의 기자와 편집을 역임했다. 현재 한국에 체류하면서 재한동포문인협회 회원으로 활약하고 있다. 제12회 백두아동문학상을 수상한 바 있고 연변에 있을 때 동시집《이슬》, 한국에 가서 시집《고독 그리고 그리움》(2014)을 펴냈다. 한국의 산업현장에서 일하는 조선족의 위험천만한 삶과 그들의 슬픔을 다룬《한 노무자의 죽음》,《사상》,《금속과 금속이 부딪치는 소리》,《보이지 않는 나무》등 많은 노동시를 써냈다. 림금철의 시《피 묻은 시》는 그의 노동시의 "서시"에 해당하는 작품이라 하겠는데 그의 시의 본질과 그의 미학관을 극명하게 보여주고 있어 특별히 주목된다.

다 낡은 대장간
기계가 시 쓴다
스트레스에 취한 손발과
버둥질하는 지친 몸
돌아가는 기계 속에서
피 떨구는 시 꺼낸다

뻐얼건 시는
납작한 채로 신음하고
돌아가는 기계는

걸음 재촉하기 급하다

차가운 금속이
딱딱한 바닥에 부딪치며
녹쓴 음악 감상할 때
피묻은 시들은
하늘의 뜨거운 태양과
고요한 별빛에
숨 한번 쉬여본다
칠색의 꿈 한번 꾸어본다

기름에 절어
너덜너덜한 시상은
지지리 긴 밤에 두만강 마셔보고
진달래 꽃에 앉아
어머니도 그려본다

기인 한숨은 또다시
기계에 소재 집어넣고
뼈얼건 시 길게 뽑아본다[23]

　　이 시는 가혹한 산업현장에서 일하는 조선족 노무자들의 감정과 정서를
압연기에서 뽑혀나오는 쇳덩이에 대상화한다. 불꽃을 튕기며 빠져나오다가

23　　림금철, 《고독 그리고 그리움》, 서울: 바닷바람, 2014.

냉각수를 들쓰고 단김을 휘뿌리는 뻘건 쇳덩이, 그게 바로 나의 시라고 했다. 하이네의 시《쉴레지엔의 직조공들》(1844)을 연상케 한다. 하이네의 경우는 직조공들이 천을 짜는 게 아니라 수의를 짜고 림금철의 경우는 강판을 뽑아내는 게 아니라 피 묻은 시를 뽑아낸다. 똑같은 발상이다. 하이네의 시를 보자. "침침한 눈에는 눈물도 말랐다/ 그들은 베틀에 앉아 이빨을 간다/ 독일이여, 우리는 너의 수의를 짜는 중/ 수의에 세 겹의 저주를 짠다/ 우리는 짠다, 우리는 짠다!···" 이처럼 하이네의 시는 직조공들에게 혹독한 노동을 강요하면서도 그들을 굶주리게 하고 그들의 재산을 수탈하는 독일과 하느님과 왕을 저주했다. 하지만 림금철의《피 묻은 시》에서는 울분과 분노는 잠깐이나마 고향과 어머니를 그리는 "칠색의 꿈"으로 대체되고 하루하루의 고달픈 생활을 숙명으로 생각하고 체념한다. 하지만 열악한 노동현장에서 목숨을 걸고 일하는 재한조선족 노무자들의 실존상황을 진실하게 표현했다. 그의 다른 시《그 자리에》는 이러한 실존상황을 더욱 섬뜩하게 표현한다.

300톤 프레스 3호기
손목 짤려 중국으로 돌아간
리아저씨 일 하던 그 자리에
오늘은 내가 서 있다

비린내 묻은 바닥 닦아놓고
원 주인을 그려보며
범 아가리 같은 기계 앞 그 자리에
오늘엔 내가 서 있다

네 손가락에 기름때 가득 묻고

식지만 하얗게 그대로인 장갑

그런 면장갑 끼고 그 자리에

오늘은 내가 서 있다

쿵쿵 뛰는 마음을 달래며

언젠가 또 다른 사람이

나를 대신해 서 있을 그 자리에

오늘엔 내가 서 있다[24]

　참으로 섬뜩한 시다. 읽는 이들을 전율케 한다. 육중한 프레스 앞에서 일하던 리아저씨가 사고를 당해 죽었는데 바로 그 자리에 내가 서야 한다. 조만간에 내가 사고를 당해 죽고 누군가 나를 대신해 서야 할 그 자리에 내가 선 것이다. 주요섭의 소설 《인력거군》에 나오는 아찡은 철철 끓는 상해의 길바닥에서 인력거를 끌면 9년 만에 모두 죽는다는 것을 알고 있지만 먹고 살기 위해 인력거를 끌지 않으면 안되었다. 이와 마찬가지로 림금철 시인 역시 그의 《8자》라는 단시에서 노래한 바와 같이 "짤록한 그 배만을 위하여// 두눈을 또옹그랗게/ 뜬 팔자"[25]인지라 언젠가는 비명횡사하게 될 줄을 번연히 알면서도 먹고 살기 위해서, 중국에 두고 온 가족을 살리기 위해서 그 자리에 서지 않으면 안 된다. 이게 재한조선족 노무자들의 피할 수 없는 운명이란다. 특히 네 손가락에 기름때 가득 묻고 식지만 하얗게 그대로인 면장갑, 그것은 죽음의 상징에 다름이 아니다. 이처럼 이 작품은 재한조선족 노무자들의 구슬픈 운명과 가혹한 산업현장을 "그 자리", "면장갑"이라는 시적 이미지를

24　림금철, 《그 자리에》, 연변일보, 2018년 4월 27일.
25　림금철, 《8자》, 경기 용인: 동포문학, 2013(1), 70쪽.

통해 눈물겹게 시화했다고 하겠다.

여기서 변창렬의 시를 보기로 하자. 변창렬의 필명은 고석이요, 역시 재한
동포문인협회의 회원이다. 변창렬은 동포문학 시부분 우수상을 수상한 바
있고 2015-2017년 연변일보 해란강문학상 시부분 본상을 수상했다. 그의
시는 섬뜩한 현장감의 창출이나 상징적인 이미지의 구사보다는 시적 소재를
한결 더 숙성시켜 아이러니와 역설의 미학에 치중한다. 장정일은 《정신적
삶의 엔진으로》라는 심사평에서 "시 <부은 달 부은 발>은 고된 삶의 저변에
밀착하면서도 형이상의 사고를 도출하며 시상의 승화를 이뤄낸 인상적인
수작이다. 생의 중압에 부은 발과 발을 씻는 대야 속 물에 비친 달과의 상관
관계를 포착하고 지친 삶에 빛을 부여하는 시적 주인공의 현실 초월의 의지
와 상상력이 돋보인다"[26]고 했다. 하지만 《부은 달 부은 발》과 함께 실린
《고드름》이 오히려 시적 완성도가 더 높다 하겠다. 이 시를 두고 장정일은
병창렬의 시 《고드름》은 "모두 다 올리 자라며 사는 여타 사물과는 달리
내리 매달려 사는 '역겨운' 삶에 위축되지 않고 오히려 넉살좋게 '거꾸로
살아보는 재미', '뒤집어 둘러보는 세상'을 지향하는 역설적인 사유가 기발
하다"고 했다.[27] 적절한 평가라 하겠지만 변창렬의 이 시를 림금철의 시 《나
는 쇠가루를 마신다》와 대조해 보면 두 시인의 현실 인식과 현실 초극의
방법, 즉 풍격이 다름을 알 수 있다.

    그라인더 돌려
    반짝반짝 빛이 나는
    고운 눈동자는

---

26   장정일, 《정신적 삶의 엔진으로》, 연변일보, 2018년 11월, 5쪽.
27   위의 신문, 같은 쪽.

회사와 제품에 양보하고
서해바다에까지
흩날리는 쇠가루를
커피에 타서
나는 지루함을 마신다

량심 한점 없이
빼빼마른
손가락질에 억울해
하다가도

나의 뒤통수를 더욱 아프게
손가락질 하는
어릴적에도 못 배운
그 욕질엔 다시
격분을 타서 마신다

나는 하루 아침에도
내국인이였다
외국인이 되였다 하는
카멜레온 같은
신세에 슬픔을 타 마신다

백두산 칼바람엔
따뜻함과

그리움을 타 마신다

마시고 마셔 인젠 더
마실 수 없어
도로 토해낸다
지루함과 억울함과 격분과
슬픔과 그리움을 토해
거기에 붓을 찍고
자랑스럽지 않게 모국에서
눈물의 시를 쓴다[28]

뒤로 가다 쉬는 참인지
한 일자로 줄 지어 서서
회의중일가 거꾸로 매달린 불암감 속에
조용해서 편할 것 같기도 하다
처마 고개 넘지 못해
안깐힘 쓰는 눈치가
주름살에 찍혀있구나

지게 벗고 쉬시는 할아버지
발은 산우로
머리는 산아래로
이렇게 쉬시는 게

---

28 림금철, 《나는 쇠가루를 마신다》, 세계신문, 제339호, 2015년 6월 24일.

편안하시다던데

어차피 오르지 못할 바에야
거꾸로 살아보는 재미
뒤집어 보는 세상이길래
역거워도
정다워질 터인지라
슬그머니 흘린 눈물
속 시원히 떨구면서
땅이라도 한번 흔들어주고 싶은가 봐.[29]

-변창렬의 <고드름> 전문

   《나는 쇠가루를 마신다》는 시인의 뼈아픈 체험에 바탕을 둔 노동시요, 리얼리즘의 시라 하겠다. 노동현장의 열악한 환경을 깔아놓고 재한조선족 노무자들에 대한 업주의 인격적 차별과 멸시에 대한 "지루함과 억울함과 격분"을 거침없이 쏟아낸다. 하지만 《고드름》은 아래로 드리운 고드름을 보고 "쉬는 중일가", "회의중일가" 하고 슬쩍 의문을 던지고 "처마 고개 넘지 못해/ 안깐힘을 쓰는 눈치가/ 주름살에 찍혀있다"고 능청을 부린다. 2연에서는 추운 겨울 땔나무를 하다가 잠깐 쉬는 할아버지는 오히려 발은 산 위로, 머리는 산 아래로 놓는 게 편하게 보이더라고 한다. 그러니 험난한 세상을 꾸짖을 대신에 거꾸로 돼먹은 세상을 거꾸로 사는 게 오히려 마음이 편하다는 역설적인 진리를 갈파한다. 득도와 달관, 해학과 유머의 경지에 오른 시라 하겠다. 뿐만 아니라 그 속에 현실 초극의 의지가 시퍼렇게 살아있다는데

---

29   변창렬, 《부은 달 부은 발(외3수)》, 연변일보, 2015년 2월 27일.

이 시의 미덕이 있다 하겠다.

　재한조선족 시인들의 시에서 주목되는 다른 하나의 주제 경향은 중국에 두고 온 고향과 친지들에 대한 그리움이다. 한국에 오기 전에는 한국을 천국으로 생각하지만 외롭고 고달픈 삶을 살면서 자연 중국에 두고 온 고향마을과 친지들을 그리게 된다. 윤하섭의 《중국식품가게》를 보자.

> 건축현장에서 지친 삭신이
> 미치도록 고향이 그리워질 때
> 이름도 성도 H2인 나는
> 중국식품 가게로 달려간다
>
> 그곳엔
> 여자의 행복을 땅에 다 묻고
> 바보처럼 섬겨 온
> 땅콩같이 고소한 아내의 맛이 있다
>
> 그곳엔
> 이 못난 아들을 위해
> 평생 고생을 안으로 곰삭여 온
> 썩두부같이 진한 부모님의 향이 있다
>
> 그곳엔 잠간 실의失意에 내가 휘청거릴 때
> 어깨를 툭 치며 등 밀어주던
> 독한 빼갈친구들의 우정이 있다

정년 그곳에 가면

해바라기 씨 같은 까만 눈으로

해바라기 꽃이 되여 나만 쳐다보는

십 년 묵은 아들딸의 기다림이 있다

고달픈 코리안 드림에

몸과 맘의 배터리가 바닥나면

나는 중국식품의 품으로 달려가

희망과 인내와 오기를 재충전한다[30]

이 시를 읽으면 자연스럽게 신석정의 《그 먼 나라를 아십니까》를 떠올리게 된다. 신석정은 목가적인 시풍으로 이상향으로서의 자연을 동경하면서 "멀리 노루새끼 마음놓고 뛰어다니고", "양지밭에 흰 염소 한가히 풀 뜯고", "서리까마귀 높이 날아 산국화 더욱 곱고", "양지밭 과원에 꿀벌이 잉잉거리는" 신화적인 세계를 찾고 있다면, 윤하섭은 삭신이 물러날 것처럼 지치고 고향이 사무치게 그리울 때는 중국식품 가게를 찾는다. 그가 본 것은 땅콩, 썩두부, 배갈, 해바라기씨이지만 유추적 상상을 가미해 땅콩같이 고소한 아내의 맛, 썩두부같이 진한 부모님의 향, 배갈처럼 독한 친구들의 우정, 해바라기씨 같은 까만 눈으로 해바라기 꽃이 되어 나만 쳐다보는 십 년 묵은 아들딸의 기다림을 보고 느낀다. 한국에서의 고달픈 체험을 가진 시인만이 구사할 수 있는 절묘한 비유라 하겠다. 이 시는 한국에 나가 피땀을 흘리면서 일하는 조선족 노무자들의 인간적인 사랑과 의리를 너무나 핍진하게 그렸다 하겠다. 윤하섭의 경우에는 이러한 사랑과 의리가 다른 민족에 대한 사랑,

---

30   윤하섭, 《중국식품가게》, 경기 용인: 동포문학, 2013(1), 42-43쪽.

인류에 대한 보편적 사랑으로까지 승화된다는 데 그의 미덕이 있다. 그의
다른 시 《커피》를 보자.

> 단 돈 4백 원에
> 몸 팔려 왔다며
> 쭈루룩 눈물 쏟아 내는
> 갈색 눈동자 여인아
>
> 네 손 살며시 잡으니
> 사막의 열기 뜨겁고
> 도톰한 네 입술에 입 맞추니
> 정글의 향이 숨 막힌다
>
> 내전에 아빠 산화散花 되고
> 열병에 엄마 타 죽은
> 쓰디쓴 가슴만 남았다는
> 마약 같은 아프리카 소녀야[31]

산업현장의 쉴 참에 한 잔씩 마시는 커피, 그 갈색의 커피를 통해 아프리
카 내전에서 부모님을 잃고 사처로 헤매고 다니는 갈색 눈동자의 소녀를
연상하다니 참으로 착상이 기발하다. 특히 갈색 눈동자에 대한 사랑은 마약
과 같이 인이 박혔다고 했으니 그 비유 역시 절묘하다 하겠다. 이 시는 재한
조선족 시문학의 휴머니즘적 깊이와 다문화적인 포용력을 보여주는 수작이

---

31   위의 책, 같은 쪽.

라 해야 하겠다.

4.3. 가족의 해체와 자아에 대한 반성

작금의 조선족 사회는 중국의 보편적인 문제를 안고 있을 뿐만 아니라 그 자체의 특수한 난제를 안고 있다. 조선족 사회는 중국 주류사회의 변두리에 처해있지만 코리안 드림으로 한국과의 인적 교류가 활성화되면서 전통적인 농경사회가 급속히 무너지고 인구의 마이너스성장, 민족교육의 위축 등 허다한 문제를 안고 있다. 앞에서도 언급한 바 있지만, 이러한 현실에 대응해 조선족 소설가들도 민족적 사실주의 기치를 들고 다양한 테마를 개발하고 있으며 소설문학의 공전(空前)의 부흥을 떠올리고 있다. 특히 코리안 드림으로 말미암은 가정의 해체와 농촌공동체의 붕괴, 민족교육의 위축과 도덕적인 타락상을 다룬 소설들이 많이 나왔다.

4.3.1. 가족의 해체와 농촌공동체의 위기

박옥남은 코리안 드림 이후 조선족의 삶의 현실에 눈길을 돌리고 조선족의 실존적인 모순과 고통을 진실하게 반영하는 민족적 사실주의에 확고하게 입각하여 망망대해와 같은 다수자들 속에서 소수자로, 디아스포라로 살아가는 조선족의 삶의 실태와 조선족 문화와 교육이 직면한 위기상황을 예술적으로 재현하려고 노력해온 작가인데 이러한 주제를 잘 보여주는 작품으로 그의 단편소설 《둥지》(2005)를 들 수 있다. 이 작품은 가족의 해체와 농촌공동체의 위기상황을 진실하게 묘사한 수작으로서 독자들에게 커다란 충격을 주었다. 박옥남의 소설에 대해서는 김호웅, 오상순, 최병우 등이 비교적 상세하게 다룬바[32] 있기에 여기서는 그의 《둥지》에 대해서만 분석, 논의하고자 한다.

이 작품은 알퐁스 도데의 《마지막 수업》의 서사구조를 따온 한계를 지니고 있지만 일인칭 시점에 의한 생동한 세부묘사, 속담의 적절한 사용, 아낙네들의 개성적인 대화를 통해 가족의 해체와 농촌공동체의 피폐상을 극명하게 보여주었다. 조선족 어린이들이 뛰놀던 벽동소학교가 한족들에게 팔려 양우리로 변하고 "학교간판이 도끼날에 두 쪽으로 쪼개져 교실창문우에 거꾸로 덧박혀있"는 광경은 얼마나 처량한가! 둥지가 부서진다면 알인들 어찌 성하랴! 주인공 성수는 양우리로 변한 학교를 보면서 아래와 같이 생각한다. "문득 저 집에 들어올 양들이 나보다 훨씬 행복하다는 생각이 들었다. 나는 있던 집도 없어졌는데 양들은 이렇게 팔자에도 없는 좋은 벽돌기와집에서 살게 생겼으니 말이다."³³ 이 얼마나 눈물겨운 아이러니이며 역설인가.

150여 년 전 미국의 스토우 부인의 소설 《톰 아저씨의 오막살이》(1852)가 떠오른다. 이 소설은 톰 아저씨라는 흑인 노예를 주인공으로 다루고 있다. 톰은 깨끗한 양심의 소유자이지만 혹독한 백인농장주는 그를 이라자라는 여성 노예와 함께 다른 농장주에게 팔아버리려고 한다. 이 소설의 가장 감동적인 장면은 말을 타고 채찍을 휘두르면서 쫓아오는 노예주를 피해 이라자가 갓 얼음이 풀리기 시작한 오하이오 강에서 성에장을 이리저리 밟고 건너 뛰면서 도망치는 장면이다. 위태롭게 흔들거리는 성엣장 위에서 그녀의 신발은 벗겨진다. 두 발은 칼날 같은 얼음 부스러기에 베이고 찢겨서 선혈이 낭자하지만 사생결단하고 도망친다. 잡혀서 다시 노예로 사는 것은 차가운 강물 속에 빠져서 죽는 것보다 더 무서웠던 것이다. 그야말로 혹정(酷政)은

---

32   김호웅, 《다문화사회 담론과 소수자의 목소리》, 계간 《시작》, 2010년 봄호; 오상순, 《다문화
    사회 안에서의 민족 정체성 위기와 그 소설적 대응》, 《다원화시기 동북3성 조선족 산재지역
    문학연구》, 민족출판사, 2017; 최병우, <박옥남 소설에 나타난 조선족의 정체성 연구>, 《한
    중인문학연구》 제29집, 2018.
33   박옥남, 《둥지》, 길림: 도라지, 2005년 제2호.

맹호보다 더 무서운 법이다. 하여 이 소설은 노예제 폐지 운동의 기폭제가 됐다. 미국의 남북전쟁을 승리로 이끌었던 폐노주의자(廢奴主义者) 아브라함 링컨 대통령이 스토우 부인을 만나서 "부인께서 남북전쟁을 일으켰습니다"라고 말한 것은 결코 농담만이 아니었던 것이다. 이와 마찬가지로 박옥남의 《둥지》역시 조선족 공동체의 처참한 붕괴상황을 고발하고 있으니 조선족 공동체 살리기 또는 새 농촌건설 운동의 기폭제가 될 수 있으리라 생각한다.

강재희(1953-)는 료녕성 철령현 대전자 출신이다. 후에 철령시 룡산향 영성자촌에서 농사를 지으면서 소설을 쓰기 시작했는데 1981년 단편소설 《힘장사》로 문단에 데뷔하였다. 그는 후에 한국에 나가 건설현장에서 일하면서 작품을 계속 썼다. 1999년 콩트 《종착역》으로 제1회 한국재외동포상을 수상했고 2014년 단편 《반편들의 잔치》(2007)로 북경 《민족문학》 연도상을 수상했다. 그의 단편 《탈곡》은 조선족 농촌사회의 병폐와 일부 조선족 농민들의 허랑방탕한 근성을 꼬집은 하나의 세태풍속화와 같은 작품이다. 소설의 제목을 《탈곡》이라 했는데 이는 다분히 상징성을 지닌다. 탈곡은 곡식의 낟알을 이삭에서 털어내는 작업을 말하지만 이 소설의 내용을 염두에 두면 온갖 명분과 구실을 만들어가지고 뜯드려 먹고 마시는 조선족 농촌사회의 현실을 암시한다. 또 그것은 껍데기는 버리고 낟알만 챙겨야 함을 의미하는지도 모른다. 그야말로 이 작품은 취기 어린 농담과 육담들이 오가고 도리깨가 난무하는 탈곡장을 연상시킨다. 작품은 복이네 집에서 탈곡을 하는 하루의 일을 다루고 있는데 부지런한 "되놈"과 먹고 놀기만 하는 조선족 농민들과의 대조를 통해 조선족 공동체의 치부(恥部)를 적나라하게 드러냈다. 하지만 제3인칭 서술 시점을 취함으로써 지나친 흥분이나 섣부른 비판을 자제했고 시종일관 세부묘사에 의한 형상의 진실성을 추구했다. 온 마을 사람들이 흥청망청 취했을 때도 직설적인 비판을 삼가고 능청스럽게 아이러니한 장면을 창출한다.

"그들은 소주를 넉냥짜리 유리컵에 가득 부어가지고 두 모금에 굽을 내야 한다고 떠들면서 술을 목구멍에 털어부었다. 혹간 술을 못하는 치들은 그처럼 강권하는 성화에 료리도 제대로 먹지 못하고 이리저리 피해 다녔다. 잠간 사이에 소주병이 여기저기 나뒹굴었다. 복이 안해와 철이 색시까지 정지간과 방 사이를 들락거리며 한잔씩 받아먹는 술에 얼굴이 발갛게 상기되였다. 그중에 복이 안해는 모두들 음식칭찬을 하는 바람에 너무 기뻐 기분이 둥둥 떠있었다. 소주를 마신 후 타는 목은 시원한 맥주로 해갈을 하는데 아예 병들이로 한 사람이 한 병씩 마개를 따서 골고루 돌렸다. 맥주 한 상자가 대번에 거덜이 났다. 모두들 점심술에 푹 취해버렸다. 취하지 않은 것이라면 공연히 정지와 마당에서 사람들의 발길에 묻어 다니는 햇강아지 누렁이 뿐이였다."[34]

박옥남의 《둥지》와 강재희의 《탈곡》이 농촌에 있는 조선족 가정의 해체 위기와 농촌 마을의 피폐상을 다루었다면 리휘의 《울부짖는 성》은 도시에 있는 조선족 가정의 비극을 다루고 있다.

리휘의 본명은 손룡호인데 1955년 장춘에서 출생했다. 연변대학 조문학부(통신학부)를 졸업하고 연변조선족자치주 신문출판국에서 근무하면서 창작활동을 하였다. 그의 단편 《울부짖는 성》은 2007년 연변문학 윤동주문학상을 수상한 작품인데 아내를 한국에 보낸 한 도시 남성의 비극을 다루고 있다. 주인공은 원명은 나오지 않고 "물알"이라는 별명으로 통한다. "물알"이란 덜 여물어서 물기가 있고 말랑말랑한 곡식의 알을 지칭하지만 세속에서는 허우대는 크나 힘이 없는 남성을 말한다. "물알" 역시 학교 배구대에서 쫓겨날 정도로 키 값을 못하는 사람이지만 자식 사랑은 지극해 모범 학부모로 통한다. 그는 아내가 한국에 간 지 6년이나 되지만 지극정성을 다해서

---

34 강재희, 《반편들의 잔치》, 심양: 료녕민족출판사, 2013, 256-257쪽.

아들 민호의 공부 뒷바라지를 한다. 민호는 학급에서 제일 공부를 잘한다. "물알"은 아내가 힘들게 벌어서 부쳐 온 돈을 한 푼도 헛되게 쓰지 않는다. 후에 아내가 돈을 부쳐 보내지 않아도 군말이 없이 지낸다. 그는 담임선생님의 칭찬도, 친구의 부러움도 관계치 않고 묵묵히 애비 노릇만 할 뿐이다. 하지만 지칠 대로 지친 "물알"은 학부모 회의에 가서도 끄덕끄덕 졸기만 한다. 어느 날 그는 아닌 밤중에 친구 산호(별명은 개미)를 불러 가지고 맥주 여섯 병을 마시고 나서 혀 꼬부라진 소리로 묻는다.

"야, 개미야, 너 어데 녀자 없니?"
"물알"이 녀자를 찾는 소리는 처음이였다. "개미"는 일변 놀라고 일변 우스워서 히죽거렸다.
"야, 무랄아, 너도 녀자를 찾을 때 있니?"
"임마, 나도 남자다. 나도 좆대가 있다. 아직은 무, 무랄이 아니다."
"이 새끼, 그럼 너네 앙깐한테 미안한 생각이 안 드니?"
"야 임마, 넌 앙깐이 금방 갔재? 난 육년이다."
"그럼 그만 벌면 됐잖니? 돌아오라고 해라."
"안 온다. 온다, 온다 하면서 육년이다. 미치겠다."
"네가 아이를 잘 키웠으니 너네 앙깐이 꼭 돌아와서 너한테 사랑을 푸짐히 줄 거다. 여태껏 잘 참아왔잖아. 좀만 더 참아라."
"개미"는 "물알"을 위로해 주었다.
"개코같다. 인생이 얼만데? 돈이 뭐야? 부부라는 게 오래동안 갈라져 있고도 부부라고 할 수 있니? 난 정말 녀자 생각 나 죽겠다."[35]

35 리휘, 《울부짖는 성》, 연길: 연변문학, 2007년 제11기.

"녀자생각 나 죽겠다"—이 어찌 "물알"만의 부르짖음이라고 하겠는가? 이 소설에 나오는 담임선생님의 말 그대로 56명 학생 중 어머니나 아버지가 출국한 학생이 46명이니 82%를 웃돈다. 80% 이상의 부부가 장기간 별거하고 있다는 사실은 우리 사회의 인권 부재를 증명하고도 남음이 있다. 연암 박지원 소설에 나오는 열녀 함양 박씨도 치솟는 욕정을 참을 길 없어 밤바다 동전을 매만져 그것이 다 닳아빠졌다고 한다. 성적 욕망은 인간의 무의식 중 가장 원초적인 욕망이며 대다수 사회인의 성적 욕구의 불만은 사회의 불안정을 의미하기 때문이다. 이러한 의미에서 《울부짖는 성》은 코리안 드림으로 말미암은 수많은 민초의 고뇌를 성적 욕망의 억눌림과 그 위기라는 차원에서 다룬 수작이라고 하겠다.

4.3.2. 윤리도덕적 타락에 대한 고발과 풍자

코리안 드림 이후 조선족 사회의 향락주의와 남성사회의 타락상, 가정의 해체와 여성의 일탈 등도 비판의 화살을 벗어나지 못한다. 박선석, 리혜선, 김금희, 김경희, 허련순 등의 작품이 그러한데 특히 여성 작가의 경우 코리안 드림의 문학적 형상화는 페미니즘 문학이라는 변주곡을 연출하는 결과를 가져오기도 했다.

강재희의 단편 《반편들의 잔치》는 한국으로 돈벌이를 나간 네 친구의 추석 연휴의 모임을 통하여 가족에 대한 석구의 도덕적인 책임감, 그것을 지키기 위한 안간힘과 고민 등을 그림과 아울러 세 친구의 형상을 통해 점차 사치와 향락에 물 젖고 있는 재한조선족 노무자들의 타락상을 꼬집었다. 추석 연휴에도 오갈 데 없는 조선족 출신의 노무자들은 친구들끼리 모여 술을 마시고 계집들과 즐긴다. 결국, 사흘에 1인당 300만 원씩 쓰고 술이 깬 후에야 이를 후회한다. 동무 따라 강남 간다고 정직한 석구도 그 날만은 술에 취해 큰 낭패를 본다.

석구가 깨여나 보니 컴컴한 려관방인 듯 한데 혼자 너부러져 있었다. 머리가 빠개지는 듯 아파나서 저도 모르게 신음소리를 내였다. 머리를 이불에다 처박고 한참을 지나서야 조금 진정이 되였다. 가까스로 일어나 앉아 여기가 어디지 하며 아픈 머리로 어제 일들을 돌이켜 회상해 보았다. 암만 생각해 봐야 자신이 왜 여기에 와있는지 생각이 나지 않았다. 한참만에야 곁에 앉았던 아가씨에게 끌리다싶이 식당을 나설 때 경상도 마담이

"아저씨예, 재미 마이 보이소!"

하던 말이 어렴풋이 생각났다.

아차 싶어 지갑을 찾으니 머리맡쪽 베개곁에 지갑이 있었다. 열어보니 지갑속에는 돈이 한 푼도 없이 깨끗하게 비여져 있었다…[36]

박선석(1945-)은 길림성 통화지구의 농민작가이다. 그는 길림성 집안에서 출생하여 줄곧 농촌에서 농사를 지으면서 소설창작을 해왔다. 1980년 단편소설《발자국》으로 문단에 데뷔한 후 100여 편의 중, 단편소설과 장편소설《쓴웃음》,《재해》등을 발표해 조선족 문단의 귀재로 일컬어진다. 그의 단편《애완견과 주인》(2008)은 그의 대표작《털 없는 개》의 자매편이라 할 수 있다. 이 작품은 코리안 드림으로 말미암은 도시 시민의 사치한 풍조와 허영심 및 그 파탄을 꼬집은 풍자소설이다. 애완견도 생명이 있고 그놈들은 온갖 재롱을 부려 사람들을 즐겁게 해주니 덮어놓고 애완견사육을 질타할 수는 없다. 하지만 개와 사람을 동격체로 볼 수 없으며 더더구나 개가 사람 이상의 대접을 받아서는 아니 된다. 아무리 생태주의를 제창하는 시대라 하더라도 언제 어디까지나 사람은 만물의 영장이기 때문이다. 이 소설의 철딱서니 없는 주인공 강화자는 "미미"라는 강아지를 키우는데 그놈을 "우리 작은

---

36   강재희,《반편들의 잔치》, 심양: 료녕민족출판사, 2013, 326쪽.

딸"이라 하면서 금지옥엽처럼 떠받든다. 남편은 한국에 나가 있고 시어머님을 모시고 있건만 시어머님은 전혀 안중에도 없다. 시어머님의 생일날이지만 강화자는 그걸 새까맣게 잊어먹고 "미미"의 생일잔치를 차리기에 바쁘다. 애완견동호회 회원들이 줄레줄레 모여와서 축하의 박수를 치는 마당에 시동생이 들이닥쳤고 화자는 개꼴 망신을 당한다. 하지만 강화자는 회과자신(悔過自新)을 하기는커녕 한술 더 뜬다. "미미"가 발정을 하자 "신랑감"을 찾아주고 결혼을 시키고 요란스레 잔치를 베푼다. 하지만 누군가 한국에 가 있는 남편에게 귀띔을 해서 강화자는 오히려 이혼을 당한다는 이야기다.[37] 혹시 내 생일을 차리는 게 아닌가? 하고 기다리는 성녀 할머니의 시점으로 사건을 관찰함으로써 소설적 긴장과 아이러니를 창출했고 애완견 "미미"의 생일과 결혼이라는 두 어처구니없는 장면을 대조시켜 극화함으로써 읽는 이들의 폭소를 자아낸다. 이러한 희극은 사람과 개의 위치가 전도되었을 때 비로소 이루어진다.

리혜선 역시 조선족 문단의 중견작가이다. 리혜선(1956-)은 1982년 연변대학 한어학과를 졸업하고 연변일보, 연변작가협회 등에 임직하면서 소설창작에 정진해 소설집 《푸른 잎은 떨어졌다》(1992), 《야경으로 가는 녀자》(1997), 장편소설 《빨간 그림자》(1999) 등을 펴냈다. 그의 중편소설 《터지는 꽃보라》[38]는 특이한 소재와 인물, 다양한 소설적 기법과 장치를 통해 코리안 드림으로 말미암은 가족의 해체와 조선족 군체의 도덕적 타락 과정을 고발한 작품이다. 작중인물들은 모두 진짜 이름을 쓰지 않고 익명이나 별명으로 통한다. 오늘의 대중사회에서 개개인은 익명으로, 기호나 숫자로 존재함은 더 말할 것 없다. 우리는 가끔은 현금인출기에 비밀번호를 넣고 돈이 나올

---

37 박선석, 《애완견과 주인》, 연길: 연변문학, 2008년 제11호.

38 리혜선, 《터지는 꽃보라》, 장춘: 장백산, 2008년 제1호.

때마다 익명으로 통하는 자신의 실체를 실감하게 된다. 이 작품의 경우에도 작중인물들은 "오징어파티"에 "고구마", "별난 녀자", "안니", "제이"로 통한다. 이러한 익명의 조건에서 이들은 자기의 욕구와 욕망을 거침없이 분출한다. 천사가 악마로 변한다. 모든 탈을 벗어 던지고 추한 몰골을 그대로 드러낸다. 황차 "3.8"절이라는 특수한 환경에서 익명의 네 중년 여인이 쏟아내는 성적 기갈과 음담패설은 읽는 이들을 포복절도케 한다. 기실 그들은 가정을 위해 한국에서 10년씩이나 허둥대면서 일했지만 일단 귀국하자 자식과 남편, 사회에 의해 소외되고 마는 이방인들이다. 그래서 이 작품을 읽다 보면 눈물 어린 미소를 짓게 된다. 조선족 사회의 진통과 해체, 그리고 소외의 주제를 익명이라는 장치를 통해 재미있게 풀이했다고 본다.

김경화의 단편 《원점》(2004)[39]은 그 제목이 암시하는 바와 같이 일부 조선족 여성들의 생활상을 있는 그대로, 아무런 과장과 분식(粉飾)도 없이 원점에서 원색으로 보여준다. 작금의 조선족 사회를 보면 경제적 불황으로 말미암아 남성은 가정을 유지할 힘을 상실하고 여성은 타락의 늪에 빠지기 쉬운데, 이 작품의 주인공 "언니" 역시 염치와 정조 같은 것은 헌신짝처럼 내동댕이친다. 그녀는 설사 못난이요, 불구자라 하더라도 배불리 먹여주고 등 따뜻하게 입혀주기만 하면 그런 남자들의 품에 안겨 기생(寄生)하는 몰염치한 여자다. 하지만 그러한 여자의 타락을 부른 것은 지지리 못난 가난이요, 그 장본인은 나태하고 무책임한 남성사회에 있음을 이 작품은 은근히 꼬집고 있다. "언니"의 남편은 가출해 오랫동안 객지로 떠돌고 있는 아내를 찾을 대신 "빨리 돈이나 부치라고 해라. 쌀이 거의 다 떨어진다." 하고 소리를 치는데 이러한 누추한 모습을 보면 그야말로 김동인의 소설 《감자》를 연상케 한다. 특히 이 작품의 마지막 부분에서 "언니"는 "가출이 아니라 어느 풀숲으로

---

39   김경화, 《원점》, 《적마, 여름 지나가다》, 심양: 료녕민족출판사, 2013.

잠깐 소피를 보러 갔다"고 하면서 "그래, 그동안 아무런 일도 없었어. 아무 일도 일어나지 않았어! 언니는 잠시 오줌이 마려웠을 뿐이야…" 하고 능청을 떨고 있는데 이러한 아이러니는 작중인물의 도덕적 타락에 대한 신랄한 야유가 아닐 수 없다.

김금희(1997-)의 단편《개불》(2007)은 "개불"을 소도구로 설정해가지고 욕정을 만족시키기 위해 동가식서가숙하는 몰염치한 여인의 형상을 창조함으로써 정조 관념의 붕괴와 도덕적 타락상을 보여주고 있다. "개불"은 바다에 사는 개불과의 환형동물(环形物)인데 몸길이는 10-30cm이고 주둥이는 원뿔꼴이며 황갈색을 띤다. 바다 밑의 모래 속에 "U" 모양의 구멍을 [   ] 산다. 이 작품에서는 "개불"을 두고 "사람의 피부같은 색깔에다 [   ]형의 몸통마저 차라리 남자의 그것과 너무 닮아있는데 게다가 그것을 [ ]지면 꿈틀하니 수축이 되면서 제법 탄탄해진다"고 했다. 통설에 의[ ]면 "개불"은 남성의 정력을 돕는다고 한다. 헌데 주인공 "녀자"는 "개[ ]을 천하일미로 생각하고 "개불"을 사주는 남자라면 마음도 몸도 [   ]락한다.

"개불 굵은지 벌써 다섯 달이 넘어간다."[40] 고 [   ]는데 이는 이 "여자"가 [   ]나 남성을 밝히고 있는가를 말해준다. [   ]은 남편과 좀 모순이 생겼고 그 [   ]이 두어 달 집을 비운 사이에 [   ]정을 참지 못해 "개불"을 사준 다른 남성과 통[   ]한 것이다. 남편[ ] 돌아오자 이 "여성"은 원상으로 돌아와 얌전한 아낙으로 둔갑[   ] 녀의 가정에도 평화와 행복이 깃든다. 이처럼 이 소설은 "개불"이라는 소도구를 이용해 조선족 사회의 편의주의(便宜主义)적인 발상과 도덕적 타락상을 고발하였다.

박옥남의 단편소설《목욕탕에 온 녀자들》은 제1회 김학철문학상을 수상한 작품이다. 이 작품을 두고 김관웅은 다음과 같이 말한다. "공간화의 기법

---

40   김금희, 《개불》, 연길: 연변문학, 2007.

과 녀성특유의 섬세한 관찰력을 동원하고 자기식의 개성적이고 특색있고 신선한 언어표현의 개발과 세련된 기법의 활용을 통해 오늘날 조선족 녀성들의 다양한 삶의 모습을 집중적으로 그려내면서 조선족의 인정세태를 섬세하게 포착해내고 있다. 녀자들이 실 한오리 걸치지 않고 가장 은밀한 부분까지 다 드러낸 목욕탕의 녀탕이라는 이 공간설정부터가 소설로서는 더 이상 바랄 수 없는 호기심을 돋구어준다. 그러나 이 소설의 목적은 남성 독자들의 관음증적인 호기심을 유발하려는데 있는 것이 아니라 이 세상을 살아가는 부동한 세대의 각양각색 조선족녀인들의 육체적인 라상(裸像)만이 아닌 심적인 라상도 드러내 보이는데 있다. 특히 늙은 어머니 세대와 젊은 녀성들의 생활방식과 가치관의 차이를 대조적으로 보여줌으로써 변화된 인정세태를 극명하게 드러내보이고 있는 점이 돋보인다."[41]

코리안 드림으로 말미암은 조선족 사회의 도덕적 타락상을 고발한 단편소설의 백미는 허련순의 《하수구에 돌을 던져라》이다. 이 작품은 2004년 "연변문학 윤동주문학상"을 수상했다. 작가는 이 작품의 창작 동기와 내용을 두고 다음과 같이 말한 바 있다.

단편소설 《하수구에 돌을 던져라》는 나의 또 다른 탈출구가 되기를 바라면서 쓴 작품이다. 우리 조선족들의 자기 정체성과 관련된 존재론적 질문을 던져 우리 민족의 현실을 반성적으로 환기하고 싶었다. 타성에 빠져 반성을 모르는 채 일상을 살고있는 인간들, 던져주는것을 받아먹고 사는데 익숙한 '하수구' 같은 인생, 옳고 그름이 무엇인지도 모르는 혼탁한 현실에 진정한 삶의 방식과 의미를 제시하고 싶었다. '실패한 인생을 성공'이라고 말하고 '죽은 령혼이 성공했다'고 말하는 역설과 혼동의 론리로 이미 사회로부터 유리되여 더 이상 정상적인 꿈꾸기가

---

41   허련순, 《누가 나비의 집을 보았을까》, 서울: 온북스, 2007, 383-384쪽.

불가능한 인간들이 살아가기 위한 몸부림으로 일어나는 착시(錯視) 현상, 그런 현상으로도 결코 행복해질 수 없다는것을 다루고있다. 즉 자의(自意)에 의하여 살아가는것이 아니라 타의에 의해 살아지는, 살아지는것이 아니라 사라지는 인생을 비참하게 그리고있다.[42]

허련순의 《하수구에 돌을 던져라》는 코리안 드림으로 말미암은 조선족 사회의 극심한 위기와 진통을 보여주면서 물신주의 풍조와 윤리, 도덕적인 타락상을 정신적 배경으로 깔고 있다. 주인공이 살고 있는 동네의 남성들을 보면 땅 판 돈을 쥐 소금 녹이듯이 다 써버린다. 그들은 겨울이면 마작이나 화투를 치고 여름이면 베짱이처럼 그늘 밑에서 신세타령이나 한다. 딸이나 아내가 외국에 가 돈을 벌지 못하는 집 남성들은 작은 놀음에도 끼우지 못해 그야말로 사람 축에 들지 못한다. 시어머니는 가만히 앉아만 있는 며느리를 보고 능력이 없고 융통성이 없는 년이라고 몰아붙인다. 시어머니의 성화에 못 이겨 며느리는 한국 가는 비자를 내려다가 돈만 날린다. 그러자 시어머니는 또 공연히 설쳐서 땅 판 돈을 날렸다고 야단을 친다.

주인공의 남편은 남성사회의 고루한 의식을 대변한다. 그는 아내가 돈을 벌어오기를 바라서 가짜 이혼을 했고 이혼서류에 도장을 찍은 날부터 3개월이 지나야 재혼이 가능하다는 말을 듣고 위장 결혼 수속을 다그치기 위해 자신의 사망신고서까지 낸다. 어디 그뿐인가. "그녀"가 돈을 부쳐오자 "성공"했다고 생각하며 "이제 큰소리하면서 살게 됐소." 하고 좋아한다. 금전만능의 풍조, 특히 남성사회의 윤리, 도덕적인 타락상을 적나라하게 드러낸 것이다.

이 소설은 시종 시비경우는 바르나 말수 적은 "누님"의 시점을 통해 작중

42 연변조선족문화발전추진회 사이트: koreancc.com

인물을 관찰하고 "그녀"의 내심 독백을 차분하고 절제있게 펼쳐보임으로써 자칫하면 남성 세계에 대한 속 얕은 흥분과 비난으로 끝날 수 있는 소재를 예술적인 완성도가 높은 소설로 만들었다. 그리고 이 작품은 집 떠난 고양이라는 소도구를 적절하게 등장시켜 상징적 의미를 더해주고 있을 뿐만 아니라 "그녀"의 "여위고 작은 맨발"을 여섯 번 반복적으로 묘사함으로써 복선과 조응, 상징의 미학도 창출해 전반 작품을 탄탄하게 구성하고 있다.

> "마치 열 살에 성장을 멈춘 듯한 작은 발, 그것은 아마 바로 지금부터 커지려고 작았던 것인지도 모른다. 이제야 나는 그녀의 작은 발에 대한 징크스를 알 것 같았다."[43]

이 한 단락의 의론은 작품의 총체적인 의미를 암시, 대변하고도 남음이 있다. 발은 한 인간의 육체를 땅에 세우며 그 인간을 어떤 방향으로 가게 하는 인체의 중요한 기관이다. 그러므로 작게 보이던 발이 크게 보인다고 했을 때 그것이 의미하는 바는 분명하다. 즉 "그녀"가 자유 선택을 통해 남성 세계에 도전하고 자기의 길을 찾았음을 의미한다.

요컨대 이 소설은 농촌공동체와 전통적 가치관의 붕괴로 특징지어지는 조선족 사회를 배경으로 하면서 남존여비의 고루한 관습에 의해 소외되고 위축되던 한 여성의 분노와 반발, 도전과 탈태환골(奪胎換骨)의 과정을 다양한 소설적 장치와 기법을 통해 생동하게 그림으로써 전환기 조선족 문학의 대표적인 페미니즘 소설로 자리매김을 하게 되었다.

---

43 허련순, 《하수구에 돌을 던져라》, 연길: 연변문학, 2004년 제5호.

제5장

코리안 드림을 통한
새로운 선택과 도전

5.1. 다양한 정체성의 선택과 그 의미

5.1.1. "경계인"의 인격적 분열

코리안 드림이 장기화되면서 조선족 사회에서 한국을 비롯한 해외에 거주하는 조선족의 권익, 조선족의 정체성과 진로 등에 대한 열띤 토론이 벌어졌다. 1996년 길림신문을 중심으로 한 페스카마호 사건 관계자들에 대한 구명운동, 2000년대 초 최룡관의 모더니즘 시론과 이미지 시론, 김파의 입체시론, 남영전의 "토템시"에 대한 토론,[1] 2001-2002년의 김문학의 《조선족대개조론》 등에 대한 비판, 2005년 흑룡강신문을 중심으로 한 조선족 사회의 진로에 대한 토론[2] 등 중요한 토론과 비판이 이루어졌다. 그리고 최근 한국

---

1 최룡관, 《우리 시단에 던진 새로운 충격》, 연길: 문학과 예술, 2002년 제2호; 최룡관, 《저는 이런 시를 추구합니다》, 연길: 문학과 예술, 2006년 제2호; 김파, 《립체시론》, 심양: 료녕민족출판사, 2005; 김관웅, 《조선족시단에서의 서양 모더니즘 수용의 간접성과 오독, 모방현상의 함수관계》, 《세계문학의 거울에 비추어본 중국조선족문학》(제1집), 2014; 김관웅, 《남영전 '토템시' 소재론》, 위의 책.
2 이진산 주필, 《중국 한겨레사회 어디까지 왔나》, 하얼빈: 흑룡강조선민족출판사, 2006.

에서 출판된 예동근 등의 《조선족 3세들의 서울 이야기》도 조선족 3세 엘리트들의 진로와 정체성의 변화를 보여준 주목할 만한 작품이라 하겠다. 이모든 것은 조선족 사회가 코리안 드림과 산해관 이남으로의 새로운 이민열조(移民熱潮)에 휩싸인 상황에서 자신의 정체성을 새롭게 확립하고 조선족 사회의 바람직한 진로를 찾기 위한 문화적인 움직임이라 해야 하겠다. 여기서는 김문학의 《조선족대개조론》과 《조선족 3세들의 서울 이야기》에 대해 분석, 논의하고자 한다.

김문학은 1962년 중국 심양에서 출생했다. 1985년 동북사범대학 일본어학과를 졸업했다. 1991년 일본 니이지마(新島)장학금을 받고 일본에 가서 히로시마대학을 거쳐 도지샤대학 대학원 박사학위과정을 이수했다. 전공은 비교문학, 비교문화 및 문화인류학이다. 주요한 저서로 《벌거벗은 사랑(裸戀)》, 《가면의 세계와 백색의 세계-한일비교문화고》, 《중국류학생일본백년사》, 《벌거숭이삼국지》, 《바람난 중국인의 에로스문학》, 《코리안 드림》, 《반문화지향의 중국인》, 《한국인이여, '상놈'이 되라》, 《조선족대개조론》 등이 있다. 그중 《한국인이여, '상놈'이 되라》(1999)가 일본에서 김문학, 김명학 두 형제의 이름으로 《한국 국민에게 고한다-재일한국계 중국인 형제의 통곡의 조국 비판》이란 제목으로 일본어로 출판되어 1년 동안 10만 부나 팔렸다고 한다. 그 후 이 책은 한국의 도서출판 우석과 중국의 흑룡강조선민족출판사에서 거의 동시에 출판되었다. 《조선족대개조론》은 《장백산》잡지에 2001년 1기부터 연재되면서 큰 물의를 빚어냈다. 특히 코리안 드림으로 정체성의 혼란에 빠진 조선족 사회에서 커다란 논란을 불러일으켰다.

2001년 4월 21일, 연변조선족문화발전추진회, 연변대학 조문학부, 중일한문화비교연구중심에서 연합으로 "김문학현상과 비교문화의 시각 및 방법론 세미나"를 개최했다. 김호웅은 개회사에서 김문학이 《한국인이여, '상놈'이 되라》, 《조선족대개조론》 등 저서에서 드러낸 그의 그릇된 민족관과 역사관,

그리고 그의 저질적인 인간성을 두고 "김문학현상은 우리 조선민족의 력사와 문화와 관련되는 근본적인 문제이며 우리 민족의 존재가치와 생활에 관계되는 엄청나게 큰 문제"라고 지적했다. 그리고 김관웅은 《식민지사관과 김문학현상》, 조성일은 폐막사에서 김문학의 식민주의 사관을 비롯한 그의 일련의 역사 왜곡과 민족 허무주의적인 망언과 독설에 대해 신랄하게 비판했다.[3] 김관웅은 김문학 현상은 한국의 신친일파 박태혁이나 오선화와 마찬가지로 그의 출현은 "일본의 우익사조의 토양 속에서 돋아난 독버섯"이라고 하면서 그것은 새로운 현상이 아니라 "반도(半島)적 성격론", "정체성론(停滯论)", "당파론(党派论)"이라는 식민주의 사관의 재판에 다름 아니라고 지적했다. 이들의 분석과 비판을 참조하면서 김문학의 민족적, 국가적 정체성에 초점을 맞추어 상술한 두 작품을 살펴보기로 한다.

첫째로 김문학의 그릇된 민족적 입장과 시각이다. 김문학은 스스로 "문화적 삼중인격자", "무국적 지구촌민"으로 자부하면서 "아침은 북경 레스토랑에서 우롱차에 기름빵을 먹고 정오에는 서울에서 삼계탕에 동동주를 먹고 저녁은 어느새 도쿄에 날아와서 신선한 생선회에 기린맥주를 벌컥벌컥 들이켠다"고 했다. "경계인"이란 글로벌시대에 어울리는 그럴듯한 개념이다. 하지만 이념의 대립과 동서냉전의 구도가 깨졌다고 하지만 문명권 대 문명권의 대립과 충돌이 비일비재로 일어나고 약소민족에 대한 강대국의 야유와 폭언, 지어는 무력행사가 계속 자행되는 마당에 약소민족의 한 정직한 학자라고 할 때 어떻게 "중립"을 지키며 "경계인"으로 살 수 있을지 의문이다. 그런데 김문학은 입으로는 "경계인"의 삶을 살고 있다고 했지만 그가 말과

---

3   김호웅, 《김문학현상과 비교문화의 시각과 방법론 학술회의 개막사》, 《인생과 문학의 진실을 찾아》, 심양: 료녕민족출판사, 2004, 17-21쪽; 김관웅, 《식민주의사관과 김문학현상》, 문학과예술, 2001년 제2호; 조성일, 《김문학현상과 비교문화의 시각과 방법론 학술회의 개막사》, 《내가 본 조선족문단 유사》 연길: 연변대학출판사, 2014, 340-346쪽.

행동으로 보여준 것은 일본 우익세력들의 망언과 조금도 다르지 않다.

"그래 한국인은 100년 동안 무엇을 했는가? 구한말 일본제국주의로 인해 조선반도를 강점당해 식민통치를 받게 된 것을 모두 일본의 탓이라고만 할 수 있는가? 그리고도 아무 거리낌없이 일본만을 나쁘다고 할 수 있는가?"

이는 공공연히 조선에 대한 일본의 식민통치에 대해 변호한 것으로서 김문학의 신친일파적인 정체를 그대로 드러냈다고 하겠다.

둘째로 조선민족에 대한 입에 담지 못할 악담과 독설인데 이를 통해 그 자신의 인격적 정체를 남김없이 드러냈다. 그는 일본에서 무려 10만 부나 팔렸다고 하는《한국인이여, '상놈'이 되라》는 책에서 "아버지가 죽어야 가정이 산다, 유교가 죽어야 나라가 산다, 김치를 없애야 세계화가 된다"는 괴상야릇한 지론을 펴내면서 중국문화를 "장독문화"에 비유한 중국 작가 백양을 앵무새처럼 흉내를 내서 조선민족의 문화를 "악취가 풍기는 김치독문화"라고 비하, 모독했다. 그는 "나는 시력에는 자신이 없지만 아무리 지독한 감기에 걸려도 냄새를 정확하게 가려낸다고 자부"한다고 했다. 일본에 있으면 상큼한 차 향기가 풍겨와 기분이 좋지만 한국에 가기만 하면 마늘과 고추 냄새 때문에 질식할 정도라고 했다. 또한, 자기는 아무 음식이나 잘 먹지만 생마늘만은 절대 입에 대지 않으며 1년 365일 김치 생각은 단 한 번도 하지 않기 때문에 한국에서 묘령의 아가씨를 만났다 해도 진한 화장품 냄새와 함께 마늘 냄새가 풍겨와 데이트나 미팅을 하려고 하다가도 기절초풍해 가재걸음을 친다고 했다. 그러므로 "김치를 없애야 세계화가 된다"는 것이다. 이러한 막말과 악담을 동방인에 대한 편견과 서양인의 우월감을 그대로 드러낸 베빈 엘리그잔더의 말과 대조하면 김문학이 도대체 어떤 인간인가 하는 게 금시 드러난다. 엘리그잔더는 조선은 인분 냄새와 김치 냄새로 말미암아 절대로 에덴동산으로 될 수 없다고 하면서 다음과 같이 말한다.

"다른 하나는 조선인들이 즐겨 먹는 냄새들, 이를테면 배추, 마늘, 고추,

무와 기타 양념들을 한데 넣고 버무려 절인 것인데 '호-'하고 날숨을 쉴 때마다 김치냄새가 풍겨와 서방의 사병들은 일종 이름 못할 충격을 받아 그녀들에 대한 흥취를 삽시간에 잃고 만다. 그들 사병들의 성욕마저 가뭇없이 사라져버린다. 외국에서 온 사병들이 욱실거리는 이 국토에서 조선의 많은 아가씨들이 정조를 지킬 수 있는 까닭은 어디에 있을까? 조선의 어머니들은 김치에 감사를 드려야 할 것이다.'[4]

조선민족의 음식문화에 대한 지독한 야유이며 모독이다. 그런데 오십보백보라더니 우리 민족이 키운 젊은이의 입에서, 그것도 이른바 비교문화 학자의 입에서 똑같은 야유와 풍자가 거침없이 쏟아져나오고 있으니 참으로 놀라운 일이 아닐 수 없다.

뿐만 아니라 김문학은 단재 신채호와 같은 조선민족의 대표적인 지성이요, 항일독립운동가를 제 마음대로 폄하, 모독하는가 하면 한국과 한국인을 두고 그 무슨 "대한민국(大寒民国)", "아홉살짜리 미숙아", "가시 돋친 도깨비"라고 하면서 한국인에게 침을 뱉는다고 했다. 또한, 조선족을 두고는 "×선족(朝鮮族)", "남자는 졸장부, 녀자는 창부"라고 했다. 특히 조선족 여성들에게 "20세기 위안부", "창녀군단", "정신병환자"라고 입에 담지 못할 악담을 퍼부었다.

셋째로 저질적인 인간성과 함께 그의 그릇된 학문적 자세와 문풍도 드러냈다. 만약 진실로 비교문학, 비교문화, 문화인류학을 전공한 학자라고 한다면 무엇보다 먼저 역사와 현실에 대한 깊은 조사에 바탕을 둔 실증적인 분석과 종합에 주력해야 할 것이다. 하지만 히로시마 시영아파트 20층에 살고 있는 김문학의 경우에는 그의 안하무인의 오만무례한 자세, 허위와 날조를 능사로 알고 있는 그의 인간성, 거칠고 상스럽고 자극적인 언어 구사에 토끼

---

4   贝文·亚历山大, 《朝鲜:我们第一次战败》, 北京: 中国社会科学出版社, 2000, 5-6頁.

꼬리만한 지식을 빙자해 횡설수설 떠들어대는 그의 낭설과 무책임성, "어느 중국인, 어느 기자한테서 들은데 의하면…" 식으로 항간에 떠도는 지저분한 풍문들을 자기의 구미에 맞게 이리저리 재단해 써먹는 그의 간교함과 야비함도 극에 달했다. 그는 이른바 "고아한 일본문화"로 "상스러운 한국문화와 중국문화"를 내리깎고 산재 지구의 조선족들을 꼬드겨 연변의 조선족들을 매도했으며 일부 작가들을 취올리고 일부 작가들을 내리깎음으로써 암해와 이간질을 일삼았다. 그는 연변대학 "학생들의 시대적 감수성이나 정보의식은 북경 시내 거리에서 아이스크림을 파는 로파보다 못하다"고 했다. 이러한 김문학의 비뚤어진 정체성과 저질적인 작태를 두고 김관웅은 《식민주의사관과 김문학현상》이란 글에서 김문학의 이른바 "문화비판"의 본질은 일본 제국주의의 동아시아침략을 위해 변호하는 매국매족 행위라고 날카롭게 지적했다.[5]

그렇다면 김문학의 문화인격을 어떻게 파악해야 하는가? 미국의 학자 파크(R.P.Park)는 1930년대에 벌써 마지널 맨(marginal man), 즉 "경계인"이라는 개념을 내놓았다. 경계인은 한 민족의 문화가 타민족의 문화와 접촉하고 선택하고 충돌하는 과정에서 나타나는 인격적 분열 또는 이중적인 양상을 띤 인간 유형을 뜻한다. 이러한 경계인들은 행위준칙이나 가치 관념이 서로 융합될 수 없는 두 가지 부동한 문화공동체의 성원이 되기를 바란다. 그러나 그 어떤 문화공동체에서도 표준적인 성원이 되지 못한다. 그래서 두 문화공동체의 주변에 있는 자신을 발견하고 두 문화공동체 사이에서 자기의 정체성을 상실하고 우왕좌왕하게 되며 끝끝내는 서로 대립되는 두 문화공동체의 요구에 만족을 줄 수 없게 된다. 김관웅이 지적한 바와 같이 김문학이 바로 이런 경계인의 산 표본이다. 그가 조선족 문화의 패턴 또는 형태를 "박쥐형

---

5   김관웅, 《식민주의사관과 김문학현상》, 문학과 예술, 2001년 제2호.

문화", "갈대형문화", "천근성문화"라고 규정했는데, 사실 이 결론을 가장 잘 적용할 수 있는 사람이 바로 김문학이라 하겠다.[6]

5.1.2. 조선족 3세 엘리트들의 정체성 변화

예동근 등 12명의 재한조선족 지식인들이 펴낸 《조선족 3세들의 서울 이야기》는 한국에 있는 조선족 3세들의 포부, 분투의 역정과 함께 그들의 정체성의 변화를 보여준다는 점에서 특별히 의미있는 에세이집이라고 하겠다. 이들 조선족 3세들의 공통점은 모두 중국 동북 3성 출신의 조선족 3세이며 모두 어려운 소년기를 거쳐 오로지 자기의 총명과 노력으로 중국의 일류대학에 입학했고 또 한국에 가서 서울대학교, 고려대학교와 같은 일류대학에서 석, 박사과정을 마치고 대학교 교수나 대기업의 연구원 또는 국제변호사 사무소의 변호사 등으로 활동하면서 한국에 정착하고 있다는 점이다.

우선 이들은 가난을 이겨내고 열심히 공부해 최고의 학력을 가지고 한국의 명문대학이나 굴지의 기업에 취직해 일하는 성공한 젊은이들이다. 중국에 처음 정착을 시도했던 사람들을 조선족 1세라고 한다면 중국에서 태어난 이들 젊은이들의 부모세대는 조선족 2세라고 할 수 있다. 한국에서 조선족의 주된 이미지로 비치는 이들 조선족 2세가 바로 코리안 드림을 꿈꾸면서 한국에 가서 고된 일을 하고 있다. 그렇다면 이들 젊은이들은 조선족 3세이다. 조선족 2세와 3세의 가장 큰 차이점은 바로 좋은 교육을 받았는가 여부에 있다. 대부분 2세가 제대로 대학교육을 받지 못하고 유학의 기회도 없었던데 반하여 3세는 대부분 교육을 받을 수 있는 권리를 보장받았고 지어는 유학의 기회까지 잡을 수 있었던, 상대적으로 축복받은 세대라 할 수 있다. 조선족 3세는 자신의 불굴의 의지와 각고의 노력으로 세계를 무대로 하는 좋은 직업

---

6 · 위의 책, 58-59쪽.

에 종사할 수 있는 기회를 잡은 그런 세대인 것이다.

황병호는 흑룡강성 목당강시 출신인데 어린 나이에 부모님이 이혼하는 바람에 어머니와는 7년간이나 한 번도 만나지 못하는 아픔을 겪었고, 리성일은 두만강 기슭에 있는 룡정시 삼합진 출신이니 역시 "촌놈의 자식"이다. 김부용은 고기는 구정이나 정말 특별한 날이 아니라면 맛볼 수 없고 주로 감자만 먹어야 했던 흑룡강성 오상현 출신이다. 동서대학교 국제학부 조교수로 일하는 리성일, 신영증권에서 일하는 권덕문, LG전자에서 일하는 리경원, 김앤장(Kim & Chang)법률사무소에서 일하는 김성휘, 서울대학교 법학과에서 조교수로 일하는 강광문, 법무법인 태평양에서 변호사로 일하는 홍송봉, 아주경제 기자로 일하는 홍해연 등도 한미한 가정의 출신이다. 이들 모두가 오로지 총명과 노력으로 인생역전을 이루어낸 젊은이들이다. 여기서 예동근과 김주만을 좀 구체적으로 보기로 하자.

예동근은 길림성 서란 출신이요, 부모님은 가난한 농민이었다. 20년 전에 부모님은 한화로 천만 원의 빚을 지고 있었기에 늘 빚쟁이들의 빚단련을 심하게 받았다. 그는 학생 수가 80명도 되지 않는 자그마한 소학교를 다녔는데 12명 교사 중 절반 이상은 고급중학교도 나오지 못한 민판(民辦) 교원들이었다. 연변대학 중문학과를 나오고 중앙민족대학에 입학해 법학 석사학위를 받고 한국에 유학하여 고려대학교 사회학과에서 문학 박사를 땄으니 그야말로 개천에서 용이 난 셈이라 하겠다. 그는 지금 부산에 있는 국립부경대학교 조교수로 일하는데 부인까지 교수라고 한다.

김주는 훈춘 출신인데 길림성 수석이 심심찮게 배출되는 훈춘시 제2고급중학교를 다녔고 시력이 1.3에서 0.9로 떨어질 정도로 인생역전을 이룰 수 있는 대학입학시험준비에 모든 것을 다 바치다시피 하였다. 그러나 대학을 선택할 때 커다란 고민에 빠졌다. 사범대학에 입학하게 되면 등록금을 면제받고 약간의 생활비까지 나오는지라 어려운 살림에 부모님과 일가친척들은 욕심을 부리지 말고 사범대학에 진학하라고 했다. 그러나 김주의 자존심은 이런 요구를 받아들일 수 없었다. 그는 어릴 때부터 법관이 되는 게 꿈이었다. 그래서 시험을 보지 않고 사범대학보다 더 좋은 J대학에 입학할 수 있는 기회가 주어졌지만 북경에 있는 중국정법대학에 원서를 넣었다. 물론 그 대가는 엄청나게 컸다. 부모님은 가정수입의 90%를 김주의 등록금과 생활비로 보냈다. 마지막 1년은 부모님의 부담을 덜기 위해 학자금을 신청했다. 졸업 후 얼마 안 되는 월급에서 3년 동안 꼬박꼬박 그 돈을 갚느라 무진 고생을 했다. 하지만 그는 한국에 가서 고려대학교 민사소송법 석, 박사과정을 마치고 삼성전자 법무팀 변호사로 취직했고 부모님께 두 번이나 아파트를 사드렸다.

확고한 목표와 불면불휴의 노력으로 한국에 자리를 잡은 이들 젊은이들은 한국을 어떻게 보고 있을까? 거의 다 긍정적이고 한국에 정착하게 된 것을 기쁘게 생각한다. 그들은 한국의 대학에서 경험한 문화적 충격, 한국에 유학을 와서 고국에 살면서도 조선족이기 때문에 겪어야 했던 문화적 충격도 경험했지만 대체로 한국을 자기의 개성과 야망을 펼칠 수 있는 무대로 생각한다.

1993년 북경대학에 입학한 강광문은 《시간, 공간, 그리고 추억들》이란 글에서 그 당시 중국의 명문대학이라 하지만 상상했던 것보다 훨씬 낙후되어 있었다고 한다. 특히 정신적으로 빈약했다고 말한다. "대학입시에서 해방되여 학문과 사상의 전당으로 인도할 것으로 여겨지던 대학, 그것도 중국의 최고학부로 공인받는 베이징대로 들어왔지만 정작 자신의 젊은 혈기를 방출할 곳은 없었다."[7] 이에 반해 한국의 대학들은 적어도 사상의 자유가 주어졌다. 예동근은 "한국이 나에게 준 선물"은 "사고의 자율성", 조금 더 넓게

7   예동근 외, 《조선족 3세들의 서울이야기》, 서울: 백산서당, 2011, 212쪽.

생각하면 "자유"라고 말한다. 7년이 넘는 한국체험을 미루어 보면 인문사회과학을 하는 사람에게 가장 중요한 것은 "사고의 자율성"을 획득하고 그에 기초한 "독립적 사고능력"을 가질 수 있는 것이라고 했다. "중국에서는 사회과학의 영역에서 어느 정도의 위치와 신분을 가질 때 어느 정도 자유로워진다. 하지만 나는 한국의 경험을 통해 빨리 성장하였다는 측면에서 매우 큰 행운으로 생각하고 있다. 이제 사고와 생활의 영역에서 중·한을 자유롭게 넘나들면서 여러 가지 사회문제를 분석할 수 있는 독특한 시각을 형성하고 있다는 것 자체가 나에게는 좋은 자산이 되었다."[8] 따라서 재한조선족의 법적 지위의 보장과 그들 이미지의 향상을 위해 자유롭게 활동할 수 있었던 일을 큰 자랑으로 생각하고 있었다.

또한, 이들 젊은이들은 동북아 시대에 야망을 펼칠 수 있는 곳은 한국이라고 생각한다. 한국의 사업환경이 자기의 적성에 맞고 자아발전의 가능성을 보장해 주기 때문이다. 홍송봉은 경제적 목적이 아니라 아시아에서 가장 규모가 큰 태평양법률사무소에서 배우기 위해 한국에 왔다고 말한다. 김성휘는 김앤장에 입사하기 전에 킹앤우드(King & Wood)라는 중국 로펌의 북경 본사에서 3년간 근무했다. 하지만 이 중국 로펌의 전반적인 수준이 낮기에 국제표준에 부합되는 변호사 실무를 익히는 데는 한계가 있었다. 그래서 영미계 로펌에는 미치지 못하지만 법률 서비스의 국제화가 중국보다 훨씬 잘 이루어진 한국의 김앤장법률사무소에 입사하게 된 것이다. 그의 판단과 선택은 적중했다. "김앤장에서 몇 년간 근무하였던 나의 소감을 정리하면, '업무 시스템이 굉장히 잘 짜여 있고 팀플레이 원칙과 프로의식이 투철하다'는 것이다. 김앤장에는 내로라는 각 법률 분야의 최고 전문가들이 많이 있지만, 김앤장의 최대 장점은 뛰어난 개개인의 능력을 바탕으로 팀플레이의

---

8   예동근 외, 앞의 책, 32-33쪽.

시너지효과를 극대화하는 업무 시스템에 있는 것으로 보인다."[9]

조선족 2세들이 고용주의 인간적 멸시와 한국초청 사기꾼들의 추태에 치를 떨었다면 그들의 자제인 조선족 3세들은 보다 인간적, 학문적 향기가 넘치는 대학에서 공부했고 한국 굴지의 기업에서 좋은 상사의 사랑과 가르침을 받았기에 한국에 대한 인상이 대체로 아주 좋다. 이 책에 나오는 주인공들 모두가 지도교수나 상사의 사랑과 가르침에 감사하고 있다. 일례로 김부용은 한국의 유학 생활에서 좋은 사람들과 많이 만난다. 재외동포재단장학금을 받는 행운도 누리고 연변여성발전촉진회 방민자 선생님의 주선으로 초원봉사회의 유승룡같은 분도 만나며 충북 옥천 중앙의원의 송세원 원장도 알게 되어 옥천에서 지용제가 있을 적마다 초청을 받고 대접을 받았다. 특히 지도교수인 이근 선생님의 지극한 사랑과 가르침을 받았다.

"지도교수인 이근 선생님의 제자 사랑 또한 지극하셨다. 학문적으로는 매우 엄하셨지만, 마음이 깊으셨고 늘 진정한 학자의 모습을 보여주셨다. 석사 공부를 할 적에 세부 전공을 뭐로 해야 하나 고민하고 있는 나를 이근 교수님이 불러 주셨다. 그리고는 논문을 써야 하지 않겠느냐며 주제까지 생각해 주셨고, 친절하게 지도를 해 주셨다. 내가 석사 논문을 쓰는 학기에 교수님은 미국에 계셨으면서도 이메일로 지도를 아끼지 않으셨다. 교수님 덕분에 경제학에 더욱 흥미를 갖게 되면서 박사 공부까지 하기로 마음먹게 되었다. 박사 공부를 하는 동안 등록금과 생활비 걱정을 안 하고 공부만 할 수 있도록 이근 교수님께서 도와주지 않으셨다면, 무사히 졸업할 수 없었을 것이다. 생각해 보면 한국으로 유학 와서 가장 잘한 선택이 경제학을 전공으로 삼은 것이요, 이근 교수님을 지도교수로 모신 일이다."[10]

---

9   위의 책, 153쪽.

김부용이 지도교수에게 감사한 마음을 갖고 있다면 권덕문은 회사의 분위기에 적응하면서 상사의 사랑과 가르침을 많이 받았다고 말한다.

"나는 참 운이 좋은 사람이다. 좋은 상사를 만나 좋은 것을 많이 배웠기에, 형편없는 내가 그럭저럭 직장 생활을 잘해 나갈 수 있었다. 그는 항상 다른 시각으로 세상의 이치를 관찰하였고, 치밀하게 논리를 구성하였으며, 나의 부족한 점을 잘 타일러 주었다. 그리고 항상 냉정하고 투명하게 사물을 관찰하면서 진정으로 비전을 뿌리로 삼아 묵묵히 통찰을 실행하는 사람이었다. 내가 지금 아는 기업 가치에 대한 내용은 그의 가르침에서 비롯되었다고 해도 과언이 아니다. 더욱이 어떻게 인생을 살아가야 하는지에 대해 공감되는 가치관을 심어 주었다. 그는 항상 인내심을 가지고 친구의 입장에서 진심으로 충고를 하면서 나에게 비전을 심어 주었다. 나는 내가 그를 실망시킨 일이 한두 가지 아니라고 생각하지만, 그가 나에게 화를 내는 모습은 거의 본 적이 없는 것 같다."[11]

앞에서도 언급했지만 이 책의 주인공들은 중국에서 대학교육을 받고 한국에 유학한 후 한국정착을 시도하는 12명의 다양한 조선족 3세들이다. 여기서 우리는 그들의 정체성의 변화에 관심을 가지지 않을 수 없다. 사실 이 책은 "나는 누구인가?", "좌충우돌 한국생활 노하우", "여전히 나는 누구인가?"라는 세 개의 마당으로 이루어졌다. 말하자면 우선 자기의 뿌리로 거슬러 올라가고 한국에 와서 분투해 입지를 찾은 젊은이들이 다시 내가 누구인가를 확인하는 그러한 3단계 구성을 가지고 있다.

황명호는 《중국조선족의 정체성과 나의 삶》이라는 글에서 2011년 8월 31

---

10   예동근 외, 앞의 책, 180-181쪽.
11   위의 책, 131쪽.

일은 김포공항을 통해 한국 유학길에 오른지 13년이 되는 날이라고 하면서 그동안 많은 변화를 경험했다고 말한다. 중국을 방문할 때마다 변하고 있는 중국에 큰 충격을 받았고 지금 몸담고 있는 한국 또한 피부로 느낄 수 있을 정도로 많은 변화를 했지만 "가장 많이 변한 것은 아마도 나 자신일 것"이라고 했다. 20대 초반 젊은 청춘을 한국에서 보내면서 학위공부를 마치고 대학 강단에 서게 되었을 뿐만 아니라 결혼한 지도 어느덧 8년이요, 다섯 살 되는 딸과 곧 태어나게 될 둘째 딸, 두 아이의 아빠가 되어있다는 사실은 어떻게 생각해도 믿기 어려운 놀라운 변화라고 한다.

그는 우선 할아버지는 경상북도 상주에서 오셨고 할머니는 함경북도에서 오셨는데 나는 왜 중국 땅에서 태어나 자라났을까? 왜 중국 사람들은 우리를 한국 사람처럼 생각하고 한국 사람들은 우리를 중국 사람처럼 생각할까?라는 의문을 제기했다. 이런 질문들은 한국에 와서 그에게 더 치열하게 다가왔다. 결국, 황병호는 조선족을 사과배에 비유한 김관웅 교수의 비유에서 답을 찾으면서도 이러한 통찰력은 조선족을 이해하는데 많은 도움을 주지만 과일의 한 종류인 사과배를 비교의 대상으로 하다 보니 역동적이고 복잡하며 미묘한 감정의 세계를 설명하는 데 한계가 있다고 지적한다. 그래서 황병호는 서로 갈라진 부모의 딸이라는 메타포를 동원한다. 정판룡의 "시집 간 딸"이라는 메타포에서 힌트를 받았지만 한술 더 뜬 적절한 메타포라고 하겠다. 한번 들어보자.

"이 소년은 아주 어릴 때 부모님이 이혼하여 행복한 가정이 파탄되는 아픔을 겪게 되었다. 소녀는 그 아픔을 가슴에 품고 건강하게 잘 자랐고, 나중에 시집을 가게 되였다. 결혼식도 올리지 못하고 시집을 간 그 소녀는 시집 사람으로서 뼈를 묻을 각오로 열심히 살아야겠다고 생각했지만, 시집살이라는 것이 결코 쉬운 일만은 아니었다. 시집과 친정의 생활습관 차이로 친정어머니와 몇 년간 만나지 못하기도 하고, 친정아버지는 가난 때문에 항상 이 소녀의 마음을 무겁게 눌렀다. 이렇게 따로 외롭게 살고 있는 친정부모에 대한 관심과 걱정을 마음 깊이 간직하고 살고 있었지만, 그 소녀의 고민은 깊어만 갔다. 친정아버지는 아버지대로, 친정어머니는 어머니대로, 심지어는 시집에서도 이 소녀에게 믿음을 주지 않을 뿐더러, 서로 이 아이에게 친정아버지를 잊어먹었다느니, 친정어머니에게 효도를 하지 않는다느니, 시집은 왔는데 마음은 친정에만 있다느니 하면서 안팎으로 그 소녀를 힘들게 했다. 그러면 어떻게 하는 것이 가장 바람직한 태도일까? 어떻게 해야 진정 그 소녀에게 행복을 줄 수 있을까? 인생 경험을 조금이라도 가지고 있는 사람이라면 모든 당사자가 행복할 수 있는 그런 답을 쉽게 찾을 것이다. 즉 그 소녀를 그 어느 누구의 소유물로 보지 말고 한 인간으로 대접하고, 남편과 함께 행복하게 살 수 있도록 배려해 주는 것이 갈라진 친정부모님이 해야 할 일일 것이다. 시집에서는 또한 어렵게 자란 소녀가 이별의 아픔을 가지고 있는 친정부모님에 대한 사랑과 관심, 효도를 기특하게 생각하고 이해해 주며, 그 소녀는 남편의 아내로서 무엇보다 시집을 우선순위에 두고 삶을 영위해 나감으로써 원만한 부부관계를 만들어 간다. 이를 바탕으로 친정부모님께도 효도하면서 모두 화목하고 행복하게 잘 사는 것이 우리가 원하는 가장 바람직한 모습일 것이다."[12]

참으로 수긍이 가는 절묘한 메타포이다. 그런데 작자의 해석이 더 그럴듯하다. 여기서 이혼한 친정부모는 조선과 한국을 상징하고 시집을 갔다는 것은 중국으로 이민을 갔다는 의미가 된단다. 결혼식을 올리지 못하고 시집을 갔다고 한 것은 조선전쟁과 분단으로 말미암아 중국에서 항일독립운동을 했던 후손들을 비롯한 조선족 형제들이 고국에 돌아가지 못하고 중국에 남

---

12 예동근 외, 앞의 책, 43-44쪽.

아있게 되었다는 뜻이란다. 이처럼 조선족의 특성을 그 지정학적, 역사적 맥락 속에서 이해해야 한다는 게 작자의 지론이다. 첫째로 조선족은 서로 다른 이데올로기와 세대의 차이로 아주 복잡한 상태로 존재하고 있으며, 둘째로 아무리 피가 물보다 진하다고 하지만 시집을 가서 남편과 한 몸이 되었다면 시집의 법을 따르는 게 상식이요, 순리라는 것이다. 그러므로 대다수 조선족 젊은이들은 중국의 경제, 사회발전 속에서 각 분야에 뛰어들어 기여하는 것이야말로 그들이 해야 할 일이라고 하였다.

그러나 일단 많은 대가를 치르고 다시 조선반도, 즉 한국에 온 이상 어떻게 해야 하는가? 조선족의 수는 통틀어 200만 밖에 안 되지만, 그 지나온 고통의 역사와 달리 이제는 동북아, 더 나아가 세계범위에서 그 활동무대를 넓혀가고 있으며 이미 글로벌화로 나아가고 있다. 한국에 나온 조선족 3세들의 경우도 그러한 흐름의 한 갈래를 이룬다. 하기에 리성일 역시《고향, 민족, 그리고 고국》이라는 글에서 한국 내 조선족의 상당수가 아직까지 유동적이지만, 그 속에서 한국의 대기업, 대학 및 연구기관에 취직하는 수도 해마다 늘어남에 따라 한국에 정착하고자 하는 움직임을 보이고 있다고 하면서 한국에 정착하고자 하는 젊은 세대(30대-40대)의 조선족들은 이제 한국으로 귀화하거나 영주권을 취득할 것이며, 그들은 비록 소수이기는 하지만 한국 사회에서 엄연히 새로운 세력으로 될 것이라고 내다보았다.[13] 특히 재한조선족은 한국 사회에 정착하는 과정에서 비록 소수이지만 이제는 "약자"라는 의식을 버리고 능동적으로 주체의 역할을 모색해야 할 시점에 와있기에 이 사회의 약자들을 대변하고 다문화사회를 구축하기 위해 나름대로 역할을 감당해야 하며 보다 높은 발전적 차원에서 세계의 코리언들과 상호 이해하고 협력하는 자세가 필요하다.

---

13   예동근 외, 앞의 책, 81-82쪽.

마지막으로 이들 젊은이들은 한국에 정착할 수 있는 자신의 특수한 재능에 대해 자신감을 가지고 있으며 한국과 중국 사이에서 무엇을 할 수 있는지를 알고 있다. 그들은 적어도 중국어와 한국어를 다 잘하고 경우에 따라서는 일본어와 영어에도 막힘이 없다. 이는 적어도 한국을 비롯한 동아시아에서 활약할 수 있는 "천혜"의 자원으로 된다. 일례로 홍송봉은 중국 법률사무소에서 근무하면서 처음에는 다른 변호사들과 같은 업무를 수행했으나, 어느 순간 중국인들보다 일본어를 잘한다는 언어의 장점으로 인해 일본 관련 소송을 주로 맡게 되었고, 그 뒤에는 한국어를 잘한다는 것 때문에 한국 관련 소송을 맡게 되었다. 이렇게 한국 관련 업무를 하면서 태평양법률사무소와 2건의 업무를 처리하게 되었는데 그것이 계기가 되어 2006년 한국에 가게 되었다.[14] 한국어를 비롯한 중, 일 언어의 장악, 이는 엄청난 경쟁력이 된다. 더욱이 한국은 같은 민족이 살고 있고 조상의 나라이니 조선족 3세들에게는 그야말로 고기가 물을 만난 격이라 하겠다.

한국의 대외정책연구원에서 일하는 김부용은 다른 조선족 3세들과 마찬가지로 앞으로 중국에서 발전할 것인가, 한국에서 발전할 것인가, 아니면 한국도 중국도 아닌 제3의 나라에서 경험을 쌓을 것인가를 두고 종종 고민하기도 했지만 한 가지만은 흔들림이 없었다고 했다. 그것은 바로 내가 앞으로 어디에서 무슨 일을 하든지 한국과 중국의 공동 발전을 위해 힘닿는 데까지 노력하겠다는 것이다. 홍송봉도 거의 같은 생각이다. 이제는 한국 체류 5년차에 접어든 그 자신이나 또 유학을 온 지 얼마 되지 않은 아내도 점점 서울 생활에 길이 들어가고 있지만 서울에 영원히 정착하는 것은 아니라고 한다. 직업상 한 군데 오래 머무는 것은 불가능하다는 것을 알고 있기 때문이란다. 조직 속에서 일하다 보면, 모든 것을 자율적으로 선택하기보다는 큰 흐름에

---

14 위의 책, 229-230쪽.

의해 선택되고 있다는 것을 어느 새인가 받아들이게 된다고 했다. 하기에 서울은 그에게 인상 깊은 곳이고 익숙해진 곳이지만, 언젠가 또 떠나야 할 곳임을 알고 있었다. 어디로 가든지 오직 능력만 있으면 자기의 입지를 찾을 수 있다는 게 그의 지론이다.

"나는 조직의 구성원으로서 한국에 머무르게 되면서 모국인 한국에 특별히 기대하진 않았다. 같은 동포라고 더 친절하게 대하기를 바란다거나 혹은 교수 3세인 나를 이방인이 아닌 내부인으로 봐 달라거나 하는 기대를 하지 않았을 뿐 아니라, 일을 하면서는 조선족이라는 신분보다는 한국어를 하는 중국인으로 대면하는 것이 더 편했다. 법률시장에서 또한 기업이라는 조직 안에서 능력만 인정된다면, 사실 중국인이고 한국인이고 하는 것은 중요하지 않다. 그런 한계를 넘어 오히려 더 큰 세계를 꿈꾸고 아시아 뿐 아니라 미국이나 서유럽 국가에까지 언어의 장벽 없이 도전하는 것이 요즘 국제화 시대에 발맞춰 나아가야 할 나의 새로운 목표라고 생각했다."[15]

사실 강광문의 경우에는 북경이나, 도쿄나 서울에 사는 게 전혀 불편하지 않았다. 편리함, 정결, 안전, 공평, 정확함 및 세심한 배려 등 도쿄가 지금까지 줄곧 추구해 왔던 가치는 다른 도시들이 필적하지 못할 만큼 높은 수준에 이른다고 했다. 하기에 도쿄에 경의를 표시한다고 했고 도쿄가 지금까지 제공해준 이러한 자원을 그 자신이 이용할 수 있었다는 사실에 감사한다고 했다. 그렇다면 서울은 어떠한가? 10년 전 한국에 처음 왔을 때보다 서울은 더 성숙되어 있고 더 넓은 포용력을 보였으며 한층 인간성을 갖춘 듯하였다. 동시에 서울은 그에게 북경과 도쿄가 주었던 고향집과 같은 소속감을 가져

---

15 예동근 외, 앞의 책, 234-235쪽.

다주었다. "서울에 있을 때 나는 더 이상 이방인이 아니였으며 많은것들이 나의 일상속에 조금씩 스며들기 시작했다."[16]

역경을 딛고 일어나 자기의 총명과 지혜를 십분 발휘해 자기의 전공 분야에서 일가를 이룬 이들 조선족 3세들, 그들은 이방인이라는 콤플렉스를 떨쳐버리고 동아시아 3국의 어느 나라나 다 "고향과 같은 소속감"을 느끼고 그 나라의 문화를 체화하고 있다. 이들 조선족 3세들은 아시아뿐만 아니라 미국이나 서유럽 국가에까지 가서도 언어의 장벽이 없이 도전하고자 하는 목표와 자신감을 가지고 있다.

이들 조선족 3세들의 자주적인 선택과 다양한 정체성은 글로벌시대에 부응하는 삶의 자세요, 역사의 필연이라고 할 수밖에 없다. 이들을 동북 3성이나 중국에 묶어둔다는 것은 우리 조선족의 영재들을 오히려 그 어떤 틀 속에 가두어버리거나 주변화시키는 결과를 초래할 것이다. 이들의 꿈과 도전, 이들의 국제적 감각과 열린 사고방식은 결과적으로 우리 조선족의 삶의 지평과 문화영토를 확장하는 것이라 보아야 할 것이다.

5.2. 공동체에 대한 시적 형상화와 현대문명에 대한 비판

시장경제와 도시화의 물결, 특히 코리안 드림에 의해 우왕좌왕하던 시기, 우리 시인들은 깊은 우환 의식을 보여주면서도 민중의 생명력을 믿어 의심치 않았다. 그들은 또한 자기의 정체성을 다시 점검하고 재조정하기에 이르렀다. 뿐만 아니라 중국 주류사회의 현대시와 한국의 현대시를 비롯한 세계 시문학을 비판적으로 수용하면서 배금주의, 인간의 소외, 도덕적 타락을 비

---

16   위의 책, 221쪽.

판하고 민중의 생명력과 여성의 자각을 노래한 새로운 타입의 시들도 내놓았다. 이를 김철, 리상각, 조룡남, 김응준 등 원로시인과 석화, 김학송, 김인덕 등 시인들의 작품을 통해 살펴보고자 한다.

5.2.1. "연변"의 혼종성, 민중의 생명력에 대한 확신

석화는 1958년 용정에서 출생했다. 연변대학 조선언어문학학과를 나와 연변인민방송국 문예부 주임, 연변문학월간사 편집 등을 지냈다. 그는 또 연변문학월간사 한국 서울지사 지사장을 거쳐 연변작가협회 부주석으로 활동한 바 있다. 2003년 한국의 배재대학교에서 석사과정을 마쳤고 시집으로 《나의 고백》, 《꽃의 의미》, 《세월의 귀》, 《연변》 등을 펴냈고 문학 평론집으로 《시와 삶의 대화》, 《김조규 시문학연구》, 《윤동주 대표시 해설과 감상》, 《석화 대표시 감상과 해설》을 펴냈으며 "천지문학상", "장백산 모드모아문학상", "지용시문학상", "해외동포문학상" 등을 수상했다.

리상각은 석화가 시집 《세월의 귀》로 지용문학상을 받았을 때 "석화시인의 시세계는 인간의 오묘한 정감을 진실하고도 감칠맛이 있게 그려주고 현실생활의 적극적인 소재에서 깊이 있게 발굴한 주제를 독특한 기법으로 형상화했으며 민족정신과 민족풍격의 향이 짙게 풍긴다"[17]고 평가하였다. 이외에도 조성일, 최삼룡, 전국권, 산천, 최룡관, 리복, 김룡운, 김병민, 김관웅, 김호웅, 김문학, 김경훈 우상렬, 김영금, 김룡운, 남희풍, 허련화, 남철심, 김향련 등 조선족 시인, 평론가들과 허세욱, 임헌영, 송재욱, 송용구, 이승하, 서준섭, 서석화 등 한국의 평론가들이 석화의 시에 주목하고 적잖은 글들을 발표하였다.[18] 여기서는 기존 연구성과들을 참고하면서 그의 대표 시를 중심

---

17   석화, 《세월의 귀》, 하얼빈: 흑룡강조선민족출판사, 1998, 1-2쪽.

18   석화 편저, 《석화 대표시 감상과 해설》, 연길: 연변인민출판사, 2018.

으로 코리안 드림으로 무너지는 조선족 공동체에 대한 우환 의식과 민중의 생명력에 대한 확신, 그리고 "연변"의 혼종성에 대해 시적으로 형상화한 석화의 대표 시들과 패러디와 용전(用典)의 묘미 등에 대해 살펴보고자 한다.

석화의 시 《연변·4－연변은 간다》에서는 시장경제와 도시화의 바람, 그리고 코리안 드림으로 인해 송두리째 흔들리기 시작한 연변에 대한 시인의 깊은 우환 의식을 보여주고 있다.

연변이 연길에 있다는 사람도 있고
구로공단이나 수원 쪽에 있다는 사람도 있다
그건 모르는 사람들 말이고 아는 사람은 다 안다
연변은 원래 쪽바가지에 담겨 황소등짝에 실려 왔는데
문화혁명 때 주아바이랑[19] 한번 덜컥 했다
후에 서시장바닥에서 달래랑 풋 배추처럼 파릇파릇 다시 살아났다가
장춘역전 앞골목에서 무우짠지랑 같이 약간 소문났다
다음에는 북경이고 상해고 랭면발처럼 쫙쫙 뻗어나갔는데
전국적으로 대도시에 없는 곳이 없는 게 연변이었다
요즘은 배타고 비행기 타고 한국 가서
식당이나 공사판에서 기별이 조금 들리지만
그야 소규모이고 동쪽으로 동경, 북쪽으로 하바롭쓰크
그리고 사이판, 샌프란시스코에 파리 런던까지
이 지구상 어느 구석인들 연변이 없을소냐.
그런데 근래 아폴로인지 신주(神舟)인지 뜬다는 소문에

---

19   연변조선족자치주 초대주장 주덕해. 문화대혁명 당시 그에게는 "민족주의분자"라는 죄명과 함께 "황소 제일, 황소 통수를 제창하였다"라는 죄목도 있었다.

가짜려권이든 위장결혼이든 가릴것 없이

보따리 싸 안고 떠날 준비만 단단히 하고있으니

이젠 달나라나 별나라에 가서 찾을수밖에

연변이 연길인지 연길이 연변인지 헷갈리지만

연길공항 가는 택시료금이

10원에서 15원으로 올랐다는 말만은 확실하다[20]

먼저 연길이 한국의 구로공단이나 수원 쪽에 있다는 사실을 아는 사람은 다 안다고 능청을 부린다. 워낙 조선족은 중국에 이주해온 사람들이요, 그들에게는 바람 따라 물결 따라 부평초처럼 떠도는 이민 근성이 있기 때문이란다. 연길 서시장 바닥의 싱싱한 배추, 무 따위들이 맛있는 김치로 되어 장춘을 거쳐 북경, 상해까지 가더니 약장사, 노무 송출 바람으로 서울, 동경을 거쳐 태평양을 건너 샌프란시스코, 저 유럽의 파리, 런던까지 간다. 이젠 돈만 생긴다면 온갖 방법을 대서 달나라까지 가고자 한다. 참으로 작금의 조선족 사회의 행보를 과장의 수법을 통해 잘도 그렸다. 하지만 마지막에 와서 "연길 가는 택시료금이/ 10원에서 15원으로 올랐다는 말만은 확실하다"하고 슬쩍 능청을 떨고 판단은 독자들에게 양보한다. 이처럼 시인은 조선족의 이민 근성을 유머러스하게 꼬집음과 아울러 조선족 사회의 가치관의 혼란과 도덕적 타락상을 백도라지를 의인화하여 보여준다. 《연변·8 - 도라지》가 그러하다.

도라지 도라지 백도라지

---

20   석화, 《연변》, 연길: 연변인민출판사, 2006, 8쪽.

심심산천에 백도라지

연길 네거리에 내려와서

칼라 도라지로 변신하였대요

싸리나무 꼬챙이에 꿰인 채로

순진한 촌티 내며 서로 껴안고

동시장 서시장에 몰려있을 때가 첫 걸음이였고

수돗물에 알뜰히 가랑이 씻겨

"경희궁", "경복궁"에 "서울한식관"

쟁반마다 하나 둘씩 담겨 나가는것 둘째걸음이래요

내친 걸음 한 달음 확 달려가

된장, 고추장에 식초라 간장

맵고 짜고 시고 단 온갖것들 뒤집어쓰더니

지지고 볶이고 무치고 데워져

세상의 구미에 맞들어져가는것이

넷째 다섯째 걸음이라나요

그 다음엔 해가 진 뒷골목

가로등도 희미한 모퉁이에까지 막 가버려

자정 넘은 노래방 빈 방에서는

가사 없는 우리민요 《도라지》노래가

반주곡 멜로디로만 울리고

우리말을 잘 못하는 한족사람들이

"또라지, 또라지"[21] 이렇게 따라 부르더라고요

도라진지 또라진지 모르겠지만

---

21   "倒垃圾 dao la ji", "쓰레기를 버리다"는 한어 발음.

심심산천에는 백도라지요

연길 네거리엔 칼라 도라지, 또라진가 봐요[22]

여기서 도라지는 두말할 것 없이 조선족을 암시한다. 도라지는 조선족이 즐겨 먹는 산나물로서 유명한 민요 《도라지타령》에서도 노래된다. 조선족의 밥상에 심심찮게 오르는 도라지, 조선족을 상징하는 문화부호가 시의 중심에 등장하는데 이는 도라지에 대한 교묘한 의인화라 하겠다. 그런데 도라지는 이젠 시골의 농부나 도시 주민의 밥상을 떠나 한식관에도, 노래방에도 나온다. "수돗물에 알뜰히 가랑이 씻겨" "된장, 고추장에 식초와 간장/ 맵고 짜고 시고 단 온갖것들 뒤집어쓰더니/ 지지고 볶이고 무치고 데워져/ 세상의 구미에 맛 들어져" 간다고 했으니 좋게 말하면 도시화와 세계화에의 적응이요, 나쁘게 말하면 어지러운 세속에 물들어가고 있음을 말한다. 특히 "가로등도 희미한 모퉁이에까지 막 가버려/ 자정 넘은 노래방 빈 방에서는/ 가사없는 우리민요 <도라지>노래가/ 반주곡 멜로디로만 울리고/ 우리말을 잘 못하는 한족사람들이/ '또라지, 또라지' 이렇게 따라" 부른다고 했으니 그야말로 티끌 하나 묻지 않았던 심심산천의 백도라지가 시정잡배들의 술안주로 변했음을, 지어는 타민족의 노리개로 전락되었음을 암시한다. 도라지, 한마디로 그것은 웃음을 파는 타락한 여인네에 다름 아니다. 현대적인 소비와 향락의 풍조에 의한 민족의 타락을 노래했으되 시적 대상물과의 적정한 거리를 유지하면서 의인화의 수법으로 조선족의 가치관의 혼란과 정신적인 타락상을 완곡하게 꼬집은 수작이라 하겠다. 하지만 시인은 조선족 사회의 만가만 부른 게 아니다. 그는 조선족 사회가 진통을 거쳐 소생할 수 있음을, 민중의 끈질긴 생명력을 믿어 의심치 않았다. 그의 시 《연변·9 – 빈들》을

22　석화, 앞의 책, 14쪽.

보자.

> 드는 낫에 잘려
> 이삭들은 실려 가고
> 논밭에는
> 그루터기들만 남아
> 빈 들을 지킨다
> 벼가 쌀이 되고
> 쌀이 밥이 되여
> 식탁에 오를 때
> 빈 들에 남은 그루터기들은
> 실핏줄 같은 뿌리를 뻗어
> 땅속 깊은 곳에서 서로 엉킨다
> 한물간 바람이 저만치서
> 빈 들에 머물다 간다[23]

이 시는 김소월의 서정시 《산유화》를 연상케 하는 수작이라 하겠다. 김소월은 꽃이 피고 지는 자연의 순환원리를 격앙된 어조가 아닌 미적으로 통제된 어조로 노래하고 있는데, 석화의 경우도 가을이 끝난 "빈들"을 감상적으로 노래하지 않고 "빈들에 남은 그루터기들은/ 실핏줄 같은 뿌리를 뻗어/ 땅속 깊은 곳에서 서로 엉킨다"고 조용히 노래함으로써 자연의 순환원리에 바탕을 둔 조선족 사회의 부활의 가능성을 믿고 있다. 또한, 김소월은 "저만치 혼자서 피어 있네"라고 하면서 시적 화자와 꽃과의 거리를 설정하여 심리

---

23 앞의 책, 16쪽.

적 거리를 유지함으로써 조화를 이루고 있는데 석화의 경우도 마찬가지이다. 석화는 이 시의 마지막에 역시 시적 대상과의 거리를 두면서 "한물간 바람이 저만치서/ 빈들에 머물다 간다"고 노래한다. 말하자면 목소리는 조용하고 성급하지 않으나 땅속 깊이 뿌리들이 엉킨다고 하면서 푸르른 벼포기로 넘실거릴 봄을, 조선족 사회의 재생과 부활을 믿어 의심치 않는다.

석화의 《연변·30 – 칠월, 장마뒤끝 오얏들이》 역시 희망의 메시지를 담고 있는 감칠맛이 나는 서정시다. 김응룡이 풍전등화같이 스러져가는 조선족 농촌의 현실을 두고 구슬프게 울었다면 석화는 새로운 생명의 탄생을 예언하며 회심의 미소를 짓는다.

> 칠월, 장마뒤끝 오얏들이
> 애기 엄마 젖꼭지만큼 하다
>
> 하얗게 피여 났던 춘삼월 꽃잎
> 하늘하늘 나비처럼 내려앉은 가지마다
> 어제 오늘 다르게 굵어지는 열매들
>
> 알알이 노랗게 단물이 들 때까지
> 아직 한철 남았고
> 새콤새콤 입안을 톡 쏘는 싱싱한 맛
> 새색시 입술만 감빨게 한다
>
> 오얏나무집 할배 입이 귀가에 걸렸나
> 오가는 길손마다 건네는 말씀 –
> 이제 아기 울음소리에 동네가 들썩할거요

십년, 십년만의 경사라니까[24]

　기승전결의 내적 구조를 가진 한폭의 수채화 같은 시다. 제1연은 “기(起)”
에 해당하는데 여기서는 칠월 장마 뒤끝의 오얏이 애기엄마 젖꼭지만큼 하
다는 기발한 비유로 독자들을 사로잡는다. 비유는 독창성을 전제로 하고
원칙적으로 한번 주어지는데 그것은 시인의 특허다. 분홍바탕에 자줏빛이
감도는 오얏을 애기엄마 젖꼭지에 비유한 것은 아마 석화가 처음이 아닌가
한다. 이게 바로 모양과 색깔의 동질성에 바탕을 둔 이질동구(異质同构), 즉
이질적인 사물들 간의 비유가 성립될 수 있는 까닭이요, 형식주의자들이
말하는 낯설게 하기이다. 제2연에서는 “기(起)”를 받아 물고 꽃잎을 나비에
비유했고 오얏이 어제, 오늘 다르게 굵어진다고 했다. “승(承)”에 해당되는
대목이다. 쉽게 말하자면 분위기를 조성하고 능청을 떨었다. 제3연과 제4연
의 첫 구절에서는 “노랗게 단물이 들었다”는 시각적 이미지와 “입술을 톡
쏘는 싱싱한 맛”이라는 미각적 이미지를 구사하면서 자연스럽게 입술을 감
빨고 있는 새색시와 좋아서 입이 귀에 걸린 할아버지를 등장시킨다. 이는
“전(转)”에 해당한다고 하겠다. 무엇이 좋아서 할아버지의 입이 귀에 걸렸을
까? 이제 이 시골에도 아기 울음소리가 들썩할 것이고 이는 십 년 만의 경사
이기 때문이란다. 이는 “결(结)”에 속한다. 보다시피 이 시는 비유적 이미지
와 다양한 감각적 이미지 및 기승전결의 내적 구조를 통해 미구하여 소생할
조선족 농촌의 내일을 그린 수작이라 하겠다.
　석화는 연변태생이요, 연변에서 공부하고 일하면서 줄곧 연변 토박이로
살아왔다. 노래를 잘 부르고 손풍금을 잘 타며 또 음주(주로 맥주)의 달인이기
도 하다. 하기에 석화는 부모님과 일가친척들이 살고 있는 연변을 사랑하며

24　위의 책, 45쪽.

연변의 일초일목에도 남다른 애정을 느낀다. 바꾸어 말하면 작금의 조선족 사회의 위기를 극복할 수 있는 대안을 역사와 전통, 구체적으로 말하자면 모성과 향토에 대한 사랑에서 찾는다고 말할 수 있다. 《조선어문》교과서에 실린 석화의 시 《옥수수밭에서》(1992)를 보기로 하자.

옥수수밭머리에
멈추어 섰다
시골길 가다가

하나씩
둘씩
서너씩

등에
그리고 가슴에
아기를 업고 또 안고있는
내 엄마 같은 옥수수여

큰절이라도
드리고 싶다
달구지바퀴에 깊숙이 패인
길 한복판에
그대로 넙적 엎드려
절하고싶다

남들에게는
너무나도 화사했던
그 한시절도
있었던듯 없었던듯…

눈에 띄우는
꽃잎 하나 피우지 못한채
벌써 오늘의 계절에
휘어질듯 서있는
옥수수여

철없던 시절의 수수께끼가
언제나 가슴을 허빈다
잠자리 무리지어 날아오르는
이 늦은 여름의 오후
그대의 어느
푸른 잎사귀 한 자락 잡고
빨간 댕기라도 매여드리고 싶다

내 엄마 같은
옥수수여[25]

　시인은 시골의 어디에서나 볼 수 있는 수수한 옥수수밭 기슭에 서 있다.

25　앞의 책, 155쪽.

시인은 어머니 모습을 닮은 옥수수를 통해 어머니에 대한 뜨거운 감정을 토로하고 있다. 여기서 시인은 옥수수와 어머니의 형태적 동일성에 착안해 고향의 들녘에서 서 있는 옥수수를 "내 엄마같은 옥수수"로 느꼈던 것이다. 이게 바로 예술적 발견이요, 감정이입(感情移入)이다. "남들에게는/ 너무나도 화사했던/ 그 한시절도/ 있었던듯 없었던듯…", "철없던 시절의 수수께끼가/ 언제나 가슴을 허빈다"고 했는데 이는 한 구들 되는 자식들을 키워온 어머니의 기나긴 인고의 세월을 노래함과 더불어 어머니에 대한 불효를 반성한 것이다. 어머니가 계시는 고향이기에, 조상의 뼈가 묻혀있는 고향이기에 시인은 또 고향의 산천을 노래하기 마련이다. 석화의 시《연변·1 ─ 천지꽃과 백두산》을 보자.

이른 봄이면 진달래가
천지꽃이라는 이름으로
다시
피여나는 곳이다

사래 긴 밭을 갈면 가끔씩
오랜 옛말이 기와조각에 묻어나오고
용드레우물가에
키 높은 버드나무가 늘 푸르다

할아버지 마을 뒤산에
낮은 언덕으로 누워계시고
해살이 유리창에 반짝이는 교실에서
우리 아이들은 공부가 한창이다

장백산 이마가 높고
두만강 천리를 흘러
내가 지금 자랑스러운
여기가 연변이다[26]

이 시는 조선족의 가장 큰 집거 지역이자 조선족의 서울이라 할 수 있는 연변의 과거와 현재, 미래까지를 한편의 시작품 속에 함축시키고 있다. 시행마다에 민족에 대한 애착과 긍지가 묻어난다. 진달래를 "천지꽃"이라 부른다고 했으니 이는 연변의 독자성 또는 특징을 보여준 것이요, "오랜 옛말이 기와조각에 묻어나온다"고 했으니 이는 조선인 이주민의 기나긴 역사를 암시한 것이다. "룡드레우물가"는 용정의 상징이요, 조선인 이주민의 정착을 의미한다. 그리고 "키 높은 버드나무 늘 푸르다"고 했으니 이는 아직도 조선족이 건재해 있음을 표현한 것이라 하겠다. 마지막에 뒷산에 누워계신 할아버지와 교실에서 공부하는 아이들을 연결시키면서 "장백산 이마가 높고/ 두만강 천리를 흘러"간다고 하였으니 이는 조선족의 영원함을 기원함과 아울러 시인의 민족적 자부심을 노래한 것이라 하겠다.

여기서 "장백산", "두만강"에 대한 예찬은 민족적 동질성에 대한 시인의 추구와 맞닿아있다. 시인은 한국 시인사(詩人社) 기자와의 인터뷰에서 다음과 같이 말한다. "어쨌든 백두산은 민족의 상징이죠. 문학의 표현의 문제이기 전에 백두산은 시원적인 의미를 가지니깐요. 민요와 전설 등의 전통적인 문학과 우리 핏속에 그런 의미가 남아있다고 보겠습니다. 한민족의 뿌리가 하나라면 백두대간이라는 말처럼 백두산에서부터 나온다고 하겠습니다. 백두산이라 하면 조선사람들은 모두 마음이 설레지요. 백두산에 관해서는 마

---

26   앞의 책, 3쪽.

치 김치나 된장을 잘 먹는 우리의 습성처럼 유전자 속에서 그런 성지에 대한 동경이 들어있다고 하겠습니다. 우리의 민요는 음악을 배우지 않아도 모두 흥겨워하는 것처럼 말하지 않고 가르치지 않아도 그렇게 되어있다는 생각이 듭니다."[27] 이처럼 시인에게 백두산은 시인의 유전인자로, 원형적 심상으로 되고 있다.

하지만 시인은 협애한 민족주의에 빠지지 않는다. 자기의 이중적 정체성을 자각하며 조선족의 특징과 연변의 특징을 분명하게 포착한다. 그의 시 《연변·7－사과배》가 그러하고 《연변·2－기적소리와 바람소리》가 그러하다.

> 사과도 아닌것이
>
> 배도 아닌것이
>
> 한 알의 과일로 무르익어 가고있다
>
> 백두산 산줄기 줄기져 내리다가
>
> 모아산이란 이름으로 우뚝 멈춰 서버린 곳
>
> 그 기슭을 따라서 둘레둘레에
>
> 만무라 과원이 펼쳐지거니
>
> 사과도 아닌것이
>
> 배도 아닌것이
>
> 한 알의 과일로 무르익어 가고있다
>
> 이 땅의 기름기 한껏 빨아올려서
>
> 이 하늘의 해살을 가닥가닥 부여잡고서
>
> 봄에는 화사하게 하얀 꽃을 피우고
>
> 여름에는 무성하게 푸름 넘쳐내더니

---

27   석화 시인의 시카페.

9월,

해란강 물결처럼 황금이삭 설렐 때

사과도 아닌것이

배도 아닌것이

한 알의 과일로 무르익어 가고있다

우리만의 "식물도감"에

우리만의 이름으로 또박또박 적혀있는

─ "연변사과배"

사과만이 아닌

배만이 아닌

달콤하고 시원한 새 이름으로

한 알의 과일이 무르익어 가고있다[28]

연변지역의 향토색이 짙게 묻어나는 시다. 사과배는 연변의 상징이자 조선족의 상징이다. 사과배[29]는 접지를 통해 얻은 새 과일 품종으로서, 조선 함경남도 북청의 배나무 가지와 연변 현지 돌배나무와의 혼종으로 특징지어

---

28 앞의 책, 12쪽.

29 사과배는 용정시 로투구진 소기촌에 이주해 살던 최창호(崔昌浩, 1897-1967)형제가 함경남도 북청군에서 배나무 가지를 가져다가 연변 현지의 돌배나무에 접지하였다. 6년째 되는 해부터 과일나무에 배가 달리기 시작했는데 배가 어찌나 큰지 어른들의 주먹만 했고 속은 새하얗고 살결은 부드러웠으며 핵이 작고 당분과 수분이 많아 입에 넣고 씹으면 스르르 녹았다. 그래서 1960년대부터 "연분홍 진달래야 춤 추어다오/ 우리 마을 과수나무 꽃피여 난다네/ 아리 아리랑 스리 스리랑 사과배는요/ 소문이 높아서 손님도 많소/ 아, 아리 아리랑 스리 스리랑 사과배는요/ 삼복철 스리 살살 녹는 꿀맛이라네."라는 노래가 널리 불러졌다. 사과배의 부본(父本)은 돌배나무이지만 과일은 돌배에 비할 바 없이 좋다는 뜻에서 "참배"라고 불렸고 이 이름은 1952년에 와서 그 배의 외모가 사과와 흡사하다고 해서 "사과배"라는 새 이름을 가지게 되었다.

204 조선족 작가의 한국체험과 문학 서사

진다. 이와 마찬가지로 조선족 역시 민족 신분과 국가 신분의 융합으로 이중
적 문화신분을 갖게 된다. "사과만이 아닌/ 배만이 아닌/ 달콤하고 시원한
새 이름으로/ 한 알의 과일이 무르익어가고있다"고 했으니 조선족 내지는
연변의 특징을 극명하게 노래한 시라고 하겠다. 송용구의 말을 빈다면 "'사
과'와 '배'의 결합에서 암시하듯이, 서로의 '다름'과 '차이'를 인정하고 존중
하면서 조화의 세계를 지향하는 동양 정신의 상징을 '사과배'라고 불러도
좋을 것이다. 전혀 화합할 수 없는 관계인 것처럼 별개의 대상으로 동떨어져
있던 '사과'와 '배'가 '한알'의 몸을 이루게 되듯이, 자연 속에 존재하는 모든
생물들이 각자 고유한 령역을 지키면서도 서로간의 경계를 넘나들어 조화를
엮어낼 수 있음을 시인은 보여주고 있는 것이다."[30]

주지하다시피 디아스포라는 지역적 공간이나 정신적 공간에 있어서 아주
미묘한 중간상태(median state)에 처해 있고 경계의 공간(liminal)을 차지하고
있어 보다 넓은 영역을 넘나들 수 있다. 따라서 그들의 작품세계는 모국과
거주국 사이에서 양가성 내지 혼종성으로 특징지어진다. 바꾸어 말하면 디
아스포라의 문학은 타자와의 관계 속에서 자아를 표현하게 되며 두 문화형
태의 혼종성 또는 공존상태로 나타난다. 석화의 서정시《한 배를 타고》를
백석(白石, 1912-1996)의 시《澡塘에서》와 대조해 보자.

> 나는 支那나라 사람들과 가치 목욕을 한다
> 무슨 殷이며 商이며 越이며 하는 나라 사람들의 후손들과 가치
> 한 물통 안에 들어 목욕을 한다
> 서로 나라가 다른 사람인데
> 다들 쪽 발가벗고 가치 물에 몸을 녹이고 있는 것은

---

30   석화 편저,《석화 대표시 감상과 해설》, 연변대학출판사, 2018, 30-31쪽.

대대로 조상도 서로 모르고 말도 제각금 틀리고 먹고 입는 것도 모두 달은데

이렇게 발가들 벗고 한 물에 몸을 씻는 것은

생각하면 쓸쓸한 일이다

이 딴 나라 사람들이 모두 니마들이 번번하니 넓고 눈은 컴컴하니 흐리고

그리고 길줏한 다리에 모두 민숭민숭하니 다리털이 없는것이

이것이 나는 웨 자꾸 슬퍼지는 것일까

그런데 저기 나무판장에 반쯤 나가 누워서

나주볕을 한없이 바라보며 혼자 무엇을 즐기는듯한 목이 긴 사람은

陶淵明은 저러한 사람이였을 것이고

또 여기 더운물에 뛰어들며

무슨 물새처럼 악악 소리를 지르는 삐삐 파리한 사람은

楊子라는 사람은 아모래도 이와 같았을 것만 같다

나는 시방 넷날 晉이라는 나라나 衞라는 나라에 와서

내가 좋아하는 사람들을 만나는 것만 같다

이리하야 어쩐지 내 마음은 갑자기 반가워지나

그러나 나는 조금 무서웁고 외로워진다

그런데 참으로 그 殷이며 商이며 越이며 衞며 晉이며 하는 나라 사람들의 이 후손들은

얼마나 마음이 한가하고 게으른가

더운물에 몸을 불키거나 때를 밀거나 하는것도 잊어버리고

제 배꼽을 들여다보거나 남의 낯을 쳐다보거나 하는 것인데

이러면서 그 무슨 제비의 춤이라는 燕巢湯이 맛도 있는 것과

또 어늬바루 새악씨가 곱기도 한것 같은 것을 생각하는 것일것 인데

나는 이렇게 한가하고 게으르고 그러면서 목숨이라든가 人生이라든가 하는 것을 정말 사랑할 줄 아는

그 오래고 깊은 마음들이 참으로 좋고 우러러진다

그러나 나라가 서로 달은 사람들이

글쎄 어린 아이들도 아닌데 쪽 발가벗고 있는 것은

어쩐지 조금 우수웁기도 하다

―백석의《澡塘에서》전문

물우엔

제갈공명 같은 안개가 낮고

안개너머 대안에선

조승상 같은 배고동 소리 길다

대륙을 가로지르는 긴 강― 장강

이 강을 건너기 위해 우리는

관광뻐스 안에 허리를 곧게 펴고 앉아있다

저기 한창 시공 중인 대교가

반공중에 신기루처럼 떠있고[31]

문뜩 나타나서 입을 벌린 뚜룬(渡轮)

십여대의 관광뻐스를

차례차례 삼킨다

북방사람은 돌아가는 길

강남사람은 떠나가는 길

사람들은 뻐스를 타고

뻐스는 배를 타고

이제 모두 저쪽 기슭으로 건너가려 한다

이게 무슨 인연일가

시간 전만 해도 동서남북 각지에서

그들은 저 각각의 방언으로 나는 또 조선말로

자기 삶을 사느라고 떠들었거니

지금 모두 입을 다물고 앉아있다

앞뒤 그리고 옆의 좌석에서 차례차례

적벽지전(赤壁之战) 나가는 삼국군사들 얼굴을 하고있다

안개는 사방에 짙게 깔리고

강물은 철썩철썩 배전을 두드리고

그리고 우리는 모두 한 배를 타고[32]

－석화《한 배를 타고》전문

이 시는 시적 발상이나 형식에서 백석(白石, 1912-1995)의 영향을 받은 것으로 나타난다. 하나는 공중욕탕에서 다른 민족과 만나고 다른 하나는 강을 건너는 배 위에서 다른 민족과 만난다. 하나는 도연명이나 양자와 같은 사람과 만났다고 생각하고 다른 하나는 적벽지전에 나가는 삼국의 군사들과 만났다고 생각한다. 하나는 한가하고 게으르지만 "목숨이라든가 人生이라든가 하는 것을 정말 사랑할 줄 아는/ 그 오래고 깊은 마음들"을 좋아하고 다른 하나는 중국의 조선족과 한족을 비롯한 여러 민족은 "한 배"를 탄 운명공동체임을 설파하고 있다. 그리고《남국에 와서》의 마지막에는 "－제발 백팔가지 온갖 벌 다 주시더라도/ 뜬 달을 건지려 물속에 풍덩하신/ 시 쓰던 그 량반만은 닮게 하지 마소서, 아멘"[33]에서 보다시피 밤중에 일엽편주를 타고

---

32   앞의 책, 51쪽.

호수에서 소요하다가, 수면에 비낀 달을 건지려다가 물속에 빠져 죽었다는 시선 이태백의 일화를 재치있게 인용함으로써 운치를 더해주고 있다. 요컨 대 석화의 서정시《한 배를 타고》는 백석의《澡塘에서》의 시적 구조를 차용 하고 중국의《삼국연의》와 이태백의 일화 같은 고전을 전고로 이용함으로써 새로운 시적 경지와 재미를 창출했다고 하겠다.

조선족과 한족이라는 두 민족의 공존과 공생의 상황을 노래한 석화 시의 백미는 아무래도《연변·2 - 기적소리와 바람》이라 하겠다.

> 기차도 여기 와서는
> 조선말로 붕 -
> 한족말로 우(鳴) -
> 기적 울고
> 지나가는 바람도
> 한족바람은 퍼~엉 (风) 불고
> 조선족바람은 말 그대로
> 바람 바람 바람 바람 분다
>
> 그런데 여기서는
> 하늘을 나는 새새끼들조차
> 중국노래 한국노래
> 다 같이 잘 부르고
> 납골당에 밤이 깊으면
> 조선족귀신 한족귀신들이

---

33 위의 책, 54쪽.

우리들이 못 알아듣는 말로
저들끼리만 가만가만 속삭인다

그리고 여기서는
류월의 거리에 넘쳐나는
붉고 푸른 옷자락처럼
온갖 빛깔이 한데 어울려
파도를 치며 앞으로 흘러간다[34]

　　이 시는 상이한 것들이 갈등이 없이 공존하는 다문화적인 혼종성, 쉽게
말하자면 조선족과 한족이 연변땅에서 공존, 공생해야 하는 숙명 내지 필연
성을 유머러스하게 이미지화한다. 제1연에서는 기차와 바람을 의인화하면
서 우(鸣)-"와 "붕-", "퍼~엉(风)"과 "바람"과의 대조를 통해 조선족과 한족의
언어적 상이성을 확인한다. 그렇지만 제2절에서는 미물인 새들도, 납골당의
귀신들도 서로 상대방의 소리와 언어에 구애를 받지 않고 의사소통을 한다
고 했다. 말하자면 두 문화형태 간의 대화와 친화적인 관계를 하늘을 날며
즐겁게 우짖는 새와 납골당에서 구순하게 이야기를 주고받는 귀신이라는
메타포를 통해 유머러스하게 표현함으로써 몽환적인 분위기를 십분 살리고
있다. 제3연은 이 시의 기승전결(起承转结)의 내적 구조에서 보면 "전(转)"과
"결(结)"에 속하는 부분인데 연변의 풍물시라고 할 수 있는 "6.1" 아동절의
모습을 색채적 이미지를 통해 보여줌으로써 다원공존, 다원공생의 논리로
자연스럽게 매듭짓고 있다.
　　석화의 시는 연변의 자연과 인간에 대한 찬미, 다원공존의 생활상에 대한

34　앞의 책, 3쪽.

긍정에만 그치는 것이 아니라 연변의 지역적인 한계를 지적하고 그 경계의 벽을 넘어 보다 넓은 세계로 나가고자 하는 지향을 노래하기도 한다.《연변·11 − 방천에서》가 그러하다.

바다여,
천리를 내처 달려 너의 품에 닿는
두만강이 부러워
뒹굴며 엎어지며 숨 가쁘게 쫓아왔건만
나뭇가지에 걸린 파지조각처럼
발목 묶인다
모든 그리움이 바람에 휩쓸려
한 편으로 나부끼듯이
바다여,
지척인 너를 끝내 만져보지 못하여
사무치는 련모는 소금이 된다
햇볕에 날카로운 가시철조망
늘어선 국경경비선이 아니더라도
눈가에 맺히는 이슬이 소금 맛이고
입술 깨물어 삼키는 맛 또한 소금 맛이다
바다여,
저기서 시퍼렇게 돌아눕는 물결이여[35]

방천(防川)은 두만강이 동해 바다로 흘러드는 곳으로서 중, 조, 러 3국 국경

---

35 앞의 책, 18쪽.

이 인접해 있어 한눈에 세 나라를 바라볼 수 있다. 하지만 중국 쪽으로는 해변에 닿을 수 없다. 이 시의 시적 발상과 구조는 이육사의 시 《절정》을 닮았다. 이육사는 "매운 계절의 채찍에 갈겨/ 마침내 북방으로 휩쓸려 오다/ 하늘도 그만 지쳐 끝난 고원/ 서릿발 칼날진 그 위에 서다/ 어디다 무릎을 꿇어야 하나/ 한 발 재겨 디딜 곳조차 없다/ 이러매 눈 감아 생각해볼 밖에/ 겨울은 강철로 된 무지갠가 보다"라고 노래하지 않았던가. 석화의 《연변·11 −방천에서》에 나오는 시적 화자의 경우도 바다를 향해 "뒹굴며 엎어지며 숨 가쁘게 쫓아왔건만" 발목이 잡히고 만다. 그야말로 한 발 내디딜 곳조차 없다. 날카로운 철조망이 가로막고 있기 때문이다. 그렇다면 이육사의 경우는 "신념에 찬 자세로 민족적과업을 수행하려는 극한 상황에서의 결의가 황홀한 무지개로 인식되고" 있다면[36] 석화의 경우는 바다로 통하는 길이 막힌 연변사람들의 통한을 짜디짠 "소금"의 맛으로 치환하고 있다. 바꾸어 말하면 두만강 개발의 시대를 앞당겨 와야 할 연변사람들의 소명의식을 노래한 시라 하겠다.

5.2.2. 현대문명에 대한 비판의식

조선족 시문학에서 현대시로의 전환은 대체로 1985년 전후로 볼 수 있으나 코리안 드림이 시작된 이래 중국 주류문학, 특히 한국문학과의 교류가 심화되면서 물신숭배, 도덕적 타락, 인간의 소외, 권력 지상주의 등을 다룬 시들이 대량 나타나기 시작했으며 그러한 주제들은 다양한 이미지와 객관적 상관물의 창조, 아이러니와 역설, 패러디 등 모더니즘이나 포스트모더니즘 기법으로 다룬 수작들이 속출했다.

---

36 신동욱, <한국 서정시에 있어서의 현실의 이해>, 《우리 시의 역사적 연구》, 서울: 새문사, 1981, 49-51쪽.

조룡남의 《황소》(1996), 김파의 《욕망》(2003), 박정웅의 《자화상》(2001)과 《고독》(2001)의 경우와 같이 인간의 실존적인 고뇌와 운명을 노래하고 현대 문명의 폐단 또는 인간의 무절제한 욕망을 꼬집은 시들이다. 서양 중심의 근대화는 인간들에게 전대미문의 혜택을 주었으되 인간의 욕망을 극대화시 키고 인간의 소외, 인정의 고갈 등 폐단을 드러내기도 했다. 이 시기 많은 시인들은 근대문명의 폐단을 고발하고 인간다운 근대사회를 지향하는 시들 을 선보이고 있다. 김파(金波, 1942-)의 시 《욕망》(2003)을 보자.

도심의 어물전에 놓인
숱한 어물들

갈치
조기
붕어
잉어

번쩍이는 갑옷에
죽었어도 뻣뻣한 자존심

헌데
눈 감은 놈 하나도 없다
이 세상 다 할 때까지
영원히 한끝을 보겠다는
고집스런 욕망 때문이리[37]

시적 소재가 특이하다. 어수선한 시장의 어물들을 시적 소재로 다룬 점에서는 인간 세상의 세말사를 즐겨 다루는 신사실주의적인 취향을 보인다고 하겠으나 의연히 깊은 의미를 담고 있다. 물고기는 죽어도 눈을 감지 않는다. 여기에 시적 발견이 있다. 시인은 "번쩍이는 갑옷에/ 죽었어도 뻣뻣한 자존심"때문에 눈을 감지 못하는 어물전의 어물이라는 객관적 상관물을 통해 시장경제와 도시화 바람, 특히 코리안 드림 이후 우리 조선족 사회 인간들의 무절제한 탐욕을 풍자하고 있다.

박정웅의 시는 부조리한 현대문명과 허무한 인생에 대한 시인의 분노와 저항의식을 표출한다. 시적 화자를 둘러싼 세계는 밤처럼 어둡고 황야처럼 쓸쓸하며 그 속에서 인간들과의 암투와 타협, 불신과 배신이 비일비재로 일어난다. 시인은 "삶은/ 한생을/ 끊임없이/ 자신을 삶고/ 남을 삶고/ 남에게 삶기는것…"[38]이라고 갈파한다. 이는 "타인은 나의 지옥"이라는 사르트르의 유명한 격언을 연상시키는 데 "삶(生)"과 "삶다(煮)"라는 동음이의어를 재치있게 대비, 반복함으로써 인간관계의 본질을 신랄하게 꼬집고 있다. 이러한 삭막한 현대사회를 살고 있는 시적 화자는 자연 소외감과 배신감, 고독과 비애를 느끼게 된다. 그의 시 《고독2》를 보자.

공허한 목소리들이
어두워가는 광장 상공에서
요란스레 푸덕이다

주위의 창문들은

---

37 연변조선족문화발전추진회 편, 《중국조선족명시》, 북경: 민족출판사, 2004, 112쪽.
38 박정웅, 《청순한 목청의 너》, 연길: 연변인민출판사, 2001.

하나 둘 닫기고
한 오리 빛마저 아끼는데

줄 끊어진 연 하나가
상처 입은 새같이
나무에 걸려 바람에 떤다[39]

　"고독"이라는 추상적인 관념을 구상화(具象化)하는 솜씨가 범상치 않다. 1연은 "공허한 목소리"라는 청각적 이미지와 "어두워 가는 광장 상공", "요란스레 푸덕이다"는 시각적 이미지를 아울러서 공감각적 이미지를 창조함으로써 한층 음울한 기분을 자아내고 있다면, 2연은 "주위의 창문들이/ 하나 둘 닫기고/ 한 오리 빛마저 아끼는데"와 같은 상징적인 표현을 통해 한결 음침한 분위기를 고조시킴으로써 세상의 몰인정함과 비정함을 암시하고 있다. 3연은 나무에 걸린 "줄 끊어진 연"이라는 상징물을 상처 입은 새에 비유해 참신한 시각적 이미지를 창조함으로써 세계와 단절된 자아, 배신당한 시적 화자의 외롭고 쓸쓸한 처지를 잘 보여주고 있다.

　하지만 김철의 《대장간 모루우에서》(1998), 리상각의 《허수아비》(1997), 한춘의 《낫 갈기》(2004), 박정웅의 《진실》(2001)과 같은 작품들은 모진 시련을 이겨내고 삶의 진실을 찾아 고행하는 시적 화자의 모습 또는 세속의 모든 것을 우습게 보는 처사(處士)의 모습을 그리고 있다. 이러한 시들은 어려운 시련과 위기를 이겨내고 새로운 진로를 찾고 있는 우리 민족의 정감 세계를 대변함으로써 보다 큰 울림을 준다. 김철의 시 《대장간 모루우에서》를 보자.

39　앞의 책, 196쪽.

대장간 모루 우에서
나는 늘 매를 맞아 사람이 된다
벌겋게 달아오른 나의 정열
뜨거울 때 나는 매를 청한다
맞을 때는 미처 몰라도
맞고 나면 나는 매값을 안다
그래서 나 내 몸이 식을 때
노상 주르르 눈물을 흘린다[40]

　은유를 재치있게 구사한 좋은 시다. 이 시는 모진 시련을 거쳐야 인간적으
로 성숙 될 수 있다는 철리를 이야기하고 있으되 그것을 범상치 않은 객관적
상관물을 통해 표현했다. 특히 리상각의 《허수아비》는 혼탁한 속세에 물 젖
지 않고 득도와 달관의 경지에 서 있는 시인의 청고한 삶의 자세와 지향을
허수아비라는 객관적 상관물을 통해 해학적으로 표현하고 있다.

한 자리만 지키고있어도
제가 할 일은 다 한다

한마디 말이 없어도
두려워하는 자 있다

허름한 옷을 걸치고도
추위와 배고픔을 모른다

40　연변조선족문화발전추진회 편, 《중국조선족명시》, 북경: 민족출판사, 2004, 70쪽.

밤낮 외롭게 지내지만
욕심도 불평도 없다

팔 벌린 채 먼 산 바라보며
세상을 우습게 안다[41]

보다시피 흔들림이 없는 삶의 자세와 침묵의 미학, 안빈낙도(安貧樂道)와 독립오세(独立傲世)의 도고한 삶의 철학이 돋보이는 작품이다. 허수아비는 막대기나 짚 등으로 사람 모양을 만들어 논밭에 세우는 물건이다. 그것은 아무런 구실도 못하고 자리만 잡고 있는 사람 또는 주관이 없이 행동하는 사람을 비유한다. 그러나 시인은 그러한 허수아비의 관습적인 상징의 틀을 깨고 부귀공명을 탐하는 속인들을 우습게 아는 처사라는 개인적인 상징을 창출함으로써 낯설게 하기에 성공하고 있다.

모더니즘의 사조와 그에 따른 현대문명에 대한 비판은 자연스럽게 페미니즘 시와 생태시를 파생시켰다.

김영춘의 《8월의 호수가를 거닐며》(1998), 허련화의 《강너머 마을》(1997), 천애옥의 《도(道)》(1999), 윤영애의 《초불》(2001), 최기자의 《장바구니》(2002)의 경우와 같은 페미니즘적인 경향의 시들이다. 이 경우 여성의 마조히즘적 경향, 일탈 욕구 등을 보여준 시들도 있고 여성의 자각과 함께 여성 글쓰기의 장점을 살린 시들도 있다. 김영춘의 《8월의 호수가를 거닐며》를 보자.

8월의 호숫가를 거닐면
한 마리 은빛 잉어가 되고 싶어요

---

41   앞의 책, 99쪽.

그대 하늘색 셔츠와 금빛 낚싯대

곱게 잠그고있는 호수

그 푸르른 호심에서 헤엄치며

그대 넋을 빼앗는 백조가 못 될 바에는

물속에 숨어 그대를 지켜보는 자그마한 꿈이고 싶어요

그러나 서글피 읊조리는 그대 사랑시

나를 부르는 예쁜 미끼라 믿어질 때

그대 사랑의 낚시를 덤벙 물고

행복한 죽음으로 그대 손에 이르고 싶어요[42]

이 시를 보면 사춘기라 할까, 아니 사랑에 빠진 처녀들의 심리를 너무나
핍진하게 노래하고 있다. 여기서는 사랑의 감정을 직설적으로 토로하지 않
고 님을 사랑하는 자신을 미끼를 덤벙 무는 은빛 잉어에 대상화시키는 지혜
를 보여주고 있는데 은근히 마조히즘적인 경향을 드러낸다. 마조히즘
(masochism)이란 피학대 음란증이라고도 하는데 이성에게서 학대를 받을 때
오히려 성적 쾌감을 느끼는 것을 가리키는 정신분석학 용어이다. 바꾸어
말하면 이 시는 사랑에 대한 주동적인 추구가 아니라 피동적인 기다림의
미학, 즉 주는 것이 아닌 받아들임의 미학을 창출하고 있다.

김영춘(1968-)의 시가 마조히즘적인 경향을 보여준다면 허련화의 시는 여
성들의 일탈 욕구를 대변하고 있다. 허련화는 시 《가을산》(1997)에서 "가을
산은 언제든지 벗는다/ 못 벗는것은 나다// 산은 벗어도 당당하고/ 나는 입고

---

42   위의 책, 209쪽.

있어도 춥기만 하다"라고 하면서 전통적인 관습에 젖어 침전하고 방황하는 여성적 자아를 두고 후회하지만 다른 시《강너머 마을》에서는 현대 여성의 일탈 욕구를 대담하게 표현한다.

> 그들은 저마다 돌을 하나씩 품고 싹을 틔우려 한다
> "돌이여!" 입김으로 넣어 불어주면 산 돌이 될 텐데
> 그리고 그것을 날리면 부는 바람에 떨리지 않고 돌보다 굳은 뭐든지 깨뜨릴 수 있을 텐데
> 일제히 돌을 날리리, 뭔가가 깨지리.[43]

여기서 "돌"은 남성 중심의 세계에서 소외되고 위축된 여성의 자아라고 한다면 "입김"은 페미니즘적인 자각이라 하겠고 "강너머 마을"은 분명히 그러한 현실 속에서 일탈해 가고자 하는 자유의 공간에 다름 아니다. 기존의 권위와 질서를 깨버리려는 여성들의 분노와 욕구를 "그들은 저마다 돌을 하나씩 품고 싹을 틔우려고 한다"고 표현한다. 용기를 내서 그 일탈의 돌을 던지면 "뭔가가 깨지리"라고 노래하고 있으니 이 시는 숨 막힐 듯 답답한 남성 중심의 세계에서 벗어나려는 현대 여성들의 보편적인 욕구와 목소리를 대변한 시가 아닐 수 없다. 여성의 글씨기의 섬세성을 잘 살려 쓴 시는 1999년《연변일보》CJ상을 수상한 천애옥의 시《도(道)》이다.

> 대지가
> 하늘 품에
> 새로이

---

43 중국조선족녀류시회,《강너머 마을》, 제주: 다층, 2002, 155쪽.

태어나다

촉촉한
이슬향기로
선경(仙境)의
꿈을 열어

상사(相思)의
은하를 건너
운우 속을
거닐다

아프도록
눈부신
분홍빛
미소(微笑)로
태어나다

대지가
하늘 품에
새로이
죽어가다

내리 쏟는
창살 끝에

나 스스로

녹아내려

슬프도록 아름다운

무아몽중

까만 재로

죽어가다

이 시는 표시적 의미, 지시적 의미, 암시적 의미 등 3중의 의미를 지닌다고 김관웅은 지적한다. 하늘과 대지의 상호작용을 통한 생명계통의 생성과 발전 및 그 사멸의 과정을 보여준 것이 이 시의 표시적 의미라고 할 수 있다. 지시적 의미는 표시적 의미, 즉 자면(字面)적 의미에서 파생된 의미를 말하는 것이니 이 시의 경우에는 제목에 단 주석－"일음일양위지도(一阳一阴谓之道)"를 통해 그 파생적 의미를 독자들에게 알려주고 있다. 즉 대지는 음이고 하늘은 양이니 이 시는 음양의 조화에 의한 생명 운동의 법칙성을 보여준다. 그런데 이 시를 보면 표시적 기능과 지시적 기능이 쇠진한 후에도 여전히 암시적 기능이 남아있다. 이러한 암시적 기능을 시의 숨은 뜻이라고도 하고 운치(韵致)라고도 한다. 이러한 암시적 기능은 독자들의 이해력과 상상력에 따라 풍부하고 다양하게 해석될 수 있다. 그런즉 이 시를 남녀의 성적 교합을 통한 여성의 흥분된 정서를 표현한 것으로 해석해도 무방하다. 말하자면 하늘은 남자를, 대지는 여자를 암시한다. 특히 "상사(相思)의/ 은하를 건너/ 운우 속을/ 거닐다"와 같은 연은 사랑에 깊이 빠진 연인들과 그들의 성적인 교합을 암시한다. 그 뒤의 네 개 연은 남자의 품속에서 느끼는 여성의 흥분과 오르가슴을 암시한 것이다. 그리고 "무아몽중(无我梦中)"이라는 시어는 남녀의 성적인 합일과 관련이 깊다. 남녀가 최고의 오르가슴에 오르면 마치 자신이 무화(无化)되어 없어진 것처럼 느낀다. 이밖에도 "촉촉한/ 이슬향기", "분홍빛 미소", "내리 쏟는/ 창살 끝"과 같이 남녀의 성관계와 깊은 관련을 갖고 있는 상징적인 이미지들을 많이 다루고 있다. 동양의 상징부호체계의 경우, "운우지정(云雨之情)"이라는 말도 있지만 하늘과 땅의 교감은 남녀교합의 상징으로 되는데 여기서 구름은 남녀의 혼연일체를 의미하고 비는 오르가슴과 사정(射精)을 의미한다. 요컨대 이 시는 여성의 글쓰기를 특징짓는 모호성, 암시성, 다의성을 가장 단적으로 보여준 수작이라 하겠다.[44]

생태시의 경우 최룡관(1944-)의 《청동사슬이 튀는 소리》(2004), 리문호의 《자라곰탕》(2000)과 같은 작품들이 주목할 만하다.

최룡관의 생태시를 보면 시《인간도 하나의 그물눈이래》의 경우와 같이 생태보존의 중요성을 직설적으로, 상식적으로 역설하고 있어 큰 감흥을 주지 못한다. 또《저런 사람같은 놈》의 경우와 같이 "60여 억 암세포가/ 와작와작/ 지구를 파먹고 있다"라는 시구에서 보다시피 지나친 과장, 비속한 언어를 사용하고 있어 스스로 시인의 인격과 품위를 추락시키고 있다. 하지만 《나의 참회록》,《청동사슬이 튀는 소리》와 같은 작품은 새로운 기교를 선보이고 있어 특별히 주목된다. 이른바 새로운 기교란 현실과 환각의 이중구조를 통해 현대인의 생태의식의 다양한 측면들을 그려내고 근대문명의 음영과 폐단을 고발하고 있다는 점이다. 이를테면 산문시《청동사슬이 튀는 소리》에서 시적 화자는 "청동사슬이 튀는 소리"에 불안해하고 허둥지둥 도망을 치는 한 "원시인"을 등장시킨다. 하늘에 치솟은 아파트에 누워있어도 툭툭! 사슬이 끊어지는 소리가 들린다. 그 소리는 천장, 벽에서도 난다. 황급한 마음을 걷잡을 수 없어 인파가 출렁이는 거리에 나가도, 고기들이 말라 죽는 강변에 나가도, 오곡이 물결치는 들판에 나가도 여전히 툭툭! 사슬이 끊어지

44   김관웅,《녀성과 시》, 문학과 예술, 2002년 제1기, 155쪽.

는 소리가 난다. 하여 시적 화자는 진땀을 흘리며 산으로 천방지축 뛰어간다. 태고연한 정글 속에 들어가자 그제야 그 무서운 소리가 들리지 않는다. 이처럼 시인은 현대문명에 찌든 현실의 부조리를 그림과 아울러 환각을 통해 "청동사슬"과 같은 이미지를 창조한다. 그것은 《나의 참회록》의 "금빛 쌍두마차"와 같이 거대한 상징적 의미를 지닌다. 말하자면 생태의 파괴로 뒤죽박죽인 된 인간 세상과 모순되면서 우리 모두에게 경종을 울려주는 신의 계시로, 거역할 수 없는 자연의 섭리로 다가온다. 이러한 환각에 의한 이미지의 창조는 시인 자신이 주제넘게 보편적인 "선(善)"을 대변해서 근대문명을 비판하기보다 훨씬 현명한 방법이라 하겠다.

하지만 조선족 문단의 경우, 일부 문인들이 생태주의 문학에 관심을 가지고 있으나 그것은 아직 하나의 문학운동으로 승화하지 못한 상황이다. 특히 조선족의 생태시들을 보면 문학성을 기하지 못해 생경한 관념을 호소하거나 강요하는 저차원의 참여문학으로 되고 있지 않으면, 현대문명을 무조건 거부하고 원시사회, 농경사회로의 회귀(回歸)를 갈구하고 있어 많은 문제점을 드러내고 있다.

현대시는 은유와 상징과 함께 아이러니와 역설을 기저에 깔고 있고 이로써 해학과 유머를 창출한다. 김학송은 《예감의 새(5)》에서 "모든 살아있는 것들이 멈춰서고/ 모든 죽었던 것들이 달리고 있었다"라고 노래하고 있는데 이는 철근과 시멘트로 축조한 현대문명에 의해, 혼잡한 현대교통수단에 의해 수많은 생명체들이 무참하게 죽어가고 있는 상황을 역설적으로 꼬집고 있다. 최룡관도 아이러니와 역설을 능란하게 구사한다. 그의 시 《시를 쓰는 일》(2004) 역시 시인의 고뇌와 허탈을 직접 토로하지 않고 수의를 짜는 일에 견주어, 말하자면 객관적인 상관물을 통해 표현하고 있다. 뿐만 아니라 아이러니와 역설을 통해 해학과 유머를 창출하고 있다.

시는 나의 수의를 짜고있다

나는 씨실, 날실을 보내주어야 한다

무릎에 빨간 꽃이 커다랗게 피여있다

눈이 아프고 손목이 저리다

비비는 씨실이 고르지 않아 꼴불견이다

게다가 바람이 숭숭 나들게 짜여지어 어쩌는가

그따위로도 한 벌 짜기 어려운데 어쩌는가

무슨 수의를 이따위로 지었는가

발가락도 눈도 그것도 다 가릴 수 없게

자식 못나게 살더니 수의도 못나게 갖췄네[45]

이 작품에서 우선 "시"와 "나"의 관계에 주목하자. "시"는 주인이요 "나"는 노예인 셈이다. 시가 나의 수의를 짜고 있음에도 불구하고 나는 씨실, 날실을 보내주어야 하며 공연히 잘 짜지 못할까 봐 조바심을 친다. 여기에 아이러니와 역설이 깔려 있다. 바꾸어 말하면 시인의 고초(苦楚)와 예술의 지난(至难)함을 역설적으로 갈파하고 있다. 마지막 3행은 과장과 야유, 반전의 기법을 통해 눈물 나는 해학과 유머를 창출하고 있다.

시어에 대한 새로운 인식에서 비롯된 시적 표현의 섬세함과 풍부함, 바꾸어 말하면 다양한 이미지의 창출에 의한 시적 표현력의 제고를 들 수 있다. 리범수의 산문시 《형씨 K의 자취방 소묘》(2001)의 경우와 같이 자취방의 궁상맞은 모습을 대담한 상상과 비유적 이미지, 유머적 감각으로 묘사하고 있다.

---

45 최룡관, 《백두산은 독한 술입니다》, 북경: 민족출판사, 2004, 59쪽.

프로메테우스처럼 묶인 화장실의 수도꼭지는 물 절약의 필요를 절주 있게
홍보하고 고이 접은 핑크빛 편지는 변비증환자의 긴 사연을 고스란히 발각당한
다.(2연)

벽 따라 줄지어선 맥주병 틈새에선 쥐며느리 두 마리가 건축미학을 옥신각신
담론하고 목질이 부드러운 칼도마는 드디어 실업당한 식칼과 파잎 말라붙은 국
자를 이끌고 영양실조의 저주를 조용히 퍼붓는다.(4연)[46]

젊은 시인의 상상력이 돋보이고 의인화, 과장에 의한 익살과 해학을 창출
하고 있어 읽는 이들을 즐겁게 한다. 가난과 허무, 온갖 슬픔과 스트레스를
익살과 해학으로 날려 보내는 솜씨가 범상치 않다.

그리고 원로시인 리상각의 《파도》(1997), 중견시인 김학송의 《갈대》(2001)
나 《신년유감》(2001)의 경우에 볼 수 있지만 참신한 이미지의 창출에 의한
우리 시의 표현력을 확인할 수 있다. 리상각의 시 《파도》를 보자. 이 시에
대해 최룡관은 그의 《허무를 아는 것도 아름다운 자세이다》라는 단평에서
"인생의 허무함"을 갈파한 시라고 했다.[47] 하지만 좀 더 깊이 분석해 볼 필요
가 있다.

높이높이 쌓아올리다

스스로 마구 무너뜨린다

죽기내기로 주먹을 쥐고 달리다

기슭에 부딪쳐 부서진다

목이 터져라 웨치다

46 연변조선족문화발전추진회 편, 《중국조선족명시》, 북경: 민족출판사, 2004, 217-219쪽.

47 최룡관, 《이미지시 창작론》, 하얼빈: 흑룡강조선민족출판사, 2009, 238-245쪽.

자기 소리를 삼켜버린다

날개를 저었으나 날지 못하고
접었다 폈다 하다 팽개치고
푸른 기발을 날리다 찢어 버리고
주먹을 휘두르다 쓰러지고
칼날을 세웠으나 베지 못하고

달리다가 다시는 돌아서지 못한다
달리는것 같지만 제 자리를 못 떠난다
소리소리 웨친 뒤 남은 게 뭐든가
내 삶의 파도여 가련한 발자취여
오늘도 만들고 마스고 솟구치다 무너진다[48]

이 시는 병치 은유를 구사해 인생을 관조한 수작이다. 말하자면 이 시는
지각적, 비유적, 상징적 이미지를 다양하게 구사해 "파도"를 다각적으로, 입
체적으로 묘사함으로써 숭고한 미를 창출하며, 마지막에는 유추적인 연상(联
想)을 통해 자신의 인생과 관련을 지어놓는다. 파도, 그것은 좌절과 실패를
딛고 일어서는 시인의 모습에 다름 아니며 역사적 위기를 딛고 일어서는
조선족 공동체의 모습을 상기할 때 거대한 상징성을 지닌다. 자신의 인생에
대한 진실한 반성과 참회, 시적 자각과 끈질긴 탐구의 소산이라 하겠다.
　　요컨대 개혁개방 후기 조선족 시인들은 시대의 변화에 발을 맞추면서 개
방된 자세로 중국의 주류문학과 한국의 현대시를 통해 다양한 영양소를 받

48　연변조선족문화발전추진회 편, 《중국조선족명시》, 북경: 민족출판사, 2004, 94쪽.

아들였고 시적 자아의 갱신, 시 형식의 탈바꿈을 시도해 풍성한 결실을 이루었다. 시인들은 목가적인 풍경, 향토애와 인간애를 여전히 노래하고 있되 주안점을 현대문명과 그것에서 비롯되는 비리와 비정에 대한 비판에 두고 있으며 인간의 실존적인 운명을 형상화하고 그 비전과 승화를 모색하고 있다. 여기서 특히 젊은 시인들의 출현과 페미니즘의 기치를 든 여성 시인들의 활약이 돋보인다. 뿐만 아니라 문화의 시대라는 전 지구적 변화에 걸맞게 민족적 정체성의 갈등을 다루고 있으며 현대문명의 병폐를 극복할 수 있는 인류의 보편적인 선(善)을 지향하고 있다.

또한, 조선족 시인들은 자신의 풍부한 감수성과 상상력을 살리고 우리 말과 글에 의한 전통적인 가락에 현대시의 기법, 장치들을 자각적으로 접목시키고 있으며 참신한 이미지를 창출하고 아이러니와 역설에 의한 심오한 시적 구도를 펼쳐 보임으로써 서정의 육화에 성공하고 있다. 바꾸어 말하면 조선족 서정시도 이제는 촌티를 가시고 중국의 주류문학 내지는 한국의 서정시들과 대화, 교류를 할 수 있게 되었다.

5.3. 상처의 치유와 한족형상의 발견

5.3.1. 자아의 발견과 인격의 힘

최근 들어 우리 자신의 남루함과 누추한 모습을 반성하고 자존, 자애, 자강을 통해 인간적인 존엄을 되찾고자 하는 작품이나 상처와 아픔을 안고 있는 서민 백성들이 서로 껴안고 살아가는 모습을 담은 소설들이 우리의 눈길을 끈다. 이러한 작품으로 허련순의 《푸줏간에 걸린 고기와 말 걸기》, 구호준의 《연어들의 걸음걸이》, 정호원의 《메이드 인 차이나》, 김혁의 《www.아픔.com》 등 단편소설을 들 수 있다. 이런 소설들에서는 단순한 피해의식과 약자

콤플렉스를 가지고 한국이나 한국인을 매도하지 않는다. 그리고 동포애를 통한 조선족과 한국 국민의 화합이라는 안일한 플롯에 만족하지 않는다. 순수한 인간 대 인간의 입장으로 상대를 바라보고 자신의 남루하고 누추한 모습을 반성하며 한국 생활에 짓밟히고 찢긴 불행한 인간들이 서로 껴안고 살아감으로써 상처를 치유하고자 한다. 결과적으로는 우리 자신의 자존, 자애, 자강에 의해서만 한국 사회에서 독립적인 인격체로 살 수 있고 한국인의 긍정을 받고 그들과 평등하게 대화, 공존할 수 있음을 보여준다.

허련순의 단편 《푸줏간에 걸린 고기와 말 걸기》(2008)는 한국의 평론가 신수정의 평론집 《푸줏간에 걸린 고기》에서 힌트를 받고 제목을 단 것 같은데 모파상의 《목걸이》를 연상케 하는 수작이다. 이야기는 단순하지만 긴장감이 넘치고 심리묘사가 일품이다. 박봉희는 서울의 어느 모텔에서 일하는 조선족 아줌마인데 어느 날 청소를 하다가 욕실에서 우연히 남자의 다이아몬드 반지를 줍게 된다. 후에 금점에 가서 감정을 받아보니 2천만 원이나 가는 고급반지이다. 원래부터 자기의 것이 아니었지만 열흘쯤 갖고 있으니 마치 자기의 것처럼 생각되었다. 이제 와서 임자에게 돌려준다는 것은 마치 자기의 물건을 남한테 주어야 하는 것처럼 아깝고 억울한 생각마저 들었다. 그래서 반지의 임자가 나타났지만 봉희는 그 반지를 트렁크 안쪽 주머니에 넣고 자물쇠를 놓기도 하고 화분에 파묻기도 한다. 그래도 안심이 되지 않아 베개 속에 넣거나 이불 속에 넣고 바늘로 꿰매기도 한다. 2천만 원이면 한국에서 2년 동안 벌어야 하는 돈이다. 그래서 봉희는 구실을 대고 중국으로 돌아가고자 하는데 공항에 와서 가방 안주머니를 열어보니 반지는 감쪽같이 사라졌다. 이 작품을 두고 작가는 다음과 같이 말한다.

"지난해 여름, 서울에 갔다가 모텔에서 일하는 큰 올케를 만난 적이 있다. 올케가 나한테 반지를 주면서 남편한테 전해달라고 부탁을 하였다. 귤색의 인조

보석을 박은 반지였는데 과연 손가락이 견딜 수 있을가? 고민이 될 정도로 크고 무거웠다. 웬 반지냐고 하니 방 청소하다가 주은 것인데 남편한테는 일부러 산 것이라고 말해달라고 하였다. 려관방에서 주은 반지를 남편한테 선물하는 녀자? 뭔가 모를 기묘한 감정이 전류처럼 등골을 타고 쫙- 흘렀다. 한마디로 말할수 없는 복합적인 감정이었다. 애틋하고 씁쓸하고 슬프고 측은하고 비애스러웠다. 그리고 소름이 끼쳤던 것은 '반지'의 음습한 기운 때문이었다. 어떤 남자와 녀자의 불륜장소에서 주은 반지가 선물로 포장되는 과정의 기묘한 감정을 거의 1년 동안이나 람루처럼 이끌고 다니다가 드디어 《푸줏간에 걸린 고기와 말 걸기》로 '반지'의 색깔을 찾게 되었다."[49]

작가의 말 그대로 이 소설은 한국에 체류하는 조선족 동포들의 남루하고 누추한 모습, 극단적인 이기주의와 도덕적 타락에 대해 꼬집고 있다. 그동안 우리 조선족 동포들은 오로지 돈을 벌기 위해서 불법체류에 사기행각도 마다하지 않았으며 인간의 기본적인 윤리와 도덕도 헌신짝처럼 내팽개쳤다. 이 소설은 바로 이러한 남루하고 누추한 모습을 보인 조선족 동포 자신에 대한 반성을 촉구한 것이다.

구호준의 《연어들의 걸음걸이》(2012)는 육체적, 정신적으로 만신창이 된 한 조선족 동포의 인간적인 자각과 동산재기의 의지를 형상화한 철리적인 작품이다. "나"의 모든 재산이라고 할 수 있는 돈 500만 원을 훔쳐가지고 달아난 아내, 그 대신 "나"에게 온 몸이 간지러워지는 성병을 남기고 갔다. 결국 "나"는 서울의 가리봉동이나 대림동에서 쉽게 볼 수 있는 빈털터리, 날마다 용역을 뛰는 막벌이꾼이 되었다. 가끔 "나"는 대림역 8번 출구에 있는 휴게실에서 노숙자들과 함께 지내면서 아내를 찾으려고 한다. 그런데

49 허련순, 《소설이 되기 전의 이야기》, 길림: 도라지, 2008년 제5기.

우연히 아내 같아 보이는 여자를 뒤쫓아 가다가 웬 한국 아가씨와 만나게 되고 후에 낙지집에서 다시 만나 함께 일하게 된다. 이 아가씨는 어느 신문사 기자로 일하다가 다리를 다친 후 허드렛일을 하지만 꽤나 사려 깊었다. 어느 날 도봉산을 등반하는데 둘이 주고받은 이야기가 굉장히 의미가 있다.

녀인은 나무에 등을 기대면서 앞에 앉아 여유작작 떠들고 있는 사람들을 가리킨다.

"오빠가 먼저 와서 저 자리를 차지하고 있는데 저 사람들이 와서 끼여들어 떠든다면 기분이 좋겠어요?"

"당연히 기분이 잡치지?"

나는 등산용 수건을 꺼내 녀인에게 건네준다. 한번 물에 적시면 몇 시간이고 물기를 잃지 않는 수건이다.

"왜 자신도 못하는 일들을 남을 보고 하라고 하나요? 우리가 저기에 끼여들면 저 사람들도 단연히 불쾌해 할 것인데."

녀인은 결국 교포들과 한국인들 사이의 벽을 찾아주고 있었다.

"그럼 교포들의 정신이 무너지는 원인은 뭐라고 생각해?"

다시 천축사로 가는 길을 향해 걸음을 떼면서 이번에는 내가 질문을 만들어본다.

"우선은 자신들의 문제겠지요. 조금 더 긍정적인 사유로 산다면 정신은 쉽게 무너지지 않지만 스스로 피해의식을 갖고 살아가면 어떤 환경에서건 정신이 무너지게 되어 있으니깐요. 그리고 한국정부도 동포들이 이민해오는 것을 받아들이지 못하니 책임이 있고 중국정부에서도 따로 한국으로 진출하는 동포들에게 어떤 배려도 주지 않으니깐 결국 이중으로 버림을 받은 셈이지요."

나도 그래서 술을 빙자하면서 살아왔던가?

"한국에서 성공한 동포들도 적잖아요. 그 사람들도 꼭 같이 정신이 무너졌다고 생각하나요? 생각의 차이가 서로 다른 인생을 만들게 하거든요. 오빠도 그럴 거고.”[50]

이렇게 고달픈 인생을 살아가는 조선족 사내와 한국 아가씨는 정상을 바라고 돌층계를 뚫어 오르면서 의미 있는 대화를 한다. 등산도 정신력이 있어야만 정상에 오를 수 있듯이 생활도 정신력이 있어야만 난관을 헤쳐갈 수 있음을 말하고 있다. 이 작품을 두고 장정일은 몸뚱이가 찌그러져도 맑은 가슴으로 살려는 정신적 부활의 시의적절한 주제를 형상적으로 다루었다고 하면서 출구는 찾는 지하철 승객, 산을 오르는 등산객이 모천으로 회귀하는 연어라는 이미지와 겹치면서 단단한 삶의 지층을 뚫고 건실한 넋을 길러내려는 주인공의 정신력에 상징적인 묘미를 더해주고 있다고 평가했는데 참으로 적중한 지적이라 하겠다.[51]

강호원은 장기간 한국의 노동현장에서 일하면서 꾸준히 작품활동을 하는 작가이다. 앞에서 본 그의 단편 《쪽빛》은 최하층 조선족 동포와 한국 국민의 모순을 동포애로 풀어나갔다면 단편 《메이드 인 차이나》(2014)는 한 단계 발전된 모습을 보인다. 조선족 동포인 “나”는 자그마한 회사에서 용접하는 일을 하는데 취약한 재료로 만든 중국산 홀더 방전 차단제 같은 부품이 쉽게 깨어지고 부수어져서 일을 제대로 할 수 없다. 회사 측도 손해를 적잖게 보는 셈이다. 그때마다 사장은 “니들 중국산은 한결같이 이렇게 부실하냐?” 하고 중국산 제품과 “나”를 싸잡아 욕한다. “나”는 값싼 메이드 인 차이나에 인건비 싼 차이니스를 고용하면서도 늘 그것이 불만인 사장의 사고방식에 화가 났지만 꾹 참는다. 하지만 이렇게 야유와 놀림을 당하던 어느 날 “나”는

---

50   구호준, 《연어들의 걸음걸이》, 길림: 도라지, 2012(5), 28-29쪽.
51   장정일, 《2012년 도라지문학상 수상작 심사평》, 길림: 도라지, 2014년 제1기.

끝내 분통을 터뜨린다.

"그러면 차라리 중국산 빼고 사장님이 선호하는 독일제, 미제, 일제 뭐 그런 게 많지 않나요? 왜 하필이면 질 나쁜 중국산만 번번이 사들이고선, 나중에 누구 탓만 같이 구질구질하게 물건 괴롭히고 사람 괴롭혀요?"[52]

"나"는 한바탕 울분을 쏟아놓고 술자리를 떴고 이튿날 춘천에 있는 친구의 아들 결혼 잔치에 참가하기 위해 길을 떠난다. 하지만 마음은 후회막급이다. 도대체 왜, 그깟 별것도 아닌 일 갖고 언감생심 사장과 맞장을 떴는지, 스스로도 이해가 되지 않았다. 그러나 "나"는 금방 이런 생각을 뒤집고 가만히 부르짖는다. "그래 비록 부모님 고향이 여기라도 저 만주대륙에 이민 가서 나를 낳았으니 나는 틀림없는 메이드 인 차이나다, 어쩔래?" 공장 동료의 권유대로 사장한테 "죄송합니다"라고 한마디만 하면 풀릴 일이지만 자존심이 허락하지 않았다. 바로 이때 서울 공장에서 막내 동료 김씨가 춘천에 있는 "나"에게 전화를 걸어온다. "나"는 "나 잘린 거야?" 하고 묻는데 상대방은 "우리 사장님은 가끔씩은 산타할아버지 못지않게 남을 배려한다"고 너스레를 떨면서 내일 직원들 모두 휴가로 춘천에 가서 낚시도 하고 특산도 맛보게 되었으니 하루 춘천에서 묵고 내일 춘천에서 만나자고 한다. 사장은 공장에서 6년간 일해 이미 기술자로 된 "나"를 놓치고 싶지 않았던 것이다. 사장의 고육지계를 간파하니 "나"는 슬그머니 웃음이 나왔다. 보다시피 이 소설에서 화해를 이끌어 낸 것은 동포의 논리가 아니라 인격과 능력의 논리이다. 바꾸어 말하면 조선족 동포들이 인간적인 자존을 지키고 스스로 자신

---

52 강호원, 《메이드 인 차이나》, 경기 용인: 동포문학 제2호 《집떠난 사람들》, 바닷바람, 2014, 288쪽.

의 힘을 키워갈 때 비로소 한국 국민과의 평등한 대화와 화합이 가능해진다는 사실을 보여주고 있다.

김혁의 중편《www.아픔.com》(2015)은 행복이라는 남자와 그의 딸, 그리고 안마방 주인과의 사이에서 벌어지는 두 가닥의 스토리 라인을 교차시키면서 환멸의 플롯으로 풀어가고 있다.

우선,《www.아픔.com》이라는 제목부터가 다매체시대의 모습을 그럴듯하게 보여주고 있다. 실지에 있어서 이 작품은 인터넷이라는 가상적인 공간과 발 안마방이라는 현실적인 공간에서 이야기가 벌어진다. 한국의 건설현장 10층 발판 위에서 작업하다가 육중한 쇠파이프가 떨어지는 바람에 한쪽 팔을 잃은 남주인공 행복은 아내까지 잃게 된다. 그는 생전에 고향을 몹시 그리던 배씨라는 친구의 골회를 그가 사랑하는 고향의 사과배 밭에 묻어주기 위해 연변에 돌아오는데 우연히 황금족도라는 안마방에 들리게 된다. 하지만 사과배 밭은 7, 8년 전에 벌써 골프장으로 변했고 열여덟 살 먹은 딸애는 애비를 만나주지 않는다. 하는 수 없이 한국에서부터 화상채팅으로 알고 지내던 쌍화점이라는 아가씨와 가상공간에서 다시 만나 시시껄렁한 짓거리를 한다. 하지만 작품의 마지막에 와서 정작 만나고 보니 화상채팅에서 만난 쌍화점이라는 아가씨가 바로 딸애였다. 가상공간과 현실 공간의 교차, 바꾸어 말하면 가상공간에서 쳐놓은 복선이 현실 공간에서 조응되면서 마지막까지 현념을 조성하고 긴장을 유지한다는데 이 소설의 묘미가 있다고 하겠다.

다음으로 이 작품은 하근찬의《수난이대》의 모티프와 인물관계를 자기화해서 코리안 드림으로 커다란 상처를 입은 조선족 사회의 아픔을 다루고 있다. 안마방 주인은 한국에서 불법체류자들에 대한 경찰의 단속을 피하다가 트럭에 치여 한 다리를 잃었는데 이런 여자가 황금족도라는 안마방을 경영한다. 또한, 불행하기 짝이 없는 남주인공의 이름이 행복이다. 이는 아이러니가 아닐 수 없다. 특히 이 작품에서는 하근찬의 단편 《수난이대》의 인물 관계와 모티프를 교묘하게 차용하고 있다. 《수난이대》는 일제시대와 "6.25" 전쟁의 아픔을 초극(超克)하고자 하는 서민의 몸짓을 보여주고 있다. 수난의 초극이라는 주제를 한쪽 팔을 잃은 아버지와 한 다리를 잃은 아들의 해후(邂逅)를 통해 해학적인 필치로 다룬 명작이라 할 수 있다. 김혁의 작품에 와서는 한 다리를 잃은 아버지가 한 다리가 불편한 안마방 마담으로 나오고 한쪽 팔을 잃은 아들 역시 한쪽 팔을 잃은 남주인공으로 변신한다. 둘 다 한국에서 일하다가 크게 다쳐서 불구가 된 몸이다. 둘은 안마방에서 우연히 만났고 서로의 동병상련에서 몸을 섞는 사이까지 된다. 하근찬의 소설에서는 한쪽 팔은 잃었지만 다리가 성한 애비가 한 다리를 잃은 아들을 업고 외나무다리를 건너는 장면이 압권(壓卷)이라면 김혁의 소설에서는 깊은 밤 한 다리가 불편한 아낙과 팔 하나가 없는 남정이 섹스를 하는 장면이 백미(白眉)라 하겠다.

> 녀자가 깁스를 한 행복의 손을 들어 가슴에 얹어주었다.
>
> 어줍게 가슴을 만졌다.
>
> 건과(乾果)같은 녀자의 유두가 손에 들어왔다.
>
> 본능에 넘쳐 그 가슴을 와락 움켜잡았다. 그러다 팔에 통증을 느끼며 나지막이 신음을 뿜었다.
>
> 녀자가 옷을 벗었고 의족도 벗었다.
>
> 행복은 짚이영에 튕긴 불씨를 치우듯 후딱 탁상등을 꺼버렸다.
>
> 그리고 다음순간 두 사람은 안타깝게 허둥거렸다.
>
> 어둠에 익숙하지 못해서가 아니였다.
>
> 한 사람은 오른 팔, 한 사람은 왼 다리,
>
> 상처 입어 갈가리 해체된 몸뚱이를 어떻게 맞추어야 할지 몰라 헤맸다.
>
> 두 사람은 지접(止接)이 잘못된 괴상한 과수의 가지처럼 왜곡된 형상으로 한

데 얽혔다.

그리고는 부서진 뼈가 잇기 듯, 찢겨진 피부가 아물어 붙듯 서로에게 들붙었다. 오늘만 있고 래일이 없는 곤충처럼, 단말마로 서로를 탐했다.

등으로 땀이 흘러내렸다.

얼굴로 눈물이 흘러내렸다.

눈물로 얼룩진 녀자의 얼굴이 척척했다. 그 척척한 얼굴에 자기 얼굴을 붙여대였다. 다른 하나의 눈물이 마르려는 그 눈물자국 우에 길을 만들고 있었다.

입술과 입술이 얽혔다.

서로는 서로의 눈물을 마셨다.

그리고 마침내 녀자는 간호사 여러 명이 달라붙어 분쇄성골절을 입은 팔에 딱딱한 석고를 마구 댈 때처럼 날카롭게 비명을 질렀다.[53]

처절한 장면의 설정과 절묘한 비유들, 시와 같은 짧은 호흡의 문장들, 코리안 드림의 아픈 상처를 한 폭의 그림처럼 보여준 수작이라 하겠다. 1937년 독일 콘도르 비행단의 무차별 폭격으로 만신창이 된 스페인 바스크 지방의 소도시 게르니카의 참상을 그린 피카소의 유명한 작품 《게르니카》를 방불케 한다. 세상에 구세주는 없다. 하늘은 스스로 돕는 자를 돕는 법이다. 바로 이 작품에서도 서민들 자신의 사랑과 고투에 의해 그들의 고통과 아픔이 치유되고 읽는 이들에게 잔잔한 감동과 위안을 주고 있다.

5.3.2. 조선족 소설에 나타난 중국 형상

중국의 조선족 소설의 경우, 주류민족인 한족 내지 중국에 대한 묘사는 아주 중요한 내용으로 되며 그것은 조선족 작가들의 정체성의 변화와 다원

---

53   김혁, 《www.아픔.com》, 길림: 도라지, 2015년 제6기, 27-28쪽.

공존의 지향을 보여준다는데 특별한 의미가 있다. 근대 이후 재중조선인 문학에서도 중국의 자연과 인간들을 다룬 소설들을 볼 수 있었다. "만주"를 배경으로 하는 김동인의 소설 《붉은 산》, 최서해의 《홍염》, 이태준의 《농군》, 안수길의 《벼》와 그의 장편소설 《북향보》가 그러하다. 상해지역의 경우에는 도시 서민층의 빈곤과 비극을 다룬 주요섭의 소설 《인력거꾼》, 《살인》, 김광주의 《애지(野鸡)》 등을 들 수 있다. 1949년 중화인민공화국 수립 후 조선족 작가들의 국가관과 민족관의 변화에 따라 그들이 내놓은 소설에 나타난 한족 내지 중국 형상은 크게 두 단계의 변화를 겪는다. 첫 단계는(1949-1977)는 백남표의 《김동무네와 왕동무네》(1954), 현룡순의 《누님》(1956), 허해룡의 《혈연》(1962)과 같이 조한 두 민족 간의 형제적 단결과 친선을 노래한 작품들이 나왔다. 그렇다면 두 번째 단계(1978-2018)는 상술한 형상과 주제를 여전히 보여줌과 아울러 한족 내지 중국을 보다 객관적으로, 다문화주의 시각으로 묘사한 작품들이 주종을 이룬다.

특히 코리안 드림에서 불거진 조선족과 한국 국민의 마찰과 갈등이 한물 가고 그러한 소재를 다룬 작품도 인기를 잃게 되자 한족 내지 중국 형상을 다룬 소설이 나오기 시작했다. 그중 박옥남, 우광훈, 류정남의 소설이 "연변문학상"을, 최국철의 소설이 "민족문학상"을 수상했다. 따라서 한족 내지 중국을 타자로 묘사한 작품을 창작하는 게 요즘 소설의 색다른 풍경선을 이룬다 해도 대과(大過)는 없을 것이다.

아래에 비교문학 형상학의 원리와 방법[54]으로 박옥남, 최국철, 김금희, 조

---

54 비교문학 형상학(imagologie)은 영향연구의 새로운 한 갈래 또는 확장으로서, 문학에 나타난 타자의 형상, 즉 이국(류国)의 형상과 그 속에서 주어지는 문화충돌과 대화에 초점을 맞춘다. 비교문학형상학에서 말하는 "형상"은 이국의 인물, 경물뿐만아니라 이국에 대한 정감, 관념과 언사(言辭)의 총화이다. 이러한 이국에 대한 형상은 사회집단 상상물의 영향을 받기 마련이다. 사회집단 상상물은 어느 한 사회나 서로 다른 집단 혹은 사회문화에 대한 해석으로서 그 군체의 인지특점을 집중적으로 구현한다. 이러한 사회집단 상상물은

성희, 우광훈, 류정남 등 작가들의 중, 단편소설들을 텍스트로 조선족 소설에 나타난 한족과 중국이라는 타자(他者)의 형상에 대해 고찰해보고자 한다. 물론 비교문학 형상학에서 말하는 타자란 주로 이국(异国)의 형상을 지칭하기에 중국이라는 동일한 국가에서 생활하고 동일한 국민자격을 가진 조선족과 한족의 경우에 적용하기에는 무리가 따르는 것 같다. 하지만 워낙 방대한 다민족국가요, "88서울올림픽"에서 오늘까지 근 30년간, 코리안 드림으로 한국과 중국 사이에서 우왕좌왕하면서 정체성의 갈등과 혼란을 겪었던 조선족에게 있어서 한국 국민이나 한국은 물론이요, 중국의 기타 민족도 여전히 타자로 인식되었던 만큼 역시 "이국의 형상"으로 다룰 수 있다고 본다.

앞에서 생존의 강력한 경쟁자로 나서는 한족의 형상을 다룬 최국철《어느 여름날》과 조선족 농촌공동체의 진통과 붕괴과정을 진실하게 묘사한 박옥남의《둥지》와《마이허》를 본 바 있다. 여기서는 조선족 농촌공동체의 붕괴와 이향(离乡)의 비참한 후과를 가장 극명하게 드러낸 작품으로 김금희의 중편소설《월광무》(2015)를 보기로 한다.

김금희는 1979년 장춘 근교에 있는 구태의 작은 조선족 마을에서 나서 자랐다. 연변사범학교를 졸업하고 중국과 한국 등지에서 다양한 직업에 종사하다가 2006년 장춘에 정착해 소설을 쓰기 시작했다. 2007년 연변문학 윤동주문학상 소설부문 신인상을 수상하면서 본격적으로 창작활동을 시작했고 소설집《슈뢰딩거의 상자》,《세상에 없는 나의 집》을 펴냈다.《월광무》는 일단 한곳에 뿌리를 내리면 대를 이어 살아가는 한족의 끈질긴 생명력과 부평초처럼 떠돌기만 하는 조선족의 이민 근성을 대비하고 비교한다. 이 작품은 전형적인 여로형(旅路型)플롯을 구사하는데 그 어떤 계기가 주어질 때마다 새로운 장면을 설정하거나 의식류수법을 가미해 과거로 회귀해 이야

"되놈", "양코배기" 등 상투어(套话)로 나타나기도 한다.

기의 가지를 펼친다. "유"라는 조선족 남정은 "나이 마흔 하고도 넷, '하해(下海)'해서 돈을 벌기 시작한 지 십수 년 만에 단돈 3만 원이 없어 중국의 남쪽 끝 도시에서 여기 동북의 시골 마을까지 이렇게 밤낮 쉬지 않고 사흘을 달려온다." 말하자면 "유"는 고향의 한족 친구인 마로얼(马老二)의 도움을 받고자 고향으로 돌아가는 것이다. 여러 날 걸려 겨우 고향을 찾은 "유"는 "마로얼"의 높은 대문 앞에서 풀이 죽어 발목이 잡힌다. 그는 달빛이 쏟아지는 깊은 산속에서 거대한 곰이 덩실덩실 춤을 추는 환각에 빠진다.

> 순간, 유는 어떤 큰 짐승의 것의 분명한 포효를 똑똑히 들었다. 쿠르르어엉—! 낮고 웅글진, 가슴을 허비는 듯한 울음소리, 그럴 리 없겠지만 유는 직감적으로 그것이 곰이 내는 소리라고 확신했다. 철창 속에 갇혀서 고향 산을 그리며 검은 눈만 슴벅이던 옴담용 사육곰이 아니라 머루, 다래, 돌배와 찔광이를 뜯어 먹고 물고기, 두더지도 잡아먹는 진정한 산의 곰 말이다. 숲 속 어느 은밀한 공지, 한가위 보름달을 올려다보면서 곰은 앞발을 들고 빙글빙글 춤을 추고 있었다.[55]

이 곰이야말로 끈질긴 생명력을 가지고 꿋꿋하게 살아가는 마로얼의 환영이 아닐 수 없다. 그에 비한다면 "유"는 촌스럽기 짝이 없다. "유"의 모습은 그동안 코리안 드림이나 도시화의 물결에 휩쓸려 부평초처럼 떠돌아다니다가 게도 구럭도 다 잃은 신세가 된 적잖은 조선족들의 초라한 모습이다. 바꾸어 말하면 이는 조선족의 이민 근성에 대한 신랄한 비판이 아닐 수 없다. 이러한 의미에서 이 소설은 삶의 터전을 버리고 떠났다가 10여 년 만에 빈손으로 돌아온 "유"를 통해 지팡살이(소작살이)를 살았던 우리 조상들의 삶이 되풀이될 위기에 처한 지금의 상황을 꼬집은 작품이라고 신예 비평가 리해

---

55   금희, <월광무>, 《세상에 없는 나의 집》, 경기 파주: 창비, 2015, 141쪽.

연이 지적했는데 일리가 있는 견해라고 하겠다.[56]

중국은 56개의 민족으로 구성된 다민족국가이다. 연변의 경우를 보면 조선족들만이 마을을 이루고 생활하는 방식과 한족을 비롯한 다른 민족과 함께 생활하는 잡거방식을 취하고 있다. 다른 민족과 잡거하는 경우, 이들은 서로 다른 역사와 전통, 풍속과 습관을 갖고 있기에 서로 갈등과 반목을 거쳐 공존의 형태로 나가기 마련이다. 단순한 경제 논리에 의한 갈등과 반목을 넘어 한족들의 역사와 문화를 이해하고 그들의 끈질긴 생명력과 성격미를 찬미한 작품으로 조성희의 단편《동년》(1999), 우광훈의 단편《커지부리》, 최국철의 중편《왕씨》, 류정남의 단편《이웃집 널다란 울안》등이 있다.

아마도 코리안 드림 이후 가장 이른 시기에 조한 두 민족의 숙명적인 공존과 융합의 논리를 형상화한 작품으로 조성희의《동년》을 들 수 있을 것이다. 조성희(1955-)는 연변대학 조문학부를 나와 문학지 편집으로 일하면서 주로 단편소설을 써온 작가인데《파애(破愛)》라는 작품집을 낸 바 있다. 그의《동년》[57]은 몽환적 사실주의 특징을 가진 수작이다. 아랫마을에는 조선족, 윗마을에는 한족이 살고 있는데 아랫마을 조선족 총각은 윗마을 한족 처녀를 사모하면서 도둑연애를 한다. 한편 윗마을 검정 수캐는 아랫마을의 흰 암캐를 찾아와 짝짓기를 한다. 조선족 총각은 그를 시샘하고 질투하는 한족 젊은이들에게 들통이 나서 늘씬하게 맞아 쓰러지고, 야밤중에 윗마을의 검정 수캐는 아랫마을 수캐들에게 물리고 뜯겨 죽어버린다. 그런데 이듬해 봄에 아랫마을에서 희한한 일이 생긴다. 흰 암캐가 여러 마리의 새끼를 낳았는데 신기하게도 모두 얼룩 강아지들이란 이야기다. 두 민족 사이의 반목과 마찰

---

56   리해연,《<세상에 없는 나의 집>, 그리고 중국조선족의 어제, 오늘, 래일》, 장춘: 장백산, 2018년 제3기.

57   조성희, <동년>,《개혁개방 30년 중국조선족 우수단편소설선집》, 연길: 연변인민출판사, 2009.

및 그 숙명적인 공존과 융합의 생리를 인간세계와 동물 세계와의 대조를 통해 그려낸 유머러스한 작품이라 하겠다.

우광훈(1954-)은 《메리의 죽음》, 《님이여 가람 건느지 마소》라는 2부의 중, 단편 소설집과 《흔적》이라는 장편소설을 낸 바 있다. 그의 부친이 "우파분자"로 몰려 "문화대혁명" 때 돈화현의 오지, 즉 한족들이 사는 대황구(大荒沟)라는 마을에 추방을 당하는 바람에 그 역시 소년 시절에 그 마을에서 자랐고 한족들과 깊이 사귀게 되었다. 한족 처녀와의 사랑의 파탄은 평생 그의 내적 상처로 되였고 그의 소설에 여러 가지 형태로 반복적으로 나타나기도 한다.

우광훈의 《커지부리》는 "문화대혁명" 시기를 배경으로 하고 시골에 살고 있는 불우한 한족 홀아비의 형상을 창조했다. "커지부리"의 원명은 왕극성(王克成)이나 마을 사람들은 "커지부리(克己复礼)"라 부르고 그를 아예 바보로, 천치로 취급한다. 어느 한번 공자의 《논어》에 나오는, "극기복례" 관련 구절을 얼음에 박 밀듯 외워서 마을 사람들을 깜짝 놀라게 했고 그래서 "커지부리"라는 별명을 갖게 되었다. 그는 일 년 사철 목욕 한번 하는 일이 없고 머리 한번 깎는 일이 없다. 창문 하나 없는 지옥 같은 집에서 혼자 살고 있는데 돼지죽에 통감자를 넣어 끓이고 그 감자를 꺼내서 껍질을 벗겨 먹는 위인이다. 그가 처음으로 머리를 깎는 장면은 그의 야인(野人)적인 모습을 생동하게 보여준다. "나"의 형이 집체호에서 쓰던 낡은 수동식 이발기를 가지고 머리를 깎는데 머리카락을 뚝뚝 물어 떼서 고역을 치러야 하는 이발기였다.

…어느새 왔는지 극기복례 왕극성이 얼룩이꼬리를 밀어내며 엉뎅이를 나무걸상에 들이밀었다. 나두 깎아줘. 형이 끔쩍 놀라더니 푸드득 웃었다. 왕극성의 머리는 종래로 이발기의 맛을 본적이 없는 듯 했다. 가위로 싹둑싹둑 깎아 서툰

낫질을 한 밀밭처럼 길이가 고르지 않았고 얼마나 오랫동안 머리를 감지 않았는지 땟국에 절어 멧돼지털처럼 곤두서있었다. 처음이우, 깎아주우. 형은 안됐는지 리발기를 왕극성의 머리에 대고 손을 움직였다. 그러자 왕극성의 입에서 비명이 터졌다. 아이구, 사람 잡네. 형은 손놀림을 멈추고 왕극성의 머리를 들여다보며 말했다. 이봐, 이게 사람의 머리야? 멧돼지 대가리지. 작년에 탈곡할 때 들어간 조가 그대로 있잖아. 물을 뿌리면 조가 자라게 생겼네. 그러자 옆에 있던 젊은이들이 왕극성을 놓고 찧고 까불었다. 조가 자라면 비료를 주지 않아도 되겠어. 십년 묵은 멧돼지는 등에 나무가 자란대. 너두 멧돼지네. 하하하, 야 수퇘지, 멧돼지, 커지부리야…[58]

이런 동네북이요, 바보이니 사달을 치기 마련이고 그때마다 마을 사람들의 눈에 걸려 졸경을 치르곤 했다. 조 파종을 할 때 볶은 깨 씨를 섞어 뿌려야 비료가 되는데 멀쩡한 깨 씨를 뿌려서 조와 깨가 한꺼번에 돋아오는 바람에 눈깔이 빠지게 된욕을 먹는가 하면, 남의 여편네가 벌거벗는 장면을 훔쳐보다가 늘씬하게 얻어맞기도 한다. 밭으로 나갈 때 모택동의 초상화는 "커지부리"가 단골로 메고 다녀야 했는데, 어느 날 홧김에 밭머리에 내친 까닭에 "반혁명분자"로 몰려 여러 날 조리돌림을 당한다.

이 마을에서 "커지부리"를 동정하고 은근히 도와주는 것은 조선족인 "나"의 아버지와 어머니뿐이었다. "커지부리"가 실수할 때마다 은근히 두둔해주는 것도 "나"의 아버지와 어머니요, 여러 달 조리돌림을 당하다가 문득 찾아온 "커지부리"에게 옥수수죽을 대접하는 것도 "나"의 아버지와 어머니이다. 하기에 "커지부리"는 "나"의 아버지와 어머니에게 최고의 예의를 갖추고 "삼배구고두(三拜九叩头)"라고 아홉 번이나 절을 한다. 여기서 "커지부리"

---

58   우광훈, 《커지부리》, 연길: 연변문학, 2015년 제8호.

는 바보로 취급되지만 《논어》의 중요한 구절을 술술 외우고 슬그머니 여자를 밝히며 은혜는 반드시 갚고자 하는 그의 내면을 엿볼 수 있다. 더더구나 "나"의 일가가 탄갱 마을로 이사를 가게 되자 "커지부리"는 달리 인사를 할 방도가 없으니 집에서 기르던 "얼마즈"라는 개를 가져다가 잡아먹으라고 내놓는다. 이 놈의 개가 다시 찾아오자 "커지부리"는 부득부득 100여 리 길을 달려가 개를 넘겨준다. 이 작품의 마지막에야 아버지의 입을 통해 드러나지만 "커지부리"는 지주(地主)의 아들이고 국민당 하급 장교로 있었고 항일전쟁에도 참가했지만 개인의 성분에 의해 모든 운명이 판가름 되던 때라 평생 개밥에 도토리 신세로, 바보 취급을 당하면서 비인간적인 생활을 한 것이다.

최국철의 중편 《왕씨》(2013)는 거칠고 우락부락하나 정의감이 있고 인간성이 좋은 "왕씨"라는 한족의 형상을 그렸는데 2013년 "민족문학상"을 수상했다. 이 작품에 대해서 우상렬은 《미추 <교향곡>의 인물－최국철의 '왕씨'》라는 평론에서 이 작품은 빅도르 위고의 《빠리 노뜨르담》과 상호텍스트성을 갖고 있다고 분명히 지적하고 미(美)와 추(醜)가 대조되는 왕씨의 형상을 구체적으로 다루었다고 언급했다.[59] 그러므로 여기서는 약하기로 하고 류정남의 단편 《이웃집 널다란 울안》(2016)을 살펴보기로 한다.

류정남(1963-)은 흑룡강성 림구현에서 나서 자랐다. 연변대학 성인교육학원 조선언어문학학과를 나왔고 34세까지 흑룡강성의 잡거 지역에서 살다가 1996년 연변에 이사를 와서 현재 훈춘에서 교사로 일하고 있다. 그는 "오래전 이웃에 함께 살았던 타민족들의 중후한 인간성, 끈질긴 로동능력, 뿌리깊은 생명의식과 삶에 대한 진지한 태도, 생활습속… 등이 머리속에서 떠나지 않았다"고 하면서 "현시대 우리민족의 생활의식과 태도에 얼마만큼이라

59　최국철, 《왕씨》, 장춘: 장백산, 2013년 제3기.

도 충고와 도움이 되게" 하기 위해 《이웃집 널다란 울안》이라는 소설을 쓰게 되었다고 수상소감에서 밝힌 바 있다.[60] 이 작품은 작가의 말 그대로 풍속적인 장면을 통해 한족의 원형적인 기질과 성격을 해학적으로 그리고 있다. 이 마을은 절대 대부분이 조선족인데 장곰보라는 한족 영감네 일가족이 닭무리에 오리가 끼운 것처럼 살고 있다. 그는 넓은 울안에서 살고 있었는데 몇 해 전 난봉꾼으로 소문이 난 "나"의 아버지를 넘어지는 통나무 밑에서 구해준 은인이었다. 조선족 동네라 주로 벼농사를 했지만 장곰보는 모두가 손대기 싫어하는 밭농사를 했다. 그는 커다란 벽돌 기와집을 덩실하게 지어 놓고 살았는데 평소에 절약하는 습관이 몸에 배인 사람이었다. 하지만 조선족 촌민들이 돈을 꾸어달라고 하면 선선히 내놓았다. 뿐만 아니라 그는 "항미원조전쟁"때 조선에 나가 싸운 적 있었으므로 늘 "조선사람이 참 좋은 사람이!" 하면서 조선족들을 칭찬하였다. 그는 이웃에 사는 "나"를 자기 손자인 오산(五山)이와 마찬가지로 귀여워하였다. "나"는 늘 오산이와 그의 누나 얼아(二丫)와 함께 장곰보 영감네 울안에서 놀았는데 그는 늘 "나"를 보고 허허 하고 웃으면 반겨주었다. 배가 고프면 "나"에게 밥을 주기도 했다.

이 작품 역시 박옥남의 단편 《마이허》처럼 한족들의 풍속과 습관을 리얼하게 그려 분위기를 돋우고 있다. 음력설을 여러 날 앞두고 장곰보네 집에서는 검붉은 대문 양켠에 붉은색 주련을 멋지게 붙인다. 뿐만 아니라 그믐날 저녁이면 장곰보네 대문 앞과 널찍한 울안은 참말로 요란하다. 동네 사람들이 고개를 갸우뚱할 만큼 많은 돈을 팔아서 숱한 폭죽을 사들여 밤 12시에 액운과 귀신을 쫓고 새해의 운수와 복, 재물을 맞이하는 폭죽 터치기를 했다. 반시간 남짓이 폭죽을 터치우면 이튿날 온 마당이 폭죽 쓰레기와 화약 냄새로 코가 벌렁해지는데 그것을 여러 날 동안 쓸어버리지 않고 그대로 두었다.

---

60   류정남, 《자신을 반성하고 검토하는 기회》, 연길: 연변문학, 2017년 제11기, 135-136쪽.

그것은 마당에 넘치는 운수와 복을 비로 쓸어버리지 않는 습속이 있기 때문이었다. 그 운수와 복이 마당과 집, 온 집 식구들의 몸에 다 배일 때까지 그대로 둔다. 폭죽을 다 터뜨리고 나면 모두들 뜨뜻한 집안에 들어가서 둥그런 밥상에 둘러앉아 물만두를 먹었다. 그리고는 할아버지와 할머니가 붉은색 종이로 싼 세뱃돈을 손자들에게 일일이 나누어주었다.

장곰보에 울안에는 아주 비싼 홍송으로 만든, 뚜껑이 6촌이고 양옆의 널 두께도 6촌이며 밑바닥 널 두께도 6촌인 류류관이라고 부르는 관이 놓여있었다. 길이 182센티, 너비 122센티, 높이 62센티, 뒷자리 수가 모두 2이다. 이렇게 관을 짜야만 죽은 사람의 시신이 썩지 않고 산 사람도 무병장수한다고 여긴다. 옛날부터 미리 관을 갖추어 둔 사람이 더 건강하고 장수한다고 여겼기 때문이다. 장곰보는 이 관을 볼 때마다 무척 흡족해했다. 그리고 토장(土葬)을 화장(火葬)으로 바꾼다는 소식을 듣고 걱정을 한다. 아무튼 장곰보가 죽자 그의 장례식은 굉장하게 치러진다. 온 식구가 흰 광목천으로 만든 주머니를 머리끝에서 무릎까지 뒤집어쓰고 커다란 관을 울안 한복판에 놓고 그 위에다 높다랗게 나무틀을 만들고 풍막을 치고 주위는 검은 천으로 둘러막고 커다란 흰 꽃을 한가운데 달아놓고 삼일장을 치른다. 마을의 조선족 남녀노소는 눈들을 휘둥그렇게 뜨고 구경한다. 한족들이 죽음에 대해 얼마나 경건하고 죽음을 준비하는 과정으로부터 장례를 치르기까지 얼마나 죽은 사람에 대해 예를 갖추는지 알 수 있다.

또 하나 짚고 넘어갈 것이 있다면 바로 후손을 낳아 대를 잇는 일에 대한 한족들의 깊은 관심이라 하겠다. 장곰보는 "나"의 작은 고추를 보면서 "네 고추가 그렇게 작아서는 안되는데…", "아무래도 네 애비한테 일깨워줘야 될 것 같아. 어느 것이 요긴하고 큰일인지 모르구 맨날 술에만 취해 살아서야 될 말인감?" 하면서 "나"의 후사(后嗣)에 대해 근심했다. 그리고 구기자를 오산이와 "나"에게 주면서 먹으라고 한다. "사내놈이라면 그래도 저 종자수

돼지처럼 불퉁이 커야 해. 니눔들두 어서 커서 장가를 들어 아들딸을 주렁주렁 낳고 사는 걸 보아야겠는데…" 하면서 껄껄 웃었다.

조선족 촌민들과 다른 장곰보의 가장 큰 성격적 특징은 그의 뛰어난 경제적 안목과 근면성이다. "한족만큼만 부지런하고 절약정신이 있으면 누구나 다 부자가 될 수 있을 것이여!" 하고 조선족 촌민들이 말하다시피 장곰보네 식구들은 모두 부지런한 사람들이다. 장곰보는 넓은 울안에 돼지를 키우고 닭과 오리를 쳐서 돈을 벌었다. 뿐만 아니라 조선족들이 거들떠보지도 않는 밭농사를 지어 마침내 마을에서 으뜸가는 부호(富戶)로 된다. 장곰보네 식구는 식사할 때도 늘 돈을 벌어들일 일을 놓고 이야기를 나누군 했다. 장곰보네 집에서는 종자 수퇘지를 키웠는데 남의 암퇘지와 교미를 할 때마다 돈을 벌었다. 이처럼 이 작품은 장곰보와 그의 가족의 일상을 통해 허례허식보다는 실리를 따지는, 순후하고 부지런한 한족의 기질과 성격을 생동하게 그렸다.

요컨대 세기 교체기 조선족 소설들은 다양한 한족의 형상을 창조함으로써 코리안 드림 후 조선족의 삶의 기반을 잠식(蠶食)하고 전통적인 농촌공동체의 새로운 주인으로 부상하는 한족들, 조한 두 문화의 상이성과 동화의 비애, 한족과 조선족의 숙명적인 공존공생의 원리, 한족들의 끈질긴 생명력과 그들의 풍속과 습관, 한족과의 비교를 통한 조선족 자체에 대한 반성과 비판 등을 시도하고 있다. 따라서 조선족의 중국에의 현지화, 국민적 정체성의 자각과 재조정과정을 형상화했다는 데 의미가 있다고 하겠다.

제6장   결론: 경계지대문학의 잠재적 창조성

개혁개방 후 상업화, 도시화의 물결이 일면서 조선족은 산해관 이남의 연해 도시로 진출하였고 "88서울올림픽", 특히 1992년 중한수교를 계기로 한국진출이 본격화되었다. 코리안 드림은 조선족 사회에 긍정적인 에너지도 부여했지만 부정적인 작용도 많이 했다. 조선족 사회의 경제적 발전을 이룩할 수 있는 부의 축적, 새로운 기술과 경영관리방법의 도입 등은 긍정적인 방면이라 하겠으나 배금주의와 일확천금의 요행 심리의 조장, 윤리 도덕적인 타락, 가족의 해체와 농촌공동체의 와해 등은 부정적인 방면이라 하겠다. 이러한 코리안 드림의 명암(明暗)을 두고 조선족 작가들은 여러 가지 문학활동을 통해 예각적인 대응을 시도했고 많은 작품을 창작, 발표했다. 이 책에서는 코리안 드림을 문학적으로 형상화한 산문, 시, 소설(주로 중, 단편소설)을 텍스트로 연구를 진행하였다.

이 책은 기존의 산발적인 연구성과를 비판적으로 수용하는 기초 위에서 역사적 유물론과 변증법적 유물론의 입장, 관점을 기준으로 넓은 문화적 시야를 가지고 코리안 드림을 문학적으로 형상화한 다양한 문학 텍스트의 내함과 외연에 대해 깊이 분석함으로써 텍스트와 문화신분의 내적 관계를 구명하고 텍스트에 내재한 사회적 가치와 미학적 가치를 깊이 있게 발굴하고자 하였다.

이 책은 우선 코리안 드림을 네 단계를 나누고 그 득과 실을 구명했다. 첫 번째는 1978년부터 "88서울올림픽"까지 친척방문이 위주로 되였던 단계, 두 번째는 "88서울올림픽"에서 "중국약 금지령"이 내렸던 1990년까지 약장사가 위주로 되였던 단계, 세 번째는 1991년에서 2003년까지 노무 수출이 위주로 되였던 단계, 네 번째는 2003년 9월 외국인고용허가제 시행으로 조선족들이 취업 활동을 할 수 있는 제도가 마련된 단계인데 2007년 방문취업제 시행 이후에 재한조선족의 수는 급속하게 증가되었다.

코리안 드림은 조선족 사회에 여러 가지 실혜를 가져다주었다. 첫째로 적잖은 조선족들을 유족하게 살 수 있게 하였고, 둘째로 조선족의 시야를 넓혀주고 선진적인 기술과 경영방법을 배우게 하였으며, 셋째로 우리 민족의 역사, 문화 전통을 보존하고 민족적 동질성을 회복하는데 유조했다. 하지만 한국국민과 조선족은 서로 몰이해와 갈등을 일으켰고 페스카마호 사건과 같은 참사를 빚어내기도 했다. 이에 대해서는 문학 텍스트에 대한 분석과 종합으로 보여주었다.

문학텍스트에 대한 분석을 하기 위한 전제로, 우선 탈식민주의 문화이론과 디아스포라의 시학으로 과경민족인 조선족의 이중문화 신분에 대해 고찰하고 그들이 살고 있는 경계지대의 잠재적 창조성에 대해 논의했다. 조선족은 조선반도에서 중국에 이주한 과경민족으로서 비교적 늦게 중화민족의 대가정에 편입된 소수민족이다. 1945년 8월 항일전쟁승리 후 재중조선인사회는 급속한 정치, 경제, 문화적 변화를 겪게 되며 1949년 10월 중화인민공화국 창립을 계기로 국민 자격을 취득한다. 하지만 조선족은 감정과 정서, 지어는 민족관과 국가관에서도 일부 애매모호한 인식과 혼란상을 보여주었다. 그러나 주덕해와 같은 조선족 지도자들의 올바른 선택과 꾸준한 노력으로 구역자치를 실시하고 조선족 사회가 중화민족의 일원으로 사회주의 건설에서 주인공의 역할을 수행하게 하였다. 그러나 부절히 일어난 정치운동으로 말미암아 조선족은 민족적 정체성마저도 지킬 수 없었다. 개혁개방 후 정판룡, 박창욱 등이 조선족의 이중문화 신분, 중국에서 활동한 조선인 혁명가들의 "이중사명설" 등 관점을 내놓음으로써 조선족의 이중문화 신분에 대해 견해의 일치를 가져오게 되었다.

그후 김강일이 초국가성의 시각과 변계효용론의 관점으로 조선족 문화의 특성과 창조적 가능성에 대해 논지를 폈고 김호웅 등이 디아스포라의 관점으로 경계지대에 있는 조선족 사회 또는 문학이 갖는 잠재적 창조성에 대해 분석, 논의했다. 향수(乡愁)는 디아스포라의 영구한 감정이며 그것은 또 잃어버린 에덴동산에 대한 인류의 원초적인 향수와 이어져 제국의 식민지배와 근대문명에 대한 비판적 기능을 수행할 수 있다. 말하자면 "집"이 없는 디아스포라의 이중적 정체성의 갈등과 이를 극복하기 위한 다양한 시도들, 이를테면 민족적 정체성을 잃은 자의 고뇌와 슬픔, 모체문화로의 회귀와 환멸, 상호 이해와 반성을 통한 소통과 화해, 근대와 전근대의 모순과 충돌, 이질적인 문화들의 숙명적인 공존과 공생 등 감동적인 이야기를 펼칠 수 있으니 이중적 정체성의 갈등은 현대문학의 최고의 주제-인간의 소외와 그 극복과 맞닿아있으며 그것은 인류의 보편적인 공감대를 획득할 수 있다. 또한, 디아스포라는 모국과 거주국 사이에서 이중적 정체성의 갈등을 경험하기도 하지만 "경계의 공간"을 차지하고 있기에 보다 넓은 영역을 넘나들 수 있다. 이러한 문화계통은 쌍개방적인 성격을 지니며 보다 강한 문화적 전환기능과 예술적 창조력을 갖게 된다.

이 무렵 조선족 사회 내지 문단사회는 개혁개방과 다원적인 문화환경, 특히 코리안 드림을 통한 한국문학과의 교류를 통해 비약적인 발전을 가져왔다. 문학의 교류는 주로 인적 교류와 서적, 텔레비전, 방송과 같은 대중

전파 매체를 통해 이루어졌는데 언어와 문체, 서사구조와 기교 등 여러 면에서 조선족 문학은 한국문학의 영향을 자유롭게 받을 수 있었다. 또한, 이 시기에 조선족 사회의 위기를 극복하기 위한 문학적 노력의 한 갈래로 "민족적 사실주의" 경향을 지닌 작품들이 나오게 되었고, 중국 주류문학이 가져온 무명(无名)의 자유로운 문학 환경 속에서 노신 이래의 계몽문학의 전통을 계승하여 정신적 방황상태에 있는 조선족 사회를 향해 "계몽, 호소"하는 작품들이 나왔는가 하면, 반성 문학의 연장선에서 인권에 대한 유린과 문화에 대한 파괴 등 시대적 비극을 보여주는 작품들이 나왔으며, 코리안 드림의 과정에서 겪게 된 조선족의 아픔과 고뇌를 세상에 알리는 작품들도 쏟아져 나왔다.

이 책은 이러한 사회문화적 콘텍스트와 중한 양국의 문학을 비롯한 세계 문학의 영향 하에 놓인 조선족 문학의 거시적인 움직임 속에서 코리안 드림을 형상화한 조선족 작가, 시인들의 산문과 시, 소설을 미시적으로 분석하였다. 주로 작가의 한국체험의 깊이, 문화신분의 변화, 주제와 예술적 형식의 변화에 따라 코리안 드림을 다룬 문학 텍스트들을 세 단계로 나누어 고찰했다. 하지만 이 결론 부분에서는 서술의 편리에 따라 산문, 시, 소설로 나누어 종합하고자 한다.

산문의 경우, "88서울올림픽"을 전후로 해서 한국체험을 다룬 수기, 수필들이 나오기 시작했는데 가장 영향력이 컸던 것은 김재국의 장편 수기《한국은 없다》와 류연산의 장편수기《서울바람》이다. 임국현은 김포공항에 들어서자마자 외국인들과 함께 줄을 서야 하는 자신, 세관을 통과할 때 엄격한 조사를 받아야 하고 인간적 멸시와 수모를 감내해야 하는 조선족 형제자매들을 보고 한국 측에 대한 분노를 느낀다. 산천은 한국의 철부지 소년들까지 조선족 동포를 "중국개(狗)"로 조롱하는 그러한 수모를 당한 나머지 한국의 각박한 인심과 민족적 이질성이 굳어진 한국의 현실을 두고 개탄한다. 조성희 역시 이산가족 1세와 달리 그 아래 세대들은 점점 혈육의 정이 식어가고 서로 남남으로 살고 있는 현실을 두고 우려한다. 더더구나 오태호의 《거만한 사람, 어리석은 사람》과 같은 수기에서는 한국 손님들에게 당한 괄시와 수모를 통해 허세를 부리고 경박하고 믿음성이 없는 한국인을 질타한다. 한국이라는 환상의 공간이 현실적 공간으로 다가온 것이다.

김재국의 장편 수기 《한국은 없다》는 유학 생활을 통해 한국국민과 조선족의 반목과 갈등, 조선족의 서러움과 아픔을 증언하고 대변했다. 큰소리만 탕탕 치는 한국인의 자고자대와 협애한 민족주의, 가부장적인 수직 사회의 논리와 남존여비의 폐습, 한국 정치판의 비정과 비리, 만연되고 있는 향락주의문화와 여유없는 한국인의 삶, 특히 조선족에 대한 한국국민의 몰이해와 언론의 오도 및 한국 정부의 해외동포 정책의 부재 등에 대해 속속들이 까밝히고 신랄하게 비판했다. 하지만 적지 않은 경우, 전근대적인 윤리와 도덕으로 한국의 현대문명을 비판하고 있으니 이 작품은 근대적인 의식과 전근대적인 의식, 도시문화와 농경문화의 반목과 대결이라는 구조를 이루고 있고 무조건 후자의 손을 들어주고 있어 일부 한계를 드러냈다. 말하자면 낙후한 상태가 보다 인간성에 가깝고 보다 선진적이라는 논리는 지양되어야 할 것이다.

코리안 드림을 다룬 산문들 속에서 두 번째로 주목할만한 것은 류연산의 《서울바람》과 김혁의 《천국의 하늘에는 색조가 없었다》이다. 전자의 경우, 한국의 졸부들과 사기를 친 일부 한국인들을 고발, 비난하기도 하지만 남의 나라 법을 어기고 가짜 약과 마약까지 팔아 돈을 벌고 중국을 찾은 한국 손님들의 등을 쳐먹거나 사기를 친 일부 조선족들에 대해서도 고발, 비판한다. 하지만 "한국의 어머니" 오금손 여사, 한국 광복회 강원도 지부장 류연익, 연변하상시력장애강복센터 주임 홍영희 등 인물들을 통해 비록 한국국민과 조선족들 사이에는 이러저러한 오해와 충돌이 있지만 그래도 피는 물보다 진하며 동포애는 그 어떤 이념의 장벽으로도 막을 수 없음을 확인한다. 특히 이러한 불신과 반목을 극복하고 서로의 상처를 치유할 수 있는 영단묘약은 단군의 홍익인간의 이념이라고 했다. 객관적이고 균형있는 시각과 함께 서로의 상처를 치유할 수 있는 대안까지 내고 있어 젊은 지성의 폭넓은 인문학적 시야를 보여준 수작이라 하겠다.

김혁은 1990년대 중반 한국초청 사기 사건으로 조선족 사회가 크게 몸살을 앓고 있을 때 젊은 지성의 용기와 책임감을 안고 불철주야 취재를 하고 붓을 달려 《천국의 꿈에는 색조가 없었다》라는 장편 수기를 펴냈다. 한국초청 사기 사건에 대한 전방위적이면서도 치밀한 조사에 바탕을 둔 기록이기에 문헌적 가치와 사회적 가치를 가지고 있다. 작품은 이러한 피해를 보상받기 위해 목숨을 걸고 싸운 리영숙과 같은 지성인들의 눈물겨운 모습을 생생히 그렸다. 뿐만 아니라 한국초청 사기 사건과 "한옥희사건"을 연계시켜 분석, 논의함으로써 조선족 자체의 무지와 몽매, "부에 대한 다급하고 변태적인 집착"이 화를 자초했음을 날카롭게 지적했다. 이 작품은 한국초청 사기 사건에 대한 기록과 증언으로서, 사리 분명하고 준엄한 문체도 좋지만 비유와 은유를 적재적소에 구사해 형상적 감화력을 높임으로써 조선족 사회에서 커다란 반향을 일으켰다.

코리안 드림의 과정에서 나타난 조선족의 정체성의 변화에 초점을 맞춘 작품, 즉 세 번째 단계에 속하는 작품으로 김문학의 《한국인이여, '상놈'이 되라》와 《중국조선족대개조론》, 예동근 등의 《조선족 3세들의 서울이야기》를 다루었다. 2001년 4월에 열린 "김문학현상과 비교문학의 시각 및 방법론 세미나"에서 발표한 김호웅의 개회사와 조성일의 폐회사 및 김관웅의 《식민지사관과 김문학현상》 등을 참조하면서 상기 두 작품에서 드러난 김문학의 민족적, 국가적 정체성의 혼란 및 그의 친일성향에 대해 세 가지로 나누어 분석, 비판하였다. (1) 그의 그릇된 민족적 입장이다. 그는 "문화적 삼중 인격자", "무국적 지구 촌민"으로 자부하지만 사실 그는 말과 행동으로 일제의 식민지정책을 위해 변호했고 신친일파의 정체를 드러냈다. (2) 조선민족에 대한 입에 담지 못할 악담과 독설을 퍼붓고 그의 인격적 정체를 드러냈다. (3) 그의 저열한 학문적 자세와 문풍도 드러냈다. 요컨대 그는 한 민족문화가 타민족의 문화와 접촉하고 선택하고 충돌하는 과정에 나타나는 인격적 분열 또는 이중적 양상을 띠는 그러한 "경계인" 또는 "박쥐형 인간"이라 하겠다.

예동근 등 12명의 재한조선족의 젊은 지식인들이 펴낸《조선족 3세들의 서울 이야기》는 그들의 포부와 야망, 분투의 역정과 함께 그들의 정체성의 변화를 보여준 데 의미가 있다. 이들 조선족 3세들의 공통점은 모두 중국의 조선족 출신이며 모두 어려운 소년기를 거쳐 오로지 자기의 총명과 노력으로 중국의 일류대학에 입학했고 또 한국에 가서도 서울대학교, 고려대학교와 같은 명문대학에서 석, 박사과정을 마치고 대학교 교수나 대기업의 연구원 또는 대형변호사사무소 변호사 등으로 활약하면서 한국에 정착하려고 한다는 점이다. 그들 개개인의 경력과 인생역전의 성공 스토리에 대한 분석을 통해 그들은 조선족 노무자들과는 달리 한국에 친화감을 느끼며 자신이 가지고 있는 다문화적 경험과 자질, 총명과 지혜를 십분 살려 자기의 전공 분야에서 일가를 이루었다고 판단했다. 이들 조선족 3세들은 이방인이라는 콤플렉스를 떨쳐버리고 동아시아 3국 어느 나라나 다 "고향과 같은 소속감"을 느끼고 그 나라의 문화를 체화하고 있는가 하면 지어는 구미 국가에 가서도 언어의 장벽이 없이 도전하고자 하는 목표를 갖고 있는데 이러한 자주적인 선택과 다중정체성은 글로벌 시대의 필연적인 산물이요, 궁극적으로는 조선족의 삶의 지평과 문화영토를 확장하는 좋은 결과를 가져올 것이라고 내다보았다.

시문학의 경우, 과경민족은 거주국과 고국 사이에서 정체성의 갈등을 겪기 마련인데 이러한 정체성의 갈등은 코리안 드림을 계기로 새롭게 불거져 나오기 시작했다. 그리고 다원공존, 다원공생의 시대에 들어서고 탈식민주의 문화이론이 널리 전파됨에 따라 디아스포라에 대한 논의가 활기를 띠면서 민족적 정체성을 찾고자 하는 노력이 가시화되었다. 이러한 노력은 주로 이민의 아픔과 사무치는 향수를 노래한 작품과 고국의 통일에 대한 열망을 노래한 작품으로 나타났다. 리삼월의《접목》은 본격적으로 이중적 정체성의 갈등을 다룬 조선족 시문학의 효시라 하겠다. 김동진의 서정시《온성다리》는 두만강이라는 객관적 상관물을 통해 온성다리는 끊어졌지만 그 아래로 "끊어지지 않는 두만강"이 흐르고 있다고 하면서 고국에 대한 사무치는 향수와 고국 통일의 필연성을 노래했다. 리성비의《손금》도 민족의 역사와 전통에 대한 회귀를 노래했지만 고향을 노래한 김철의 시들이 일품이라 하겠다.

중한수교가 이루어지자 리성비는 그의《고국전화》라는 시에서 1992년 8월은 끊어졌던 핏줄이 다시 이어진 날이라고 노래했다. 그 무렵 한국을 찾은 조룡남, 김동진, 정철, 김학송 등 시인들도 고국의 모습을 시적으로 노래했다. 김학송의《서울녀자들》은 현대화로 치닫고 있는 서울 시민들의 시체 멋을 보여주려 했으나 무병신음한 흔적을 남기고 있다. 리문호의《명동거리》에서는 서울 중심가에서 위화감을 느끼는 자신을 발견하지만 "하나의 큰 자존"을 위해 이 거리를 그런대로 사랑하고 싶다고 했다. 지난 5,6십년대 "우파분자"나 "조선특무"로 두들겨 맞은 적 있는 조룡남과 김철의 경우는 고국을 대하는 태도가 좀 다르다. 역사와 전통의 흐름 속에서 고국을 돌아보고 자신의 정체성을 다시 정립한다. 조룡남은《님밀레종》에서 막연한 전설로 내려오는 에밀레종의 전설을 패러디해서 자신의 구슬픈 심회를 노래했다면 김철은《춘향의 옛집》에서 고국을 떠나 기나긴 세월 타향살이를 했던 자신의 디아스포라의 감정과 격세지감을 반전의 기법으로 보여주고 해학과 익살로 세월의 흐름을 어찌할 수 없는 자신의 서운한 마음을 달랬다.

시인들은 고국에 대한 끝없는 향수를 시적으로 표현했을 뿐만 아니라 분단의 아픔을 달래고 고국의 통일에 대한 열망을 노래하기도 했다. 김철은 《휴전선은 말이 없다》와 같은 시들에서 고국을 두 동강을 낸 가시철망을 몽땅 거두어 용광로에 녹여 쟁기를 만들어 3천 리 금수강산을 갈아엎고 희망의 씨앗을 심을 수 있는 그날을 기원했고, 리임원은 분단의 처참한 현실에 대한 섣부른 고발과 비판보다는 남과 북의 바다를 마음대로 오가는 광어, 고래치, 문어에 대한 의인화를 통해 통일의 필연성을 확신했다. 고국의 통일에 대한 민족적 열망과 시적 상상력을 유감없이 펼쳐 보인 조선족 서정시의 백미는 윤청남의 《천지에서》라고 하겠다.

　다음으로 조선족 농촌공동체의 피폐상과 재한조선족의 고달픈 삶을 다룬 시들을 골라 분석, 논의했다. 김관웅은 도시화와 코리안 드림의 후유증을 고발한 작품들을 염두에 두면서 이 어려운 시대를 대신해, 고달픈 조선족을 대신해 울어주는 문학 경향을 "민족적 사실주의"라고 했는데 이에 해당하는 시작품으로 김응룡의 《기다림》, 《까치둥지》, 《공동묘지》 등을 들 수 있다. 《기다림》은 한적한 마을에 나타난 여인을 보고 개들이 짖고 산비탈에서 일하던 외기러기 사내들이 일제히 내려다보는 장면을 통해 코리안 드림으로 말미암은 부부 이산의 아픔, 노총각들의 결혼난 그리고 가정의 해체와 농촌공동체의 붕괴상황을 여실하게 보여주었다. 하지만 김응룡은 농촌공동체의 새로운 희망을 보여주지는 못했다.

　그렇다면 한국에 나간 조선족 형제들의 시작품들은 어떠한가. 림금철의 《피묻은 시》는 그의 많은 노동시의 서시에 해당하는 시인데 열악한 산업현장에서 가족을 위해 목숨을 걸고 일하는 조선족 형제들의 실존적 상황을 진실하게 표현했다. 다른 시 《그 자리에》에서는 죽을 각오를 하고 육중한 프레스 앞에 서야 하는 조선족 노무자들의 처지를 "그 자리", "면장갑"이라는 시적 이미지를 통해 눈물겹게 시화했다. 림금철의 시는 조선족 형제들의 피와 눈물로 얼룩진 시라고 한다면, 변창렬의 《고드름》과 같은 시는 오히려 역설의 미학을 통해 해학과 유머를 창출하고 이를 통해 현실을 초극하려 했다.

재한조선족 시인들의 시에서 주목되는 다른 한 주제 경향은 중국에 두고 온 고향과 부모처자, 친구들에 대한 그리움이다. 망향시의 경우 이전에는 주로 고국에 대한 그리움을 노래했다면 이들 재한조선족 시인들의 경우는 오히려 고국에서 연변을 비롯한 조선족의 거주지를 그리고 있고 중국에 두고 온 부모처자를 사무치게 그리고 있다. 윤하섭은《중국식품가게》라는 시에서 "땅콩같이 고소한 아내의 맛", "썩두부같이 진한 부모님의 향", "빼갈처럼 독한 친구들의 우정"이라고 했는데 이는 고달픈 한국체험을 하고 있는 시인들만이 쓸 수 있는 시라 하겠다. 특히 윤하섭의 시《커피》의 경우 고향에 두고 온 부모처자에 대한 사랑은 다른 민족에 대한 사랑, 인류에 대한 보편적인 사랑으로까지 승화되고 있어 감동적이다.

가족의 해체나 공동체의 붕괴를 두고 울어주던 단계, 또는 한국의 산업현장의 체험을 시적으로 형상화하던 단계를 지나 중국 현지의 조선족 시인들은 연변의 혼종성을 확인하고 민중의 끈질긴 생명력을 긍정, 찬미하며 현대문명의 폐단을 고발, 비판하는 단계로 들어갔다. 또한, 현대문명에 대한 비판은 자연스럽게 페미니즘 시와 생태시를 파생시켰다.

석화는 조시《연변》을 통해 시장경제와 도시화의 바람, 코리안 드림으로 말미암아 송두리째 흔들리기 시작한 "연변"에 대한 우환의식을 시적으로 형상화하고 조선족의 이민 근성을 유머러스하게 꼬집었다. 또한, 조선족 사회의 가치관의 혼란과 윤리 도덕적 타락상을 "백도라지"라는 객관적 상관물을 통해 의인화한《연변·8 ─ 도라지》도 수작이지만, 민중의 끈질긴 생명력을 믿어 의심치 않은《연변·9 ─ 빈들》도 백미라 하겠다. 시인은 연변의 혼종성과 조선족의 이중문화 신분을 시적으로 형상화하는데 제일 성공한 시인이라고 하겠는데, 그의 시《연변·7 ─ 사과배》와《연변·8 ─ 기적소리, 바람소리》가

이를 입증한다. 전자는 조선족의 이중정체성을 사과배라는 메타포를 동원해 형상화했고 후자는 조선족이 살고 있는 경계의 공간과 조중 두 민족의 숙명적인 공존과 공생의 논리를 생동하게 형상화했다. 또한, 상호텍스트성의 원리와 방법 또는 패러디의 기법을 자기의 시 창작에 지혜롭게 도입해 《한배를 타고》, 《연변·11－방천에서》와 같은 시를 창작했다. 이를테면 《연변·11－방천에서》는 이육사의 시를 상호텍스트성의 원리와 방법으로 수용하였다. 하지만 이육사의 《절정》에서는 극한 상황에서의 결의를 "강철로 된 무지개"로 형상화한 데 반해 석화의 시 《연변·11－방천에서》는 바다로 통하는 길이 막힌 연변사람들의 한을 짜디짠 "소금"으로, 바꾸어 말하자면 두만강 개발의 시대를 당겨 와야 할 연변사람들의 소명의식을 노래했다.

현대문명에 대한 비판은 주요한 주제로 부상하는데 김파와 박정웅 같은 시인들은 인간의 무절제한 욕망을 꼬집어 비판하기도 하고 "삶"과 "삶다"는 동음이의어를 재치있게 대비, 반복해 서로 물고 뜯는 인간관계의 본질을 까밝히기도 했다. 하지만 김철은 《대장간 모루우에서》라는 시에서 모루 위에 놓여 매를 맞는 벌건 쇳덩이라는 객관적 상관물을 통해 모진 시련을 거쳐야만 인간으로 성숙된다는 철리를 보여주었고 리상각은 《허수아비》에서 관습적 상징의 틀을 깨고 개인적 상징을 창조함으로써 속세에 물들지 않고 득도와 달관의 경지에 서 있는 시인의 청고한 삶의 자세와 지향을 해학적으로 노래했다.

현대문명에 대한 비판의 한 갈래로 페미니즘 시와 생태시를 들 수 있다. 페미니즘 시의 경우, 김영춘은 《8월의 호수가에서》는 미끼를 물고 수면에 떠오르는 물고기를 통해 마조히즘적 경향을 드러냈고, 허련화의 《강너머 마을》에서는 남성 중심의 세계에서 벗어나려는 현대 여성의 일탈 욕구를 대담하게 표현했으며, 천애옥의 《도》는 "몸으로 글쓰기"의 전형적인 사례로서 남녀 간의 성적 교합을 은근히 드러내면서도 의미의 모호성, 암시성, 다의성을 기하고 있다. 생태시로는 최룡관의 《나의 참회록》, 《청동사슴이 튀는 소리》와 같은 작품이 나오기는 했지만 그것은 아직도 하나의 문학운동으로 되지 못했고 생태주의라는 생경한 관념을 호소하거나 강요하는 저차원의 참여문학으로 되고 있지 않으면 농경사회, 지어는 원시사회로의 회귀를 갈구하고 있어 적잖은 문제점을 남기고 있다. 마지막으로 현대시는 은유와 상징과 함께 아이러니와 역설을 기저에 깔고 주로 이미지를 창출하는데 김학송의 《예감의 새》(5)나 최룡관의 《시를 쓰는 일》과 같은 작품은 현대시의 한 보기로 된다고 하겠다.

소설의 경우에도 그 주제 경향이나 형식과 기법에 따라 세 단계로 나누어 분석, 논의했다. 코리안 드림 초기 조선족 소설에 나오는 한국은 인정이 넘치고 일확천금의 기회를 잡을 수 있는 곳이었다. 그 후 한국은 부자로 될 수 있는 상상의 공간, 문화적 갈등과 반목의 현실적 공간에서 한국인의 인간적인 면을 발견하고 그들을 이해하는 화해의 공간으로 나타난다. 이를테면 윤림호의 《아리랑고개》와 같은 작품에서는 코리안 드림에 부푼 조선족 사회의 일면을 잘 보여주고 있는데 한국 친척들의 요청이 가족 사이의 새로운 갈등의 요인이 되기도 한다. 하지만 정작 한국에 간 조선족들은 일가친지들을 비롯한 한국인들과의 이질감을 느끼게 되었으며 상호 불신과 반목, 원망과 갈등을 경험하게 되었다. 강호원의 《인천부두》는 한국을 인간의 선량한 마음을 좀 먹고 조선족의 아내를 앗아가는 곳으로 본다. 정형섭의 《가마우지 와이프》는 위장 결혼한 남편에게 일방적으로 당하기만 하는 조선족 여성의 분노를 표출하고 있고 박옥남의 《내 이름은 개똥네》는 "개똥네"라는 메타포를 동원해 한국에서 도무지 설 자리를 찾을 수 없는 조선족의 외로운 처지를 대변하고 "나 또는 우리는 누구인가?"라는 중요한 물음을 제기하고 민족적 정체성의 갈등을 심도 있게 다루었다. 하지만 조선족들은 한국인들과 함께 일하고 생활하는 가운데 그들 마음속에 깊이 숨어있던 인간성과 동포애를 발견하고 그들에 대해 이해하게 된다. 김남현의《한신 하이츠》와 강호원의 《쪽빛》은 조선족 동포와 한국의 노동자들과의 연대성까지 다루고 있다. 이러한 소설의 압권은 리동렬의《백정 미스터 리》인데 겉보기에는 거칠고 우락부락하지만 그 내면은 아름다운 백정 "미스터 리"의 형상을 창조함으로써 조선족과 한국국민의 상호 이해와 화합의 가능성을 열어놓았다. 조성희의 《조개료리》역시 불구가 된 남성의 가슴속 깊이에 있는 "남성"을, 경쟁 사회에서 거칠어지고 남성화된 여성의 가슴속에 깊이 숨어있는 "여성"을 발견하기에 이른다. 바꾸어 말하면 한국인의 악마적 이미지 뒤에 숨어있는 인간성을 발견하고 이해와 화해를 이끌어냈다.

한국 현지에서 조선족과 한국국민이 갈등과 반목을 거쳐 상호 이해와 화해를 이루고 있다면 조선족 사회는 코리안 드림으로 거의 쑥대밭이 된 형국이다. 적잖은 작가들이 코리안 드림으로 말미암은 가족의 해체와 농촌공동체의 붕괴상황을 여실하게 보여주면서 각양각색의 인물 성격을 창조하고 있다. 박옥남의《둥지》가 그러하고 강재희의《탈곡》이 그러하다. 특히 리휘의《울부짖는 성》은 아내를 한국에 보낸 도시 남성의 비극을 다루고 있다. 성적 욕망은 인간의 무의식중 가장 원초적인 욕망이다. 그런데 대다수 사회인들이 성적 욕구의 불만족을 느낀다는 것은 그 사회의 불안정을 의미한다. 그러므로 이 작품은 코리안 드림의 후유증을 성적 욕망의 억눌림과 그 위기라는 차원에서 다룬 수작이라 하겠다.

또한, 일부 소설들은 동포도 모르는 한국인을 매도하고 이방인의 슬픔을 대변함과 아울러 조선족 사회의 향락과 남성사회의 무능과 타락, 가정의 해체와 여성의 일탈 등에 대해서도 일침을 놓고 있다. 강재희의《반편들의 잔치》는 재한조선족들이 점차 사치와 향락에 물젖어 패가망신하는 상황을 해학적으로 꼬집었고 박선석의《애완견과 주인》은 코리안 드림으로 말미암은 도시 시민의 사치한 풍조와 허영심 및 그 파탄을 신랄하게 풍자, 비판했다. 또한, 리혜선의 《터지는 꽃보라》는 한국에서 죽을 고생을 하면서 돈을 벌어가지고 귀국했지만 연변에서 오히려 자식과 남편 그리고 사회에 의해 소외되고 마는 이방인들, 조선족 동포들의 괴로움을 보여줌으로써 조선족 공동체의 진통과 소외의 주제를 익명이라는 장치를 통해 재치있게 풀어냈다. 그리고 김경화의 《원점》이나 김금희의 《개불》은 여성의 타락상을 꼬집은 소설이라면 허련순의 《하수구에 돌을 던져라》는 무능하고 저열한 조선족 남성사회를 타매함과 아울러 고루한 남존여비의 관습에 의해 소외되고 위축되던 한 여성의 자아의 발견, 그리고 분노와 도전의 과정을 다양한 소설적 장치와 기법으로 생동하게 그린 소설로서 페미니즘 소설의 대표작으로 자리매김이 된다.

코리안 드림의 문학적 형상화의 전반 과정을 보면, 작가들은 한국에 대한 동경과 환상, 현실적인 갈등과 고뇌를 거쳐 자기의 정체성을 조정하게 되며 소재적인 측면에서 다시 한국체험에서 중국체험으로 회귀하게 되는데 그것은 하나의 중심축을 가진 나선형 구조를 이룬다. 따라서 조선족 작가들의 정체성의 변화에 대해 고찰하기 위해서는 한족과의 관계를 다루고 한족의 형상을 다룬 소설들도 함께 고찰하였다.

박옥남, 최국철, 우광훈, 류정남, 김금희의 소설이 그러하다. 김금희의 《월광무》, 조성희의 《동년》, 우광훈의 《커지부리》, 류정남의 《이웃집 널다란 울안》과 같은 소설은 코리안 드림 이후 조선족의 삶의 기반을 잠식하고 농촌공동체의 새로운 주인으로 부상하는 한족, 조한 두 문화의 상이성과 동화의 비애, 한족들의 끈질긴 생명력과 그들의 풍속과 습관에 대한 이해, 조한 두 민족의 숙명적인 공존과 공생의 논리를 구체적인 인물과 사건을 통해 형상화했다. 바꾸어 말하면 코리안 드림 이후 조선족의 중국에 대한 새로운 발견과 현지화하기 위한 노력, 문화신분의 재조정과정을 형상화했다는 데 그 의미가 있다.

요컨대 코리안 드림은 조선족 사회 구성원들에게 커다란 상처를 주고 새로운 이산과 가정의 해체, 농촌공동체의 공동화(空洞化)와 민족교육의 위축 등 심각한 사회문제들을 초래했지만 다른 한편 고국과의 오랜 단절을 극복하고 보다 넓은 세계로 나가게 하고 경계지대에 사는 조선족들의 시장경제 의식, 기술과 경영방식의 일대 전환을 가져왔으며 중화인민공화국 공민으로서의 국민적 정체성을 더욱 절실하게 자각하는 결과를 가져왔다. 특히 문학의 경우, 소재와 제재의 범위를 대폭 확장할 수 있었고 한국문학을 비롯한 세계문학의 영향을 적극 수용해 새로운 인물 성격을 창조하고 정체성의 갈등과 조정과정을 형상적으로 보여주었으며 현대문명에 대한 비판을 진행하고 아이러니와 역설, 상호텍스트성과 패러디 등 수법과 기교를 받아들여 경계지대 문학의 잠재적 창조성을 유감없이 보여주었으며 조선족 문학이 중국 주류문학 내지 한국문학을 비롯한 세계 여러 나라 문학과 대화하고 소통할 수 있는 창구를 열어놓았다고 하겠다. 말하자면 코리안 드림을 다룬 조선족 문학은 비단 당대 조선족 문학의 다문화(跨文化) 제재 영역을 개척하는데 중요한 의의가 있을 뿐만 아니라 중국 당대 문학이 세계 조선어문화권 내지 세계문학과 교류할 수 있는 중요한 루트로 된다.

코리안 드림은 여전히 진행형이고 재한조선족에 대한 한국 정부나 민간의 차별시는 여전히 진행되고 있다.[1] 이에 대한 재한조선족의 반발도 만만치 않다. 작가들은 이에 대한 예술적 대응을 계속할 것이고 필자 역시 새로운 작가, 작품의 출현에 주목하면서 연구를 계속해 나갈 것이다.

---

1   김지연, 《같은 민족 아닌 기생충, 도 넘어선 혐오》, 세계일보, 2018년 8월 7일; 이현무, 《구로 이씨, 영등포 김씨, 이게 웃을 일이 아니다》, 법률방송뉴스, 2018년 12월 11일.

호화판 생고생

김학철

'촌닭 관청에 잡아다 놓은 것 같다'는 말이 있다. 생소하거나 번화한 곳에를 가거나, 또한 경험이 없는 일을 당해 어리둥절하게 됨을 이르는 말이다.

지난해 나도 집사람과 함께 이 촌닭 노릇을 한번 톡톡히 했다. 그러니까한쌍의 촌닭이었던 셈이다.

KBS의 초청으로 서울을 갔었는데 이 양반들이 예약해놓은 호텔이란 게의도적으로 우리 부부를 망신을 시키려고 한 게 아닌지 의심이 들 지경이었다.

우리 부부가 안내된 방은 11층에 있는 무슨 특실이라는 곳인데 알고 보니그 숙박료가 놀랍게도 일박에 무려 400달러란다.

침실과 객실이 따로따로인데다가 무엇에 쓰라는 건지 잘 모르겠으나 아무튼 전화기가 모두 4대, 텔레비전이 또 2대, 까짓것 네 대겠으면 네 대고 두대면 두 대고… 그런 건 우리하고 별로 상관이 없지만 문제는 좌변기였다.

이놈의 변기라는 게 우리로서는 난생처음 맞닥친 무슨 최신식인 모양이라대관절 어떻게 쓰는 건지를 알아야 말이지! 항공기의 조종석을 방불케 하는계기들이 수두룩이 달려 있는데 암만 연구를 해봐야 그놈의 용법을 깨칠재간이라곤 없었다.

하는 수 없이 창피를 무릅쓰고 웨이터를 불렀더니 의외로 친절하게 하나하나 조작을 해보이며 자세히 설명을 해주는 것이었다.

실습을 한 과정을 요약을 하면 아래와 같다.

일을 다 본 뒤에 화장지 따위 구시대적 물질이 필요없이 직접 수세를 하는데 젖꼭지모양의 노즐을 자유자재로이 움직여 어지러워진 배출구에다 초점을 맞추도록 돼 있을 뿐 아니라 물의 온도와 내뿜는 힘의 강약까지를 다 적당히 조절을 할 수 있게끔 되어 있다.

이 절차가 다 끝나면 잇달아서 온풍 버튼을 눌러 순식간에 모든 물기를 보송보송하게 말려버린다. 물론 이 더운 바람도 온도의 조절이 가능하다.

신선놀음에 도끼자루가 썩는 줄을 몰라도 이만저만이 아니었다. 우리가 어렸을 때는 화장지는 고사하고 그 흔한 신문지 조각도 없어서 다들 뒷막대기라는 막대기로 밑을 닦았다. 여름 같은 때는 더러 박잎, 호박잎 따위를 쓰기도 했다.

어떡하다 보니 선후가 뒤바뀌어 배설에 관한 이야기가 먼저 나와버렸다. 뒤늦게라도 순서를 차려야겠다.

이 호텔에는 1층과 지하층 그리고 4층과 12층에 각각 한식점, 일식점, 양식점 등 갖가지 식당들이 영업을 하고 있는데 우리 부부는 그중 어디에 가서도 먹고 싶은 것을 먹고 계산서에다 '김학철'이라고 이름 석 자만 서명을 해주면 그만이었다.

나는 팔십 평생을 살면서도 이런 딱 기막히는 상팔자를 누려보리라고는 꿈에도 생각을 못했다. 그야말로 '개천에 든 소'나 마찬가지의 최상등 팔자였다.

하지만 좋은 일에는 흔히 방해되는 일이 생기게 마련.

그놈의 메뉴라는 것을 아무리 들여다보아야 뭐가 뭔지 알 수가 있어야 말이지. 까막눈이가 관청에서 보내온 고지서를 들여다보는 거나 마찬가지.

그렇다고 체면상 웨이터더러 "우리는 뭘 먹어야 좋으냐?"고 물어볼 수도 없는 노릇. 그렇잖아도 이웃 테이블에서 식사를 하고 있는 황색 피부, 백색 피부, 흑색 피부의 점잖은 손님들. 그 손님들의 눈길이 자칫하면 촌티가 줄줄 흐르는 우리 부부에게 쏠리기 쉬운 판에 도대체 뭘 먹어야 좋을지를 모르겠으니 이런 진땀이 날 노릇이 또 어디 있단 말이.

우리 부부는 네 눈만 멀뚱멀뚱 마주볼 뿐.

탁 틔었던 먹을 복이 도로 콱 막히는 마당이었다.

"아무거나 하나 짚어봐요."

집사람이 참다참다 못해 소곤거렸다.

"허턱대고 어떻게?…"

나도 자연 도적놈 개 꾸짖는 소리로 되받아 물었을 밖에.

"아이참!"

"짜증은 왜 내?"

급기야 부부싸움으로까지 치달았다.

절망적인 상태에서 가까스로 풋면목이나 아는 요리 하나를 집어서 당장 망신은 모면했으나 그 다음부터가 문제였다. 끼니마다 외마디장단으로 똑같은 것을 먹어야 했기 때문이다.

우리 부부는 웨이터에게 의심을 살까봐 '우리가 이 세상에서 제일 좋아하는 요리가 바로 이거다'는 인상과 '다른 요리는 먹으면 대번에 구토 설사를 하는 까닭에 절대로 입에다 대지도 못한다'는 인상을 동시에 심어주기 위해 무진한 애를 썼다.

우리의 이런 고육지계를 그 녀석은 종내 눈치를 채지 못하고 말았을 걸로 나는 지금도 확신을 하는 터이다.

그놈의 식당들이 설렁탕이나 떡만둣국 따위 서민들의 음식을 팔았다면 이런 고생은 안해도 될 텐데, 같잖게 다들 고급으로만 놀아나는 바람에 우리 부부는 사주팔자에도 없는 생고생을 해야 했던 것이다, 애매하게.

사서 하는 고생이 자꾸 겹치니까 무던하기로 소문이 난 집사람도 자연 푸념을 하게 될밖에.

"한 100달러짜리 일반실에다 들여주구 나머지는 돈으로 줬으면 좀 좋아."

"식대를 내주고 맘대로 나가 사먹으라면 될 걸 가지구. 그러면 10분의 1도 안 들것 아냐."

그러니까 그 나머지 10분의 9는 현금으로 챙기겠다는 수작이다. 나는 근 50년을 같이 살면서도 우리 집사람이 이 정도로까지 고명하신 실용주의적 경제학자일 줄은 미처 몰랐던 터라 한동안 벌린 입을 다물지 못했다.

이 모든 웃음거리는 생활양식이 서로 다르거나 차이가 나는데서 빚어진 것으로서 우리 부부가 수십 년 동안의 우물안 개구리 노릇만 안했던들 있을 수가 없는 일이다.

오래전의 이야기가 되겠지만 팽덕회 장군이 알바니아를 방문했을 때의 일이다. 알고 보니 그 나라 사람들의 습속은 우리와 달라서 긍정을 할 때는 고개를 가로 흔들고 부정을 할 때는 고개를 끄덕인단다. 외국사람이 멋도 모르고 갔다가는 낭패를 보기 십상이다.

예컨대 젊은 여성을 보고 "저와 결혼해주시겠습니까" 하고 묻는데 그 여성이 싫다고 고개를 끄덕이는 것을 승낙하는 줄 알고 너무 기쁜 김에 댓바람 허리라도 껴안았다가는 뺨을 맞기가 딱 알맞겠기에 말이다.

이렇듯 각기 다른 습속 때문에 나는 일본에 가서도 한번 우습게 골탕을 먹은 적이 있다.

어느 여성단체의 요청으로 강연을 하는데(청중의 약 90%가 여성) 천사같이 아름다운 아가씨 하나가 그림자처럼 나타나더니 연탁에다 얌전스레 차 한 잔을 놓아주었다. 차가 너무 좀 뜨거운 것 같아서 식으면 마시려고 그냥 놔두고 나는 강연을 시작했다.

한 15분쯤 지나서다.

'이젠 마셔도 되겠지.'

마음속으로 가늠을 잡을 즈음에 이 천사 같은 아가씨가 또다시 나타나더니 일껏 식혀놓은 내 차를 난딱 들고가버리는 게 아닌가.

'아뿔싸, 얼른 마셔버릴걸!'

한데 이 아가씨가 괘씸스럽게도 또 뜨거운 차 한 잔을 달랑 갖다놔주는 게 아닌가.

목은 마르지 차는 뜨겁지… 전에 우리 집에서 기르던 검둥이가 집사람이 제 밥그릇에다 담아주는 뜨거운 개죽을 원망스레 들여다보기만 하던 광경이 불현듯이 떠올랐다.

이 부지런한 아가씨가 열성스레 드나들며 뜨거운 걸로 자꾸 갈아대주는 바람에 나는 끝내 목 한번을 축여보지 못하고, 사막의 행군처럼 목이 타는 강연을 가까스로 끝마쳤다.

나중에 연회석상에서 내가 농담삼아 매원(埋怨)을 했더니 그 아가씨가 무안스레 얼굴을 붉히는데 회장 되는 여성이 일변 놀라며 일변 웃으며 얼른 나서서 해석을 하는 것이었다.

"어머, 저를 어쩌지요. 저희 딴엔 식은 차를 대접하면 결례(缺礼)가 된다고 한 노릇인데… 그게 되레 결례가 됐구먼요."

이 한마디로 좌중이 금세 웃음판으로 변하면서 스스럼없는 분위기가 자연스레 조성됐다. 세계 각국의 생활양식이나 습성 따위가 다 이렇게 제각각인 게 어떻게 생각하면 재미있기도 하다.

-1995년 12월

북청 물장수 – 동훈 선생

김호웅

세상을 살아가노라면 두꺼운 정치 서적이나 철학 저서에서보다 한 인간과의 만남에서 더욱 많은 것을 배울 수 있는 경우가 있다. 1990년대 초 일본에서 1년 반, 1995년대 중반 한국에서 1년간 동훈(董勛) 선생의 슬하에서 얼마나 많은 사랑과 가르침을 받았던가?

달이 가고 해가 바뀔수록 더더욱 그리운 그 얼굴, 그 목소리!

오늘도 선생님네 가족과 함께 찍은 사진을 보면서 아름다운 추억의 강을 거슬러 올라간다.

1. "북청 물장수"의 이야기

선생을 처음 만나 뵌 것은 1989년 12월 중순, 일본 와세다대학 정문 앞에 있는 자그마한 라면집에서였다. 이른 점심시간이라 아직 손님은 별로 없는데 안쪽에 앉아 있던 50대 중반의 신사가 조용히 일어나며 반겨주었다. 중키의 다부진 체구, 이마는 약간 벗어졌는데 안경 너머로 한 쌍의 근엄하면서도 부드러운 눈매가 조용히 미소를 머금고 있었다. 정판룡(郑判龙) 교수님의 사진첩에서 뵌 얼굴이었다.

선생은 밥상을 사이 두고 좌정하자 우리 대학교의 박문일, 정판룡, 주홍성 등 교수들의 안부를 하나하나 자상히 물어왔다. 표준적인 서울말씨였으나 함경도 억양이 약간 섞여 있는 것 같았다. 선생은 여러 해 객지에서 외롭게 지내다가 문득 지나가는 고향 사람을 만난 듯한 반가움을 감추지 못했다.

선생은 1984년 8월 말 처음으로 연변을 다녀간 후, 우리 연변대학 중진 교수들과 깊은 교분(交分)을 갖고 있었고 중국에 우리 민족의 대학을 꾸리고 있는 일이 너무나 대견해 젊고 유망한 학자들을 일본에 데려다 장학금을 지급하면서 공부시키고 있었던 것이다.

"김군, 부모님은 다 건재하신가?"

"예, 두 분 다 계십니다."

"아버님의 고향은?"

"저희 아버지는 평남 평양 출신이고 어머니는 함경도 출신입니다."

"함경도? 난 함남 북청 사람일세."

"함경남도 북청이라면 지금은 북한의 사과산지로 유명하지만 옛날에는 '북청물장수'의 고향으로 유명한 고장이 아닙니까? 옛날 북청 사람들은 약수 길어 팔아서 자식들을 공부시켰다고 하던데요."

내가 한마디 알은 체를 했더니 선생은 빙그레 웃으며 말을 받았다.

"허허, 그런 이야기를 북청내기들에게 했다가는 귀뺨을 맞는다구요. 자식만을 공부시킨다면 북청 물장수가 아니지. 북청 물장수 물 길어 팔아 사촌을 공부시키구 마을 젊은이들을 공부시킨다구 해야 할 것일세…"

후에 선생의 주선으로 북청 출신의 사람들과 많이 사귀고 두루 책자를 보고 알게 된 일이지만 예로부터 북청은 교육을 숭상하고 그 자제들이 열심히 공부한 고장으로 소문이 높았다. 조선왕조 시대의 유명한 재상 이항복 (1556-1618)은 "내 만일 북청에 귀양 오지 않았더라면 어찌 높은 학문과 고결한 지조를 갖춘 북청 선비들과 교유할 수 있었겠는가?"라고 했고 백범 김구 선생은 가는 곳마다 글 읽는 소리가 낭랑하게 들려오는 북청을 돌아보고

"독립된 후 우리나라를 북청과 같은 고을로 만들고 싶다"고 술회한 바 있다. 그래서 "교육 없이는 북청을 논하지 말라"고들 한다.

북청 물장수가 최초로 문헌에 기록된 것은 조선왕조 철종년대(1849-1863)이다. 당시 권세가였던 안동 김씨 김좌근(1797-1869)의 서울 저택에 북청 출신의 김서방이 물을 길어댄 일이 있다고 기재되어 있다. 그러나 북청 물장수들이 서울에 모여들어 본격적으로 물장수를 하기 시작한 것은 고종년대(1863-1907)부터이다. 1868년 북청군 신창 토성리 출신인 김서근이라는 사람이 서울 돈화문 앞 단칸방에 기거하면서 과거를 보려고 서울로 올라오는 고향 선비들의 시중을 들었다. 물을 길어다 밥을 짓고 빨래를 했는데 물은 주로 삼청동 공원 안에 있는 약수터 물을 길어왔다. 부지런하고 인품 좋은 북청사람 김서근은 차차 물지게와 물통을 가지고 이웃 주민들에게도 물을 길어다 주었는데 상수도가 없던 시절이라 그 소문은 이웃으로 번져가 물을 배달해달라는 집들이 하루가 다르게 불어났다. 그리하여 김서방 혼자서는 감당하기 어려워 고향에 연락하여 친구들을 수방도가(水房都家)를 만들었다. 이것이 북청 물장수의 시작이며 수방도가의 원조로 된다.

수방도가는 점차 서울의 명물로 등장했고 북청 물장수들은 물지게로 물을 길어 벌어들인 수입으로 자식들을 서울에 데려다 공부시켰다. 그리고 많은 북청 출신의 젊은이들이 서울에 올라오면 수방도가를 거쳐 갔다. 말하자면 지금의 아르바이트 식으로 잠시 수방도가에 행장을 풀고 물지게를 지고 학자금을 벌었던 것이니 만국충절 이준(1859-1907)도 17세 때 서울에 올라와 수방도가를 거쳐 갔다.

수방도가는 1920년대에 들어와서 수십 개로 불어났다. 그리하여 그들은 서로 연계를 맺고 협동하여 체계적인 운영을 모색했다. 그 산물이 '북청청우회(北靑靑友會)'인데 이 장학회는 여러 수방도가에서 출자하는 자금을 기금으로 북청군 출신 학생들에게 정기적인 장학금을 지급하면서 활발하게 뒷바라지를 했다.

1930년대에 들어와서 집집마다 상수도가 들어서면서 북청 물장수도 점차 자취를 감추었지만 그 권학사상에 투철한 북청인의 교육열은 식을 줄 모르고 날이 갈수록 열기를 더해 서울에만 중산고등학교, 고명상업고등학교와 같은 10여 개소의 학교를 설립했고 수많은 인걸들을 길러냈다. 이러한 북청 물장수들을 두고 시인 김동환은 그의 시 <북청 물장수>(1924)에서 다음과 같이 노래한 바 있다.

> 새벽마다 고요히 꿈길을 밟고 와서
> 머리맡에 찬물을 쏴- 퍼붓고는
> 그만 가슴을 디디면서 멀리 사라지는
> 北靑 물장수
>
> 물에 젖은 꿈이
> 北靑 물장수를 부르면
> 그는 삐걱삐걱 소리를 치며
> 온 자취도 없이 다시 사라져 버린다
>
> 날마다 아침마다 기다려지는
> 北靑 물장수

동훈 선생은 함경남도 북청 이곡면 출신인데 그의 삼형제는 서울에 올라가 하숙을 잡고 공부를 하던 중 "6·25"전쟁이 터지는 바람에 그만 서울에 주저앉고 말았다고 한다. 선생은 전임 국무총리 이홍구 선생과 동기동창으로 1957년 서울대학교 법과대학을 우수한 성적으로 졸업했고 1964년부터

1971년까지는 《서울신문》, 《경향신문》의 논설위원을 거쳐 1968년부터 1974년까지 대통령비서관, 1975년부터 1979년까지는 통일원 차관 등 정부 고위직에 있다가 1980년 남북평화통일연구소를 창립했고 1989년대 초반 전두환 군사정권이 나오자 정계에서 은퇴하고 일본 동경대학 객원연구원으로 지내면서 남북통일연구에 집념하고 있었다.

그날 점심으로는 초밥 한 접시에 라면 한 그릇씩 올랐다. 맥주 한잔 청하지 않는다. 처음 뵈옵는 어른 앞이라 술은 주어도 사양하겠지만 빈말이라도 "맥주 한잔 들지 않겠어?" 하고 물어주지 않는 데는 객지에 온 몸이라 얼마간 서운한 마음이 들었다.

2. 잊을 수 없는 가이겐(外宛)의 불고기 맛

지금도 젊은이들은 일본에 가면 돈닢이 우수수 떨어지는 줄로 알고 있다. 그러나 일본은 일본인들의 천국이지 가난한 나라에서 간 우리 유학생들에게는 결코 천국이 아니다.

매일 학교에 나가 수업을 받고 자료를 수집, 정리해 리포트를 작성하고 아르바이트를 하고 나면 하루가 눈 깜빡할 새에 지나버리고 삭신은 물러날 것만 같다. 나와 같이 장학금을 받는 젊은이들은 그래도 얼마간 점잔을 빼며 지낼 수 있지만 사비 유학생들은 일 년 열두 달 365일 다람쥐 쳇바퀴 돌리듯 뛰어다녀야 한다. 개중에는 일본에 3, 4년씩 있었다 해도 술집 출입 한번 해보지 못한 사람도 있었다. 웬만한 식당에 가도 맥주 한 병에 500엔, 불고기 1인분에 5,000엔씩 하니 중국의 한 달 월급을 팔고 팔자 좋게 술집 출입을 할 유학생이 어디 있겠는가? 친구가 좋다고 한번 모여 불고기 파티를 열어보라. "와리깡(割勘)"-제각기 돈을 내어 계산해도 1인당 1만 엔씩은 내야 하니 친구 만나기도 무서운 게 일본이 아닐 수 없다.

일본에 가면 그래도 드문드문 대접은 받을 수 있지 않겠는가? 역시 천만의 말씀이다. 나는 일본에 1년 반이나 있었지만 지도교수 오오무라 마스오 교수 댁을 제외하고는 그 어느 일본인의 집에도 초청을 받아본 적이 없다. 대학원 생이요, 조교요 하는 대학가의 친구들 사이 역시 야박한 "와리깡"이니 중국에 처자를 두고 온 유학생들, 번쩍번쩍 금띠를 두르고 금의환향하기를 바라는 부모처자를 생각하면 슬쩍 구실을 대고 술좌석을 피하는 수밖에 없다. 참으로 부자의 나라 일본이라 하지만 술 한 잔, 기름진 요리 한 접시가 얼마나 그리웠던가?

바로 이렇게 궁상스럽게 지내고 있는 조선족 유학생들 앞에 귀인이 강림했으니 그분이 바로 동훈 선생이었다. 우리는 선생의 지도와 후원을 받고 재일조선족 유학생친목회를 조직했고 현지 조사, 학술토론회 같은 행사를 자주 가졌다. 1919년 "2·8"독립선언서를 작성했다는 동경 기독교회관을 견학했고 고구려 후예들이 건너와 살았다는 사이다마현의 유명한 고마진자(高麗神社)도 참관했으며 일본 제일의 관광명소 하코네와 닛꼬도 답사했다. 사꾸라 피는 4월, 단풍이 드는 11월이면 아름다운 신주쿠고엔의 푸른 잔디 위에 노천 파티를 벌리고 춤을 추고 노래를 부르면서 향수를 달래기도 했다.

파티는 요요기 부근에 있는 가이겐이라는 불고기집에서 많이 했다. 나는 그렇게 맛있는 불고기를 다시는 먹어볼 것 같지 않다. 늘 공부와 아르바이트에 지칠 대로 지치고 기름기 있는 음식을 먹지 못해 늘 속이 출출하던 우리는 사흘 굶은 호랑이처럼 기름진 불고기를 포식했다. 선생은 한 구들 되는 자식들에게 어쩌다가 좋은 음식을 얻어다가 배불리 먹이고 있는 어버이처럼 내내 입을 다물지 못했고 실없이 젊은이들과 농담을 주고받기도 했다. 그리고는 자꾸 술이며 안주를 새록새록 청했다. 술과 안주도 당신 자신이 직접 청하지 않고 나를 보고

"간사장 동지, 술이 좀 부족허구만. 한 잔 더 하지요. 고기도 좀 더 시키고…"

하고 화기 오른 안경을 벗으며 두 눈을 끔뻑해 보였다. 내가 친목회의 간사장 직무를 맡고 있다고 일부러 "간사장동지, 간사장동지"하고 일본식으로 개올리는 것이었다. 당신 자신은 친목회의 보통 회원이고 질긴 술꾼인 것처럼 말이다.

선생은 낮에는 절대로 술 한 잔 하지 않았고 일본 소주보다 맥주를 더 즐기는 편이지만 일단 저녁에 우리 젊은이들을 만나 기분이 좋으면 2차, 3차로 대작을 하군 했다. 그리고 술값은 꼭 당신 자신이 내군 했다. 눈치 빠른 친구가 먼저 결산을 하면 크게 화를 냈다.

"이 봐, 동경 바닥의 주인은 내가 아닌가? 썩 물러서게. 자네들의 술대접은 연변에 가서 받겠어!"

우리 유학생들이나 방문학자들 뿐만 아니었다. 학술회의나 무역상담차로 일본에 온 중국의 조선족 학자들, 기업인들 모두가 동훈 선생의 신세를 지고 있었다. 선생이야말로 우리 중국 조선족들에게는 동경의 급시우 송강이었다.

1990년 8월 '제2차 오사카조선학국제학술대회'에 참석한 중국 측 대표 96명이 동경을 거쳐 귀국할 때 역시 가이겐 불고기집에서 대접을 받았다. 미닫이들을 활짝 밀어놓고 두 줄로 길게 차린 불고기상이 장관을 이루었다. 삼복염천이라 후끈후끈한 화기가 진동하고 불고기 굽는 소리가 요란한 가운데 앉은걸음으로 이리저리 자리를 옮기면서 술잔을 권하는 선생의 모습, 이마며 콧등에는 땀방울이 송골송골 돋아 있었다. 참으로 보기에 민망했다. 연변사람들에게 무슨 신세를 졌기에, 중국 조선족과 무슨 인연이 있기에 바람처럼 지나오고 지나가는 사람들을 이처럼 극진하게 대접하는 것일까?

'말 타면 경마 잡히고 싶다'고 그 무렵 우리는 조상의 나라 한국에 가 보고 싶었다. 1990년도라 그때만 해도 친척 초청이 아니고는 한국에 가기가 하늘의 별 따기였다. 그래도 일본에 있는 중국 조선족 학자라면 찬스를 잡을 수 있었지만 아직 학문적 깊이가 없는 우리들을 어느 대학교에서 초청해 주며 설사 초청을 해준다 해도 아르바이트로 살아가는 우리 고학생들이 무슨 자금으로 한국 나들이를 한단 말인가?

우리의 말 못하는 사정을 손 꼼 보듯 하는 선생은 그 당시 오사카 국제해상운수주식회사 사장으로 계셨던 허영준 선생을 찾았던 모양이다. 그때만 해도 허영준 사장은 재일동포들 중에 손꼽히는 기업인이요, 자산가였다. 그는 일본의 고베항과 한국의 부산항을 드나드는 기선과 화물선을 가지고 있었고 부산에 크라운호텔, 서울 강남에 리버사이드호텔도 가지고 있었다.

"허사장님, 지금 중국에 살고 있는 우리 동포 젊은이들이 동경대학, 와세다대학과 같은 일본 명문대학에 와서 공부하고 있습니다만 한국을 모른답니다."

"일본은 알고 자기의 모국은 모르다니요?"

격장법이 바로 들어맞았는지라 동훈 선생은 한 술 더 떴다.

"허리띠를 졸라매고 고학을 하는 젊은이들이 아닙니까? 무슨 돈이 있어서 한국 관광을 하겠습니까? 하나같이 머리들이 총명하고 열심히 공부들을 하니까 장차 큰 재목이 될 건데요. 참 나도 옆에서 보기가 딱하군요…"

"아니, 돈이 없어서 모국도 가보지 못하고 있단 말씀입니까? 그 돈은 제가 내놓을 테니 동선생께서는 주선만 해주십시오."

마침내 동훈 선생의 주선으로 우리 조선족 유학생 25명(그 가운데 김창록씨의 10살 먹은 딸과 김광림씨의 7살 먹은 아들놈도 있었다)은 고베에서 오림피아호 기선을 타고 부산을 바라고 떠날 수 있었다. 부산의 크라운호텔에 묵으면서 3박 4일, 서울의 리버사이드호텔에 묵으면서 5박 6일, 토끼장 같은 다다미방에서 살던 우리는 금시 중동 석유 왕국의 왕자가 된 기분이었다. 매일 관광버스를 타고 노래를 부르면서 모국의 도시와 명승고적들을 돌아보았고 저녁이면 저마다 널찍한 호텔 방을 차지하고 오랜만에 늘어지게 발 편 잠을 잘 수 있었다. 동훈 선생은 허영준 사장네 팀과 함께 서울까지 날아와 우리들에게 일일이 용돈을 주었고 대통령 각하도 가끔 찾아오신다는 유명한 신라 술집에서 연예인들까지 불러 풍악을 잡히며 풍성한 환영 만찬을 베풀어주었다.

그때 그 감격과 감동을 어찌 한 입으로 다 말할 수 있으랴!

3. "코리아인도 문화민족임을 알려 줘야지"

선생은 사모님과 아들 동헌(董宪)과 함께 동경에 살고 있었고 그분의 큰따님은 미국에서, 작은 따님은 서울에서 공부하고 있었다. 선생네 가족은 동경에서 아파트를 전세 맡고 살았는데 내가 일본에 있는 사이에도 신주쿠에서 시부야로, 다시 나카노로 자주 이사를 했다.

아직도 음으로 양으로 민족차별을 하고 있는 나라가 일본이다. 요사스러운 일본인 부동산 업주들은 한국인에게 좀처럼 세를 주지 않았고 세를 주었다가도 마음에 내키지 않으면 이런저런 구실을 대고 아파트를 내게 했다. 선생네가 신주쿠 쪽에서 시부야 쪽으로 옮길 때, 우리 유학생 친구들 몇이 달려가 이사를 거들어준 적 있었다.

요통을 심하게 앓고 있는 사모님까지 나오셔서 짐을 싸고 있었는데 우리는 운송회사 직원들을 도와 짐을 메여 나르느라고 땀을 뻘뻘 흘렸다. 그런데 선생만은 부지런히 화장실에서 욕조를 닦고 있었다. 당장 내야 할 집인데 괜히 부득부득 청소할 건 뭔가? 오히려 옆에서 보기가 민망스러웠다.

공자님 이사에 책 보따리밖에 없다더니 무슨 책 상자가 그렇게 많았던지! 우리가 5층에서 1층까지 이삿짐을 다 메여 내렸건만 선생은 화장실을 청소하고 나서 구들에 물수건을 놓기에 여념이 없었다. 선생은 허리를 펴고 우리

를 둘러보더니

"짐을 다 내려갔으면 창문들을 닦아주게."

하고 걸상을 내주었다. 나는 어처구니가 없었다.

"당장 낼 집인데 청소를 해선 뭘 합니까?"

선생은 가타부타 말이 없었다. 선생은 물수건으로 문고리들을 샅샅이 훔쳐내고 있을 뿐인데 사모님이 곱게 눈을 흘기며 끌끌 혀를 찼다.

"저 양반은 이사할 때마다 저런답니다. 새로 드는 집주인에게 코리아인들도 문화민족임을 알려 줘야 한다고 말이에요. 열 번 지당한 말씀이지만 고양이 손이라도 빌려 써야 할 땐데 번마다 참 코 막고 답답하지요."

그제야 우리는 얼마간 깨도가 되어 선생을 거들어 일을 했다.

이젠 집안 어디를 보나 신접살림처럼 알른알른 윤기가 돌았다. 나는 분명 내일 찾아들 주인의 휘둥그런 눈동자를 보는 것만 같았다.

참으로 우리 민족 한 사람 한 사람이 세계의 어디에 가서 살든지 밝고 깨끗한 모습을 보여줄 때, 자기의 인격과 품위를 지킬 때 세계인들도 우리를 다른 눈길로 볼 것이 아닌가?

이뿐만이 아니었다. 선생은 사사건건, 구석구석에서 우리 촌뜨기 유학생들에게 귀감을 보여주었다. 우리와의 약속을 단 한 번도 어긴 일 없었고 약속 장소에는 단 1분도 지체하지 않고 와 계셨다. 그렇게 술을 즐기는 분이지만 낮에는 단 한 모금도 술을 하지 않았다. 언제나 남색 정복에 반듯하게 넥타이를 매고 다니는 신사풍의 깔끔한 모습, 그분의 단정하고 빠른 걸음은 우리 젊은이들도 무색케 했다.

"옛날 개념으로는 부자들 모두가 뚱뚱보로 되어 있지만 현대 부자들은 모두 날씬한 편이거든. 여기 일본의 마쯔시다나 쏘니의 회장도 그렇구 한국의 정주영, 김우중 회장도 그렇단 말이야. 그러니 호웅씨도 부자로 되려거든 체중부터 줄여야 하겠어."

선생은 체중이 90키로로 육박하는 나를 두고 가끔 농담을 하기도 했다.

4. 넉넉한 유머와 백성의 통일논리

동훈 선생과 앉으면 언제나 우리 젊은이들 쪽에서 찧고 까불면서 이야기를 많이 한다. 선생은 빙그레 웃으면서 다만 젊은이들의 이야기를 들어줄 뿐이지 절대로 당신 자신의 인생경력이나 인생철학을 도도하게 펴내지 않는다. 혹시 좌중에 젊은이들을 상대로 고담준론을 펴내는 어르신네가 있으면 슬쩍 우스운 이야기를 꺼내 화제를 돌리군 했다.

하지만 선생은 박문일, 정판룡 등 선생들과 함께 앉은자리에서는 가끔 허물없이 농담을 주고받거나 진한 육담마저 꺼내군 했다. 그런 자리에서 귀동냥으로 들은 <바나나>, <저희야 동그라미가 있어야지요>와 같은 이야기는 영영 잊을 것 같지 않다. 실례지만 이 자리에서 하나만 옮겨보고자 한다.

"대한민국 어느 기업의 회장 어른께서 양쪽에 쭉 중진들을 앉히고 중요한 회의를 하는 판인데, 비서란 놈이 살그머니 다가와 귀에 대고 한마디 여쭈지 않겠습니까?"

"그분께서 오셨는데요!"

비서가 말하는 "그분"이란 물론 회장 어른이 비밀리에 좋아하는 젊은 여자지요.

"왜 또 왔지?"

회장 어른이 못마땅한 표정을 짓는데 비서란 놈이 슬쩍 원탁 밑에 오른손을 넣더니 먼저 왼손 장지와 식지로 동그라미를 만들어 보이며

"이것 아니면…"

하고 다시 오른손 장지를 식지와 중지 사이에 삐죽이 넣고 주먹을 불끈 쥐더니

"이것 아니겠습니까?"

하고 소곤거렸습니다.

왼손 장지와 식지로 동그라미를 만들어 보이는 건 돈을 의미하고 오른손 장지를 왼손 식지와 중지 사이에 삐죽이 넣어 보이는 건 섹스를 의미함을 회장 어른도 잘 알고 있었습니다.

"지금 회의 중이지 않는가? 임자가 알아서 잘 모시도록 하게!"

회장 어른이 난색을 하면서 비서를 물리치고 다시 회의를 주최했습니다…

이튿날 아침이었습니다. 문서를 들고 들어오는 비서를 보고 문득 어제 있었던 일이 생각나는지라 회장 어른이 물었습니다.

"이 사람아, 어제 그분은 잘 모셨는가?"

그러자 비서란 놈이 싱글벙글 웃으면서 또다시 왼손 장지와 식지로 동그라미를 지어 보이면서

"저희야 동그라미가 있어야지요. 그래서 이것으로 잘 모셨지요!"

하고 오른손의 시뻘건 장지를 왼손 식지와 중지 사이에 삐죽이 넣으면서 주먹을 불끈 쥐어 보이는 것이었습니다…

이쯤하면 좌중은 그만 포복절도하게 된다. 말뚝이가 양반을 야유하고 골려주는 <봉산탈춤>의 현대판이라 하지 않을 수 없다. 그래서 선생을 모신 자리는 늘 즐겁고 배울 것이 많았다.

이러한 선생의 따뜻한 인간애와 뛰어난 유머 감각은 그의 칼럼에서도 유감없이 드러난다. 서울법대를 졸업하고 30대 초반에 《서울신문》과 《경향신문》의 논설위원으로 맹활약을 했던 선생, 최근에도 《동아일보》와 《문화일보》에 칼럼들을 실어 세계정세의 추이와 한반도의 분단 상황을 면밀히 분석하고 현 당국의 통일정책의 문제점을 날카롭게 진단하고 있다. 마침 여기에

필자가 눈에 띄는 대로 스크랩해 두었던 선생의 칼럼 몇 편이 있다. <統一의 논의－'政治打算'해선 안 된다>(1988.7.1), <北京 東京 平壤서 본 서울>(1997. 12.15), <개혁의 2가지 필요조건>(1998.2.4), <통일정책 大道로 가라>(1998.2. 13), <이산가족문제 접근법>(1998.3.8), <남북대화 大局的으로>(1998.4.10), <'소떼 訪北' 남북해빙 계기로>(1998.6.15), <北韓 상공에서의 묵상>(1998.12. 29), <욕심보다 '차가운 머리로'>(2000.6.19) 등이다. 이는 선생께서 지금까지 제출했고 발표했던 수많은 보고, 칼럼, 논설을 놓고 보면 그야말로 빙산의 일각에 지나지 않지만 이 9편의 칼럼을 통해서도 선생의 사상과 철학을 얼마 든지 엿볼 수 있다.

첫째, 선생 역시 1천만 이산가족의 한 사람이기 때문에 그의 통일철학은 철두철미 순박한 백성의 소원과 논리에 뿌리를 두고 있다. 선생은 1947년 봄, 병석에 계시는 어머님과 어린 동생들을 두고 북청을 떠났는데 그동안 아버님은 옥살이와 강제노역으로 끝내는 참혹하게 죽음을 당했고 누이동생 경희와는 생이별이 되고 말았다. 하기에 선생은 말한다. "50년 세월을 하루 같이 헤어진 혈육의 정을 못 잊은 채 끝내는 북녘을 향해 머리라도 돌려서 숨 거두게 해달라는 실향민들의 애통된 호곡에 이제 정말 귀를 기울여야 한다. 한을 안은 채 한 줌의 재가루가 된 어버이 유해를 휴전선 북녘에 날려 보내며 흐느끼는 비운의 겨레를 외면하면서 거기에 무슨 민족이요, 통일이 요를 외쳐대겠다는 건가."

선생은 이산가족의 아픔은 도외시하고 제 잇속만을 채우려는 당국자들을 비판한다. "쌀을 주면 군인이 먹으면서 남침할 기운을 차릴 것이기 때문에 주어서는 안 된다고 한다. …통일을 해서는 안 된다고도 한다. 독일통일이 어쩌고저쩌고 하면서. 요는 북한동포와 함께 살게 되면 돈이 많이 든다는 것. 비유하자면 옹졸한 졸부 집안에서 노부모도 귀찮고, 남루한 친척 왕래도 싫고 남남으로 살아야 내 돈이 축나지 않는다는 요지다. 결코 축복받지 못할 것이다. 순박한 백성들 사이의 흐뭇한 겨레사랑, 그리고 역사 감정을 함께 이어가는 것이 통일의 원점이 아닐까."

둘째, 선생은 통일문제를 백성의 논리로 접근하고 있는 것만큼 "통일정책은 민족의 역사에서 큰 발전을 향한 웅대한 과제이므로 그 기조로부터 표현 문구에 이르기까지 후대의 기록에 부끄러움이 없을 만큼 격조 높은 것"이어야 하며 "그동안 쌓인 갖가지 당착 모순 불합리를 청산, 정리하고 이치에 맞고 원칙에 충실함으로써 통일정책은 당당하고 대도(大道)로 가야할 것"이니 "남북관계에서 대결과 승패의 관념은 극복되어야 하고 '너'와 '나'가 '우리'로 되게 하는 데는 정직과 성실이 근본이 돼야 할 것"이라고 주장한다.

선생은 "오늘날 대명천지에 잔꾀나 속임수에 넘어갈 사람도 없고 공작이나 술수에 의해 나라가 통일되지 못한다는 것은 상식이다. 무슨 기발한 계략을 내놓는 경쟁이 된다든지 나라 안팎의 하찮은 관중석을 의식해서 무엇을 보여주기 위한 행사나 연출 같은 발상은 하지 말아야 한다"고 충고한다. "남북 사이의 접촉, 통일 논의에는 결코 '단독'도 '밀실'도 없다. 가상(假象)이지만, 남과 북이 마주하는 곳마다 육안으로는 보이지 않으나 자리 하나가 마련돼 있다. 그것은 다름 아닌 '역사의 눈'이 임하는 자리다. '역사의 눈'은 실로 냉철, 엄격하며 후대 역사에 진실을 전하고 시비를 분별해 줄 것이다. 그리고 '역사의 눈'은 민족사적 정통성 위에서의 민족 발전과 민주주의의 상궤(常軌)를 일탈하지 못하도록 예의 주시할 것이다."

셋째, 선생은 통일정책은 북과의 상관관계에서만 볼 것이 아니라 국내 정책의 연장선에서 보아야 한다고 주장한다. "장차 통일된 나라에서 이룩하고자 하는 이상적인 사회상을 미리 우리 주변에서부터 구현시켜 나가는 다양한 노력이 바로 통일정책"이며 "청결한 정부, 질서 있는 공평한 사회를 이뤄 바람직한 통일의 모태를 만드는 개혁이 바로 중요한 통일정책"이기 때문이라고 한다. 동훈 선생은 특히 개혁이 번번이 실패하는 원인을 꼬집고 나서 "개혁의 두 가지 필요조건"을 말한다. 하나는 개혁의 추진 주체부터 깨끗해야 한다는 것이고, 다른 하나는 사법이라는 반성 기능이 정상 작동되어야 한다는 것이다. 첫 번째 필요조건을 논하면서 선생은 다음과 같이 형상적으로 비유한다.

"개혁은 개혁을 이끌 사람들이 '규격'에 맞아야 할 것이다. 수없이 반복된 지난날 개혁시도마다 좌절된 경우를 '반면교사'로 알 수 있듯이, 개혁을 추진하는 사람들이 규격에 맞을 때에만 국민은 한편이 돼주고 그래서 성취도 남겼다. 그 규격이란 어떤 것일까. 간단명료하다. 개혁을 들고 나왔으면 개혁의 전 과정에서 자신에게 엄격함으로써 흠 잡힐 일을 하지 말아야 한다. 감히 남(국민)에게 도덕률 준수까지 당당히 강청할 수 있자면 그들 자신이 행적과 도덕성에서 양심으로부터의 합격판정을 받을 수 있어야 한다. 만일에 규격의 잣대가 헷갈리면 이런 경우를 상상해 보아야 한다.

"세상에 알려진 사기, 변절, 방탕에다가 이혼 경력도 있는 사람이 어느 날 말끔히 단장하고 주례석에 서서, 인간이란 정직해야 하고 지조도 있어야 하며 조강지처와는 백년해로 운운하면서 진지한 표정을 짓는 것을 보는 손님들은 실소(失笑)할까, 존경할까."

한마디로 동서고금을 주름잡는 해박한 지식, 역사와 현재와 미래를 꿰뚫는 긴 안목, 종횡무진의 비유와 풍부한 유머, 그래서 우리는 선생의 칼럼을 좋아한다. 바꾸어 말하면 선생을 통해 우리는 10개 대학 교수들에게서 배운 것보다 더욱 많은 것을 배웠다.

5. "연변대학교를 잘 가꾸어야 조선족 사회가 살아납니다."

일본에서 어느덧 1년 반의 유학 생활을 마치고 귀국하게 되었다. 선생은 신주쿠에 있는 스미도모빌딩 55층에 있는 대동문 한식관에서 우리 부부를 위해 환송 파티를 차렸다. 그때 일본에 있던 큰따님과 아드님은 물론이요, 사모님까지 불편한 몸에 쌍엽장을 짚고 나와 주셨다. 초밥에 불고기, 그 외에도 이름 모를 안주들을 많이 청해놓고 양껏 술잔을 내며 이야기꽃을 피웠다. 그때 남긴 사진은 지금도 나의 가장 귀중한 기념물로 남아있지만 그 날 연변의 한 젊은 학도에게 남긴 한마디 말은 지금도 나의 가슴을 울리고 있다.

"연변의 명동학교가 유명했다는 말을 들었어요. 안수길 선생의 소설에도 배경으로 나오지만 김약연 선생과 같은 반일투사가 교편을 잡았구 윤동주, 송몽규 같은 민족시인들도 많이 배출했다구 하더군… 일본에 왔기에 하는 말이지만 일본에도 유명한 학교가 있었어요. 저 야마구치현에 가면 쇼카손주쿠(松下村塾)라는 유명한 사숙이 있어요. 명치유신을 주도하고 일본의 근대화를 선도해나간 유명한 인물들, 말하자면 다카스키 신사쿠, 이도 히로부미, 구사카 겐즈이, 요시다 도시마로, 마에바라 이츠세이, 시나가와야 지로와 같은 거물들을 길러냈단 말일세. 자그마한 시골 사숙에서 명치정부의 중신들을 거의 전부 키워냈다는 말이 되겠지.

아무렴, 왕후장상에는 씨가 따로 없는 법이지. 우리말로 하면 개천에서 용 나고 말이야. 아무튼 일본에서 공부하고 돌아간 친구들이 연변대학을 잘 꾸려주게. 연변대학을 잘 가꾸어야 조선족 사회가 살아납니다. 헌데 요즘 나를 바라고 일본에 오는 중국의 젊은이들이 뼈가 없단 말이야. 여기 3류, 4류 대학에 와서 뭘 하나. 동경대, 와세다대 같은 명문대학이 아니면 안 돼요 그런 명문대학에서도 일본인들을 젖히고 수석을 차지해야지…"

그 날 밤 동훈 선생은 사모님과 자제분들을 먼저 보내고 우리 부부를 데리고 동경의 밤거리를 거닐다가 자그마한 인형들을 벽장에 총총 앉혀놓은 토속음식점에 들어가 또 술상을 마주하고 앉았다. 선생은 우리 내외에게 정교한 손목시계 하나씩 선물하고 봉투 하나를 건네준다.

"일제 텔레비전이 좋다고들 하니까 이 돈으로 부모님께 텔레비전 한 대 사다가 선물하게. 일본 유학을 하고 돌아가는 아들놈이 선물이 없어야 안 되지."

얼마나 마셨을까? 점점 말씀이 적어지고 술잔만 내는 선생, 이 새파란 젊은 이와의 작별을 그토록 아쉬워하던 선생의 모습이 지금도 눈앞에 선하다.

마지막 작별은 아카사카역에서였다.

"잘 다녀가. 그리고 일본에도 늙은 형 하나 있다고 생각해 주게. 아무리 바쁘더라도 일 년에 한 번씩 연하장이야 주겠지 허허…"

선생은 물기 어린 두 눈을 슴벅거리면서 돌아섰고 나는 승객들 속으로 사라지는 선생의 뒷모습을 보노라니 눈물이 앞을 가렸다

10여 년 전 선생께서 북청물장수의 사랑으로 키워준 가난한 유학생들이 자랑스럽게 일본 명문대학의 박사학위들을 따냈다. 김희덕씨와 김광림씨는 동경대학에서 박사학위를 받았고 리상철씨는 죠지대학에서, 한족인 로학해 씨는 쯔꾸바대학에서 박사학위를 받았다. 그리고 동훈 선생께서 길러준 20 여명의 장학생들 중 그 대부분이 귀국해 연변대학의 중견 교수로, 지도일군 으로 맹활약을 하고 있다. 사범학원 원장으로 있는 이학박사 최성일씨, 외사 처 처장으로 있는 황건씨, 일본어학과 학과장으로 있는 권우씨, 도서관 관장 으로 있는 한철씨, 그 외에도 조문학부의 김병활 교수, 체육학부의 김영웅 등 제씨들도 중견 교수로 열심히 일하고 있다. 참으로 선생께서 심고 가꾼 자그마한 솔씨들이 낙락장송으로 자라난 것이다.

선생은 연변대학의 성장과 발전을 위해 인재들을 양성했을 뿐만 아니라 연변대학의 기초건설에도 많은 기여를 하셨다. 1980년대 중반 선생께서는 대우그룹의 지원을 유치해 한화로 3,000만원에 달하는 한국의 최신 학술도 서 1,500권을 기증했다. 지금 전국의 수많은 대학들 가운데서 가장 아름답고 웅장한 연변대학교 정문도 한화로 2억 원 이상의 자금이 들었는데 역시 선생

의 노력이 결정적인 역할을 했다.

고마운 동훈 선생, 지금은 동경의 어느 거리를 거닐고 계실까, 아니면 서울의 대우빌딩에 있는 남북평화통일연구소에서 칼럼을 집필하고 계실까? 대한민국 통일고문회의 고문, 동아일보사 21세기평화재단 이사, 명지대학교 교수(겸), 사단법인 평화포럼 이사, 남북평화통일연구소 소장 등 중책을 맡고 일하시는 선생은 1989년 이래 남과 북의 교류를 위해 10여 차 조선을 방문했는데 지금도 노익장의 정열로 한반도의 평화와 통일을 위해 혼신의 정열을 쏟아붓고 계신다.

연하장 한 장 띄우면서 선생의 건강과 가족의 평안을 두 손 모아 빌 뿐이다.

－1998년 12월 20일

연변문단의 삼총사

김정영

1. 들어가며

삼총사(三銃士)는 프랑스의 알렉상드르 뒤마의 소설 『삼총사』(1844)에 나오는 인물이다. 이 작품은 총사가 되기 위해 파리로 온 가스코뉴 출신의 하급 귀족 다르타냥이 총사 아토스, 아라미스, 포르토스를 만나 벌이는 모험을 그리고 있는데 후에 삼총사는 단짝으로 지내는 세 친구를 의미하는 관용어로 널리 쓰이게 되었다.

조선족 사회에서는 김봉웅, 김관웅, 김호웅 형제를 연변문단의 삼총사라 부르고 있다. 말하자면 광주김씨(廣州金氏)네 팔남매 중 문학에 종사하는 세 형제를 지칭하는 메타포라 하겠다. 이들 삼총사는 개혁개방 후 연변문단에서 뛰어난 총명과 근면성으로 왕성한 작품 활동을 하고 학문에 정진해 빼어난 실적을 쌓은 대표적인 평론가로 자리매김을 했다.

이 글에서는 이들 삼총사의 가정배경과 성장 과정을 알아보고 나서 이들 각자의 성격적 특징과 학문적 업적을 소개하고자 한다.

2. 삼총사의 성장 배경

김봉웅, 김관웅, 김호웅을 비롯한 그들 팔남매는 평생 자동차 운전기사와 정비사로 일해 온 김병기(金秉紀)와 그의 부인 이영순(李英順)의 자식들이다.

김병기는 평양 태생으로서 대동문 부근에 있는 장별리라는 곳에서 나서 자랐다. 장별리라고 하면 지금 평양의 젊은이들은 대체로 고개를 갸웃거리고 있으나 평양 출신의 어른들은 대개 알고 있다.《중외일보》1929년 3월 8일 자로 <평양 장별리에 흉기 강도, 대금업 박씨 집에 침입, 범인의 종적은 杳然>이라는 기사가 실려 있다. 장별리는 큰 시장 거리였는데 김병기는 어릴 적에 늘 대동문 옆에 있는 부자 백과부네 집 마당에 가서 놀았다고 했으니 장별리 역시 대동강과 멀지 않은 곳인 것 같다. 김병기네 동갑 또래들은 백과부네 집 마당에 가서 놀다가 떡이라도 한 그릇 얻어먹으면

"할머니 어떻게 하면 부자가 됩니까?"

하고 물었다. 그러면 백과부는 시물시물 웃다가

"적게 먹고 가는 똥 누면 부자가 되는거여."

하고 대답했다고 한다.

김병기의 아버지 김명복(金明福)은 이목구비가 수려하고 머리가 총명한 사람인데 과거시험을 보려고 사서오경을 얼음에 박 밀 듯이 줄줄 외웠다고 한다. 하지만 한말(韓末) 이후 나라의 기운이 쇠하고 과거 시험제도가 없어지자 대서업(代書業), 즉 남을 대신하여 글씨나 서류 따위를 써주고 일정한 보수를 받는 일을 하였다. 하지만 차차 어지러운 세상을 꾸짖고 자기의 신세를 한탄하더니 기생집을 드나들면서 날마다 곤드레만드레 취해 살았다. 어느 날 이 어른이 또 고주망태가 되어 들어오는데 노모가

"어이구, 이 꼴 보지 말고 내가 어서 죽어야지!"

했더니 이 어른이

"어머니, 거 칼도마에 식칼 좀 얹어주세요 제가 술 안 먹기로 맹서를 하지요."

하는지라 지독한 노모가

"여봐라, 게 누가 없느냐? 저 어른께 얼른 도마에 칼 얹어 드려라."

하고 코웃음을 치며 돌아앉았지요. 머슴애가 마나님의 불호령에 부들부들 떨다가 칼도마에 식칼을 얹어 대령하자 이게 웬일인가! 이 어른이 칼도마에 왼손 식지를 내놓고 식칼로 탁ー 하고 내리찍었다. 시뻘건 피가 낭자하게 흐르는데 이 어른은 흰 바람벽에 "今日禁酒"라고 휘갈기더니 한옆으로 쓰러졌다. 봉당에 떨어진 식지가 풀떡풀떡 뛰더란다.

술 맹세는 무슨 맹서라 했던가, 김명복은 바람벽에 혈서를 썼지만 일주일도 더 가지 않아 그 식이 장식으로 술을 퍼마셨다. 그걸 본 김병기는 "술만 퍼마시다가는 가정도 자식도 다 망치는 법!" 하고 평생 술에는 별로 입을 대지 않았다. 더더구나 팔남매를 키우느라고 술과는 거의 담을 쌓고 지낼 수밖에 없었다.

하지만 피는 못 속이는 법, 이들 형제들은 다들 술을 좋아한다. 흉을 보아서 죄송하지만 개중에는 두주불사(斗酒不辭)하는 이들도 서넛 있다.

김병기가 만주에 들어온 것은 1935년. 몇 해 전에 김명복은 벌써 세상을 뜨고 말았다. 김병기는 무슨 기술을 배워야 일가족을 먹여 살릴 수 있겠다고 생각했다. 마침내 김병기는 어머니와 아우 병일이, 그리고 누이동생 셋을 두고 무작정 현해탄을 건너 일본 시모노세키로 건너갔다. 하지만 이때는 일본이 위만주국을 조작해가지고 대륙침략을 꾀하면서 일본인들도 개척 이민으로 만주에 보내던 때라 김병기는 사나흘 유치장 생활을 하다가 다시 조선으로 송환되었다.[1]

---

1   김호웅, <꿈결에도 동생들을 부르며 살아온 60년 세월>, 《인생과 문학의 진실을 찾아》,

김병기는 내친김에 만주행을 단행했다. 먼지 봉천(奉天, 지금의 심양)에 가서 일본인이 경영하는 약국에서 점원으로 일했다. 날마다 자전거 짐받이에 약을 싣고 안산, 무순 등지에 약을 배달하는 일을 했다. 두어 달 지나니 자전거를 타고 그야말로 마술도 부릴 수 있게 되었다. 그래서 1937년 10월 25일 봉천국제경기장에서 열린 '제3회 만주 자전거 선수권대회' 2만 미터 결승에서 우승을 했고 1938년 '제4회 만주 자전거 선수권대회'에서는 3천 미터 우승을 했다.[2] 1938년 8월 베를린올림픽 마라톤 우승자인 손기정 선생이 봉천과 신경을 방문했을 때, 김병기는 손기정을 보고 국제 체육 무대에서 조선인들을 위해 영예를 날리고 싶다고 말했다. 그때 손기정은 그의 어깨를 쳐주면서 도쿄올림픽에서 만나자고 했다. 김병기는 1940년 도쿄에서 열리게 될 올림픽에 참가하기 위해 다시 강훈련을 시작했으나 대련과 여순 간 아스팔트 도로에서 연습하던 도중에 버스에 부딪쳐 다리에 골절상을 입었다. 더더구나 1940년 도쿄에서 열릴 예정이었던 올림픽은 '제2차 세계대전' 중이라 무산되고 말았다. 그래서 김병기는 자전거 운동을 포기하지 않으면 안 되었다.[3]

다리 골절상을 입어 자전거 운동은 포기했지만 이 한 단락의 수상경력은 위만주국 자동차부대에 입대할 수 있는 좋은 밑천으로 되었다. 1939년 초, 김병기는 한 달 만에 운전면허를 땄고 할힌골전투(Бои на Халхин-Голе, 일명 노몬한사건)가 터지는 바람에 그야말로 눈먼 망아지 워낭소리를 듣고 따라가듯이 자동차에 군수물자를 싣고 전장을 몇 번 다녀왔다.

노몬한사건은 1929년 5월에서 9월까지 몽골영토에서 소련군과 일본군이

심양: 료녕민족출판사, 2003년, 102-128쪽.

2   북경대학 조선문화연구소,《조선민족문화대계》11, 체육사, 북경: 민족출판사, 1998, 315-326쪽.

3   김호웅, <옛 서탑거리의 자전거선수 김병기로인>,《갈매기》, 제6기, 1987.

싸운 전투인데 천하무적을 자랑하던 일본군이 대패했다. 초원에서 벌어진 전투라 기갑부대(機甲部隊), 즉 전차와 탱크가 열세에 처했던 일본군이 궁지에 빠질 수밖에 없었다. 하지만 일본은 세계의 눈을 가리기 위해 승전을 했다고 보도하면서 이른바 "참전용사"들에게 8급 훈장을 나누어 주었다. 물론 김병기도 8급 훈장을 받았다. 워낙 솔직하고 정직한 김병기는 해방 후 조직에 이를 솔직하게 교대했고 조직에서도 "일반 역사문제"로 결론을 내렸다. 하지만 그가 위만군에 입대하고 노몬한사건에 참가해 8급 훈장을 받은 일은 그와 그의 가족에 어두운 그림자를 드리웠다.

김병기는 워낙 구척장신에 꼬리 없는 소라고 불릴 정도로 힘이 장사고 부지런한 사람이었다. 1958년 대약진시절에는 트럭에 바구니 열두 개를 달고 벽돌을 실어 나르기도 해서 연길 판의 큰 볼거리가 되기도 했다. 하지만 노동모범으로 표창하기는 고사하고 늘 뒤에서 저 양반은 일제 때나 지금이나 다 일을 잘했던 사람이야! 하고 뒷공론을 했다. 그리고 유일성분론(唯一成分論)이 판을 치던 때라 김병기의 자식들은 흔해 빠진 홍위병이 되기도 어려웠고 입당하기는 더욱 어려웠다. 그래서 김병기는 일제 때 남긴 오점 때문에 자식들을 망쳐 먹는다고 부인의 푸념을 무척 듣기도 했다.

김병기는 1년 7개월 만에 전역(轉役)해서 흑룡강 목단강 일본군 육군병원(지금의 홍기병원 자리다)에 배치받아 전속기사로 일했다. 1945년 8월 15일 광복이 되자 일본군과 그 가족들은 병영과 자동차 따위들을 던지고 뿔뿔이 도망을 쳤다. 목단강에 진주한 소련군 병사들이 여기저기 전리품을 산더미처럼 모아놓고 지키고 있었는데 암시장에서 구한 보드카 한 병만 찔러주면 아무 물건이나 가져가게 눈을 감아주었다. 아버지와 그 외 동업자 둘은 자동차부품을 떼어다가 자동차를 조립하였다. 두 대를 조립해 한 대를 동북민주연군에 헌납하면 다른 한 대는 자기가 가질 수 있었다. 반년 남짓이 품을 들여 트럭 세 대를 동북민주연군에 헌납하고 세 대는 동업자 셋이 각각 한

대씩 가지고 운수업을 하였다. 그때만 해도 정국이 뒤숭숭해서 피난을 가는 부자들의 이삿짐을 실어주면 그 무렵의 화폐로 한 자루씩 받았다고 하니 재미가 쏠쏠했다. 하지만 여기저기서 사문동(謝文東), 마희산(马喜山)과 같은 비적들이 들끓는지라 도무지 트럭을 몰고 다닐 수 없었다.

그래서 1948년 트럭에다가 일가족과 가산을 싣고 야반도주해서 연길에 오게 되었고 길동자동차주식회사에 등록하고 계속 운수업을 했다. 물론 그때 트럭은 목탄차였다. 말하자면 조수가 목탄을 때서 증기기관을 가열시켜 달리는 차였다. 김병기는 소처럼 부지런히 일했고 그만큼 잘 살았다. 1950년 대 초 김병기의 외동딸 김옥자가 연길시 중앙소학교에 입학하는데 자동차집 공주를 보려고 교장선생님까지 학급에 찾아왔더라고 한다. 하루건너 김병기네 마당에서는 화롯불에 구리적쇠를 놓고 소고기를 구워 먹었고 그는 로렌스 손목시계를 차고 다녔다.

하지만 이게 무슨 횡액인가? 1956년 중국에서는 공업과 상업에 대한 사회주의 개조를 한다고 하면서 사인자산을 국유화하는 운동을 펼쳤다. 백화상점 주인은 백화상점을 내놓아야 했고 자동차 주인은 자동차를 내놓아야 했다. 시정부에서 내려온 일꾼이 김병기를 보고

"아저씨, 이젠 한 걸음만 내디디면 공산주의 사회로 들어가는데 내 것 네 것 있겠습니까? 오늘 스탈린 광장에 나오십시오. 아저씨는 가슴에 붉은 꽃을 달고 단상에 오르게 된답니다."

라고 하기에 울며 겨자 먹기로 나갔다가 술 한 잔 대접을 받고 귀가하니 트럭은 물론 부품까지 몽땅 실어갔다. 이 일은 김병기에게 평생 한이 되었다. 2005년 10월 2일 김병기가 연길시 당위 통전부에 올린 편지와 서면 자료가 있는데 서면 자료만 보기로 하자.

1956년 2월 8일 연길시에 있던 개인 자동차 소유주들이 공사합영의 형식으로

연길시 운수공사에 들어갔다. 당시 본인도 자동차 1대(이스즈표)에다가 부속품 (변속기 1대, 차틀 1대, 기타 부속품들과 타이야 4틀)을 갖고 운수공사에 들어갔다. 그때 조직에서는 자동차 1대에 5000원, 기타 모든 부속품은 500원으로 도합 5500원으로 쳐주었다.

1년을 4계도로 하여 계도마다 1000분의 5의 수자로 200원씩 받다가 문화혁명 당시 반란단 우두머리인 팽위(彭爲)가 통장을 가져오라 하여 압수해간 뒤로 더는 이식을 받지 못하였다. 나의 차 번호는 36호였다.

이상의 사실을 나 본인이 이 서류를 남기는 바이다.

－2005년 10월 3일, 김병기 구술, 장자 김봉웅 대필

1956년 공사 합영으로 개인 트럭을 국가에 바친 후, 김병기네 가세는 급전 직하로 기울기 시작했다. 특히 연달아 학교에 들어가기 시작한 자식들의 학비를 대기가 어려웠다. 그래서 김병기는 보물처럼 아끼던 로렌스시계도 팔고 계도마다 이식으로 나오는 200원도 몽땅 자식들의 학비로 바쳤다. 1960년대 3년 재해 때에는 그야말로 입에 풀칠하기도 어려웠다. 김병기는 날마다 남들이 퇴근한 후에는 공량을 운반하던 차들이 돌아오기를 기다려 수십 대의 트럭을 후비고 쓸고 해서 낟알을 한 포대씩 모아가지고 왔고 가을 철이면 온 식구가 산에 들에 나가서 이삭을 주었다.

하지만 김병기 내외는 억척스럽게 일하고 알뜰하게 살림을 해서 팔남매를 충실하게 키웠고 등소평의 시대를 맞아 한 해에 아들 넷이나 대학에 입학시 키는 쾌거를 일구어내기도 했으며 팔남매 중에 박사, 교수 다섯이나 두었으 니 연변에 소문이 날만도 했다. 김병기 내외는 천륜지락(天倫之樂)을 누리다 가 몇 해 전 3년을 사이 두고 96세와 89세의 나이로 타계했다.

3. "걸어 다니는 백과사전"

맹모삼천지교(孟母三遷之敎)라고 맹자의 어머니는 맹자에게 좋은 교육 환경을 만들어 주기 위해 세 번 이사를 했다고 한다. 하지만 김병기네 가족이 연길에 와서는 단 한 번도 이사를 하지 않았다. 워낙 좋은 동네에 자리를 잡았기 때문이다.

연길의 원래 이름은 국자가요, 해방 후에도 시골 냄새가 풀풀 나는 작은 시가지였다. 하지만 1949년 10월 중화인민공화국 창건 이후, 특히는 1952년 9월 연변조선족자치정부 수립 이후 주정부의 소재지로서 용정을 앞질러 조선족의 서울 같은 구실을 하게 되었다. 그래서 남만과 북만에 있는 조선족 문인들까지 속속 모여들어 새롭게 조선족 문단을 형성하게 되었다. 특히 연길시 중앙가(후에는 광명가, 지금의 유경호텔 부근)에는 많은 대학교 교수와 문학예술인들이 살고 있었다. 김병기네 집은 72조와 맞닿은 73조에 있었다. 트럭은 공사 합영으로 국가에 바쳤지만 이 동네에서는 김병기네 집을 여전히 "자동차집"이라고 불렀다. 트럭이 서 있던 넓은 뒷마당은 이 동네 개구쟁이들의 놀이터로 안성맞춤이었다. 이 동네를 두고 김병기의 셋째 아들 김관웅은 <별들의 동네>라는 수필에서 다음과 같이 회상하고 있다.

"우리 집과 제일 처음부터 가까운 이웃으로 몇 년간 살아온 이웃으로는 연변 가무단의 초대단장이며 가사를 쓰기도 했던 김태희 선생네 일가였다. 우리 집처럼 자식이 많은 김태희 선생의 부인과 우리 어머니는 아주 가까운 이웃으로 오순도순 다정하게 살았다. 나는 나보다 여덟 살 연상인 큰형을 통해 '조이종자 이삭도 짓노랗고, 쉬종자 이삭도 짓노랗고'로 시작되는 <좋은 종자 가려내>라는 가사를 이웃집 김태희 선생이 지으셨다는 것을 알고 어린 마음으로 얼마나 존경했는지 모른다. 그 뒤 우리 형제들이 문단에 등단한 후에도 김태희 선생의 장자인 평론가 김기형 선생과도 좋은 인연을 이어왔다.

1950년대 중반 이후 김태희 선생네 일가는 아래개방지에 있는 연변가무단 사택으로 이사를 가고 그 집에는 채택룡 선생네 일가가 이사를 하여왔다. 우리 집과 채택룡 선생네 일가 사이에 그때 맺어진 인연은 60년 세월이 흘러 지난 오늘까지 끈끈하게 이어져 내려오고 있다. 특히 채택룡 선생과 그의 두 번째 부인 사이에서 첫아들로 태어난 채영춘씨는 나와 동갑이라 소학교 6년을 한 학급에서 공부하였다. 우리는 채택룡 선생이 지은 가사에 허세록 선생이 곡을 붙인 <새아리랑>, <베짜기노래>를 채영춘이랑 함께 부르면서 자랐다.

채택룡 선생이 억울하게 우파감투를 쓴 후 정치적 박해를 피해 조선으로 간 뒤에 채택룡 선생네 집에는 <연변문학> 편집부의 편집원이였던 한수동 선생네 가족이 이사를 하여 왔다. 이 인연은 후일에도 계속 이어져서 나의 첫 번역작품 인 미국 단편소설의 명수인 오 헨리의 단편소설 <경찰과 찬송가>와 나의 처녀작 단편소설 <청명절>은 모두 한수동 선생의 손을 거쳐 발표되었다."[4]

이 동네에는 또 연변예술학교의 가야금 연주가 김진 선생, 『천지의 맑은 물』이라는 유명한 민담집을 펴낸 정길운 선생, 동요 시인 리행복 선생, 시인 임효원과 김철 선생네 가족도 살고 있었다. 이밖에도 이 동네에서 멀지 않은 곳에 리욱, 김창걸, 김례삼, 김학철과 같은 연변문단의 거목들, 그리고 연변 대학의 박유훈, 임윤덕 교수도 살고 있었다. 특히 김철 선생은 1950년대 초 반에 벌써 조선족 시단에 샛별처럼 떠올랐던 시인인데 광명가 73조, 말하자 면 김병기네와 같은 주민 소조에서 살았다. 지금은 머리가 홀랑 벗어졌지만 30대 초반인 그때만 하더라도 하이칼라에 정장을 하고 반듯하게 넥타이를 매고 다녔는데 예쁜 부인이 늘 그의 팔을 잡고 그림자처럼 붙어있었다. 워낙

---

4   김관웅, <별들의 동네>, 《민족문학》 제4기, 2016, 66-67쪽.

친구를 좋아하고 성격이 호방한 김철 시인은 늘 주말도 아닌데 시인 묵객들을 불러들여 술추렴을 했다. 운전수인 김병기는 초아침에 도시락을 싸들고 출근을 했다가 밤늦게 돌아오는데 김철 선생과 그의 시우들은 노들강변에 아리랑을 부르면서 술잔만 기울였다. 그 모습이 김병기네 자식들의 눈에는 곱게 보일 리 만무했다. 요즘 말로 하면 커다란 콤플렉스를 갖게 되었다고 하겠다.[5]

하지만 연변대학교 조선언어문학학부에 다니는 김병기의 큰아들 김봉웅은 이 구실 저 구실 대고 김철 선생네 댁을 자주 드나들었다. 황차 김철 선생의 아우 김봉섭과는 대학교 선후배 사이였기 때문이다. 그리고 김철 선생네 댁은 물론 다른 작가, 시인들의 집에 가서 한 아름씩 책을 빌려오군 하였다. 또한, 김병기는 큰아들이 보겠다는 책은 다 사주었으니 그때 벌써 김봉웅의 서재에는 조선에서 나온 《조선현대문학선집》과 《세계문학선집》이 씨 하나 빠지지 않고 다 꽂혀 있었다.

광주김씨 가문의 삼총사가 평생 문학을 하게 된 것은 이 "별들의 동네"에서 나서 자란 것과도 관계되겠지만 셋째인 김관웅과 넷째인 김호웅은 물론이요, 외과 의사인 다섯째 김철웅, 일본어 부교수인 막내 김정웅까지 수필을 쓰고 문학 논문을 쓰고 있는 데는 이 가문의 계몽 스승인 김봉웅의 영향이 중요한 작용을 했다고 하겠다.

김봉웅은 광주김씨 가문의 팔남매 중 장자이다. 장형여부(長兄如父)라는 말도 있지만 김봉웅과 막내 정웅은 나이 차가 무려 20년이나 된다. 그러니 김봉웅은 동생들에게는 정말 부모 같고 아버지 같은 존재였다. 옛날 평양의 김명복 할아버지를 닮아서인지 김봉웅은 어릴 적부터 총기가 좋았다. 그 어머니의 말씀에 의하면 예닐곱 살 때 벌써 동네 어른들의 명함은 물론이요,

---

5   김호웅, <추천사>, 한연, 《김철 시문학의 주제학적 연구》, 민족출판사, 2012, 1-9쪽.

나이와 생신날까지 줄줄 외웠다고 한다. 그래서 동네의 술꾼들은 이 삼척동자에게서 정보를 알아가지고 생일상을 차린 집을 기신기신 찾아가 술 한 잔씩 얻어먹었다고 한다.

김봉웅은 연변대학교 조선언어문학학부를 졸업하고 평생 연변인민출판사에서 편집원으로 일한 셈인데 그의 놀라운 기억력과 문장력은 세상을 놀라게 하고도 남음이 있었다. 연변의 유명한 시인인 김응준은 《중국문학사》(전 3권), 《중국현대문학사》, 《중국당대문학사》, 《조선고전문학사》, 《황구연전집》(전 10권) 등 무게 있는 대학교 교과서들은 거의 다 김봉웅이 편집했다고 하면서 다음과 같이 회상한다.

"봉웅 문우는 뛰어난 기억력으로 근면하게 독서하여 연박한 지식을 소유하였다. 특히 세계의 문학, 역사, 음악 등에 대한 그의 학식은 감탄할 만 하였다. 그 많은 문학명작의 줄거리며 인물들, 주인공뿐만 아니라 기타 인물들의 형상 및 이름까지 다 기억하고 있었다. 20년 전에 내가 《세계명언집》집필에 수요되는 중문 《명언대관(名言大觀)》부록에 나오는 외국 명인들의 이름을 번역해줄 것을 그에게 부탁했더니 그 자리에서 사전 하나 뒤지지 않고 근 2백 명의 이름을 번역했다. 그 너부죽한 필체는 지금도 나의 책에 바래지 않고 남아있다."[6]

또 저명한 칼럼리스트이며 문학평론가인 장정일은 김봉웅을 두고 다음과 같이 회상한다.

"문학, 철학, 정치 할 것 없이 봉웅의 흥취와 독서범위는 넓었다. 기억력이 특별했던 그는 남들이 번지기 어려워하는 서양, 러시아 문학작품 작중인물들의

---

6   김응준, <고 김봉웅 문우를 그리며>, 《연변문학》 제11기, 2009, 184쪽.

긴 이름도 줄줄 외웠다. 이는 작품에 대한 그의 사랑의 정도를 말해주는 것이기도 할 것이다. 친구들과 얘기를 할라 치면 그리스의 고대철학자 아리스토텔레스, 플라톤으로부터 러시아의 꾸드조프, 소련의 쥬코프와 같은 군사가들, 그리고 조선의 정계인물들에 이르기까지 막히는 데 없이 박학다식함을 보여주군 해서 그는 나를 감복시켰고 친구들도 흔쾌히 그의 말에 귀를 기울이군 하였다."[7]

그리고 대학을 졸업하고 김봉웅과 함께 흑룡강 북대황에 가서 노동 단련을 했던 저명한 소설가이며 중앙민족대학 교수인 리원길은 다음과 같이 말한다.

"봉웅 형님과 나는 그 후 세월의 풍파 속에서 북대황에서 고락을 같이 한적 있다. 낮에는 힘들게 일하고 밤에는 등잔불 밑에서 잡담하다가 곯아떨어지는 고달픈 세월에 봉웅 형님은 친히 작곡하고 구수한 이야기로 여러 조선족대학생들에게 소중한 웃음과 즐거움을 안겨주었다.

봉웅 형님은 청각장애가 있는데 비상한 기억력 때문인지 음률에 조예가 깊어 악기 하나 없이 멋진 곡들을 제법 척척 지어냈다. 그때는 아리랑 같은 노래도 부를 수 없는 시기였다. 그 당시 실정에 맞게 내가 쓴 가사 <실천전사의 노래>, <북대창의 노래> 등에 봉웅 형님이 작곡하여 련(連)의 행사 때나 쉼터에서 불렀다. 그때 고향을 떠나 머나먼 홍안령밀림에 갇힌 만뢰적막(萬籟寂寞)의 세월, 그 노래는 큰 위로가 되었다.

북대황은 인가와 멀리 떨어져 신문은 일주일이나 늦은 구문이고 읽을 수 있는 책은 《모택동선집》뿐이었다. 따분하기 그지없는 문화생활에 우리 조선족대학생들끼리 모여 자연스럽게 '이야기모임'을 가졌다. 대부분 자기 주변의 이야기다보

---

7   장정일, <문경고개를 부르던 친구여>,《연변문학》제11기, 2009, 194쪽.

니 금시 바닥이 났다. 하지만 봉웅 형님은 마를 줄 모르는 샘물처럼 이야기가 끊임없이 쏟아져 나왔다. 고금중외의 문학을 꿰뚫고 있는 분이니 이야깃거리가 얼마나 많았겠는가? 우리는 '수정주의소설'이라는 혐의를 받는 작품은 될수록 피했다. 늘 모여앉아 봉웅 형님의 이야기를 듣는 것이 수상한지 하루는 해방군 지도원이 나(당시 나는 련의 선전위원)를 불러놓고 무슨 이야기를 하는가고 은밀히 탐문했다. 나는 중국혁명의 역사이야기를 한다고 대답했다. 조선어를 모르는 지도원은 고개를 갸웃거리며 한동안 나를 쳐다보더니 아무 말도 하지 않았다. 그 일이 있은 후 우리는 경각성을 높여 문학 외의 다른 이야기를 들었다. 봉웅 형님은 상상 밖으로 동물이야기를 했다. 동물들을 문(門), 류, 과까지 나누어 구체적이고 생동하게 이야기하여 의학원과 농학원 졸업생들마저 혀를 내두르며 감탄했다.

'봉웅이는 북대황에 올 사람이 아니라 과학원 원사로 있을 사람인데…'

봉웅 형님의 기억력과 재능은 누구나 다 긍정했다. 세월의 파란곡절로 형님은 학자는 아니지만 우리 민족의 우수한 편집으로 되었다. 나는 우수한 편집이 되려면 봉웅 형님처럼 연박해야 한다는 것을 깊이 느꼈다."[8]

김봉웅은 동물학은 더 말할 것 없고 동서양 요리에도 박사였다. 시장에서 직접 생선이며 고기며 채소며를 구입해가지고 주방에 들어가면 맛스러운 요리를 서너 접시 순식간에 만들었다. 새로운 요리는 관련 서적을 펼쳐놓고 했는데 특히 잉어국과 낙지회는 일품이었다. 주말이면 요리 서너 가지 해놓고 동생들이나 문우들을 불러놓고 고금중외의 영웅들을 논하는 게 그의 취미요, 재미였다. 여류소설가인 리혜선은 김봉웅의 요리를 맛보고 나서 "한식점 하나 개장하면 광주김씨 가문이 큰 부자가 되겠네." 하고 말했다.

---

8   리원길, <봉웅형을 추모하여>, 《연변문학》 제11기, 2009, 200-201쪽.

김봉웅의 생전 모습, 특히 동생들에 대한 그의 지극한 사랑을 생생하게 전하고 있는 것은 그의 동생 김관웅의 수필 <큰형님께서 물려준 유산>이다. 이 수필의 골자만 추려서 여기에 옮긴다.

"……9월 27일 장례를 치렀던 그날 아침, 사제(司祭)를 맡은 자형이 나더러 큰형님이 평소에 쓰셨던 옷들과 소지품 외에 가장 좋아했던 책 몇 권을 고르라고 분부하셨다. 큰형님께서는 평소 즐겨 읽으셨던 책들을 하늘나라에 가지고 가시라는 뜻이다.

우리는 큰형님의 서재를 만권당(萬卷堂)이라 불렀다. 나는 책들이 빼곡한 '만권당'에 들어가서 큰형님이 젊은 시절에 가장 애독했던 러시아의 대문호 톨스토이의 장편소설《부활》과 구소련시기의 대작가 미하일 숄로호프의 장편소설《고요한 돈》을 골라놓았다. 큰형님이 젊은 시절 문학청년으로 문학공부에 열중하고 있었던 그 무렵인 지난 세기 5,60년대는 러시아, 소련문학이 중국에 절대적인 영향력을 과시하고 있었던 시기였다. 큰형님께서는 톨스토이와 숄로호프의 문학에 심취되었다.

그 시절 우리는 나이가 어려서 톨스토이와 숄로호프의 소설에 담겨있는 복잡한 스토리와 심오한 사상들을 다는 이해할 수 없었으나 형님의 구수한 이야기를 통하여 작품들의 윤곽이나 중요한 부분들에 대하여 대충 알고 있었다. 나는 나이가 들어 가만히 큰형님이 보는《수호전》,《삼국연의》,《서유기》나 셰익스피어, 바이런, 발자크, 모파상, 푸시킨, 고골리, 체홉, 고리키 등 동서고금의 문학대가들의 명작들을 훔쳐서 도깨비 기왓장 번지듯이 대충 읽었다. 문화대혁명 전에 나는 이미 큰형님이 보는 책들을 적잖게 훔쳐 읽었다. 이런 책들 중에는 숄로호프의 장편소설《고요한 돈》도 있었다. 나는 악시니야요, 그레고리요 하면서 작품 중의 인물과 사건, 재미나는 부분들을 남들에게 이야기해줄 정도로 익숙히 알고 있었다. 대학공부를 하면서 교수님들에게서 동서고금의 문학사나 문학이론 강의를 들어도 적잖은 부분은 큰형님에게서 귀 아플 정도로 들은 것이어서 생소하지 않았다.

큰 형님의 흥취는 넓었다. 특히 음악에 대한 큰형님의 흥취는 남달랐다. 악기도 없는 상황에서 수많은 오선보를 손수 초록하고 시창하면서 꾸준한 독학을 통해 악리와 동서고금의 음악사 지식을 널리 장악했을 뿐만 아니라 집에서 늘 세계명곡을 불렀다. 우리 동생들도 큰형님을 따라서 베토벤, 모차르트, 차이콥스키 같은 동서고금의 많은 세계명곡이나 <피가로의 결혼>, <카르멘>, <콩쥐와 팥쥐> 등 오페라의 아리아들을 어릴 때부터 귀에 익게 들었다. 그중 적잖은 곡들은 큰형님을 따라 음정과 박자가 별로 빗나가지 않게 부를 수 있었다. 그때 우리 집은 물질적으로는 가난해도 언제나 낭랑한 글소리가 들렸고 팔남매 개구리합창단의 즐거운 노랫소리가 동네방네에 울려 퍼졌다.

그러나 그때 큰형님에게서 평소 귀동냥으로 얻어듣고 큰형님의 책들을 훔쳐 보고 큰형님에게서 물려받은 음악이나 미술에 관한 예민한 감수성이 후에 내가 문학예술 연구에 종사할 수 있는 중요한 밑거름이 되리라고는 꿈에도 생각하지 못했다.

여기에 재미나는 에피소드들이 많다.

1978년 나는 대학입시에 참가하였다. 역사시험에 제2차 세계대전의 발발과정을 서술하라는 문제가 나왔는데 나는 어려움 없이 써낼 수 있었다. 그것은 큰형님이 평소 여러 번 제2차 세계대전에 대해 이야기했기 때문이다. 다른 문제들도 나는 평소 큰형님에게서 귀동냥으로 들은 이야기에서 많은 점수를 얻을 수 있었다. 나는 그해 역사시험에서 길림성 조선족 입시생들 중에서 제일 높은 성적을 따냈다.

대학에 입학한 후 나는 큰형님의 덕을 많이 보았다. 첫 학기에《중국조선족문학작품선독》을 배웠다. 백호연 선생이 1950년대 초반에 발표한 단편소설 <꽃은 새 사랑 속에서>를 강의하던 중 선생님은 이 작품 속의 주인공이 거론한 솔로호프의 장편소설《고요한 돈》에 나오는 그레고리는 '볼셰비키의 건강한 혁명전사의 형상'이라고 분석하였다. 나는 터무니없는 분석이라고 생각하고 휴식시간에 선생님에게 질문했다.

'선생님,《고요한 돈》에 나오는 그레고리는 백파와 홍군 사이에서 줄곧 방황하고 동요한 사람이 아닙니까? '볼셰비키의 건강한 혁명전사의 형상'이라고 하면 작품 속의 형상과는 다르잖습니까?'

나의 물음에 한동안 어정쩡해있던 선생님은 쓴 오이 보듯 곱지 않은 눈길로 나를 흘겨보았다.

'동무가 뭘 안다고 그러오? 사람이 이렇게 교오자만하면 못 쓰오.'

그도 그럴 것이 대학에 입학한지 한 달도 안 되는 신입생으로부터 이처럼 당돌한 질문을 받았으니 왜 자존심이 상하지 않겠는가?

후에 안 일이지만 선생님은 그날 교학이 끝난 후 당시 연변대학에서 서양문학의 최고 권위자로 계셨던 정판룡 교수님을 찾아가서 가르침을 청했고 정판룡 교수님은 다음과 같이 반문하셨다고 한다.

'그 학생이 이름이 뭐야? 그 학생의 말이 맞아. 선생인 자네가 오히려《고요한 돈》의 진의를 제대로 파악하지 못했네.'

이 일이 인연이 되어 나는 정판룡 교수님과 첫 대면을 할 수 있었고 자신감을 얻어 본과를 졸업하고 학자의 길을 선택하게 되었다. 석사공부를 했고 대학 교단에서 서양문학을 가르칠 수 있었다. 나와《고요한 돈》을 둘러싸고 언쟁이 있었던 선생님도 후에 이 일을 아름다운 추억으로 간주하면서 대학교수로서의 아량과 진솔함을 보여주셨다.

어찌 이 뿐이랴.

1970년대 초반, 내가 훈춘에서 군복무를 하던 시절, 연변군분구에서 꾸리는《동북민병》잡지사에 편집원으로 들어갈 수 있도록 여러 모로 주선을 해주셨던 분도 큰형님이었다. 1979년, 나의 처녀작 <청명날>과 넷째 호웅이의 처녀작 <산

속에 핀 진달래>도 큰형님께서 손수 알심 들여 지도하고 수정하여 햇빛을 보게 하였다. 또 두 형제가 나란히 개혁과 개방 후 연변에서 처음으로 되는 문학상을 수상하는 영광을 지니게 되었다. 1980년대 초반, 내가 연변대학교에 재학하던 시절에 처녀단편소설집 《소설가의 안해》를 출간할 수 있도록 여러 모로 주선해 주신 분도 다름 아닌 큰형님이었다.

지금까지 나와 호웅이의 문학창작과 학문연구의 길은 바로 큰형님이 열어주었다고 해도 과언이 아니다. 큰형님은 나에게 있어서 지식과 문화의 횃불로 내가 나아갈 길을 환히 밝혀준 소년시절과 청년시절의 계몽스승이었다. 그 후 대학교수로 되어 지식의 바다에서 항행하는 나에게 큰형님께서 언제나 어둠을 밝혀주고 항로를 가리켜주는 등대나 나침판 같은 존재였다."[9]

4. 연변문단의 흑마

김관웅의 단편적인 경력과 일화는 그 자신이 쓴 <인생과 선택>, <로쌴제(老三屆)영탄곡>과 같은 글에서 볼 수 있지만 그래도 조성일 선생의 글이 볼만 하다. 2006년 8월, 연변의 저명한 평론가이며 연변작가협회 주석과 중국조선족문화발전추진회 회장을 역임한 바 있는 조성일 선생은 <우리 문단의 흑마-김관웅 교수>라는 글에서 다음과 같이 쓰고 있다.

"김관웅 교수를 머릿속에 떠올릴 때마다 나는 언제나 거친 초원에서 갈기를 휘날리면서 질주하다가는 문뜩 멈춰 서서 갑자기 무엇에 노했는지 두 앞발을 건뜻 쳐들고 울부짖는 야생 흑마(黑馬)를 연상하군 한다.

---

9   김관웅, <큰형님께서 물려준 유산>, 《연변문학》 제11기, 2009, 205-211쪽.

흑마(黑馬)를 영어에서는 다크 호스(dark horse)라고 한다. 영어에서 다크 호스는 단순히 털빛이 검은 검정말을 지칭하는 것만은 아니다. 다크 호스는 선거나 경기에 불쑥 나타난, 미처 예상치 못했던 강력한 우승 후보나 선수 또는 유력한 경쟁상대를 뜻하기도 한다. 이런 영어의 뜻 빛깔이 한어에 영향을 주어 흑마(黑馬)라는 이 낱말은 영어와 비슷한 뜻 빛깔을 가지게 되었다.

1970년대 말, 김관웅 교수는 대학교 학부생 1학년 때 단편소설 <청명절>로 문단에 데뷔하였다. 처녀작인 이 작품이 개혁과 개방 이후 연변의 첫 문학상을 수상하게 되면서 그의 이름이 알려지기 시작했고, 1985년 단편소설집 <소설가의 아내>로 문단에 호적을 붙이기도 했다. 하지만 김관웅 교수가 '강력한 우승 후보나 선수' 또는 '유력한 경쟁자'의 이미지로 내 머리 속에 각인되지는 못했다.

김관웅 교수가 진정으로 우리 문단의 흑마로 내 시야에 유표하게 들어온 것은 1990년대 중반 이후였다. 70년대 말부터 90년대 초까지 학사, 석사, 박사를 거쳐 10년 이상이나 대학교에서 두문불출하고 공부에만 정진하고 있던 김관웅 교수가 소설창작에서 문학평론으로 전향하여 유망한 평론가로 갑자기 문단에 부상하기 시작했던 것이다. 쓰지 않으면 그뿐이지만 한번 쓰기만 하면 문단을 놀라게 하는 그러한 평론들이 김관웅 교수의 손에서 속사포마냥 쏟아지기 시작했다. 1990년대 중반 이래 그가 내놓은 저서들과 논문 그리고 평론의 골자만 대충 적어보면 다음과 같다.

이론 저서들로는 《조선고대소설서사방식연구》, 《조선고대소설사고》, 《조선문화와 문학의 이해》, 《조선고전문학의 발전과 중국문학》(공저), 《중조고대소설비교연구》, 《중조시가비교연구》, 《조선문학의 이해》, 《외국문학사》(공저), 《서양문학사》(공저), 《서방모더니즘 문학사론》(공저), 《수필창작론》, 《김학철문학과의 대화》(공저), 《한국고대한문소설사략》, 《중국조선족문학통사》(공저), 《세계문학의 거울에 비춰본 중국조선족문학》 등이 있고, 100여 편의 학술논문과 100여 편의 중국조선족문학과 관련된 평론이 있다. 이밖에도 그는 문학창작도 게을리

하지 않아 칼럼, 수필에서도 자기의 개성과 장끼를 과시하기 시작했다. 그가 달성한 학문적인 수준은 국제적으로 인정을 받게 되었다. 적어도 조선문학이나 중한 비교문학 등 분야에서는 중국 국내에서는 물론이고 조선반도의 남과 북을 비롯한 세계 각국의 조선－한국학 학자들과 어깨를 나란히 할 수 있게 되었다. 이는 중국조선족평단에서는 있어본 적이 없는 일로서 우리 노일대의 문학 이론가, 평론가들이 해내지 못한 장거라고 할 수 있다. 바로 이러한 학문적 수련과 기초를 바탕으로 하여 김관웅 교수는 대학강단에서 서양문학, 서방모더니즘문학, 조선문학, 20세기 서방문학이론, 문학이론, 비교문학, 문화학, 세계문화사, 수필창작 등 다양한 학과목을 가르치고 학사, 석사, 박사에 이르는 다양한 차원의 제자들을 가르치고 지도함으로써 학문연구와 문학창작의 쌍풍수를 거두어냈던 것이다. 그리고 2003년부터는 《우리동네 문학동네》라는 개인 홈페이지를 운영하면서 품위 있는 연설고, 강의고, 수필 등 다양한 장르에 걸치는 글들과 면도칼처럼 날카로운 칼럼과 단평들을 쏟아내어 우리 문단의 이목을 한 몸에 집중시키고 있다. 이 개인 홈페이지가 우리 문단에 준 영향은 어중간한 문학지를 능가한다.

특히 중국조선족 문학평론분야를 보면 김관웅교수의 눈부신 활약상이 가장 주목된다. 그의 평론의 가장 큰 특점은 우리 민족의 현실문제에 초점을 맞춘 그의 민족적 사실주의론에서 잘 보여진다. 이밖에도 그의 문학평론은 새로운 문학비평방법론에 입각한 엄밀한 논리성과 심각하고 날카로운 사회, 문화 비판성에서 보여진다. 이를테면 <식민주의사관과 김문학현상>, <김문학의 '반문화 지향의 중국인'을 평함>, <민족적 사실주의로 나아가는 우리 소설문학>, <여성과 시>, <문화혁명시기 중국여성의 애정비극과 정치> 등은 그의 이러한 특징을 잘 보여주는 평론들이다. 이에 대해 북경대학 박충록 교수는 90년대의 중국조선족의 문학평론을 논하면서 김관웅 교수를 두고 다음과 같이 평가하고 있다.

'평론가 김관웅은 학자형의 평론가로 그의 장끼는 비교문학평론이다. 그는 근년에 새별처럼 평단에 등장하여 맹활동을 하고 있다. 그는 문학의 여러 장르에

다 장끼가 있는데, 평론에서도 다방면의 시각으로 문학을 논하는 인기평론가로 부상하였다. 그의 평론이 돋보이는 점은 그가 동서방의 문학에 정통하고 마르크 스주의문예학, 유럽의 예술수법을 잘 알고 있으며 조선문학에도 익숙하다는 점 이다. 그 이론전개가 논리적이고 설복력이 강하다… 김관웅은 동서방문학에 정 통한 학자형 평론가로 우리 문단의 작가들의 창작을 잘 지도할 수 있는 능력을 가진 유망한 평론가이다. 평단은 그에게 기대하는바가 크다.'

박충록 교수의 평가처럼 김관웅 교수는 동서고금의 문학사와 문학이론에 대 해 조예가 깊을 뿐만 아니라 동서고금의 역사, 문화 등 문학 밖의 기타 문화 분야에 대해서도 해박한 지식을 가지고 있다. 이처럼 그릇이 큰 학문적 스케일과 합리한 지식구조를 가진 김관웅 교수는 50년대에 대학공부를 한 우리 같은 기성 세대 문인들에 비하면 분명히 우세를 갖고 있다. 김관웅 교수는 흑마마냥 선배평 론가들의 유력한 경쟁자로 나타났다. 청출어람이승어람(靑出於藍而勝於藍)이라 고, 후에 난 뿔이 우뚝한 법이다. 나는 우리 평단에 김관웅 교수 같은 유망한 신진평론가가 나타난 것을 진심으로 기뻐했다.

나는 김관웅 교수에게는 탄탄한 학문적인 준비만이 아니라 천생적인 평론가 의 기질도 갖고 있음을 발견하였다. 우수한 평론가는 작품을 분석하고 그 진가를 독자들에게 알려줄 뿐만 아니라 불의에 도전하는 영원한 '도전자'이고 '시비꾼' 이여야 한다. 한 사람이 평론가로 성장할 수 있겠는가 하는 것은 그 사람의 감상 능력의 수준 여하에 달릴 뿐만 아니라 그 사람이 시비 가르기를 좋아하고 변별력 이 강한가 약한가에도 달린다. 극히 이지(理智)적인 소크라테스로부터 자기의 감정을 억제하지 못하는 니체에 이르기까지 무릇 대평론가들은 모두 불의에 도 전하기를 좋아하지 않은 사람이 없으며 쟁투적인 비평을 하는 것을 능사로 여기 지 않은 사람이 없다. 한마디로 평론가들은 세상만사에 대하여 시비 가르기를 좋아하는 '시비꾼'의 기질을 가져야 하고 스페인 투우장의 투우 같이 용감하게 뜨고 박는 기질을 가져야 한다. 김관웅 교수는 천성적으로 이런 투우같이 용감하게 뜨고 박는 저돌적인 성향과 기질을 갖고 있다.

김관웅 교수는 성미가 급하다. 그는 속심의 말은 참지 못하고 다 뿜어내는 성미를 갖고 있다. 그는 기교를 부릴 줄도 모르고 아첨하지도 않는다. 하나라도 마음에 맞지 않으면 잠시도 참지 못한다. 높은 벼슬을 하는 사람은 워낙 시비를 마음속에 두고 겉으로 관용을 내비쳐야 하는 법이지만, 그는 성격적으로 관청에서 벼슬을 하는 것보다는 글방에서 선비 노릇을 하는 게 적성에 더 맞는 것 같다. 김관웅 교수는 자기가 옳다고 생각할 때는 물불을 가리지 않고 달려들며 목에 칼이 들어와도 말하고야마는 성격을 가졌다. 설사 상대가 선생이든, 선배이든, 친구이든, 이해관계가 얽혀있는 막강한 파워를 가진 정계의 요인이든 전혀 상관하지 않는다. 김관웅 교수의 사전에는 숫제 '거짓'이나 '아첨' 같은 단어가 없다. 그는 학문적 견해나 정치적 견해를 그때그때의 시류에 따라 수정하거나 바꾸는, 바람 따라 돛 다는 그러한 속물근성이 가득한 평론가들과는 완전히 다른 대바른 성격의 소유자이다.

김관웅 교수는 속심의 말은 참지 못하고 다 뿜어내다보니 최근 몇 년 동안만 해도 다섯 번이나 필화를 당했다. '입덕'을 많이 입은 셈이라 하겠다.

그래서 그는 조화보다는 쟁투가 더 많은 삶을 살아오고 있다. 그러나 그 쟁투가 번번이 그의 옳음과 대방의 그름으로 인해 벌어진 것만은 아니다. 하지만 십중팔구는 그가 옳았다. 김문학씨와 김관웅 교수 사이의 오랜 논쟁과정에서 그는 처음에는 문단의 적지 않은 사람들로부터 많은 오해를 받았고 많은 불이익을 당했지만 나중에는 그가 완전히 옳은 것으로 판정이 났다.

이처럼 김관웅 교수는 쟁투로 점철된 문단 생활을 하다 보니 많은 동지를 규합하게 된 동시에 또 많은 적을 만드는 결과에 이르게 되었다. 한마디로 그는 애증이 분명하고, 옳고 그름은 분명히 밝히려고 한다. 그는 사랑과 증오, 옳음과 그름, 정의와 불의 사이에서 줄타기를 하거나 중용적 입장을 취하지 않는다. 미우면 밉고 고우면 곱고, 옳으면 옳고 그르면 그르다고 똑 부러지게 말한다. 에누리하는 법이 없다. 바로 이러하기 때문에 그에 대한 객관의 평가도 아주 양극적이다. 그래서 김관웅 교수는 주변의 많은 사람들로부터 '겉보기에는 터프해도 사귀여보면 다정다감하고 남을 생각할 줄 아는 사람'이라는 평가와 함께 '잘난체하는 놈'이요, '뜨개소'요, '괴짜'요 하는 소리까지 들으면서 살아오고 있다.

여기서 한 가지 더 말하고 싶은 것이 있다. 어떤 사리를 볼 때 동양인들, 이를테면 우리 조선족은 객관적, 이성적인 논리구조에 따라 사물을 보는 서구인에 반하여 주관적, 감성적으로 사물을 보려는 극단적인 심리구조를 갖고 있다. 예컨대 러시아의 위대한 문호 톨스토이는 생전에 악처에게 늘 시달렸다. 톨스토이 자신은 물론 그를 흠모하는 사람들도 그 사실을 은폐하는 법 없이 공개적으로 말하였다고 한다. 그런 사실이 주관적 사고를 하는 우리 조선족들에게 큰 착오로 여겨져 말썽이 자자하기 마련이지만 객관적 사고를 하는 서구인들은 톨스토이의 이미지에 누가 된다고 생각하지 않는다. 우리 조선족은 사리를 봄에 있어서 훌륭하면 모두가 훌륭해야 하고 한 가지 흠집도 있어서는 안 된다는 그러한 극단논리에 사로잡히는 것이 상례이다. 우리는 이런 극단적인 심리구조에서 헤어 나와 사람을 평가함에 있어서 그의 공(功)과 과(過)를 객관적으로 전면적으로 평가함과 아울러 그의 과로 공을 무시하거나 과소평가하는 것을 삼가야 한다.

요즘 우리 평단의 어떤 평론가들은 온통 중간에서 시비를 캐는 것을 말리고 남의 귀에 거슬리지 않는 찬송가만 부르고 만세삼창만 외치고 있다. 심지어 자기를 욕하고 자기가 속한 공동체를 욕해도 비평은커녕 맞장구를 치면서 잘한다고 칭찬한다. 그리고 또 어떤 평론가들은 오늘날의 상업주의에 물젖어 돈이나 생기고 이득이나 생기면 달갑게 거짓말을 하고 칭찬을 한다. 이런 뼈대가 없는 평론가, 시류를 따르는 바람잡이평론가, 상황에 따라 향배(向背)를 달리하는 눈치보기 평론가들이 번성하는 이 문단에서 문학은 일정한 가치판단의 기준을 잃고 있다. 문학창작에 대한 감시와 감독의 기능을 잃고 있다.

이런 지조 없고 주체성이 없는 문인들이 있는 문단에서 좌충우돌하며 불의와 싸우는 흑마 같은 김관웅 교수가 있다는 것은 우리 문단의 자랑이고 희망이 아닐 수 없다.

나는 김관웅 교수의 인격적 매력은 바로 그 저돌성과 쟁투성에 있고, 정의를 위해서 목숨을 거는 그 의로움에 있다고 본다. 비록 이러한 저돌성과 쟁투성이 앞으로도 그에게 많은 불이익을 가져다줄 소지는 많지만 그렇다고 그 모난 것을 다 죽이고 점잖은 젠틀맨이 되고자 한다면 그때는 김관웅 교수가 자기의 본질을 잃는 날이라고 생각한다. 김관웅 교수가 김관웅 교수로 되지 않는 날이라고 생각한다.

모난 돌이 정 맞는다고는 하지만 모난 돌이야말로 좋은 돌이다. 우리 문단의 흑마 ─ 김관웅 교수가 앞으로도 그 날카로운 모를 죽이지 말고, 그 강인한 초지(初志)를 굽히지 말고 계속 용왕매진하기를 진심으로 바란다. 동시에 문단쟁명에서 경우에 따라 자제도 하고 수단과 방법에도 유의하고 표현의 강약 완급에도 신경을 쓰길 바란다.

19세기 초반에 러시아의 비판적 사실주의문학을 올바른 궤도에로 올려놓고 러시아문학의 발전방향을 리드한 벨린스키처럼 김관웅 교수가 중국조선족문학을 올바른 길로 이끌어갈 수 있는 대비평가로 성장하기를 진심으로 기원한다.”[10]

5. 연변문단의 백마

김호웅의 단편적인 경력과 일화는 그 자신이 쓴 <인간은 만남으로 자란다>, <초년고생은 금 주고도 못 산다>와 같은 글에서 볼 수 있지만 그래도 조성일 선생의 글이 볼만하다. 2007년 12월, 조성일 선생은 <우리 문단의

---

10   조성일, 《내가 본 조선족문단 유사》, 연변대학출판사, 2014, 25-33쪽.

백마 ─ 김호웅씨>라는 글에서 다음과 같이 쓰고 있다.

　　"필자는 관웅씨를 지칠 줄 모르고 불의에 맞서 용감하고 저돌적으로 싸우는
사나이의 기질을 감안하여 흑마로 비유한적 있다. 그의 아우 호웅씨는 지칠 줄
모른 견인성에서는 형과 비슷하나 유연성과 포용력이 형보다 돋보인다. 그래서
나는 200근에 육박하는 웅장한 체구를 가진 호웅씨를 백마에 비기고 싶다. 잘
생기고, 인품 좋고, 말 잘하고, 글 잘 쓰고, 술 좋아하고, 친구 좋아하고, 또 연변
의 마당발로 소문난 팔방미인이다. 강의를 잘하고 학생들을 아끼고 사랑해서
대학교수로도 인기가 만점이다. 그는 또한 우리 조선족문학의 발전을 위해 새롭
고 괄목할만한 창의적인 비평성과를 이룩한 우리 문단의 중견으로서 우리 비평
계의 앞자리에 좌단(左袒)하고 있는 이름 있는 비평가요, 현대지성이다."[11]

　　여기서는 문학비평가, 현대지성으로서의 김호웅의 어제와 오늘을 알아보
고자 한다.

먹을 건 없어도 삶은 풍성해

　　앞에서 이야기한 바 있지만, 광주김씨 가문의 넷째아들인 김호웅 역시
보통 운전기사의 가정에서 나서 자랐지만 그 대신 후덕하고 문예와 학문을
숭상하는 가정환경에서 좋은 교육을 받으면서 자랐다. 김호웅의 아버지는
한평생 운전기사와 자동차 정비사로 일해 온 순수한 노동자이다. 이 어르신
은 90세까지 아침마다 자전거를 타고 다니면서 장을 보고 연길 주변을 돌면서
드라이브를 하셨다. 아버님은 신문이나 책도 보지만 방송 듣기를 더 좋아했다.

11　　조성일, 《내가 본 조선족문단 유사》, 연변대학출판사, 2014, 34-42쪽.

서울방송은 물론, 일본어도 섬나라 사람들을 빰칠 정도로 잘해서 NHK방송도 가끔 들었다. 그래서 세상이 돌아가는 소식을 손금 보듯 하고 대학교수인 자식들과 시사(時事), 정치문제를 두고 쟁론을 벌이는 게 큰 즐거움이었다.

김호웅의 어머니는 화투를 즐겨 놀았는데, 워낙 총기가 좋은 분이라 이른 고개를 넘어서 마작을 배웠다. 그는 동네의 노인오락실에 기신기신 찾아오는 오육십 대 중늙은이들을 번마다 여지없이 눌러놓고 그 양반들의 푼돈을 낭중취물(囊中取物) 격으로 싹쓸이를 하니 곱지 않은 눈길로 보더란다. 그래서 워낙 소설보기를 좋아하는 분이라 공연히 미움을 받는 노인오락실에는 나가지 않고 집에서 돋보기를 끼고 자식들이 가져다주는 《연변문학》, 《장백산》, 《도라지》 같은 잡지를 보는 게 큰 재미였다고 한다.

부모님은 두 분 다 초년에 어버이를 잃고 거친 만주벌판을 외롭게 떠돌다가 만난 사이인지라 자식 욕심도 많아 팔남매를 두었는데, 그중에 범 같은 아들만 일곱이다. 이들 형제들이 자랄 때, 부모로서는 배불리 먹이지 못하는 게 제일 큰 아픔이고 걱정거리였다. 가을철이면 부모님을 따라 온 집안 형제들이 산에 들에 떨쳐 나가 이삭을 줍고 배추나 무 잎사귀 따위들을 주워들였다. 그래서 겨우내 콩죽에 수수밥을 먹었는데 밥은 맘대로 먹을 수 없지만 "비지"라고 하는 콩죽만은 맘대로 먹을 수 있었다. 이들 형제가 다 소같이 든든한 건 아마도 콩죽 덕이 아닌가 한다.

김호웅은 1976년 봄, 3년 동안의 군복무 생활을 마치고 연길에 돌아와 생각 밖으로 연변인민출판사에 입사하게 되었다. 정규 대학생들을 배출하지 못했던 당시 사정과도 관련이 되겠지만, 군복무를 하던 3년 동안 날마다 꼬박꼬박 써둔 일기가 은을 냈던 것이다. 일기와 함께 별로 보잘 것 없는 짐짝을 먼저 집에 우편으로 부치고 귀향하는 기차를 탔는데, 그 짐짝을 헤쳐 본 부모님과 형들이 호웅의 일기를 돌려가며 보다가 모두가 포복절도했다는 것이다. 술에 취해 취사반의 밀차에 실려 온 일, 전투 훈련 시에 흔적을 남기지 않고 백성들의 사과를 따 먹고 땅콩을 파먹던 일, 모두 재미가 있다고 손뼉을 치면서 웃었다. 사과는 나뭇가지에 달린 대로 빙 돌아가며 떼어먹으면 그 자리에서 말라버려 흔적을 남기지 않았고, 땅콩은 슬쩍 파서 까먹고 껍질은 다시 묻어두면 쥐도 새도 모르게 배릿하고 고소한 땅콩을 맛볼 수 있었던 것이다. 맏형인 김봉웅은 웃다 말고 부모님을 보고

"넷째가 글재간이 있군요. 출판사에 취직을 시키는 게 좋을 것 같은데요."
하고 의논을 드리는데 아버님은

"오르지 못할 나무는 바라보지도 말랬다구, 넷째가 소학교두 나오나 마나했는데 책을 만들 수 있겠어?"
하고 심드렁한 표정을 짓는데 어머님은

"한림학사도 하루아침에 되는 법이 있겠어요? 다 배워서 되는 거지요. 넷째가 머리 하나는 좋으니까 부지런히 배우면 제 큰형처럼 편집 노릇 하나는 제대로 할 거예요."
하고 큰아들을 다시 보고

"한 번 잘 주선해 봐요, 동생 일이니까."
했다. 이래서 김호웅은 큰형이 주선해준 덕분에 연변인민출판사 인사과로 찾아가게 되었다. 워낙 잘 생기고 푸접 좋은 젊은이라 면접에 좋은 인상을 남기게 되어 그야말로 누운 소 타기로 출판사에 입사하게 되었다. 아동편집실과 문예편집실 둘 중에서 마음대로 선택하라고 하는 것을, 김호웅은 '귀뺨을 맞아도 은가락지 낀 손에 맞으라고 했거늘' 하고 문예편집실에 들어갔다. 거기서 밤낮 고참 편집들의 심부름을 하면서 그들이 손 본 원고를 필기하고 정선(精選)을 하는 일이나 했지만, 참으로 많은 공부를 했다고 한다. 그가 좋아하는 명언이지만 "인간은 만남으로 자란다"고 그 무렵 그가 모시고 일했던 고참 편집들 하나하나가 문학계의 기라성 같은 시인이나 소설가 또는 번역가였다. 소설가 허해룡과 김길련 선생, 시인 김성휘와 김태갑 선생, 번역

가 남상현과 최유훈, 강범구, 박정일 선생과 같은 이들이 막강한 편집진을 구성하고 있었으니 말이다. 고참 편집들의 그늘 밑에서 김호웅은 차차 낱말을 고르고 문장을 다듬는 일에 재미를 붙이게 되었다.

하지만 필경 엎어놓은 못 그릇 같은 고참 편집들의 원고를 필기하고 정선하는 일을 그냥 하기에는 자존심이 허락하지 않았고 기실 체계적인 공부를 하지 못한 그는 독자적으로 책 하나를 편집하기에는 힘에 부치었다. '배우지 않거나 학문이 없으면 마치 담장을 향해 있는 것과 같다(不學面墻)'는 것을 피부로 절감하였다. 바로 그 무렵 대학교 입시제도가 회복되었고 두 번의 도전을 거쳐 1978년 9월 연변대학교 조문학부에 입학하게 되었다.

문학작품도 하나의 생명체

대학공부를 하는 데는 소년 시절에 본 고금중외의 명작들이 크게 도움이 되었다. 대학에서는 문학사 담당 교수들마다 백 년, 천년을 주름잡으면서 여러 나라 문학사를 얼음에 박 밀듯이 강의하는 판이라 아무리 나이가 어리고 머리가 좋은 친구라 해도 그 많은 명작들을 일일이 볼 수가 없었다. 하지만 김호웅은 셰익스피어를 강의해도 속으로 고개를 끄덕일 수 있었고 빅토르 위고의 <비참한 세계>를 강의해도 쉽게 이해가 되었다. 그는 비로소 부모님과 큰형님이 고마운 줄 알게 되었다.

대학 1학년 습작학 시간에 발표한 「산속에 핀 진달래」라는 소설은 최상철 교수의 추천으로 《연변문예》에 실리게 되었다. 김호웅은 신바람이 나서 방학이면 소설을 쓰느라 진땀을 빼기도 했다. 방학마다 한두 편씩 쓴 게 10여 편 잘 되었고 제법 소설가로 두각을 나타낼 법 했다.

하지만 대학 본과를 나오자 바람으로 석사과정을 밟게 되고 이어 대학교 강사로 취직을 하다 보니 소설과는 담을 쌓고 지낼 수밖에 없었다. 부교수,

교수라는 학문의 피라미드 정상에 오르자면 부지런히 논문을 써야 했다. 학사 학위논문은 풍자문학의 일반 이론에 관해 썼고 석사학위 논문은 조선 왕조 판소리계 소설에 관해 썼다. 하지만 기존 연구성과들을 두루 짜깁기를 해서 만든 논문이라 그 자신도 별로 마음에 들지 않았다.

진짜 학술연구라는 것을 처음 해보기는 1988년 임범송, 권철 교수의 주도 하에 《중국조선족작가작품연구》라는 공동 프로젝트를 작가별로 떼어 가질 때다. 김택영, 신정, 신채호, 김창걸, 김학철, 리근전… 등 수십 명 작가들을 각자가 한두 명씩 맡아가지고 연구하기로 했는데 김호웅은 김학철 선생의 문학에 매료되어 원로 교수들의 눈치를 보다 말고

"저는 김학철 선생의 문학을 다루고 싶습니다."

했더니 원로교수들 모두가 벙긋벙긋 마주 보더니 생각 밖으로 그렇게 하라고 했다. 후에 안 일이지만 김학철 선생은 그때까지만 해도 모두 다루기를 저어했던 작가였는데 하룻강아지 범 무서운 줄 모르고 김호웅이 덥석 물어 간 것이다.

호랑이나 사자도 큰 짐승을 쓸어 눕혀야 여러 날 먹을 수 있는 것처럼 연구자도 연구대상을 큰 걸 잡아야 평생 녹여 먹을 수 있다. 세계에는 셰익스피어로 밥을 먹는 자가 무려 몇 천 명이 되고 중국에는 홍학(紅學), 즉 《홍루몽》으로 밥을 먹는 자가 몇 백 명은 실히 되는 것도 같은 도리다. 김학철 문학과의 만남은 김호웅에게 너무나 큰 도움이 되었다. 그분의 강철 같은 의지와 신념을 배울 수 있었고 그분의 넉넉한 배포와 유머를 배울 수 있었다. 김호웅은 <조선의용군 항일투쟁의 예술적 기념비>, <김학철론>을 비롯해 7-8편의 인물평과 논문을 쓸 수 있었고 2007년에 마침내 김해양 선생과 함께 《김학철 평전》을 펴낼 수 있었다. 김호웅은 1989년 <김학철론>을 통해 처음으로 김학철 문학에 대한 체계적인 연구를 시도하였고 그 후에도 김학철의 삶과 문학에 대한 학문적 연구를 지속적으로 거듭하면서 수많은 논문과 평

론들을 통하여 김학철 문학에 대한 독창적인 지론을 펴냈는바 그는 김학철 문학 연구의 본격적인 진전(進展)에 큰 기여를 한 문학비평가이다. 그리고 한국에서 펴낸《김학철 평전》은 처음으로 되는 김학철 평전으로서 문필이 유려하고 내용이 풍만하고 자료가 풍부하다. 앞으로 김학철 문학에 대한 작가론적 연구에 많은 계시를 주게 될 역작이라 하겠다.

김호웅은 정판룡 교수의 문하에서 1998년《재만조선인문학연구》로 박사학위를 받았고 그동안 일본 와세다대학에 1년 반, 한국 한양대학교와 배재대학교에 각각 1년간 객원교수와 교환교수로 가 있으면서 오오무라 마스오(大村益夫) 교수와 동훈(董勳) 선생의 신세를 많이 졌다. 오오무라 교수에게서는 학자의 근면성과 치밀함을, 동훈 선생에게서는 따뜻한 인간애와 폭넓은 정치적 안목을 배웠다. 특히 정판룡 교수 문하에서 석사, 박사과정을 밟으면서 그분의 예지와 지혜, 넓은 흉금과 깊은 사랑을 배울 수 있었다. 그래서 김호웅은 그동안 만난 아름다운 인간들의 일화를 엮어 <불굴의 투혼 김학철>, <민중의 벗 정판룡 교수>, <북청물장수 동훈 선생>, <오오무라 선생>, <한 그루 무궁화>, <지성의 덕목>과 같은 글들도 발표했다. 그 중 <불굴의 투혼 김학철>, <한 그루 무궁화>, <일본인의 정교한 미소와 서비스 정신>은 중학교 조선어문 교과서와 독본에 실리기도 했다.

김호웅은 모든 생명체가 구조가 있듯이 하나의 문학작품도 생명을 가지고 있다고 생각한다. 낱말 하나도 적재적소에 놓지 않으면 가시든 살점처럼 문장이 병들고 아파한다고 생각한다. 그리고 도끼가 제 자루를 찍지 못하고 스님이 제 머리를 깎지 못하듯이 문학도 본질적으로 원관념으로 말하는 게 아니라 보조관념으로 말한다고 생각한다. 그러므로 문학은 본질적으로 메타포(비유, 은유, 상징)이며 좋은 작품은 그 나름의 정교한 기법과 장치를 가지고 있다고 생각한다. 그 비밀을 밝히려면 자연 문학 이론을 깊이 공부해야 하고 시, 소설, 수필 등 여러 장르에 대한 해박한 지식과 요령을 가져야 한다고 생각한다. 하기에 김호웅의 평론들을 보면 언제나 참신한 이론적 패러다임으로, 거시적 시각과 미시적 시각을 결합해 텍스트에 꼼꼼하게 접근하고 있고 작품의 구조와 기법 및 장치에 대한 깊은 해석을 시도한다. 또한, 그의 글은 이론적 깊이가 있고 논리정연하면서도 미학적인 울림이 있는 유연한 스타일을 갖고 있어 마치 도토리묵에 동동주처럼 시원하고 구수해 읽기에 편하다.

김호웅의 문학비평은 무겁고도 관념적이고 경직된 그런 따위의 글이 아니다. 그의 문학비평은 이론이 안받침이 된 형상적이고도 감성적인 비평 스타일을 이룩해가고 있다. 그의 글은 난삽하거나 현학적이거나 까다롭지 않다. 자기도 모르는 엉뚱한 개념과 술어의 남발이거나 외피적인 장식에는 신경을 쓰지 않는다. 따라서 그의 문학비평의 글은 쉽게 접근할 수 있고 부드러우면서도 번뜩이는 날을 보여주고 있는 것이 특징적이다. 일언이폐지(一言以蔽之)하면 유중유강(柔中有剛)의 독특한 풍격을 갖고 있다고 할 수 있다.

대학교수의 명색에 맞아야 해

세상이 열두 번 변해도 대학은 진리의 탐구, 인재의 양성, 사회봉사를 3대 기본 이념과 기능으로 삼는다. 이 이념과 기능을 실천하는 자가 바로 대학교수이다. 아무리 변두리에 있어도, 아무리 교수 청사가 허름해도 목숨을 걸고 진리를 탐구하고 혼신을 불살라 후학을 키우고 갈고 닦은 지식과 학문을 가지고 지역사회와 국가의 발전을 위해 열심히 봉사하는 교수만 있다면 그러한 대학은 가히 명문대학이라 할 수 있다.

김호웅은 연변대학교의 정직한 교수로서, 학문의 자유와 독립을 주장하며 대학교 교수는 정치권력과 언제나 일정한 거리를 두고 그를 경계하고 그의 부정과 부패를 비판할 책임이 있다고 생각한다. 하기에 그는 술 좋아하고,

친구 좋아하는 호인형의 사내지만 절대로 권력자의 문전에 얼쩡거리지 않으며 아무리 문단의 원로요, 실세라 하더라도 눈 감고 아웅 하는 격으로 만세평론은 하지 않는다. 그는 칼 차지 않은 무사를 무사라고 할 수 없듯이 공정성을 잃은 비평가를 진정한 비평가라고 할 수 없다고 생각한 나머지 비평작업에서 인정사정을 보지 않는다. 그는 연변대학 조문학부 학부장으로서, 적잖은 문인들이 허울 좋은 개살구 같은 김문학씨를 희대(稀代)의 문화학자로 입에 침이 마르게 추어올릴 때도 "No" 하고 연변조선족문화발전추진회와 함께《김문학 현상과 문화연구의 시각과 방법론 학술회의》를 개최했고, 일부 평론가들이 신중한 고증도 없이 저항적인 문인들을 친일문인으로 몰아붙일 때도 역시 "No" 하고 <대일 협력과 저항의 몇 가지 양상>이라는 논문을 발표하기도 했다. 말하자면 김호웅은 포용력이 있지만 원리원칙에서는 한 치도 양보를 하지 않는다. 실로 그는 강함과 부드러움을 겸비한 강유겸전(剛柔兼全)의 지성이요, 현대 문학비평가이다.

　김호웅은 연변대학교 조선언어문학학과를 국가급 중점학과로 육성한 주역의 한 사람이다. 그는 강의도 잘하지만 학생들의 서클활동에 특별히 관심을 가진다. 중국의 유명한 교육가 도행지(陶行知)는 전제정치는 순민(順民)을 요구하고 공화정치는 공민(公民)을 요구한다고 했는데, 김호웅 역시 학생서클은 학생들의 독립적 인격 함양, 자치능력의 함양에 유조하다고 생각하며 설사 자그마한 학생서클이지만 바로 여기서 세계적인 문학가, 교육가, 정치가들이 나온다고 확신한다. 그래서 일찍 조문학부 당총지서기(1991-1993)와 학부장(1996-2002)으로 있었던 시절에는 물론이요, 평교수로 있는 지금도 연변대학 종소리문학사에 특별한 애정과 관심을 쏟고 있다. 그는 학생들이 스스로 아이디어를 내서 유익한 활동을 하도록 적당한 조언만 줄뿐 절대 '감 놓아라, 배 놓아라' 하지 않는다. 그 대신 강의 중에도 좋고 학생 백일장 심사 중에도 좋고 일단 싹수가 있는 작품을 보면 알뜰하게 지도하고 다듬어서 문단지에 추천을 한다. 호웅씨의 지도하에 서옥란, 강걸, 김훈겸, 이범수, 최미성, 서채화, 김호, 윤설 등 학생이 차례로 연변문학 윤동주문학상 신인상을 수상하기도 했다.

김호웅은 글만 읽고 쓰고 세상일에는 아랑곳하지 않는 서재(書齋)비평가가 아니다. 그는 사회실천에 투신하고 우리 문단 현장에서 몸부림치는 지행합일(知行合一)의 학자형, 실천형 비평가이다. 그는 연변문단의 활성화를 위해 묵묵히 뒤에서 수많은 좋은 일을 하였다. 그 단적인 사례를 두어 가지만 들어본다. 2005년 조선의용군의 수많은 투사들이 피 흘려 싸웠던 태항산 기슭에 김학철, 김사량 항일문학비를 세우기 위해 2,000만 원의 한화를 인입하는데 결정적인 공을 세웠고, 또 2007년 《문학과 예술》지의 자금난을 해결하고자 근 2,000만 원의 한화를 인입하는 데도 결정적인 공을 세웠다.

그는 대학이라는 상아탑 속에 웅크리고 앉아 소위 학문만 연구하는 학자를 보면 눈살을 찌푸린다. 새가 좌우의 두 날개로 날듯이 건전한 사회는 국가기관과 시민사회가 서로 팽팽한 긴장과 조화로운 공조(共助)를 이루어야 발전할 수 있고 대학교수, 특히 인문학을 전공한 교수는 시민사회의 주축이 되어야 한다고 생각한다. 그래서 그는 한국에서 기러기장학금, 정수장학금, 철기장학금 등을 유치하는데 결정적인 역할을 했다. 또한, 한국 조선대학교와 함께 10여 차의 《청송컵 글짓기 경연》을 했고 한국 흥사단과 10차의 《중한청소년친선문화제》를 펼치기도 했다. 이러한 활동을 통해 장학금을 유치하고 학교 건물을 짓기도 했다. 청소년문화교류를 하고 시민운동을 하자면 자금이 문제인데 김호웅 교수가 《중한청소년친선문화제》와 같은 대형행사를 10년 이상 지속시킬 수 있는 데는 별다른 묘방이 없다. 행사에 최대한 의미를 부여하고 오직 정직성과 신뢰, 열정으로 임할 뿐이다. 국내외 독지가들이 협찬할 경우, 기대치의 두 배, 세 배로 행사를 잘 치르는 길밖에 없다. 정직성과 신뢰만 쌓으면 돈은 스스로 굴러들어오는 법이다.

6. 나가며

이 글의 주인공들의 부모인 김병기, 이영순 노인은 각각 96세, 89세로 천수를 다 누리고 하늘나라에 가셨다. 그런데 김봉웅은 대장암으로 66세의 아까운 나이로 세상을 떠났다. 그는 부모님께서 구십 고령을 넘기셨으니 자기 자신도 부모님의 유전자를 물려받았다고 믿고 건강에 너무 소홀했던 것이다. 2009년 9월 10일 병원에 입원하기 전까지 출근하였는데 9월 25일 정오에 점심 식사까지 하고 갑자기 심장이 고동을 멈추는 바람에 유언 한 마디 남기지 못하고 이 세상을 하직했다. 죽음의 신은 너무나도 무정했다. 동생들은 죽음의 신에게 끌려가는 큰형님을 부둥켜안고 끝없이 통곡했다.

김관웅, 김호웅은 이순의 나이를 넘었으나 여전히 노익장의 정열로 학문 연구와 후학양성에 매진하고 있다. 김관웅은 연변대학교에서 정년을 했지만 현재 장춘 화교대학교 등에서 여전히 강의하고 있고 국가프로젝트《중국조선족문학통사》(중문)를 완수하고 새로운 과제를 준비하고 있다. 김호웅 역시 국가프로젝트《당대 조선족 문학의 민족적 정체성 연구》의 완성단계에 있다.

이들 둘이 존경하는 조선족 문학의 대부─김학철 선생은 65세에 다시 붓을 잡고 85세에 작고하기까지 "김학철 문학"이라는 찬란한 금자탑을 쌓아 올렸다. 연변의 대표적인 김학철 연구자인 이들 두 형제는 김학철 선생을 본받아 큰형인 김봉웅의 몫까지 다해서 인생을 새롭게 설계하고 새로운 도전을 준비하고 있다. 학자에게는 정년이 없기 때문이란다.

─인하대학교 한국학연구소, 연변대학교 민족연구원 엮음,
《연변학의 선구자들》제2권, 소명출판, 2017

백정 미스터 리

리동렬

읍거리 교회당지붕우에 높이 솟은 십자가가 벌써 발갛게 달아오르고 있다. 동남편 산릉에 모셔져있는 이름 모를 아홉 개의 황족릉묘도 어스름에 거뭇거뭇 묻히고 서남 산기슭에 세워져있는 가야금의 고안자 우륵의 기념탑도 땅거미에 푹 잠겨간다. 대가야, 황성옛터, 경북의 고령읍거리. 감, 밤, 사과, 배 등 수많은 과일을 익혀가던 고열도 이젠 어지간히 풀이 죽고 습한 바람이 제법 건들건들 불어온다.

길거리의 여관, 다방, 슈퍼마켓, 숯불갈비집의 편액색 등들도 요란히 분장을 하고 나서고 있다.

"꼭 할수 있다구 해라. 일두 쉽구 봉급도 그만하면 괜찮다야. 그만한 일거리두 어디 가서 찾게? 거게 다니면 우리두 조카덕에 삼겹살이라두 좀 얻어먹을지 아노? 호호호."

인품좋은 숙모의 말씀이 그냥 끈덕지게 귀전에 울린다.

들어봐서는 아무래도 차례진 감을 넙죽 받아먹는 게 좋을듯 싶다. 한 열흘 건축회사에 들어가 막일을 했더니 옆구리가 켕기고 힘이 들어 죽을 지경이다. 참, 일들두 무섭게들 했다. 6시 반에 나가 점심 12시까지, 오후는 1시부터 6시까지 설쳐야 했다. 휴식이란 오전, 오후 반시간씩, 간식을 먹는 시간밖에 없다. 십오년나마 분필대 쥐고 고개만 까댁까댁하던 도련님이 곡괭이자루 드는 격이었다. 해서 어쨌든 일터 하나 바꾸자고 애썼더니 축협의 돼지고기

나르는 일이 나졌다.

"대가야숯불갈비집"에서 나는 삼십대중반의 한 사내와 면목을 익히게 되였다. 주인과 어떻게 알게 되어 주인의 소개를 받게 된 것이었다.

품이 넓은 자주색바지에다 흰 셔츠를 입은 그는 몸이 꽤 우람지고 배가 불룩이 나왔었다. 우둘우둘 다가와 손을 내미는데 목소리가 조금 쌕쌕했으나 건들건들한 맛이 다분했다.

"성씨를 어떻게 쓰능교? 난 미스터 리요."

미스터 리? 듣지 않던 영어말 소개여서 나는 씩 웃었다. 유식한척 하는가?

"미스터 리가 뭐노, 백정이?… 리씨면 리씨라 해라 고만."

주인이 퉁을 주자 미스터 리는 뒷덜미를 쓱쓱 긁으며 고아댔다.

"아따 홍님, 고등학교 선생님한테 유식한 말 한번 써보면 모쓰우? 그러찮능교? 흐흥흥."

그래서 셋은 낄낄낄 웃었다.

"나두 리씨요."

"응 그런교? 무슨 리씬교?"

성질 하나 번갯불에 콩 구워먹겠다. 그는 전주리씨, 나는 청주리씨였다. 같은 성씨여 좋다며 그는 말끝마다 "리씨, 리씨…" 했다. 이런 장소에서 괜히 선생님이라는 말을 듣지 않는 게 얼마나 다행인줄 몰랐다.

옛말에 풍토 나름이라고 노가다 막벌이군들은 대방의 이름보다 성씨에다 존칭 "씨"를 붙여 부르기 즐겨했다. 이를테면 "리씨"요, "김씨"요, "박씨"요 하며… 하긴 그게 노가다판 관습인 듯싶다. 높이 올려 선생님이라고 존칭할 수 없고 얕잡아 이름을 막 부를 수 없으니까 편한 대로 그렇게 부르는 모양이다.

간소한 술상이 차려졌다. 리씨가 내는 저녁이라고 주인이 뚱겨주었다. 삼겹살 불고기로 세 사람분이 올라오고 소주로 "진로"가 올라왔다. 간단해서 부담없었다.

"자자, 고기 다 탄다이, 빨리… 리씨 많이 드소, 이제 날 따라 다니면 이런 고개 매일 먹게 된다이."

미스터 리는 부지런히 고기를 집어 나의 접시에 수북이 쌓아준다.

"그래, 이런 일 할만하겠능교? 일은 대한민국에서 이보다 쉬운 일 없구. 아침 여덟시에 출근해 오후 두세 시면 끝이 나지. 명절에 바쁘다 해도 반대가리 혹은 한대가리씩 얹어주고, 점심은 내가 사주지, 매일 담배소비돈 주지… 이럭저럭 달 봉급 80~90만원이사 안되겠나? 그저 빠지지 말구 나하고 손만 잘 맞추면 되능교…."

여기서 반대가리요 한대가리요 하는 말은 일한 시간을 일컫는데 반나절이면 반대가리, 하루면 한대가리다. 축협에서 한대가리에 2만 5천원, 소비돈으로 리씨가 매일 3~4천원씩 얹어준다고 하니 명절에 덧붙는 것 내놓고도 괜찮을 듯싶었다. 더구나 일요일은 쉰다고 하니 편할 듯싶다. 인생이 얼마라고 일요일까지 나가 바드득거리겠는가가 미스터 리의 논리이다. 헌데 리씨가 매일 3~4천원씩 주겠다는 말에는 해득이 잘되지 않았으나 분명 주겠다는데 구태여 캐물을 필요는 없는 거다.

"미스터 리 말이요, 흐흐흥… 사람은 진국인데 일군을 붙여놓으면 자꾸 달아나 탈이라니, 이번엔 리씨가 날 골탕 먹이지 말구 손발 잘 맞추어주오."

"그러게 말인교, 1년 약속 딱 하구 해야지 도중에 스톱하면 나만 낭패라니. 그러겠능교, 안그러겠능교?"

"그러소…"

나도 시원히 대답했다. 따라다니면서 고기그릇이야 같이 못들어줄가! 엎어진 김에 절이라구 모국에 온 김에 좀 벌어야 돌아가서도 살 것 같았다. 내일부터 조수가 있게 되였다고 그러는지 미스터 리는 너불너불 잘도 주어넘겼다. 첫인상보다 많이 풀려보였다. 몸매가 그런데다 눈꼬리가 치말려 올라가고 두 눈이 데굴데굴 구르고 이마가 좀 벗겨져 순간적인 인상은 너무나 막되어 보였던 것이다. 그래 좀 조마조마하게 생각하고 있었는데 풀어지는 심태를 보니 인정은 마음갚음이란 생각이 새삼스럽게 들었다.

올해 서른여섯인 그는 아직까지 장가도 가지 않은 고아란다. 집도 꽤 널찍한 것으로 있고 차도 절로 한대 마련해두고 있다고 한다. 하루도 빠지지 않고 축협에 나가는데 돈을 모아 꼭 자식이 있고 몸매 고운 처녀를 색시로 맞아들이겠다는 거다. 중국에 좋은 색시감 하나 있으면 소개하란다. 일만 성사되면 후한 보상을 주겠다고 한다. 꽤 웃기는 친구다.

이튿날 아침 여덟시쯤 축협 문앞에 가니 미스터 리는 차를 몰고 와 기다리고 있는 중이였다. 차는 크지도 않고 너무 작지도 않은 큰 납궤 같은 냉장고가 실린 새 차였다. 운전수석은 셋이 탈 수 있을 만큼 널찍했다.

"차를 몰 줄 아능교?"

"모르는데요…."

"알면 번갈아 몰면 좋겠는데… 자, 가기요. 오늘은 일거리가 좀 많아 부지런히 설쳐야 할 것 같은데…."

차는 한 20여분 미끄러지듯 고령읍내를 빠지더니 교회에 있는 도살장으로 굽어든다. 여러 채의 단층집들이 앞뒤로 갈라져있는데 앞은 사무실이고 뒤는 도살장이다. 이곳이 곧 나의 새 일터이다. 차가 사무실 앞에 서자 그가 명령하듯 말을 건네 왔다.

"자 집에 들어가 신을 갈아 신고 고무치마를 두르소."

"……?"

나는 시키는 서방질이나 주섬주섬 할 수밖에 없었다. 사무실 앞에는 벌써 칠팔 명 일군들이 옷을 갈아입으며 한담을 하고 있는 중이였다. 그중 책임자인 듯싶은 마흔네댓 돼 보이는 양복 입은 사내가 나의 이름을 묻고 적더니 열심히 해달라는 부탁을 해왔다. 집안의 사람들과 이래저래 인사가 오갔다.

몇몇은 벌써 준비를 끝내고 커피를 홀짝거리며 마시고 있었다. 다방아가씨를 시켜 가져온 커피였다. 아가씨는 책임자 사내의 무릎에 살짝 앉아 작은 숟가락으로 고기통조림을 납죽납죽 파먹으며 나를 할깃할깃 쳐다보고 있었다. 스물 나문 살 되였을까? 파란 적삼에다 까만 미니스커트를 받쳐 입은 아가씨는 꽤 곱살했다. 히히히…, 쯧쯧쯧…, 간지러운 농지거리 속에서도 그 아가씨는 웃음 한 오리 흘리지 않았다.

"아니 오늘 잡을 돼지들이 많은데 여적 손쓰지 않고 뭣들 하능교 웅? 정신들 있능교?"

미스터 리가 꽥꽥 소리를 질렀다. 눈꼬리가 말려 올라간 것을 보니 어지간히 성이 나보였다. 그도 그럴 것이 돼지 잡는 일이 늦어지면 그만큼 실어 보내는 일도 더뎌지니까 전문 문전송달을 하는 리씨의 퇴근시간도 늦어질 수밖에 없었다.

"미스 박, 빨리 돌아가소 의, 저녁에 커피 두잔 부탁하기요 예?"

"감사합니다. 7시에 갈까요 예에?"

"그러소."

미스터 리와 다방아가씨는 어지간히 친숙한 것 같았다. 실실 웃으며 나가는 일군들의 표정에 그것이 씌어져 있었다. 재미있는 이야기지만 엊저녁 미스터 리는 다방아가씨와 관계를 맺은 비밀을 터놓아서 우린 한참 낄낄거린 적이 있었다. 전화로 커피를 시켜놓고는 홀딱 벗고 이불안으로 들어가 있다가 아가씨가 커피를 가져오면 제꺽 낚아채서 관계를 맺는다고 한다. 하긴 속된 것이지만 서른여섯을 먹도록 장가를 못 갔으니 여자생각 참말이지 얼마나 날것인가? 남의 유부녀 겁탈하라 할 수 없고 스트레스 푸는 방법 달리 있을까? 물론 다방아가씨들은 본바닥의 아가씨들이 아니고, 그녀들도 일정한 액수를 채우면 감쪽같이 사라진다고 한다.

나는 무릎까지 오는 장화를 신고 앞가슴에다 얇은 고무치마를 두르고 고

무장갑을 끼였다. 눈이 좀 나빠 안경까지 꼈으니 거울을 보지 않더라도 나는 자기모습이 어떠하겠는가를 상상할 수 있었다. 참 돈이 시키지 못하는 일이 없다는 생각에 절로 허구픈 웃음이 난다.

밖에 나가니 미스터 리는 벌써 차를 작동시켜 냉장고를 비스듬히 젖히고 수돗물로 안의 오물을 씻어내고 있었다. 워낙 퇴근할 때 씻어야 할 것을 어제 너무 늦다보니 씻지 못했다며 앞으로는 씻는 일도 내가 책임져야 한다고 했다. 스물 나문개의 네모난 참대광주리에도 물을 뿜더니 나를 보고 안으로 가지고 들어가란다. 네 개를 들고 보니 꽤 묵직했다. 생각하던 바와 같이 안은 짜장 도살장이었다. 태어나서 여태껏 한 번도 보지 못한 끔찍스러운 현장이다. 한 250평쯤 될까? 바닥은 전부 시멘트 콘크리트를 했다. 문 떼고 들어서면 돼지 세 마리쯤 들어갈 것 같은 큰 솥이 걸려있고 왼쪽 구석 쪽으로는 기둥 같은 것들이 세워져있는데 기둥에는 고리들이 주렁주렁 걸려 있었다. 솥은 바닥보다 조금 높게 걸려있고 시멘트가 솥 테두리까지 둘러싸면서 깔려있었다. 벌써 돼지 두 마리가 부글부글 끓는 물속에 뒹굴고 있고 한 마리는 금방 털 밀이가 끝나 있었다. 불과 10여분 사인데?… 나는 놀라움을 금치 못했다. 아무리 요술을 부린다 해도 이렇게 빠를 수가?… 나는 말맠가운 데서 그제야 연고를 알게 되였다. 워낙 일 시작하기 전에 직일이 먼저 와서 독에 물을 채워놓고 솥에다 물을 끓여둔다고 한다. 해도 잡는 것이야 어차피 방금 시작한 일이 아닌가? 잰 일솜씨에 혀를 내두르지 않을 수 없었다.

털 밀이를 한 희고 반반한 돼지는 잠간사이 목이 달아나고 내장이 들어나졌다. 내장은 내장대로 손질이 되어 심장, 간, 허파, 창자가 한 그릇에 담겨지고 발쪽과 대가리는 다시 깨끗이 손질이 되어 다른 그릇에 담겨진다.

한 오십 되어 보이는 아주머니가 방금 내장을 들어낸 돼지 속에다 대고 물 한 바가지를 들어 확 쏟아 붓는다. 그러자 홍건히 고여 있던 피들이 물과 함께 씻겨 나가면서 벌건 물방울들을 사방에 튕겼다. 그중 서너 방울이 나의 볼에까지 차갑게 튕겨왔다. 그러잖아도 잔뜩 긴장했던 나는 그만 흠칫 놀라 주춤 물러서고 말았다. 까놓고 말해서 여태껏 닭목 한번 비틀어보지 못한 나였으니 긴장할 만도 했다.

"총각-" 내가 젊었다고 총각이라고 부른다. "저 그릇 하나 가져다주오. 참, 새로 왔겠구먼. 이런 일 해봤소? 아무나 할 일이 아닌데…"

아주머니 말씀이 옳은 듯싶다. 신경이 팽팽히 조이고 정신이 벙벙해나서 절로도 자기를 걷잡지 못할 것 같다. 돼지를 보니 잡힌 형체는 무서운 꼴을 하고 문문 나는 더운 김에 피 냄새, 내장냄새, 살 냄새, 똥냄새를 야릇이 풍기고 있었다. 솥 주위에는 수염이 더부룩한 장년 하나가 돼지 한 마리를 끄집어내느라 기운을 빼고 있었다. 보니 쓰는 도구는 반쪽 날이 없는 곡괭인데 그 외쪽 날 곡괭이로 돼지대가리부위를 아무렇게 찍어서 끌어내고 있었다.

"자, 리씨, 뭘 우물거리고 있능교? 우리도 시작합시다이."

미스트 리의 목소리이다. 그는 두꺼운 널을 가져다놓고 도끼로 눈 깜박할 새에 내장을 들어낸 돼지를 반쪽으로 갈라놓는다. 그리고 한손으로 반짝을 힝 들어서는 갈고리가 걸려있는 기둥에 척 가져다 건다. 나도 부랴부랴 그릇 하나를 그의 곁에 가져다놓았다. 그의 손에서 칼은 마치 요술이라도 부리듯 각을 뜨고 척주를 끊어내고 하더니 잠간사이에 돼지 반쪽을 몇 동아리로 분해하는 족족 그릇에다 척척 담는다. 내가 희한해하는 눈길로 바라보자 그는 재미있능교? 하더니 이상할 것 없다, 15여 년이나 전문 백정질을 했는데 뭘 대단히 여길 게 있는가? 나는 그저 장난질하고 있는 셈이라고 중얼중얼 늘어놓았다. 그 말 듣고 보니 떨리는 가슴이 차츰차츰 진정이 되였다. 그래도 바닥에 쫙쫙 끼얹는 물소리는 등골이 오싹오싹하도록 소름이 끼쳐왔었다. 미스터 리가 그냥 눈꼬리를 말아 올리고 칼질을 해대며 분부를 내린다. 이 그릇은 어느 식당의 것이요, 이 그릇은 어느 갈비점의 것이요 하면서 기억 잘해두라, 그렇잖으면 고기가 바뀌게 될 염려가 있다, 잘 알았는가?…

하고 강요를 해오는데 나의 생각은 자꾸 밖으로 달아났다.

세 마리 돼지는 한 시간도 못 미쳐 각이 뜯기고 그릇에 담긴 채 차에 실려졌다. 불본 육류를 차에 싣는 일은 둘이 같이했다.

참, 반가웠다. 밖으로 나오니 햇빛이 눈부시게 밝았다. 숨이 홀- 나오는 듯싶다. 마치 전쟁의 첫 시련을 이겨낸 듯 사맥이 나른해났다. 남자라는 게 참 심장이 이렇게 약하고서야?… 나는 절로 자기를 웃을 수밖에 없었다.

"세 마리 더 잡아 실으면 오전 일은 끝나오. 자, 들어가기요." 하고 미스터 리가 또 흔들흔들 들어간다.

뭘 또?… 가벼운 전율이 몸을 스쳤지만 어차피 해야 할 일이니 따라갈 수밖에 없었다.

일군들이 금방 담배 한대씩 다 태운 모양이다. 우르르 모여가 북쪽 문을 열어젖히더니 한사람이 밖으로 나가 돼지 세 마리를 몰고 들어온다. 문은 대뜸 닫고 사람들이 돼지를 에워쌌다. 원래 문밖에다는 울을 만들어 돼지를 가두어 두었던 것이다. 그러니 잡을 돼지들을 도살장으로 몰아들이기 편리했다.

돼지들은 크지 않고 한결같이 120근쯤 돼보였고 많이 나가야 150근을 넘을 것 같지 않았다. 등줄기가 미끈히 빠진 츨츨한 사냥개 같은 종자들이다. 이런 돼지들은 비계 층이 엷고 비계, 살코기, 기름이 세 겹으로 되어있어 맛이 좋고 느끼하지 않았다. 흔히 삼겹살을 엷게 저며서 불고기를 해먹는데 판에 은박지를 깔고 불고기를 해서 누른 된장에 찍어 먹어도 좋고 아니면 상추나 깻잎에다 저민 마늘이나 된장을 함께 놓아 쌈을 싸먹어도 별미였다.

돼지 한마리가 꿀꿀거리면서 빙빙 돌아쳤다. 한 사내가 외쪽 날 곡괭이를 들어 힘껏 찍으니 곡괭이 날이 면바로 돼지대가리에 가 푹 박힌다. 그러자 돼지는 꽥 소리도 한번 못 지르고 픽- 쓰러지는데 사내는 그대로 뻐드러진 돼지를 질질 끌고 가서는 부글부글 끓는 솥 안에다 처넣는다.

짐승은 어차피 짐승인가보다. 그런 난리판에도 글쎄 수퇘지 놈이 암퇘지 등에 올라타겠다고 버둥질하고 있으니 구역질이 갑자기 올라왔다.

"저 놈, 저 놈 봐라… 섹스라도 기껏 해서 소원 풀고 죽자는 겐교 응? 꿀꿀꿀."

미스터 리가 걸쭉하게 농지거리를 하자 가벼운 웃음들이 터졌다. 나는 웃음은커녕 몸을 돌려 물을 조금 토하고 말았다. 그 돼지들도 조만간 뒷다리를 푸들푸들 떨면서 같은 꼴을 당하고 말았다. 뽀얗게 뜬 김, 피비린내, 똥내… 쫙쫙 퍼붓는 물소리, 걸쭉한 농지거리… 도무지 형용이 가닿지 않는 현장이다. 이때 눈앞에 문득 생글생글 웃는 처녀의 얼굴이 떠올랐다. 유명한 탤런트 최진실 양의 얼굴이었다. TV드라마, TV광고 홍보로 너무 예쁘게 많이 나오는 탤런트다. 한 기자가 최진실 양에게 뭘 잘 먹어 이렇게 예쁘게 익었는가 하고 물었더니 그녀는 삼겹살을 잘 먹어 그렇다고 대답했다고 한다. 그래서 돼지고기는 비대증만 더해주는 것이라는 한국사람들의 편견은 무너지고 그때로부터 삼겹살은 부리나케 팔리는 육류가 되였단다. 만약 최진실 양이 이런 도살장에 와본다면 삼겹살이 목구멍으로 넘어가겠는가 하는 실없는 생각이 들었다.

이때 솥에다 돼지를 넣어 돌리던 두 사람이 무얼 가지고 다투기 시작했다.

"이 양반 여적 뭘 하느라 그랬샀노? 남은 똥줄이 달게 돌아치는데… 도대체 정신 있노 없노 응?"

"와-따, 제꺽 하면 되능긴데 떠들긴 와 그래 떠드노?"

"아니, 이 사람 다라와서 일같이 못하겠네 원, 고만 걷어치우소 걷어치워! 이따 일 끝난 담에 하면 못 쓰닝교 응?"

멱따는 소리도 높다. 각을 뜨던 미스터 리의 눈꼬리가 또 말려 올라갔다. "젠장!" 하더니 눈을 딱 부릅뜨고 칼을 든채 흔들거리며 그쪽으로 간다.

"김씨, 정신있능교 없능교? 사람 몇이 안되는데 손발 맞춰 같이 데꺽 해치워야지 그래 흑심 부려 살이 찌능교 어쩌능교 응?"

"아니 자네 뭔데 버릇없이 굴어 응?"

그 사내는 사십이 좀 넘었을가? 강기 있고 날파람 있어 보였다. 칼 든 채 손짓을 휘휘 해대는데 칼날이 미스터 리의 눈앞에서 섬뜩섬뜩 비껴갔다. 그러자 곁에서 양복을 입은 오십대의 사내가 막아 나서면서 자기 잘못이라고 양해를 구했다. 들어보니 큰일도 아니었다. 내일 제사에 쓸 돼지발쪽과 돼지머리를 가져와 깨끗이 다듬질해달라고 양복 입은 사내가 청탁을 했는가 보다. 피차 아는 사이고 해서 잠간 일손을 젖혀놓고 그것부터 손질한 것이었다. 한 10분쯤이면 손질할 수 있는데 문제는 손질해준 값으로 삼천 원쯤 받게 되는 금액 때문인가 보다.

"야, 이눔아, 버릇은 개떡 같은 버릇이여? 너 같은 놈들 있기에 대한민국이 안 되는 거다. 아니 그래 피맛 좀 보겠능교, 어쩔라능교 응?" 하며 미스터 리가 갑자기 칼을 푹 찔러나갔다. 그 사내는 화닥닥 놀라 주춤 물러선다. 칼과 칼이 쟁그랑 부딪쳤다. 깜작 놀란 사람들이 둘의 허리를 끌어안고 끌어낸다.

"야 이 눔아, 썩 꺼져. 그따위로 욕심채우자구 도살장에 끼여들어? 백정이라두 양심 하나는 밝아야지. 염치없는 놈 같으니라구, 썩 꺼져! 손사장님두 그렇지, 남 일하는데 중간에 끼어들어 불만 질러놓구. 이따위 일 뉘 해먹겠능교? 어디 잘 생각해보소."

미스트 리의 삿대질은 손사장이라는 사내에게로 넘어갔다. 둘도 잘 아는 사이, 후에 손사장이 속이 내려가지 않는지 일이 끝날 때까지 기다려서 미스터 리를 불러 아는 사이에 고만한 일 해달라는 걸 가지고 그러면 되는가, 내 낯에 똥칠하는 게 아니냐고 따졌지만 미스터 리는 역시 제고집만 쓰고 콧바람만 힝힝 할뿐 숙어들 줄 몰랐다. 손사장이 돌아가자 미스터 리는 이런 말 한마디 던졌다.

"지그네가 언제 백정을 사람취급 한다구?"

금방 싸우던 사내는 "에에 XX 못해먹겠네." 하고 칼을 던지고 담배 한대 꼬나문다. 누구 하나 뭐라 권하는 사람 없다. 모두들 씩씩 일만 한다. 기분이 좀 우습게 돌아간다. 쫙쫙 물 붓는 소리….

이윽고 칼을 집어던졌던 사내가 머쓱한지 다시 칼을 주어들고 돼지털밀이를 빡빡 해치웠다. 그게 끝나자 미스터 리의 곁으로 와서 같이 일손을 돕는다.

"리씨, 아직두 성내나? 내 잘못했다 의, 인차 할 것 같아서… 또 손사장님이니 할 수 없구…."

"아니 이 눔 성깔이 다라와나서… 성님두 날 알잖능교? 용서하소. 천한 일들 하는 우리끼리사 잘 돌봐야지 그러잖능교?"

"글쎄 내 잘못했다능께!…."

둘은 싱겁게도 몇 마디 안짝에 화해가 되였다. 웃겼다. 그제야 현장의 기분은 활성화되어 서로 한마디씩 농지거리를 주고받는다.

배송차 우에 앉자 나는 온몸의 맥이 싸늘하게 풀려짐을 느꼈다. 마치 살벌한 지옥을 빠져나온 듯싶은 기분이었다. 아무리 돈이 좋아 배속안의 애들마저 히쭉 웃으면서 손을 내민다지만 도저히 이런 일만은 못 해낼 것 같았다. 미스터 리와 같이 다니다가는 언젠가 한번은 일을 치고 말 것이다. "에이 막된 놈! 쯧쯧쯧…." 하고 두 손이 바짝 들린다. 그러나 미스터 리는 금방 무슨 연극 있었냐는 듯 차를 자전거처럼 익숙하게 몰아대면서 음악볼륨을 쿵작쿵작 잔뜩 높여놓고 어깨를 으쓱으쓱 한다.

배송차는 드디어 가야국 골목골목을 용케도 빠져 다니면서 송달임무를 끝냈다. 보니 송달한 값은 미스터 리가 따로 받아 넣고 있었다. 곁의 일군에게 3, 4천원쯤 매일 주겠다는 말은 이래서 나왔나보다.

미스터 리는 차를 자동판매기 앞에 세웠다. 호주머니에서 동전 4백 원을 꺼내 짤깍짤깍 넣더니 블랙커피 두 잔을 받아 한잔 건네주는 것이었다.

"어떻능교? 할만하겠능교?"

나는 눈에 실웃음을 지으며 고개를 끄덕이는 듯 마는 듯해 보였다. 하지만 속으로는 이런 외침이 터쳐나오는 것을 어쩔 수 없었다.

(안한다. 빌어먹어도 안한다, 안해!)

그날 밤 나는 가위에 눌려 몇 번 깨어났는지 모른다. 필경 분필대나 끊어 먹던 교원이라 격하고 어수선한 분위기에는 견뎌내기 바쁠 것 같다. 하지만 1년 약속을 해놓았으니 이 일을 어쩐담? 이러지도 저러지도 못하는 난국에 빠져들고 말았다. 결국 나는 "대가야숯불갈비집" 주인을 찾아 미스터 리에게 자신의 뜻을 전달해달라는 전화부탁을 할 도리밖에 없었다. 그리고 아침에는 일찍 대구로 나가 하루 놀았다. 저녁에야 와보니 숙모가 왁작 떠들어댔다.

"조카 잘 한다 응? 1년 약속을 해놓고 하루도 못 하구 달아나면 어쩌노? 삼촌이 붙잡혀갔다, 붙잡혀갔어!"

"예? 붙잡혀 가다니요?"

나는 겁결에 눈을 크게 떴다. 혹 욕보지 않을까 근심이 앞섰던 거다.

"호호호… 근심 안 해도 된다 애. 조수를 찾을 동안 같이 해줘야 한다며 붙들어갔단 말이다."

그제야 나는 숨이 좀 나왔다.

저녁에 삼촌은 삼겹살 한 근쯤 들고 싱글벙글 돌아왔다. 저녁까지 사주어 잘 먹고 왔단다. 그리고 수고비 3천원을 받았다며 천원짜리 석장을 꺼내 숙모에게 주는 것이었다.

그 다음날 미스터 리는 일꾼을 찾았다며 오지 않아도 된다는 전화를 삼촌한데 걸어왔다. 삼촌은 일거리 놓친 걸 좀 아쉬워하는 것 같았다.

이럭저럭 한 달이 흘러갔다. 미스터 리에 대한 미안스러움도 차츰 지워져 갔다. 그날은 내가 삼촌네 집 안방에 누워 책을 보고 있었다. 갑자기 밖에서 누군가 부르는 소리가 났다.

"리씨 있능교? 리씨 있능교 예?"

분명 미스터 리였다. 내가 어쩔 줄 몰라 어정쩡해있는데 눈치 빠른 숙모가 "누구시오?"하며 나가서 미스터 리를 맞는다.

밖에서 잠간 얘기가 오가고 이내 대문 닫히는 소리가 났다.

"왜 왔데요, 예?"

분명 나는 겁쟁이였다.

"응, 조카하구 아재(삼촌) 하루 나가 일한 품삯 가지고 왔더구나. 축협에서 오늘 봉급 내주었다며… 보기보다 마음 하나 바르더구나."

"… 그래요?"

나는 금시 얼굴이 화끈 달아올랐다. 미스터 리의 모습이 내 눈에 아프게 파고든다. 많은 생각을 차곡차곡 쌓게 하는 모습이었다. 그리고 미스터 리를 감싸고 폭 안겨오는 도살장의 분위기, 무섭고 역겹던 감정은 벌써 증발되어 버리고 하나의 진실한 삶의 현장만 눈앞에 선히 떠올랐다.

(직업의 귀천과는 상관없이 인간은 어떠한 삶도 능히 정시하고 열심히 살아가는 법을 배워야 하지 않을까?) 하고 나는 저도 모르게 깊은 생각에 빠져들었다.

지금도 우륵의 고향 대가야의 황성옛터가 나의 마음에 포근히 자리를 잡고 있다.

─《천지》 1994년 11월호

메이드인 차이나

강호원

반지하 방이고 바로 앞에 빌라가 창을 가로막고 있는데도 강한 아침해살이 용케도 빼곡한 건물과 건물 사이 비좁은 공간을 요리조리 뚫고 방안을 희끄무레 비췄다. 이것 역시 아인슈타인의 빛이 굴절원리인가, 아니면 그냥 빛의 반사광인가? 무릇 태양의 은혜로움을 모르면 지구의 생물체가 아닐 것이다. 헌데 가끔씩 저 빛이 싫을 때도 있으니 실로 인간은 가장 은혜를 모르는 간사한 생물체이기도 하다.

힘들고 짜증난 하루의 시작이다. 누가 건드리지 않았는데도 나는 잠을 설친 어린애마냥 잔뜩 얼굴을 찌푸렸다. 휴일이라도 일찍 일어나야 했다. 사흘 전인가 평소에 별로 연락 없던 고향친구한테서 아들 결혼식에 "자리를 빛내 달라"는 청첩장이 날아왔기 때문이다. 한국 문턱이 많이 낮아진 탓일까, 요즘은 전과 달리 가족단위로 대거 한국에 진출한 조선족들은 자식의 결혼식이라든가 어린애 돌잔치 같은 가내 대사를 아예 한국에서 치르는 경우가 많다. 매번 공휴일이 다가오는 전날 저녁에 퇴근하면 막걸리 한잔 먹고 이튿날 해가 중천에 뜰 때까지 늘어지게 자는 것이 이젠 향수인지 악습인지 나도 뭔지 모를 버릇으로 남았다.

치솔을 물고 화장실 거울에 마주서니 뜻밖에 거울 속에 코밑과 턱주가리에 검은색 흰색, 거기에 머리털까지 반 이상 빠져나간 반백의 흉물스러운 로인이 나타났다.

'도대체 넌 누구냐? 언제부터 요 모양 요 꼴로 변했지?'

눈을 치뜨고 어깨근육에 힘을 주어봤지만 때 이르게 저물어가는 못난 상통은 역시 그 놈이 그 놈이다.

'젠장'

대충 샤워를 하고 나는 집을 나섰다. 결혼식장소가 강원도 춘천이라니 별로 먼 거리는 아니지만 대한민국치고는 또 별로 가까운 거리도 아니다. 기왕 가기로 작정했으면 일찍 서두르는 것이 상책이다. 온 사회가 마치 군부대가 움직이듯 빠른 리듬을 타는 대한민국 생활에 나도 이젠 어지간히 적응했나보다. 자부심도 아니고 실망도 아닌 혼돈되는 사색 속에 나는 버스정류장으로 발걸음을 재우쳤다.

"급하다"와 "빠르다"는 완전히 다른 두 개념이다. 빠름은 가끔 재난에서 탈출할 수 있게 하지만 급함은 도리어 재난을 불러올 수도 있다.

요즘 들어 느닷없이 영문 모를 화가 자주 나고 누구한테 쫓기는 듯한 압박감에 괜히 허둥대며 급해지는 이유가 뭘까? 아마 그래서 성질머리가 예전과 달리 x같이 더러워졌다는 말을 듣는 걸까? 바로 어제 회식자리에서 나를 포함한 네 명의 직원 앞에서 사장이 내린 이른바 "시국선언"이다. 아마 아침에 까닭 없이 우울해진 심기도 그 때문일 것이다. 성질머리가 예전과 달리 x같이 더러워졌다는 장본인이 바로 나니깐…

기왕 사장이 이런 "선언"을 했을 땐 전에 회사를 그만두었던 사람들의 사례를 봐도 이제 회사를 정리할 때가 되지 않았나 하는 생각이 갑자기 들기도 한다. 하기야 사장의 심기를 어지간히 건드려 놓았으니 그런 예감이 든 것도 당연했다. 별로 큰일도 아닌 일 가지고 사장의 눈에 나고 회사까지 그만두어야 할 위기에 처했으니 어쩌면 후회되기도 했지만 그렇다고 사장한테 "사과"하라고 슬며시 귀띔해 주는 공장 동료의 권고를 따르기도 싫었다. 도대체 뭘 사과해야 하는지 답이 안 나왔기 때문이다. 하지만 세상이야 어떻게 돌아가든 허리 굽혀 "사과"만 하면 오히려 세상살이가 편해진다는 건 예나 지금이나 변함없는 논리이다. 나이 들면서 세상살이에 노련해진 건지 아니면 비굴해진 건지 무작정 거슬리지 말고 순응만 하면 흥한다는 고대 정치인들의 논리가 이제야 가슴에 와 닿은 듯 내가 뭔가 큰 실수했다는 느낌이 점점 짙어갔다.

"아저씨, 다음 역이 서울역이 맞아유?"

"아닙니다. 그 다음 역입니다."

아침마다 대략 같은 시간, 같은 버스, 같은 구간에서 마치 정해진 방송 프로그램처럼 진행되는 버스운전사와 정신지체 장애인인 듯한 한 아주머니의 대화이다. 사철 뭐가 들었는지 터질 듯한 배낭에다 춥지도 덥지도 않은 똑같은 패션으로 나타나는 저 아줌마는 도대체 어디서 오고 어디로 가는 걸까? 거의 같은 시간대에 같은 모습으로 나타나는 저 형상이 어쩌면 할리우드 어느 영화에서 나오는 천사의 모습 같기도 했다.

저도 모르게 쓴 웃음이 나갔다.

'내가 왜 이러지?'

어이없는 황당한 상상도 한순간, 역시 사장과의 다툼으로 인해 생긴 위기감에서 나는 헤나오지 못하고 있었다.

기실 별것도 아닌 사소한 일이었다. 우리 회사는 전문 쇠를 다루는 회사였기에 매일같이 철판을 잘라내고 붙이는 작업을 하였다. 그러다보니 매일 공장의 대여섯 대 대공률 용접기기가 만부하로 가동되었는데 이상하게 용접봉 소실량이라면 또 모를까 발생하지 말아야 할 용접기 홀더 소실량, 아니 정확히 말하면 파손량이 엄청났다. 취약한 재료로 만들어진 중국산 홀더 방전 차단제가 쉽게 깨여지고 부서지고 하니 당연히 사장 본인이 받은 손해가 적지 않을 것이다. 물론 공장에서 사용하는 메이드인 차이나가 근근이 용접기 홀더 뿐이 아니다. 사소한 공구로부터 생산자제에 이르기까지 허다

한 부문이 중국산에 목을 맨 상황이다. 그렇다고 누가 목을 매라고 강요한 것도 아니다. 번마다 반복하여 기재를 사들인 장본인은 바로 사장이다. 도대체 누구를 탓해야 하나? 실로 웃기는 사람들이다. 매일같이 저질, 값싼 중국산이라고 시끄럽게 떠들어대지만 정작 물건을 고르고 살 땐 역시 값싼 메이드인 차이나를 선호하는 이유가 뭘까? 그것도 질 좋은 국내산이 없어서 구매하지 못했다면 뭔가 말이 되는데 한마디로 국내산은 비싸고 중국산은 값이 싸기 때문에 중국산을 선호하는 것이다. 자유시장경제인 자본주의 사회에서는 당연하고 자연스러운 선택이다. 하지만 기가 막힌 것은 물건을 사들일 때 마다 사장의 그 예사롭지 않은 넋두리 같은 망발이다. "왜 니들 중국산은 한결같이 이렇게 부실하냐?"라고 빈정거리면서 농담도 아니고 진담도 아닌 애매한 말투로 누군가를 골려주는데, 문제는 부실한 중국산과 그 누군가를 은밀하게 "접목"시키는 것이다. 한결같이 부실하다면 그 한결같다는 중국산은 두말할 것 없이 바로 공장에 하나밖에 없는 "중국산"인 나일 것이다. 그냥 스쳐 가면 술 먹은 뒤 망발이고 크게 덮어씌우면 인격비하, 더 비약하면 인종차별이다. 같은 동족인데도 불구하고 인종차별을 한다고 진보성향이 있는 어느 신문에 대문짝만한 기사가 실리도록 고발할 수도 있지만 아쉽게도 아버지가 이민 간 나라에서 2세로 태어나 뼈가 굳을 때까지 받은 교육이 바로 누굴 고발하는 것이 제일 수치스러운 짓이라고 배웠기 때문에 그렇게 각박하게는 하고 싶지 않았다. 하기야 요즘은 무식하기 짝이 없는 사고방식이나 법보다 인간관계가 좋아야 살아남을 수 있는 특정시대에 살고 있으니 그럴 수밖에 없다. 그렇거나말거나 쩍하면 남을 고발하는 버릇은 필경 좋은 습성이 아니다. 하지만 값싼 메이드인 차이나에 인건비 싼 차이니스를 고용하면서도 늘 그것에 불만스러워하는 사장의 사고방식이 이상했고 또 그런 사고방식을 갖고 있는 인간한테 천대받고 괴로움을 당하는 나 자신이 슬퍼졌다. 죽은 메이드인 차이나는 뭐래도 괜찮겠지만 산 "차이니스"가 괴롭다.

한두 번이면 또 모를까, 번번이 사람 멸시하고 괴롭힌다. 하기야 어느 나라든 막론하고 참담한 밑바닥현장에서 례의 바른 신사적 대화나 예우를 바라는 건 사치다. 그렇다고 허구한 날 야유와 놀림을 당하는 굴욕도 지겹다. 게다가 사장이란 위인이 분명 외래식교육을 받은 "신사"도 아니요, 그렇다고 이른 바 동방예의지국이라고 자부하는 이 나라의 정통교육을 받은 양반후손인 건 더욱 아닌 것 같았다. 설사 그렇다 해도 맥이 끊긴지 오래되었을 것이다. 하긴 나 역시 나 자신이 양반후손인지 상놈후손인지 모르고 있지만 그렇다고 그런 인간 앞에서 내가 한풀 꺾이고 주눅 들 필요까지 있을까? 지렁이도 밟으면 꿈틀한다는데 난 도대체 뭐냐?

때가 되면 따끔하게 한마디 해야겠다고 옥별렀다. 언감생심 이런 마음을 품게 된 건 모두 사장 본인이 자초한 거라고 나는 괜히 어깨에 힘을 주었다.

나는 마치 싸움을 앞둔 투견마냥 괜히 으르렁거리며 진작 사장과의 대결을 기다렸다. 마침 전날 회식자리에서 사장 입에서 그맘때 그런 오류, 그런 망발이 터져 나오자 마치 사전에 시간을 맞춰놓은 타이머가 작동하듯 나는 추호의 주저도 없이 대놓고 사장을 꼬집고 망신을 주었다.

"중국산 빼고도 사장님이 선호하는 독일제, 미국제, 일본제 뭐 그런 게 많지 않아요? 왜 하필이면 질 나쁜 중국산을 번번이 사들이고는 나중에 누구 탓인 양 구질구질하게 물건 괴롭히고 사람 괴롭혀요? 콩짚을 때서 콩을 삶는 인간들, 똑똑하고 강한 체 우쭐대지만 한낱 연약한 인간들이야."

술기운에 한바탕 망발을 쏟고 나는 단연히 자리를 차고 술좌석을 떠났다. 하기야 대한민국에서 망발과 언어폭력이 난무하는 유일한 곳이 바로 노가다 현장이니 그깟 막말 몇 마디 퍼부었다고 문제될 건 없다. 근데 왜 속이 이렇게 허전할까?

'빌어먹을…'

속에서 뭔지 모를 울화가 욱 치밀어 올랐다.

어느새 버스가 서울 역 서부 고가도로 밑을 지나고 있었다. 교각을 의지해 지저분한 담요를 깔고 무리를 지어 누워있는 노숙자들, 아마도 지난밤 거나하게 마셨는지 머리맡에 막걸리병과 소주병들이 어지럽게 널려있었다. 하긴 휴일 빼고 거의 매일 이곳을 오가며 버스 안에서 내다보는 서울 역 뒷골목의 진풍경이기도 하다. 실로 늘어진 팔자를 가진 인생들이다. 때론 그들이 부럽기도 했다. 어이없지만 어쩌면 하늘을 지붕 삼고 산천을 벗으로 삼았다는 방랑시인 김삿갓의 랑만이 그들한테서 엿보이는 같기도 했다. 인간이 장기간 과로와 스트레스를 받으면 환청이 들리고 헛것이 보인다더니 아마도 몇 년 한국생활에 많이 지쳤다는 생각이 갑자기 들면서 나는 또 한 번 슬퍼졌다. 그도 그럴 것이 일자리를 잘리면 저들처럼 한번 살아보면 어떨까 하는 멍청한 생각이 들기까지 했으니 환장지경이란 사자성어가 바로 이런 걸 두고 일컫는 말일 것이다. 사장이 나를 "고집 세고 성질머리가 더러워졌다"는 말도 어느 정도는 인정해야 할 것이다. 요즘 들어 걸핏하면 짜증내고 세상만사가 귀찮은 이유가 뭔지… 혹 나한테도 갱년기 우울증인가 뭔가 하는 증세가 때 이르게 찾아온 게 아닌지?

오, 메이드인 차이나.

그제야 나는 지금 깊은 곤혹에 빠져있는 자신을 발견하였다. 도대체 왜 그깟 별것도 아닌 일 갖고 언감생심 사장과 맞장을 떴는지 스스로도 이해하기 힘들었다. 혹 내가 저 태양빛의 은혜도 모르는 염치없는 인간이 아닐까? 뭐가 어떻게 됐든 그래도 몇 년간 밥줄을 준 사장이다. 무지막지하게 회사 전 직원이 앉은 자리에서 떠받았으니 실로 무식하고도 어이없는 실수였다. 하지만 나는 금방 생각을 뒤집고 속으로 부르짖었다.

'그래, 비록 부모님의 고향이 여기지만 저 만주대륙에 이민 간 후 나를 낳았으니 필시 나도 틀림없는 "메이드 인 차이나"이다. 어쩔래?'

나는 마치 앞에 사장이 마주앉아 있는 듯이 이를 악물고 눈알을 부라렸다.

그런데도 역시 뭔가 시원치 않다. 마치 화장실에서 볼일을 보고도 뭔가 개운치 않은 그런 느낌이다. 처음 대한민국 땅을 전전하다가 어쩌다 꼬박 5년이란 세월 말뚝 박은 회사인데 이제 그만 두어야 하나? 한마디로 범의 등에 올라탄 꼴로 이럴 수도 저럴 수도 없는 난감한 상황이다.

실은 지금 대결상대가 사장이 아니고 바로 자신이라는 것을 나 스스로도 너무나 잘 알고 있었다. 그냥 회사동료의 권고대로 사장한테 "죄송합니다" 한마디면 해결될 일인데 굳이 그것이 싫은 이유가 뭔지? 한마디로 "사과"하느냐 마느냐 그것이 문제다. 스스로 자신을 이기면 회사에 남는거고 지면 퇴출하는 거다. 곤혹스러운 것은 자신을 이긴다는 것이 바로 사장한테 항복하는 것이고 지는 것이 나름대로 내가 이기는 것인데 그 대가로 일자리를 그만 두어야 하는 것이다.

'으흠…'

벙어리 냉가슴 앓듯 갑자기 터져 나온 비명에 가까운 신음소리에 스스로도 놀라 슬며시 주위를 둘러보았다. 다행히 나를 여겨보는 사람이 없었다.

서울역 버스환승센터에서 내린 나는 곧바로 지하철입구로 내려갔다. 춘천으로 가려면 개통이 된지 얼마 안 되는 경춘선을 이용해야 했기 때문이다. 지하철입구로 내려가려는 순간 느닷없이 발밑에 뭔가 밟히는 느낌이 들었다. 얼결에 내려다보니 누군가에 의해 버려진 싸구려신발 밑창이 발밑에 애처로이 깔려있었다.

역시 틀림없는 "메이드인 차이나"구먼. 주인이 어떤 양반인지 속을 꽤 썩였겠는데…

그 와중에도 중국산이라면 무조건 비꼬는 사장이 떠올랐다. 나는 짓궂게도 발밑에 깔린 누군가의 신발 밑창을 한쪽으로 차버리며 주절거렸다.

'나처럼 재수 없는 놈이 또 있나? 오, 메이드 인 차이나.'

동병상련, 나같이 재수가 구겨진 놈이라고 나는 괜히 싱겁게 코웃음을 치며 지하철계단으로 내려갔다.

헌데 걸음걸이가 좀 이상해졌다. 편한 것도 아니고 불편한 것도 아니고 어딘가 홀가분한 것이 오히려 꺼림칙했다.

'아닌데?'

차라리 승객들이 붐비는 평일이라면 모르겠는데 공교롭게도 공휴일이여서인지 열차에는 승객들이 눈에 띄게 적었다. 어느 누구도 내 발밑 사정에 신경 쓰지 않았지만 나는 괜히 오가는 사람들의 눈치를 보기 시작했다. 슬며시 한쪽발로 "병신"이 된 다른 한쪽 발을 가렸지만 찜찜한 기분은 여전했다.

멍청한 놈, 스스로 제 뺨을 친 게로군. 자기 "밑창"이 물러난 것도 모르고…

평일 같으면 콩나물시루같이 꽉 박아 섰을 지하철 안이 별스럽게 오늘만 휑뎅그렁하여 유독 나만 유난히 돋보이는 것 같았다. 순간 이제 난감한 "지하"를 벗어나면 바로 근사한 신발 하나 사 신겠다고 단단히 마음먹었다. 그도 그럴 것이 지금 주인의 체면을 깎을 대로 깎는 신발 자체가 "메이드인 차이나"다. 길가에 천막을 치고 "창고정리, 할인대행사"라고 큼직하게 써 붙인 간판에 유혹되어 다짜고짜 구입한 건데 사고 보니 중국산 신발일 줄이야. 그것도 몇 번 신어 봤다면 모르겠는데 아껴두었다가 결혼식 때문에 예의상 폼 잡고 처음 신고 나선 신발이다.

환승역인 청량리 역에 도착하자 만사불구하고 신발부터 챙겨야 했다. 하지만 군자는 대로 행이라 했던가? 그럴듯하게 양반걸음을 하며 계단을 올라왔다. 헌데 바로 지하에서 지면에 올라서자 뜻밖에 태양빛이 또다시 나를 괴롭혔다. 차라리 어스름한 저녁이나 밤이라면 내 추함을 어느 정도 가려주겠는데 얄궂은 태양은 벌거벗은 내 모습을 나 자신과 아무런 타협도 없이 거리에 노출시켰다. 도대체 신발가게로 가려면 어디로 가야 하지?

나는 잠간 망설였다. 하지만 역시 나는 천재다. 대한민국에서 길 모르는 택시운전사가 없으니까 택시를 잡아타면 될 게 아닌가.

나는 바로 지나는 택시를 불러 세우고 안으로 기어들어갔다.

"저기, 운전사님, 신발가게 좀 찾아주세요."

"예?"

택시운전사가 이상한 눈길로 나를 바로 보았다.

"신발 가게가 바로 뒤에 있구먼."

뒤돌아보니 기막히게도 금방 내가 택시를 세운 뒤쪽에 나를 비웃듯 신발 매장이 즐비하게 늘어서있었다.

민망하기 그지없지만 나는 대충 죄송하다는 어수선한 말을 남기고 다시 택시에서 기어 나왔다.

나름대로 내 맞춤형이라고 생각되는 신발을 고르고 서둘러 발에 끼워보면서 나는 주인한테 가격을 물었다. 마침 가격도 맞춤한 것 같았다. 계산하려는 순간 뭔가 문뜩 떠올라 나는 머뭇거리며 주인한테 다시 물었다.

"이 신발 국내산 맞습니까?"

"국내산은 아니지만 국내기업이 중국에 진출해 생산한 거니 국내산과 다를 게 없습니다."

'신발업체도 중국에 진출했나?'

애매한 신발가게주인의 대답에 나는 그만 심드렁해졌다. 언젠가 여행용 트렁크가 필요해 남대문시장에 갔는데 가게주인이 하던 똑같은 말이 떠올랐다. 한국기업이 중국에서 만든 트렁크라나 뭐라나…

사야 하나 말아야 하나?

"시름 놓으세요. 옛날 중국산과 다릅니다. 디자인도 좋고 질도 안심할 수 있어요. 요즘 많이 나가는 상품입니다."

어쩌면 가게주인이 나보다 더 중국 팬인 것 같았다.

"이것 역시 중국산인데 꼴 좀 보세요."

나는 밑창이 떨어져나간 신발을 쳐들고 가게주인한테 보여주었다.

"아, 물건을 들여오다 보면 당연히 잡것들이 섞이겠죠. 뭐 한국산이라고 그런 불량품이 없겠어요? 요즘 먹을 것, 입을 것은 중국산 없으면 장사 못해요. 중국산도 중국산 나름이지 좋은 물건은 진짜 괜찮다니깐요."

주인이 극력 나를 설득하려고 애썼다.

"국내산도 있지요?"

뭔가 노파심이 발작한 나는 넌지시 주인한테 물었다.

"당연히 있죠."

주인이 디자인이 거의 비슷한 신발 한 쌍을 재빠르게 내놓았다. 하지만 가격이 세배 반은 더 비쌌다.

곤혹스러운 한순간이 흘렀다. 질 좋은 국내산을 사자니 좀 버겁고 중국산을 선택하자니 어딘가 걱정스럽다.

신발 하나가 사람 더럽게 괴롭히네.

뭔가 조급해 나고 짜증도 났다. 아마 사장도 나와 똑같은 당혹스러운 경우를 당했을 것이다. 원래 이기적인 인간의 유전자는 똑같다고 봐야 할 것이다. 아마 조물주가 인간을 만들어낸 후 인간의 이런 이기심을 감안해서 초기 인간 세상에 석가, 예수와 같은 여러 신을 보낸 게 아닌가 하는 기발한 생각이 들었다. 환각에 가까운 엉뚱한 상상 속에 감격하기도 했다.

그까짓 것, 송충이는 역시 솔잎을 갉아먹고 사는 것이 본능이라 하지 않았던가. 어떤 양반의 말씀인지 대단한 명언이 아닐 수 없다. 값 비싼 국내산이면 어떻고 또 값싼 "메이드인 차이나"면 어떠냐? 근 반세기 동안 "메이드인 차이나"를 먹고 마시고 또 입고 신고 여태까지 멀쩡하게 살아왔다. 올챙이가 어느 순간 개구리가 됐다고 어허 저놈들 왜 저 모양으로 못생겼지 하고 비웃으면 안 되지. 항시 극단적으로 이기적인 생물, 먹고 살만하면 바로 근성을 드러내는 것이 인간이 아니던가. 아울러 하나 얻으면 열을 탐내는, 도저히 만족을 모르는 생물 역시 인간일 것이다. 인간의 이런 탐욕이 결국 스스로도 감당할 수 없는 엉뚱한 결과를 낳는다. 점점 높아가는 해수면, 여권이나 비자 필요 없이 자유로이 국경을 넘나드는 저 스모그, 바로 인간 스스로가 만들어 낸 걸작들이다. 일단 나한테 필요하면 뭐든 발굴하고 파괴한다. "악마"란 실은 인간이 만들어낸 낱말인데 궁극적 의미에서 보면 인간이란 자체가 결국 악마가 아닐까?

갑자기 나는 마치 신의 계시를 받은 선각자마냥 흥분함과 아울러 희한하게도 또 마음의 안정을 찾았다. 욕심을 부리지 말고 내 적성에 맞는 걸 사 신으면 그만이지.

언제나 약자가 그러하듯 나는 스스로에게 합리한 이유를 제공하며 자신을 위안했다. 마치 로신의 소설에 나오는 아Q마냥 정신승리법으로 나 자신을 전승한 것이다. 결국 "메이드인 차이나"를 선택했다.

나는 모양 바뀐 신발로 춘천행 급행열차에 올랐다. 지하철을 뛰쳐나올 때는 뒤가 달아 만사불구하고 탈출했는데 갑자기 느긋해지는 이유가 뭔지, 그래서 화장실 들어갈 때 기분이 다르고 나올 때 기분이 다르다고 했던가?

열차가 느릿하게 움직이기 시작했다. 청량리에서 춘천까지 가는데 적어도 한 시간 반 정도 소요된다니 조금 전의 급한 마음과 달리 이상하게 느긋해졌다.

그래 타협하며 살자. 내가 무슨 원칙주의자도 아니고 "일편단심" 주의나 신을 신앙하는 신도는 더구나 아니다. 바보같이 스스로 욕을 사서 볼 이유가 뭔가? 그리고 보니 철 같은 진리로 믿어왔던, 아프리카 표범이 썩은 고기, 날고기를 가리지 않는 하이에나와 타협하기 싫어 저 높은 킬리만자로에 올랐다는 설도 어딘가 회의가 생긴다. 과거에는 타협을 오직 비겁한 약자의 대명사라고 여겼었는데 지금 와서 사고방식을 바꿔 곰곰이 생각해보니 약자에게는 선택권이 없다. 전쟁이든 타협이든 오직 강자에게만 그 선택권이 귀속된다. 아무리 용맹했던 아프리카 표범일지라도 천적이 없을 수 없다. 아마도 아프리카 표범은 끈질기고 단체심이 강한 하이에나가 두려워 킬리만자로에 피신했을지도 모른다. 지구의 만물을 살리는 따사롭고 강력한 태양빛도 중력의 작용으로 이리저리 휘어지고 휘청거리며 지구까지 온다고 하는데 하물며 우주에서 작디작은 태양계, 또 태양계에서 반딧불 같은 존재에 불과한 지구에서 한낱 아침이슬과 같이 미소한 생물체가 자기 배짱대로 날뛰겠다고 욕심을 부린다면야 그야말로 얼마나 어리석은 야망인가?

말도 안 되는 황당한 상상을 하는 사이에 열차가 어느덧 춘천역에 들어섰다. 늦은 가을 강렬한 햇빛을 맞받으며 나는 지하철역을 나섰다. 이상하게 아침에 우울하던 기분이 가뭇없이 사라지고 거짓말처럼 상쾌해졌다.

문뜩 바지주머니에 넣은 휴대폰이 울렸다.

'이 시간에 전화를 걸어올 사람이 없는데. 아니지…'

드디어 올 것이 왔구나 하는 예감이 불시에 뇌리를 스쳤다.

아니나 다를까 과연 사장의 대변인이라고도 할 수 있는 회사동료의 전화였다.

"나 잘린 거야?"

이미 예상했던 바라고 상대가 뭐라고 말하기 전에 내가 지레 앞질러 물었다.

"뭔 소리 하는 거야, 그렇지 않아도 사장이 형이 춘천에 갔다는 소식을 어디에서 들었는지 서울에 돌아오지 말고 될 수 있으면 거기에서 하루 개기라고 했어. 무슨 말인지 알겠지?"

"내가 오늘 춘천에 오는 걸 너밖에 아는 사람 더 있냐? 개기라니 뭘 개기라는 거지?"

사실 오늘 춘천행은 회사의 막내 김씨 밖에 몰랐다. 공장에서 나하고 유일하게 "평화공존(和平共处)" "오항원칙(五项原则)"을 지켰기에 나는 그와 무람

없이 뭐든지 터놓고 애기할 수 있었다. 그래서 김씨가 늘 사장한테 "물러 터졌다"는 비난을 듣는지도 모른다. 내 눈에 착해 보이는데 사장 눈엔 물러 터져 보인다니 도저히 이해할 수 없었다.

춘천에서 하루 "개기"라는 말이 무슨 말인지 나에게는 실로 미스터리다. 물론 "개기"라는 말뜻을 몰라 어리둥절해진 건 아니다. 표준어는 아니지만 "싫더라도 좀 견디고 기다리라"는 뜻이다. 이 말은 굳이 대한민국 국민이 아니더라도 "훈민정음"을 깨친 사람이라면 모르는 사람이 별반 없을 것이다. 헌데 내가 왜 춘천에서 하루 "개겨"야 하는지 의문이다.

"우리 사장이 좀 거칠어 보여도 착한 면이 많다니깐요."

지랄하고 자빠졌네.

나는 목구멍까지 올라온 말을 애써 삼켜버렸다.

"가끔은 산타할아버지 못지않게 남을 배려할 줄도 알고. 사장님 고향이 춘천이란 걸 형도 알잖아? 내일 아예 직원들 전부 데리고 춘천으로 가서 낚시도 하고 그쪽 특산물도 맛보이겠대요."

"웃기고 있네. 달력에 빨간 날짜가 연속 찍혀있는 명절연휴도 아닌데 갑자기 웬 일이라니?"

"그러면 그냥 그런가 할 거지… 내일 춘천에서 봐요."

김씨가 일방적으로 전화를 끊어버렸다.

허기와 갈증에 시달릴 때 시원한 막걸리 한잔으로 속을 쭉 내리훑는 것 같은 묘한 기분이 들었다. 어떤 이유에서도 사장이 나 때문에 공장 문을 닫고 전체 직원들을 이끌고 자기 고향으로 휴가를 올 리는 만무하다. 그렇다면 도대체 무슨 이유에서일까? 혹시 사장이 그걸 의식한 걸까? 값싼 인력, 더 정확히 말한다면 값싼 기술 인력을 놓치기 싫어서일까? 어찌됐든 공장에서 5-6년 굴렀으니 고참은 아니더라도 준기술자인 것만은 틀림없다. 허다한 기업들이 비싼 인건비 때문에 공장을 통째로 인건비가 싼 국외로 이주하는 오늘의 현실을 감안한다면 싼 인건비로 숙련공 하나를 고용한다는 건 사장으로서는 절대 밑지는 장사가 아니다. 하물며 인력이 귀한 요즘에야…

나는 역시 내 나름대로의 합리한 사고방식으로 사장이 이번에 내린 결정을 해석하려고 애썼다. 아무렴, 무슨 상관이냐? "물러 터진" 막내 김씨가 반가운 소식을 전해준 것만은 사실이다. 적어도 당분간 공장에서 쫓겨날 걱정은 안 해도 될 것 같았다. 어쩌면 "물러 터진" 김씨가 사장 앞에서 나를 위해 좋은 말을 많이 했을지도 모른다. 아무렴 그렇고말고…

결혼식장으로 향하는 나의 발걸음은 한결 더 가벼워졌다.

－《연변문학》 2014년 4월호

참고문헌

1. 기본자료

강재희, 《반편들의 잔치》, 심양: 료녕민족출판사, 2013.

강호원, 《인천부두》, 연길: 연변문학, 2000(10).

강호원, 《쪽빛》, 연길: 연변일보, 2007(11).

강호원, 《메이드 인 차이나》, 연길: 연변문학, 2014(4).

강호원, 《어둠의 유혹》, 서울: 바닷바람, 2016.

강효근, 《둥지를 떠난 새》, 심양: 료녕민족출판사, 2002.

구호준, 《연어들의 걸음걸이》, 길림: 도라지, 2012(5).

금희, 《세상에 없는 나의 집》, 한국 파주: 창비, 2015.

김경화, 《적마, 여름 지나가다》, 심양: 료녕민족출판사, 2013.

김금희, 《개불》, 연길: 연변문학, 2007(11).

김노, 《한심한 세상》, 심양: 료녕민족출판사, 2001.

김노, 《중국여자 한국남자》, 서울: 신세림출판사, 2016.

김동진, 《백자의 향》, 연길: 연변인민출판사, 2011.

김성호 외, 《서울에서 못다한 이야기》, 경기 파주: 말과창조사, 1997.

김응룡, 《붉은 잠자리》, 연길: 연변인민출판사, 2014.

김응준 주필, 《수작으로 읽는 우리 시 백년》, 연길: 연변인민출판사, 2014.

김재국, 《한국은 없다》, 서울: 민예당, 1996.

김철, 《뻐꾸기는 철없이 운다》, 북경: 민족출판사, 1992.

김철, 《나 진짜 바보이고 싶다》, 북경: 민족출판사, 2000.

김철, 《산위에 구름위에》, 경기 파주: 한국학술정보, 2006.

김철, 《청노새 우는 언덕》, 서울: 지식을 만드는 지식, 2012.

김학송, 《사람의 숲에서 사람이 그립다》, 연길: 연변인민출판사, 2006.

김혁, 《천국의 꿈에는 색조가 없었다》, 연길: 연변인민출판사, 1997.

김혁, 《www.아픔.com》, 길림: 도라지, 2015(6).

《개혁개방 30년 중국조선족우수단편소설집》, 연길: 연변인민출판사, 2012.

류연산, 《서울바람》, 연길: 연변인민출판사, 1997.

류연산, 《황야에 묻힌 사랑》, 하얼빈: 흑룡강조선민족출판사, 1997.

류정남, 《이웃집 널다란 울안》, 연길: 연변인민출판사, 2013.

리광일 주편, 《중국조선족문학대계(해방후편)》(전20권), 연길: 연변인민출판사, 2013.

리동렬, 《백정 미스터 리》, 연길: 천지, 1994(11).

리문호, 《징검다리》, 심양: 료녕민족출판사, 2003.

리성비, 《이슬 꿰는 빛》, 연길: 연변인민출판사, 1997.

리여천, 《울고 웃어도》, 연길: 연변인민출판사, 1999.

리혜선, 《야경으로 가는 녀자》, 하얼빈: 흑룡강조선민족출판사, 1997.

리혜선, 《코리안 드림》, 심양: 료녕민족출판사, 2001.

리휘, 《울부짖는 성》, 연길: 연변문학, 2007(12).

림금철, 《8자》, 경기 용인: 동포문학, 2013(1).

림금철, 《중국식품가게》, 경기 용인: 동포문학, 2013(1).

림금철, 《커피》, 경기 용인: 동포문학, 2013(1).

림금철, 《고독 그리고 그리움》, 서울: 바닷바람, 2014.

림금철, 《나는 쇠가루를 마신다》, 세계신문(339), 2015년 6월 24일.

림금철, 《그 자리에》, 연길: 연변일보, 2018년 4월 27일.

박선석, 《애완견과 주인》, 연길: 연변문학, 2008(11).

박옥남, 《장손》, 연길: 연변인민출판사. 2011.

박정웅, 《청순한 목청의 너》, 연길: 연변인민출판사, 2001.

방룡주, 《황혼은 슬프다》, 연길: 연변인민출판사, 2000.

변창렬, 《부은 달 부은 발(외 3수)》, 연길: 연변일보, 2015년 2월 27일.

석화, 《세월의 귀》, 하얼빈: 흑룡강조선민족출판사, 1998.

석화, 《연변》, 연길: 연변인민출판사, 2006.

연변조선족문화발전추진회 편, 《중국조선족명시》, 북경: 민족출판사, 2004.

연변작가협회 시가창작위원회, 《중국조선족시화선집》, 연길: 연변인민출판사, 2012.

우광훈, 《가람 건느지 마소》, 하얼빈: 흑룡강조선민족출판사, 1997.

윤림호, 《고요한 라고하》, 하얼빈: 흑룡강조선민족출판사, 1992.

이진산 주필, 《중국 한겨레사회 어디까지 왔나》, 하얼빈: 흑룡강조선민족출판사, 2006.

예동근 외, 《조선족 3세들의 서울이야기》, 서울: 백산서당, 2011.

장혜영, 《희망탑》, 하얼빈: 흑룡강조선민족출판사, 1998.

정세봉, 《"볼세위크"의 이미지》, 하얼빈: 흑룡강조선민족출판사, 1998.

정용호, 《아버지》, 연길: 연변인민출판사, 2007.

조룡남, 《그리며 사는 마음》, 연길: 연변인민출판사, 1995.

조성희, 《파애》, 심양: 료녕민족출판사, 2002.

중국조선족녀류시회, 《강너머 마을》, 제주: 다층, 2002.

《중국조선족문학 우수작품집》, 하얼빈: 흑룡강조선민족출판사, 2005-2015.

채영춘, 허명철 주편, 《가깝고도 먼 나라》, 연길: 연변인민출판사, 2013.

채운산, 《두만강에 살어리랏다》, 연길: 연변인민출판사, 2013.

최국철, 《왕씨》, 장춘: 장백산, 2013(1): 6-24.

최룡관, 《백두산은 독한 술입니다》, 북경: 민족출판사, 2004.

최홍일, 《흑색의 태양》, 하얼빈: 흑룡강조선민족출판사, 1999.

한영남, 《섬돌레 가는 길》, 심양: 료녕민족출판사, 2013.

허련순, 《사내 많은 여인》, 서울: 동아출판사, 1991.

허련순, 《바람꽃》, 서울: 범우사, 1996.

허련순, 《누가 나비의 집을 보았을까》, 서울: 온북스, 2007.

허련순, 《중국색시》, 연길: 연변인민출판사, 2015.

허련순, 《그 남자의 동굴》, 연길: 연변인민출판사, 2016.

홍천룡, 《구촌조카》, 연길: 연변인민출판사, 2010.

2. 저서

강창록 외, 《주덕해평전》, 서울: 실천문학사, 1992.

건국대학교 통일인문학연구단, 《코리언의 민족정체성》, 서울: 도서출판 선인, 2012.

곡애국, 증법상, 《조남기평전》, 연길: 연변인민출판사, 2004.

김강일, 허명철, 《중국조선족사회 문화우세와 발전전략》, 연길: 연변인민출판사, 2001.

김경훈, 《해방후 조선족 시가에서의 민족특징의 변화과정 연구》, 하얼빈: 흑룡강조선민
　　족출판사, 2016.

김관웅, 《세계문학의 거울에 비춰본 중국조선족문학》(1-4), 연길: 연변인민출판사, 2015.

김파, 《립체시론》, 심양: 료녕민족출판사, 2005.

김호웅, 《문학비평방법론》, 심양: 료녕민족출판사, 2002.

김호웅, 《인생과 문학의 진실을 찾아서》, 심양: 료녕민족출판사, 2003.

김호웅, 《중일한문화산책》, 하얼빈: 흑룡강조선민족출판사, 2005.

김호웅, 김해양, 《김학철평전》, 서울: 실천문학사, 2007.

김호웅, 우상렬, 류연산,《문학개론》, 연길: 연변대학출판사, 2009.

김호웅, 조성일, 김관웅,《중국조선족문학통사》(상, 중, 하), 연길: 연변인민출판사, 2012.

김호웅,《디아스포라의 시학》, 연길: 연변인민출판사, 2014.

김종회 외,《한민족 문화권의 문학》, 서울: 국학자료원, 2003.

김종회 엮음,《중국 조선족 디아스포라문학 연구》, 서울: 국학자료원, 2016.

김준오,《중국조선족문학의 전통과 변혁》, 부산: 부산대학교출판부, 1997.

김춘선,《중국조선족통사》(상, 중, 하), 연길: 연변인민출판사, 2013.

김철,《김철시인의 자전적 에세이》, 연길: 연변인민출판사, 2000.

김태국, 우경섭,《중국조선족역사연구문헌목록》, 경기 성남: 문예원, 2013.

류광협 편,《류연산, 혈연의 강으로 가다》, 연길: 연변인민출판사, 2011.

리광일,《해방후 조선족소설문학 연구》, 서울: 경인문화사, 2003.

박금해,《중국조선족교육의 역사와 현실》, 서울: 경인문화사, 2012.

서경식,《역사의 증인 재일조선인》, 서울: 반비, 2012.

서경식,《디아스포라의 눈》, 서울: 한겨레출판, 2012.

석화 편저,《석화 대표시 감상과 해설》, 연길: 연변대학출판사, 2018.

송현호 외,《중국조선족문학의 탈식민주의 연구》(1-2), 서울: 국학자료원, 2008.

연변문학편집부 편,《연변문학문학상 수상작품집》, 연길: 연변인민출판사, 2015.

오상순,《중국조선족소설사》, 심양: 료녕민족출판사, 2000.

오상순,《개혁개방과 중국조선족 소설문학》, 서울: 월인, 2001.

오상순 주편,《중국조선족문학사》, 북경: 민족출판사, 2007.

오상순 주필,《다원화시기 동북3성 조선족 산재지역 문학연구》, 북경: 민족출판사, 2017.

윤인진,《코리안 디아스포라》, 서울: 고려대학교출판부, 2004.

윤윤진,《재중조선인문학연구》, 서울: 신성출판사, 2006.

윤윤진,《한국문학과 한중문학 비교》, 서울: 역락, 2014.

이진산 주필,《중국 한겨레사회 어디까지 왔나》, 하얼빈: 흑룡강조선민족출판사, 2006.

이해영 편,《귀환과 전쟁, 그리고 근대 동아시아인의 삶》, 서울: 경지, 2011.

인하대학교 한국학연구소,《연변조선족의 역사와 현실》, 서울: 소명출판, 2013.

인하대학교 한국학연구소,《연변학의 선구자들》(1, 2), 서울: 소명출판, 2013&2017.

임헌영 외,《디아스포라와 한국문학》, 서울: 역락, 2012.

장정일,《변방－또 하나의 시작》, 연길: 연변인민출판사, 2006.

장춘식,《해방전 조선족이민소설연구》, 북경: 민족출판사, 2004.

전성호, 《중국조선족 문학예술사 연구》, 서울: 이회, 1997.

전성호, 림연, 윤윤진, 조일남, 《중국조선족문학비평사》, 북경: 민족출판사, 2007.

전성호, 림금산, 《중국조선족아동문학사》, 연길: 연변인민출판사, 2014.

정신철, 《중국 조선족사회의 변천과 전망》, 심양: 료녕민족출판사, 1999.

정판룡, 《정판룡문집》(1), 연길: 연변인민출판사, 1992.

정판룡, 《정판룡문집》(2), 연길: 연변인민출판사, 1997.

정판룡, 《중국조선족과 21세기》, 연길: 연변대학출판사. 1999.

조성일, 권철 외, 《중국조선족문학통사》, 서울: 이회문화사, 1997.

조성일, 《조성일문집》(1-5), 연길: 연변인민출판사, 2003-2013.

조성일, 《내가 본 조선족문단유사》, 연길: 연변대학출판사, 2014.

최국철, 《주덕해평전》, 연길: 연변인민출판사, 2012.

최룡관, 《이미지시 창작론》, 하얼빈: 흑룡강조선민족출판사, 2009.

최병우, 《조선족 소설의 틀과 결》, 서울: 국학자료원, 2012.

최삼룡, 《김파론》, 경기 용인: 도서출판 백암, 2010.

한연, 《김철 시문학의 주제학적 연구》, 북경: 민족출판사, 2012.

황송문, 《중국조선족시문학의 변화양상 연구》, 서울: 국학자료원, 2003.

호미 바바 지음, 나경철 역, 《문화의 위치》, 서울: 소명출판, 2012.

해외한민족연구소, 《한반도 제3의 기회》, 서울: 화산문화사, 2009.

贝尔·亚历山大, 《朝鲜: 我们第一次战败》, 北京: 中国社会科学出版社, 2000。

邴正, 李岩, 《人与文化的矛盾与当代社会发展的主题》, 沈阳: 社会科学辑刊, 2010(1)。

崔志远, 《中国地缘文化诗学》, 北京: 人民出版社, 2005。

费孝通, 《中华民族多元一体格局》, 北京: 民族大学出版社, 1999。

郝时远, 《中国共产党怎样解决民族问题》, 南昌: 江西人民出版社, 2011。

卢勋, 样保隆, 《中华民族凝聚力的形成与发展》, 北京: 民族出版社, 2000。

朴昌昱, 《中国朝鲜族历史研究》, 延吉: 延边大学出版社, 1995。

斯图亚特·霍尔, 《文化身份认同问题研究》, 开封: 河南大学出版社, 2010。

孙春日, 《中国朝鲜族移民史》, 北京: 中华书局, 2009。

孙春日, 《中国朝鲜族史稿》, 香港: 香港亚洲出版社, 2011。

王宁, 《'后理论时代'的文学与文化研究》, 北京: 北京大学出版社, 2009。

王先霈, 王又平, 《文学理论批评术汇释》, 北京: 高等教育出版社, 2006。

杨乃乔, 《比较文学理论教程》, 北京: 北京大学出版社, 2008。

张磊, 孔庆榕, 《中华民族凝聚力学》, 北京: 中国社会科学出版社, 1999。

张立文, 《和合学: 20世纪文化战略的构想》, 北京: 中国人民大学出版社, 2006。

周平, 《中国少数民族的政治分析》, 昆明: 云南大学出版社, 2007。

周平, 《多民族国家的族际政治整合》, 北京: 中央编译出版社, 2012。

周宪主编, 《中国文学与文化认同》, 北京: 北京大学出版社, 2008。

朱立立, 《身份认同与华文文学研究》, 上海: 三联书店, 2008。

L. C. Wang, *Roots and Changing Identity of the Chinese in the United States*, in Daedalu, Spring 1991, 120(20).

Said, Edward W, *Reflections on Exile and Other Essays*, London: Granta Books, 2000.

3. 논문 및 평론

강진웅, 《디아스포라와 현대 연변 조선족의 상상된 공동체: 종족의 사회적 구성과 재영토화》, 한국사회학, 2012(4).

고인환, 《중국 조선족 디아스포라 문학의 한 가능성: 김학철의 소설에 나타난 작가의식을 중심으로》, 한국문학논총, 2010(55).

공봉진, 《중국의 조선족에 대한 정책변화가 조선족정체성에 미친 영향》, 비교문화연구, 2006(18).

김강일, 《중국조선족사회지위론》, 아시아태평양지역연구, 2000(1).

김경훈, 《해방후 조선족 시문학에 나타난 민족적정체성의 양상》, 국제한인문학연구, 2011(8).

김관웅, 《'식민주의사관'과 김문학현상》, 문학과 예술, 2001(2).

김관웅, 《녀성과 시》, 문학과 예술, 2002(1-5).

김관웅, 《민족적 사실주의 길로 나가는 김응룡 시인》, 연변문학, 2007(3).

김관웅, 《우리 문학에서의 중요한 주제-민족정체성 찾기》, 문화산맥, 2008.

김관웅, 《"디아스포라 작가"김학철의 문화신분 연구》, 한중인문학연구, 2009(27).

김관웅, 《중국조선족, 그리고 "제3의 영역"과 이중문화신분》, 전남대학교 세계한상문화연구단 학술회의, 2010.

김관웅, 《조선족시단에서의 서양 모더니즘 수용의 간접성과 오독, 모방현상의 함수관계》, 세계문학의 거울에 비추어본 중국조선족문학(1), 2014.

김관웅, 《남영전 '토템시' 소재론》, 세계문학의 거울에 비추어본 중국조선족문학(1), 2014.

김면,《국내 거주 조선족의 정체성변용과 생활민속의 타자성 연구》, 통일인문학, 2014
  (58).

김문학,《조선족대개조론》, 장백산, 2001년 제1-6기.

김은영,《중국 조선족 시에 나타난 '고향'의 의미》, 한중인문학연구, 2006(18).

김정훈, 김영미,《한중수교 이후 중국조선족 시문학의 전개 양상》, 현대문학이론연구,
  2015(62).

김호웅,《김재국의 장편수기 <한국은 없다>를 논함》, 장백산, 1997(6).

김호웅,《김문학현상과 비교문화의 시각과 방법론 학술회의 개막사》, 인생과 문학의
  진실을 찾아, 료녕민족출판사, 2004.

김호웅,《다문화사회 담론과 소수자의 목소리》, 서울: 시작, 2010(봄호).

김호웅,《중국조선족과 디아스포라》, 한중인문학연구, 2010(29).

류정남,《자신을 반성하고 검토하는 기회》, 연변문학, 2017(11).

리광일,《조선족과 고려인 문학발전단계 비교 고찰》, 국제한인문학연구, 2012(9).

리광일,《한중수교 이후 중국조선족 소설의 변화에 대한 비판적 검토: 2000년대 소설에
  나타난 '새로운 이주 체험'을 중심으로》, 한중인문학연구, 2013(39).

리광일,《김혁 소설세계의 통시적 고찰》, 연변문학, 2018(9).

리해연,《<세상에 없는 나의 집>, 그리고 중국조선족의 어제, 오늘, 래일》, 장백산,
  2018(3).

박경주, 송창주,《이주문학 1990년대 이후 조선족소설에 반영된 민족정체성 연구: 조선
  족 이주에 의한 민족공동체 변화와 한족 및 한국인과의 관계에 주목하여》, 한중인문
  학연구, 2010(31).

박기병,《오해의 갈등을 용해시키는 촉매제－<서울바람>》, 류광엽 편,《류연산, 혈연의
  강으로 가다》, 연길: 연변인민출판사, 2011.

박동훈, 안화선,《중국조선족의 초국가적 활동과 한반도: 디아스포라의 초국가적 성격
  에 관한 시각을 중심으로》, 평화학연구, 2012, 13(1).

박영균,《상상된 공동체의 와해와 조선족들의 아비투스》, 통일인문학, 2014(59).

박진숙,《중국조선족문학의 디아스포라적 상상력을 통해 본 디아스포라의 의미》, 민족
  문학사연구, 2009(39).

방미화,《재한조선족의 실천전략별 귀속의식과 정체성》, 사회와 역사, 2013(98).

백문,《민족의 자아성찰과 '홍익인간' 정신의 고양》, 류광엽 편,《류연산, 혈연의 강으로
  가다》, 연길: 연변인민출판사, 2011.

윤의섭, 《재외이주민 정체성의 불확정성과 이중성의 의미-재일동포와 중국조선족의 한국어 시를 중심으로》, 한중인문학연구, 2009(27).

이승하, 《재중국 조선족 시인들의 시에 나타난 민족의식과 국가관》, 국제한인문학연구, 2011(8).

이승하, 《연변 조선족 시인들의 시에 나타난 "두만강"의 의미》, 국제한인문학연구, 2013(1).

이연승, 《디아스포라, 상상된 공동체로서의 조선족 문학》, 현대문학이론연구, 2017(68).

장공자, 《금후 한중관계의 과제》, 제1차 한중포럼학술발표회 논문집《21세기 동북아와 한중관계》, 1995.

장영미, 《재중조선인 시문학 연구의 디아스포라적 접근》, 통일인문학, 2013(56).

장정일, 《2012년 도라지문학상 수상작 심사평》, 도라지, 2014(1).

조성일, 《김문학현상과 비교문화의 시각과 방법론 학술회의 폐막사》, 내가 본 조선족문단 유사, 연변대학출판사, 2014.

조성일, 《김문학현상과 김관웅 교수》, 내가 본 조선족문단 유사, 연변대학출판사, 2014.

조성일, 《'도템시'논쟁 대한 자문자답》, 내가 본 조선족문단 유사, 연변대학출판사, 2014.

조성일, 《조선족과 조선족문화 이중성 재론》, 내가 본 조선족문단 유사, 연변대학출판사, 2014.

조성일, 《정신적 삶의 엔진으로》, 연변일보, 2018년 11월 15일.

차성연, 《중국조선족문학에 재현된 '한국'과 '디아스포라' 정체성: 허련순의 작품을 중심으로》, 한중인문학연구, 2010(31).

최룡관, 《우리 시단에 던진 새로운 충격》, 문학과 예술, 2002(2).

최병우, 《조선족소설에 나타난 민족의 문제》, 현대소설연구, 2009(42).

최병우, 《조선족소설 속에 나타난 한국이미지 연구》, 한중인문학연구, 2010(30).

최병우, 《박옥남 소설에 나타난 조선족의 정체성 연구》, 한중인문학연구, 2018(59).

허련순, 《소설이 되기 전의 이야기》, 도라지, 2008(5).

付秀英, 《文化冲突论的当代表现与评析》, 社会科学战线, 2011(7)。

龚举善, 《新中国少数民族文学总体研究话语范型》, 西南民族大学学报(人文社科版), 2015(4)。

李德顺, 《全球化与多文化: 关于文化普遍主义与文化特殊主义之争的思考》, 求实学刊, 2002(2)。

李光一, 《20世纪后期中国朝鲜族与汉族文学思潮之关联》, 民族文学研究, 2004(2)。

李光一, 《20世纪50年代至80年代末朝鲜族小说叙事方式探析》, 延边大学学报(社会科学版), 2014(4)。

王亚南, 《概说中国是多民族国家还是统一民族国家》, 民族发展与社会变迁, 2001。

吴相顺, 李英月, 《20世纪末朝鲜族小说主题意识变化研究》, 黑龙江民族丛刊, 2004(5)。

吴相顺, 李英月, 《20世纪末中国朝鲜族小说的"寻根意识"研究》, 中南民族大学学报:人文社会科学版, 2005(2)。

张辰, 《中国共产党90年来民族政策史论》, 内蒙古社会科学(汉文版), 2011, 32(5)。

张健, 《民族国家构建与国族民族整合的双重变奏》, 昆明: 思想战线, 2014(6)。

郑信哲, 《中国朝鲜族发展现状与对策》, 中央民族大学学报(哲学社会科学版), 1998(6)。

周平, 《论构建我国完善的族际政治整合模式》, 当代中国政治研究报告, 2005(1)。

周平, 《民族国家与国族建设》, 政治学研究, 2010(3)。

4. 학위논문

김기옥, 《재외한인 여성문학에 나타난 소수자 정체성 문제: 이혜리의 <할머니가 있는 풍경>과 허련순의 <바람꽃>을 중심으로》, 한국: 서울대학교 석사학위논문, 2007.

박경춘, 《허련순의 소설을 통해 본 중국조선족들의 존재양상과 '디아스포라' 정체성: <바람꽃>과 <누가 나비의 집을 보았을까>를 중심으로》, 한국: 성균관대학교 석사학위논문, 2016.

서령, 《중국 조선족소설 연구-조선족 정체성 변천을 중심으로》, 한국: 인하대학교 박사학위논문, 2015.

이사, 《조선족 시의 민족적정체성 구현양상 연구》, 한국: 건국대학교 박사학위논문, 2014.

전가흔, 《허련순 소설의 주변부 의식에 대한 연구: <바람꽃>과 <누가 나비의 집을 보았을까>를 중심으로》, 한국: 경남대학교 석사학위논문, 2012.

전은주, 《한중수교 이후 재한조선족 디아스포라 시문학에 나타난 정체성 연구》, 한국: 연세대학교 박사학위논문, 2019.

김정영(金晶瑛)

1982년 5월 연길에서 출생, 연변대학 과학기술학원 영어영문학학과 졸업, 연변대학 번역 석사과정 수료, 문학석사 학위 취득, 2019년 6월《조선족 작가의 한국체험과 문학 서사 연구》로 연변대학에서 문학박사 학위를 받았고 "우수 박사학위 논문"으로 표창을 받았다. 현재 연변대학 외국어학원 한국어학과 전임강사로 재직 중이다.

국내외 학술지와 간행물에 <연변문단의 삼총사>, <조선족 문학과 디아스포라>, <김학철 연구사 개관>, <시인의 실험정신과 조선족 공동체에 대한 시적 형상화>(공저), <윤동주론: 순결한 영혼의 고뇌와 저항>(공저) 등 논문을 발표했고 다수의 중국소설을 한국어로 번역하여 북경《민족문학》등 간행물에 발표하였다.

조선족 작가의 한국체험과 문학 서사

초판 1쇄 인쇄 2023년 3월 20일
초판 1쇄 발행 2023년 3월 30일

지은이 김정영(金晶瑛)
펴낸이 이대현
편집 이태곤 권분옥 임애정 강윤경
디자인 안혜진 최선주 이경진 | 마케팅 박태훈
펴낸곳 도서출판 역락 | 등록 1999년 4월 19일 제303-2002-000014호
주소 서울시 서초구 동광로46길 6-6 문창빌딩 2층(우06589)
전화 02-3409-2060(편집부), 2058(영업부) | 팩스 02-3409-2059
전자우편 youkrack@hanmail.net | 홈페이지 www.youkrackbooks.com

ISBN 979-11-6742-522-5 93810

字數 279,890字